Della stessa autrice in edizione Garzanti:
Non ti credo
Non è lui
Non è un gioco
La culla buia
Non è come pensi
Non l'ho mai detto
Non fidarti
Non tornare indietro
Non fare domande
Non scrivermi

SOPHIE HANNAH

NON È MIA FIGLIA

Traduzione di
SERENA LAUZI

Garzanti

Prima edizione: gennaio 2008
Prima edizione in questa collana: giugno 2021

Per essere informato sulle novità del Gruppo editoriale Mauri Spagnol visita:
www.illibraio.it

Traduzione dall'inglese di
Serena Lauzi

Titolo originale dell'opera:
Little Face

ISBN 978-88-11-81271-5

Printed in Italy

www.garzanti.it

NON È MIA FIGLIA

A nonna Beryl con affetto

1.

Venerdì 26 settembre 2003

Sono fuori di casa. Non lontana dalla porta d'ingresso, però sono uscita, da sola. Stamattina, al risveglio, non ho pensato che fosse questo il gran giorno. Non mi sembrava il giorno giusto, o forse ero io che non me la sentivo, però la telefonata di Vivienne alla fine mi ha convinta. «Dammi retta, pronta non ti sentirai mai», ha detto. «Devi essere tu a deciderti a fare il gran passo.» E Vivienne ha ragione, è una cosa che devo fare.

Attraverso il cortile acciottolato, poi infilo il viale coperto di ghiaia. Ho con me solo la borsetta, e questo mi dà una strana sensazione di leggerezza. Gli alberi sembrano un arazzo intessuto di colori sgargianti: rosso, marrone, qua e là delle macchie di verde. Il cielo ha il colore dell'ardesia bagnata. Non è il solito mondo, quello dove mi muovevo prima: tutto è più vivido, come se lo sfondo della natura, che un tempo davo per scontato, ora reclamasse prepotentemente la mia attenzione.

La macchina è parcheggiata in fondo al viale, davanti al cancello che separa The Elms dalla strada. Io non dovrei guidare, in teoria. «Ma che sciocchezze!» Così Vivienne ha liquidato, con un moto d'impazienza, il parere del medico. «Non è un posto lontano, e se tu seguissi tutte quelle stupide regole, in questo periodo dovresti essere terrorizzata a muovere anche solo un dito.»

In effetti mi sento pronta a guidare, anche se appena appena. Mi sono ristabilita abbastanza bene dall'operazione, forse grazie all'iperico che mi sono prescritta, forse grazie al primato della mente sul corpo: ho bisogno di essere in forze, quindi le forze ci sono.

Giro la chiavetta dell'accensione e premo energicamente sul pedale dell'acceleratore. La macchina si risveglia tossicchiando. Mi porto sulla strada, mentre la velocità aumenta in modo lento ma regolare. «Arriva a ottanta come niente, in una mezz'ora», scherzava mio padre quando la Volvo la guidavano lui e la mamma. Sento che guiderò questa macchina finché non cadrà a pezzi. Mi ricorda i miei genitori come niente altro al mondo. Per me è come un vecchio parente affezionato, che della mamma e del papà ha un ricordo caro quanto il mio.

Tiro giù il finestrino, inspiro una boccata di quest'aria fresca che mi schiaffeggia il viso e penso a quante orribili storie di ingorghi ci vorranno ancora, prima che la gente smetta di associare l'automobile alla libertà. Sfrecciando lungo strade praticamente vuote, oltre fattorie e campi, mi sento più potente di come sono in realtà. Una piacevole illusione.

Non mi permetto di pensare a Florence, alla distanza che in questo momento sta crescendo tra noi due.

Dopo sei o sette chilometri di aperta campagna, la strada che sto percorrendo diventa la via principale di Spilling, il paese più vicino. C'è un mercato nel mezzo della strada costeggiata da lunghe file di bassi edifici elisabettiani con le facciate di colori pastello. Alcuni sono adibiti a negozio, altri immagino siano le case di vecchi snobboni pieni di soldi, quei noiosi personaggi che sembrano nati già con le lenti bifocali e ti fanno una testa così con gli aneddoti sulla storia locale. Probabilmente sono ingiusta a pensarla in questo modo. Certo è che Vivienne non abita a Spilling, anche se è il centro abitato più prossimo. Se qualcuno le chiede dove abita, lei immancabilmente risponde «The Elms» e basta, come se casa sua fosse una località rinomata.

Ferma al semaforo, ne approfitto per frugare nella

borsa alla ricerca delle indicazioni stradali che mi ha dato. A sinistra alla rotonda piccola, poi la prima a destra, e a quel punto comincia a cercare il cartello. Eccolo, lo vedo in questo istante: «Waterfront», una scritta bianca in corsivo che campeggia su uno sfondo blu scuro. Svolto nel viale di accesso, che gira intorno all'edificio squadrato sormontato da una cupola, e mi fermo nel grande posteggio sul retro.

L'atrio del Waterfront profuma di gigli, e infatti guardandomi attorno ne vedo spuntare un po' ovunque da certi vasi alti, rettangolari, sistemati in ogni angolo disponibile. La moquette – blu scuro con un disegno di rose rosa – è di quelle costose, che non danno l'idea di essere sporche anche quando lo sono. C'è un andirivieni di gente con le borse da ginnastica, chi sudato, chi fresco di doccia.

Al banco della reception mi accoglie una ragazza con i capelli biondi sparati in fuori come aculei di un riccio. «Kerilee» – così dice la targhetta appuntata sul petto – sembra ansiosa di essermi d'aiuto. Sono contenta di avere scelto di chiamare mia figlia Florence, un nome vero con dietro una storia, non una stranezza che pare inventata dal marketing di una popstar quindicenne. Avevo paura che David e Vivienne mettessero il veto, ma per fortuna è piaciuto anche a loro.

«Sono Alice Fancourt», dico. «Mi sono appena iscritta.» Le allungo la busta che contiene il modulo compilato con i miei dati e mi viene da sorridere al pensiero che Kerilee non immagina nemmeno lontanamente cosa significhi per me questa giornata. Il nostro incontro ha un'importanza completamente diversa, nella mia e nella sua mente.

«Oh, lei è la nuora di Vivienne! Ha appena avuto un bambino! Quando è stato, due settimane fa?»

«Sì, esatto.» Questa iscrizione al Waterfront è un regalo di Vivienne, o meglio, è il premio per averle dato una nipotina. Credo che costi sulle mille sterline all'anno, ma Vivienne è una delle poche persone la cui generosità non è inferiore alla ricchezza.

«Come sta Florence?» chiede Kerilee. «Vivienne ne va pazza! Chissà come sarà contento Felix ora che ha una sorellina, eh?»

Che strana cosa sentir parlare di Florence in questo modo. Per me lei è la prima e unica figlia. Ma del resto è anche vero che per David è la seconda.

Felix lo conoscono tutti al Waterfront, ci passa quasi altrettanto tempo che a scuola. Se non ha qualche torneo di golf ci sono sempre le lezioni di nuoto, oppure i giochi o le gare che organizzano qui per i ragazzini, e nel frattempo Vivienne divide equamente il suo tempo tra la palestra, la piscina, il salone di bellezza e il bar. Pare proprio che si trovino bene loro due, a venirci insieme.

«E così si è rimessa per benino, allora?» mi domanda Kerilee. «Vivienne ci ha raccontato tutto del parto. A quanto ho capito deve essere stata parecchio dura!»

Mi sento vagamente spiazzata. «Sì, è stato spaventoso, però Florence non ha avuto nessun problema e questa è la cosa che conta.» D'improvviso arriva, acutissima, la nostalgia di mia figlia. Cosa ci faccio al banco della reception del Waterfront quando potrei essere a casa a godermi la mia piccola, bellissima bambina? «Questa è la prima volta che la lascio», esplodo. «È la prima volta che esco di casa da quando sono tornata dall'ospedale, mi sembra tutto così strano...»

Di solito non mi confido con persone che non conosco, ma visto che Kerilee sa già tutto del parto, decido che male non può fare.

«Gran giorno, allora», commenta lei. «Vivienne diceva che magari si sarebbe sentita un po' debole, oggi.»

«Ah sì?» Vivienne pensa proprio a tutto.

«Sì, e mi ha raccomandato di accompagnarla per prima cosa al bar, e di farle bere un bel cocktail.»

Scoppio a ridere. «Già, peccato che devo guidare, dopo. Anche se Vivienne dice...»

«Che più si è sbronzi più si guida con prudenza», Kerilee finisce per me, e tutte e due ci facciamo una bella risata. «Bene, ora inserisco i suoi dati nel sistema, va bene?» Si mette davanti al computer, le dita pronte sulla tastiera. «Alice Fancourt. L'indirizzo è The Elms, giusto?» Pare impressionata. Qui in zona sanno quasi tutti qual è la casa di Vivienne, anche chi non conosce di persona la proprietaria. The Elms è stata la dimora dei Blantyre, un'antica e famosa famiglia di Spilling imparentata con la famiglia reale. Erano gli anni Quaranta quando l'ultimo discendente morì e il padre di Vivienne la comprò.

«Sì», rispondo. «Per ora l'indirizzo è quello.» Mi viene in mente l'appartamentino di Streatham Hill, dove abitavo prima di sposarmi con David. Un osservatore imparziale lo definirebbe un bugigattolo buio, ma io lo adoravo. Era un posticino accogliente dove rintanarmi e starmene in santa pace, libera da ogni impegno e da tutti, specialmente dai pazienti più assillanti, quelli ossessivi. Da quando i miei genitori erano morti, quello era l'unico posto dove potevo essere me stessa, vivere fino in fondo la disperazione della solitudine senza nessuno tra i piedi a tranciare giudizi. Il mio appartamento mi accettava per quella che ero, una persona ferita, mentre il mondo esterno non sembrava particolarmente disposto a farlo.

The Elms è troppo vasta per essere accogliente. Il letto dove dormiamo io e David assomiglia a quelli che si vedono nei castelli francesi, circondati dal cordone rosso che li protegge dai visitatori. È enorme, ci starebbero dentro comode quattro persone, anzi cinque, se sono magre. Vivienne dice che è un talamo reale. «I soliti letti matrimoniali li lasciamo ai gerbilli», scherza lei. Anche la stanza in cui dorme Florence è molto grande. Ci sono dei mobili antichi, una panchetta per sedersi che corre lungo il bovindo e un cavallo a dondolo di legno, scolpito a mano, che apparteneva a Vivienne quando era piccola. Felix ha due stanze: la sua camera da letto e una stanza più lunga che larga su in soffitta, dove tiene i giocattoli, i libri e i suoi orsacchiotti preferiti.

Al piano superiore della casa c'è una vista mozzafiato. Se la giornata è limpida si vede in lontananza fino a Culver Ridge da una parte, e al campanile della chiesa di Silsford dalla parte opposta. Il giardino è talmente esteso che l'hanno diviso in tanti spazi verdi diversi, alcuni con il prato naturale, altri con il prato all'inglese e le aiuole. Tutti perfetti per andarci a passeggiare spingendo la carrozzina, se non fa freddo.

David non vede nessuna ragione valida per andare a stare altrove. Le volte che provo ad accennarglielo, lui mi fa notare che avremmo ben pochi soldi da spendere per una casa tutta nostra. «Vorresti davvero rinunciare a tutto ciò che abbiamo qui a The Elms in cambio di una di quelle casette a schiera tutte uguali, senza nemmeno il giardino?» dice. «E poi ora che lavori a Spilling ci fa ancora più comodo abitare con mia madre. Non vorrai mica fare la pendolare, vero?»

Non l'ho mai detto a nessuno, ma tutte le volte che penso di tornare al lavoro sento la tristezza calarmi addosso come una nebbia. Ormai vedo il mondo con occhi completamente diversi e non posso fingere che non sia così.

«Ora le chiamo Ross, il nostro responsabile dell'assistenza ai soci, così la porta a fare un giro di tutto il club.» La voce di Kerilee mi riporta al presente. «Poi se vuole può fare una nuotata, oppure usare la palestra...»

Mi sento un nodo allo stomaco. Già mi vedo i punti dell'operazione che saltano, la ferita ancora rossa che si riapre. «È un po' presto ancora», dico posando una mano sulla pancia. «Sono uscita dall'ospedale solo una settimana fa. Ma sarei molto contenta di fare un giro, e magari anche di bere quel cocktail.»

Ross è un ragazzo sudafricano basso di statura, capelli

biondi tinti, gambe muscolose e un'abbronzatura che vira all'arancione. Mi porta a vedere una grande palestra con un pavimento di legno lucido dove sono sparsi attrezzi di ogni genere. C'è gente con il body di lycra che corre, cammina, fa cyclette e persino rema, a quanto pare, su quei lucenti attrezzi neri e argento. Parecchi di loro hanno le cuffie nelle orecchie e gli occhi fissi su uno dei tanti schermi televisivi che pendono in fila dal soffitto, tutti intenti a seguire un talk show pomeridiano mentre i loro arti battono ritmicamente sul metallo e sulla gomma. Incomincio a capire come fa Vivienne a tenersi così in forma nonostante l'età.

Poi Ross mi accompagna alla piscina, una vasca da venticinque metri, e si premura di farmi osservare il sistema di illuminazione sul fondo. L'acqua è di un turchese intenso e brillante, una specie di enorme acquamarina in forma liquida, che trattiene ed emette luce a ogni increspatura della superficie. Tutt'intorno alla piscina c'è un bordo di pietra e, sui due lati più stretti, gradini in muratura. Poco lontano, colonne in marmo rosa disposte a cerchio delimitano l'area della jacuzzi, una grande vasca rotonda che è tutta un gorgogliare di bollicine. È piena fino all'orlo, la schiuma straborda di tanto in tanto con piccoli spruzzi. Ancora più in là c'è una sauna che emana un profumo dolce di legno di abete, e poco oltre una stanza per il bagno turco, di cui non si vede niente perché il vetro della porta è completamente appannato dal vapore. D'un tratto un suono sordo, simile a un rullio di tamburi, mi fa trasalire. Alzando la testa vedo le gocce di pioggia che si rovesciano sulla cupola di vetro del Waterfront.

Faccio un'ispezione negli spogliatoi femminili mentre Ross mi aspetta fuori. Come tutto il resto del Waterfront, l'arredo e gli accessori vanno ben oltre uno scopo puramente funzionale. Qui il pavimento è rivestito da una spessa moquette color prugna, nelle toilette e nelle docce di piastrelle nere di ardesia, e su ogni superficie è ammucchiata una quantità di cosette deliziose: morbidi asciugamani bianchi, accappatoi ornati con il logo del Waterfront, flaconi di creme e boccette di shampoo e poi ancora balsami, lozioni per il corpo e persino limette per le unghie. Ci sono tre donne che stanno asciugandosi e rivestendosi. Una di loro si strofina la pancia con un asciugamano, così vigorosamente che solo a guardarla mi sento svenire. Un'altra, intenta ad abbottonarsi la camicetta, solleva lo sguardo e mi sorride. Ha un'aria sana e sprizza energia. La pelle delle gambe è arrossata dal calore. Tutta vestita come sono, in quel momento mi sento fragile, impacciata, decisamente fuori posto.

Passo a dare un'occhiata agli armadietti di legno, ciascuno contrassegnato da un numero. Qualcuno è aperto, e le chiavi penzolano dal lucchetto; qualche altro – dove mancano le chiavi – ha l'anta chiusa. Faccio il giro della stanza finché non trovo l'armadietto di Vivienne, il numero 131. Ha scelto quello perché Felix è nato il 13 gennaio e perché si trova in una posizione strategica, vicino alle docce ma anche all'ingresso della piscina. Vivienne è l'unica socia del Waterfront ad avere un armadietto tutto per sé, che non può essere usato da nessun altro. La chiave gliela tengono dietro il banco della reception. «Così evito di andare avanti e indietro tutti i giorni carica di roba come una profuga di guerra», dice lei.

Ross mi aspetta nel corridoio, accanto alla cesta dove si buttano gli asciugamani usati. «Cosa gliene pare?» mi chiede.

«Bellissimo.» È tutto esattamente come l'aveva descritto Vivienne.

«Qualche domanda? Si è fatta un'idea di come funzionano le chiusure degli armadietti? Bisogna infilare nella fessura una moneta da una sterlina per poterli chiudere. Poi se la riprende, naturalmente.»

Faccio cenno di sì con la testa, aspettando che Ross mi

dica che anch'io avrò un armadietto tutto per me, ma lui non lo fa. Resto un pochino delusa.

Dopo un giro al Chalfont, il raffinato ristorante del club, ci spostiamo al Chompers, un simpatico bar di quelli che rivisitano con ironia lo stile «vecchia America»: un posto molto rumoroso, che Vivienne sostiene di odiare. Infine andiamo al bar riservato ai soci, dove Ross mi passa in consegna a Tara. Decido di fare la dura e di prendermi quel famoso cocktail, nella speranza che allenti un po' la tensione che ho dentro. Prendo in mano il menu, ma Tara mi blocca subito dicendo che ha già pronta una cosa per me: una sostanziosa bevanda di panna e Kahlua. A quanto pare ci ha pensato Vivienne a ordinarla per me, con largo anticipo.

Non mi lasciano pagare il cocktail, il che non è propriamente una sorpresa. «Che ragazza fortunata», commenta Tara. Probabilmente si riferisce al fatto che sono la nuora di Vivienne. Mi chiedo se sa di Laura, che tanto fortunata non è stata.

Butto giù il cocktail cercando di apparire calma e senza preoccupazioni. In realtà devo essere la persona meno rilassata in tutto il Waterfront, tanto mi divora l'ansia di tornare da Florence. Mi rendo conto che sotto sotto ardo dal desiderio di rientrare a casa fin dall'istante in cui ho messo piede fuori. Sono finalmente libera di andarmene, ora che ho visto tutto ciò che il Waterfront ha da offrire. Quello che mi interessava fare l'ho fatto.

Fuori la pioggia è cessata. Sulla via del ritorno supero il limite di velocità, con l'alcol che mi scorre nelle vene. Mi sento piena di coraggio e in vena di ribellione, ma dura pochissimo perché sta cominciando a girarmi la testa, e ho paura di incrociare Cheryl mentre guido a quella velocità un catorcio di Volvo a meno di due settimane dalla nascita di mia figlia. Cheryl è la mia ostetrica, non approverebbe per niente. E poi potrei ammazzare qualcuno. Sto ancora prendendo le medicine che mi hanno prescritto prima di dimettermi dall'ospedale, ho appena buttato giù un cocktail bello forte... cosa cavolo sto cercando di fare, voglio avvelenarmi per caso?

So che dovrei rallentare ma non ce la faccio proprio. La voglia di rivedere Florence ha tutta la forza di un bisogno fisico impellente. Il semaforo passa al giallo e io accelero, invece di frenare come avrei fatto normalmente. Mi sento come se avessi lasciato a casa un arto, un organo vitale.

Quando imbocco il viale sono così trepidante per l'attesa che quasi mi manca il respiro. Lascio la macchina e mi precipito verso la casa, senza badare al doloroso senso di tensione che ho al basso ventre. La porta d'ingresso è socchiusa. «David?» chiamo a voce alta. Nessuna risposta. Mi chiedo, per un attimo, se è possibile che sia fuori con Florence e la carrozzina. No, non può essere, David non si sarebbe dimenticato di chiudere la porta.

Attraverso l'ingresso, entro nel soggiorno. «David?» grido di nuovo, questa volta più forte. Sopra la mia testa sento un'asse del pavimento che scricchiola e un verso soffocato: i rumori del risveglio di David da un pisolino. Corro al piano di sopra, in camera nostra, dove infatti lo trovo seduto sul letto a sbadigliare. «Dormo quando dorme la bambina, come mi ha consigliato di fare Miriam Stoppard», dice scherzando. È così contento da quando è nata Florence che sembra quasi un altro. Ho aspettato per anni che David si aprisse con me su quello che prova, eppure adesso sembra che i discorsi di questo tipo non siano più necessari, tra noi. La sua gioia è più che evidente dalla nuova energia che lo pervade, dall'entusiasmo che gli brilla negli occhi e dà calore alla voce.

Ci pensa David a darle il latte, di notte. Ha letto in un libro che uno dei vantaggi dell'allattamento artificiale è che possono occuparsene i padri, creando così un legame più diretto, fisico, con il bambino. È una grande novità per David: quando è nato Felix lui e Laura si erano già separati. Florence è la sua seconda occasione e, anche se non l'ha mai detto apertamente, so che è decisissimo a fare in modo che tutto sia perfetto, questa volta. Si è persino preso un mese di permesso al lavoro. Ha bisogno di dimostrare a sé stesso che il fatto di essere un cattivo padre non è ereditario. «Allora, com'è andata al Waterfront?» mi chiede.

«Bene. Poi ti racconto.» Gli giro le spalle, esco dalla stanza e in punta di piedi attraverso l'ampio pianerottolo, verso la camera di Florence.

«Attenta a non svegliarla, Alice», sussurra David dietro di me.

«Do solo un'occhiatina. Piano piano, prometto.»

Sento il respiro della bambina da dietro la porta socchiusa. È un rumore che a me piace tantissimo: acuto, ritmato, rapido... più sonoro di quel che ci si potrebbe aspettare da un neonato. Apro la porta e la prima cosa che mi si para davanti è la sua buffa culla, a cui non ho ancora fatto l'abitudine. Ha le ruote, è rivestita di stoffa e a quanto pare è di fabbricazione francese. David e Vivienne l'hanno vista nella vetrina di un negozio di Silsford e l'hanno comprata per farmi una sorpresa.

Le tende sono tirate. Mi chino sulla culla, e sul momento distinguo solo un fagottino, una forma in rilievo sotto la coperta. Ci metto qualche secondo a vedere più distintamente. O mio Dio. Il tempo rallenta in modo insopportabile. Il cuore batte forte, mi sento male. Torna in bocca il sapore cremoso del cocktail, misto a quello della bile. Guardo, continuo a guardare, e ho come la sensazione di cadere in avanti. Sono sospesa nell'aria, senza più appiglio al suolo, niente a cui aggrapparmi. Questo non è un incubo. È la realtà stessa l'incubo.

Ho promesso a David di non fare rumore. Ho la bocca spalancata e sto urlando.

2.

3 ottobre 2003 ore 11.50 (una settimana dopo)

Quando Simon arrivò alla stazione di polizia per prendere servizio nel turno di mezzogiorno, Charlie lo stava aspettando ai piedi della scalinata. Notò che per la prima volta quell'anno si era messa il cappotto lungo di lana nera, con il colletto e i polsini di finto pelo. Le caviglie ossute non erano più visibili come durante l'estate, quando a coprirle erano calze di nylon trasparenti. Con l'avvicendarsi delle stagioni le gambe di Charlie passavano dal trasparente all'opaco e viceversa. Ieri erano trasparenti, oggi opache: un segno inequivocabile che l'inverno era alle porte.

Era soltanto ottobre a dire il vero, ma Charlie era così magra che cominciava a sentire il freddo quando gli altri andavano ancora in giro in sandali. Oggi era pallida in viso e dietro la montatura dorata degli occhiali si intravedeva una luce ansiosa negli occhi. Tra le dita della mano destra c'era una sigaretta fumata a metà. La dipendenza di Charlie consisteva più che altro nel tenerla così, tra le dita, lasciando che a poco a poco si consumasse da sola. Ora però, più da vicino, si notava la traccia lasciata dal suo rossetto sul filtro; c'era più colore sulla sigaretta che sulle sue labbra. Charlie esalò una nuvoletta, non si capiva se fosse fumo o il vapore del respiro.

Un movimento rapido dell'altra mano, che lo chiamava con evidente impazienza. Sicché era proprio *lui* la persona che stava aspettando. Doveva essere qualcosa di grosso, se Charlie era scesa fin su quei maledetti gradini per andargli incontro. Simon imprecò mentalmente, con la netta sensazione che ci fossero guai in vista e allo stesso tempo irritato dalla propria reazione di sorpresa.

Gli sarebbe piaciuto affrontare quello che la sorte gli scaraventava addosso – qualunque cosa – con la disinvoltura di chi non ha assolutamente niente da rimproverarsi. Per ironia, sentiva che avrebbe sopportato meglio una punizione immeritata; l'idea del martirio esercitava su di lui una specie di attrazione.

Deglutì a fatica. Questa volta doveva trattarsi di qualcosa di più grave di un Reg 9. Era stato un idiota a dimenticare – anche se per poco, anche se comprensibilmente – di non essere il tipo che la passa liscia, mai. Quei maledetti bastardi dell'unità disciplinare probabilmente gli avevano già svuotato l'armadietto.

Sentì che lo stomaco si rivoltava. Metà della sua mente era occupata a ripassare le frasi che avrebbe detto per difendersi, l'altra metà intanto combatteva disperatamente contro il desiderio di scappare, di tagliare la corda. Nella testa di Simon non doveva finire tutto con una fuga da vigliacco, no. Doveva essere una ritirata calma, dignitosamente triste. Nelle sue fantasticherie si vedeva diventare sempre più piccolo, fino a ridursi a un puntino, un nonnulla. Il fascino sottile del gran gesto, del silenzioso commiato, con Charlie che restava lì a domandarsi come e quando lo aveva deluso e poi, soltanto dopo avere capito, a darsi dell'idiota per non avergli prestato ascolto.

Un filo di speranza. Tutti gli altri posti di lavoro li aveva lasciati in un caos di momenti convulsi, con un sottofondo di imprecazioni urlate, di pugni alzati minacciosamente e di calci rabbiosi sferrati a porte e scrivanie. Si chiese quante volte viene offerta a ciascuno la possibilità di ricominciare da zero, quante volte si può dare la colpa agli altri e crederci davvero.

«Cosa? Cosa c'è?» chiese a Charlie, saltando i convenevoli. Si sentiva svuotato, come se qualcuno avesse scavato a piene mani dentro di lui.

«Fatti una sigaretta.» Charlie aprì il pacchetto di Marlboro light e glielo sbatté sotto il naso.

«E dimmelo, dài.»

«Sì, se stai calmo.»

«Cristo santo, cos'è successo?» Sapeva di non poter nascondere il panico a Charlie, e questo lo faceva imbestialire ancora di più.

«Le spiacerebbe moderare i toni, detective?» Charlie si appellava alla gerarchia ogni volta che le faceva comodo. Un attimo prima era l'amica, la confidente, e poi tutto d'un colpo gli faceva pesare il proprio grado superiore. Era capace di saltare nel giro di un secondo dalla calorosità al gelo. Simon si sentì come un insetto che si dibatte su un vetrino da laboratorio, pura materia su cui Charlie conduceva un esperimento a lungo termine provando ogni volta un approccio diverso: simpatia, disponibilità sessuale, freddo distacco. Risultato dell'esperimento: soggetto disorientato in stato di perenne confusione.

Sarebbe stato più facile avere per capo un uomo. Erano due anni che accarezzava l'idea di chiedere un trasferimento. Non era mai arrivato al punto di presentare la domanda perché il pensiero di poter fare quel cambiamento quando voleva, in fondo, gli era più utile del cambiamento stesso. Charlie era una brava caposquadra, una che non ti tagliava le gambe, anzi. Per lui aveva un occhio di riguardo, ma Simon era decisissimo a non sentirsi in colpa.

«Scusami», disse. «Scusami. Dài, dimmelo.»

«Proust è nella stanza degli interrogatori con David Fancourt.»

«Cosa? Perché?» Simon dovette faticare per visualizzare l'ispettore Proust faccia a faccia con un comune cittadino, una persona in carne e ossa, non ridotta a un semplice nome nel rapporto di un sergente, a una combinazione di lettere scritte su un foglio. Nell'esperienza di Simon, un evento insolito equivaleva a un evento negativo.

Molto negativo, forse. Tutte le terminazioni nervose del suo corpo entrarono in stato di allerta.

«Tu non c'eri, io non c'ero. Proust era l'unico della squadra presente in quel momento e così se l'è preso lui.»

«Perché Fancourt è venuto alla stazione di polizia?»

Charlie fece un respiro profondo. «Prenditi questa sigaretta, dài», disse.

Simon la prese, giusto per farla stare zitta. «Dimmelo allora, sono nei guai?»

«Be', veramente...» Gli occhi di Charlie si strinsero a fessura. «Che domanda interessante. Perché dovresti essere nei guai *tu*?»

«Su, Charlie, smettila di giocare al gatto con il topo. Perché Fancourt è venuto qui?»

«È qui per denunciare la scomparsa di sua moglie e di sua figlia.»

«Che cosa?» Quelle parole furono un colpo per Simon, una mattonata in piena faccia. Il significato di quello che aveva detto Charlie si depositò nella sua mente: Alice e la bambina erano scomparse. No, non poteva essere.

«Altro non so, bisognerà aspettare che Proust ci racconti il resto. Fancourt è dentro con lui da un'ora. Al banco c'era Jack Zlosnik, a lui Fancourt ha detto che moglie e figlia sono scomparse da ieri sera. Nessun biglietto, nessun contatto. Ha telefonato a tutti quelli che gli sono venuti in mente, ma niente da fare.»

La vista di Simon era annebbiata, ogni cosa appariva sfocata. Fece un passo avanti ma Charlie lo afferrò per un braccio. «Ehi, calmati. Dove vuoi andare?»

«Da Fancourt, voglio sapere che cazzo succede.» La rabbia gli ribolliva dentro. Cosa aveva fatto quel bastardo ad Alice? Doveva scoprirlo, subito, anche a costo di chiederlo esplicitamente.

«Vorresti irrompere nella stanza degli interrogatori dove c'è Proust, per caso?»

«Che cazzo mi resta da fare?»

Charlie aumentò la stretta al braccio. «Prima o poi questa incapacità di dominarti ti costerà il posto. Sono stufa di controllare tutto quello che fai per evitarti di finire nei casini.» Dispiacerebbe più a lei che a me, se mi buttassero fuori, pensò Simon. Se Charlie voleva una cosa, la faceva succedere. Di solito.

I tre agenti che in quel momento rientravano alla stazione di polizia badarono a tenere lo sguardo inchiodato a terra, cercando di eclissarsi il più in fretta possibile dietro la porta girevole. Simon si affrettò a liberarsi dalla stretta di Charlie, borbottando tra i denti qualche parola di scusa. Non gli andava l'idea di star lì a fare una scenata in mezzo alla strada, sotto gli occhi di tutti. Charlie aveva ragione, era ora di farla finita con quei comportamenti.

Lei gli tolse la sigaretta di mano, gliela infilò in bocca e fece scattare l'accendino. Distribuiva sigarette come fossero medicinali, come altra gente fa con le tazze di tè. Persino ai non fumatori come Simon, che tuttavia di quella sigaretta sentiva un bisogno tale che il primo tiro fu un vero sollievo. Trattenne il fumo nei polmoni più che poteva.

«Stammi a sentire, Charlie...»

«Sì, ma non qui. Finisci quella sigaretta e poi andiamo a berci qualcosa. E sta' calmo, per carità di Dio.»

Simon strinse i denti nello sforzo di calmare il respiro. Se doveva parlare con qualcuno, Charlie era la persona giusta. Se non altro l'avrebbe ascoltato in silenzio, prima di dirgli che erano un mucchio di stronzate.

Fece ancora un paio di tiri, poi buttò via la sigaretta e seguì Charlie dentro l'edificio. La stazione di polizia di Spilling era stata ricavata nel complesso che un tempo ospitava la piscina comunale. Ancora impregnata dell'odore del cloro, era infestata dalla persistenza del passato. Quello era il posto dove a otto anni Simon aveva imparato a nuotare dal maestro di nuoto, un fissato che girava vestito in tuta rossa e con in mano una lunga asta di legno. Tutti gli altri ragazzini della sua classe sapevano già nuotare. Simon ricordava bene le sensazioni provate quando se n'era reso conto. Si sentiva allo stesso modo anche adesso, tutte le volte che metteva piede alla stazione di polizia prima dell'inizio del turno.

Il peso dell'ansia lo schiacciava, lo spingeva giù, lo mandava a fondo. Sentì di nuovo, impellente, il desiderio di mettersi a correre, pur non sapendo bene se le gambe lo avrebbero portato fuori da quell'edificio oppure in qualche suo punto ancora più interno. Non aveva un'idea precisa di cosa avrebbe fatto; più che altro avvertiva un bisogno indistinto di scuotersi di dosso qualcosa, di buttar fuori la paura. Si costrinse a restare fermo al fianco di Charlie mentre lei scambiava due parole con Jack Zlosnik, la palla di lardo pelosa seduta al bancone dell'ingresso, nello stesso posto dove anni prima quel vecchio brontolone di Morris allungava biglietti verdi con stampato sopra: «Ingresso singolo».

Non c'era motivo di pensare al peggio. Alice non poteva essere in serio pericolo, c'era ancora tempo perché un intervento di Simon cambiasse il corso degli eventi. L'avrebbe sentito sulla pelle, in qualche modo, se fosse stato troppo tardi.

Dopo quella che sembrò un'eternità, si lasciarono alle spalle Zlosnik e Simon si costrinse a uniformare il ritmo della camminata a quello di Charlie, un passo dopo l'altro sulla strada per la mensa, una specie di caverna dell'eco piena di neon fastidiosamente abbaglianti, di cattivi odori e di voci – soprattutto maschili – in stridente sovrapposizione. Il suo umore faceva apparire ogni cosa in una luce grottesca, costringendolo quasi a coprirsi gli occhi alla vista del pavimento in laminato – il parquet dei poveri – e di quelle pareti color giallo piscio.

Davanti alla porta della cucina tre donne di mezza età, con i capelli grigi e un grembiule bianco, dispensavano tazze di brodaglia grigiastra e marrone ad agenti in uniforme stanchi e affamati. Una di loro fece scivolare sul bancone due tazze di tè verso Charlie senza cambiare espressione. Simon rimase indietro di un passo. Le sue mani non erano ferme abbastanza da poter reggere qualcosa. Ora c'era da scegliere un tavolo, scostare una seggiola, riportarla vicino al tavolo: tutte prosaiche incombenze che lo spazientivano al punto di mandarlo in bestia.

«Hai l'aria di uno che è sotto shock.»

Simon scosse la testa, pur sospettando che Charlie non avesse tutti i torti. Non riusciva a togliersi dalla mente la faccia di Alice. Davanti ai suoi occhi si era spalancato un abisso e lui lottava per non caderci dentro. «Ho una brutta sensazione su questa faccenda, brutta sul serio. Non so come, ma deve esserci Fancourt dietro. Può raccontare quello che vuole a Proust, tanto sarà solo una montagna di balle.»

«Non sei quello che si direbbe un giudice imparziale, mi viene da dire. Tu hai un debole per Alice Fancourt, non disturbarti a negare. Ho visto com'eri agitato quando è venuta qui la settimana scorsa, solo perché stavi nella stessa stanza con lei. E tutte le volte che ti capita di pronunciare il suo nome lo fai con l'aria di chi nasconde qualcosa.»

Simon tenne gli occhi fissi sul suo tè, deliberatamente. Imparziale? No, mai. Di David Fancourt non si fidava neanche un po', proprio come gli era successo con altri due uomini in quelle ultime settimane, e tutti e due alla fine erano risultati colpevoli. Quando Simon era riuscito a dimostrarlo senza possibilità di equivoco, i colleghi si erano complimentati con lui e gli avevano offerto da bere proclamando di aver sempre saputo che aveva ragione. In realtà, quando aveva manifestato per la prima volta i suoi sospetti, il resto della squadra si era fatto una bella risata dandogli del fissato.

La maggior parte della gente ha questa capacità di riscrivere la storia a proprio uso e consumo, persino chi fa un lavoro in cui è importante attenersi ai fatti. Simon non sapeva come ci riuscissero, gli sarebbe piaciuto avere quel dono. E invece nella sua memoria restava sempre impresso, nei minimi particolari, sia ciò che gli faceva comodo ricordare sia ciò che era scomodo. La sua mente non lasciava cadere niente nel dimenticatoio, neppure il più piccolo dettaglio. Non era la premessa ideale per una vita facile e tranquilla, però sul lavoro era utile. Se una come Charlie non riusciva a capire che dietro i suoi attacchi di rabbia c'era la sensazione di non essere abbastanza considerato, come poteva essere una buona detective?

«Spero che non ci sia bisogno di ricordarti in che genere di pasticcio ti troveresti, se si venisse a sapere che hai visto Alice Fancourt fuori dall'orario di lavoro anche dopo che ti ho raccomandato di evitare ogni rapporto con lei», stava dicendo Charlie. Di nuovo quella voce da maestrina, quel tono da predica. Insopportabile. Possibile che non si rendesse conto dello stato in cui si trovava lui in quel momento? Possibile che non riuscisse a immaginare come si può sentire chi è talmente schiacciato dalla preoccupazione da farsi scivolare addosso le critiche altrui come pioggia che scorre sul cofano di un'auto? «Il caso di Alice Fancourt, se mai c'è stato, è chiuso», disse Charlie guardandolo con occhi attenti. «Se lei è davvero scomparsa potresti essere sospeso, o peggio ancora arrestato. Diventeresti uno dei sospettati, stupido che non sei altro. Nemmeno io potrei proteggerti, perciò ti conviene pregare che Alice Fancourt salti fuori al più presto.» Fece una risatina amara, poi soggiunse a voce bassa: «Come se non lo stessi già facendo».

Simon aveva in bocca del tè che non ne voleva sapere di andar giù, e quelle luci al neon gli stavano facendo venire il mal di testa. Dal tavolo vicino arrivò un effluvio di stufato di manzo, un odore che gli diede la nausea.

«Di cosa sospetti esattamente David Fancourt?»

«Non lo so.» Che enorme sforzo mantenere la voce ferma, rimanere seduto su quella sedia e osservare il rituale di una conversazione civile tra persone adulte. Il ginocchio destro ebbe uno sussulto, segno che ogni muscolo del suo corpo era in tensione, pronto a scattare. «Ma questa è una coincidenza troppo strana, visto quello che è successo alla prima moglie di Fancourt.» Non aveva voglia di snocciolare davanti a Charlie tutti i casi in cui i suoi sospetti si erano appuntati sulla persona giusta. Se lei preferiva stare a rimuginare sulle sue debolezze, facesse pure. Non è che Simon potesse negarle. Vero, era incapace di ragionare a mente lucida se c'era di mezzo Alice Fancourt. Vero, a volte andava troppo su di giri e incasinava tutto quanto, specialmente quando l'ottusità dei colleghi lo faceva infuriare al punto di perdere il senso della misura.

«Lascia perdere *me*», disse brusco a Charlie, sottolineando con forza l'ultima parola, «e pensa piuttosto a David Fancourt. O meglio ancora, pensa al quadro che si sta formando intorno a lui. Chissà che alla fine non ti riesca di vedere quello che hai sotto il naso da un pezzo.»

Gli occhi di Charlie si volsero altrove. Dopo avere giocherellato per un po' con una ciocca di capelli riprese a parlare, questa volta con un leggero tono di sfida che rivelò a Simon di avere colpito nel segno. «Qualche personaggio famoso, non mi ricordo più chi, ha detto: "Perdere una moglie è una sfortuna, perderne due è essere un po' troppo distratti". Qualcosa del genere.»

«Oppure un po' troppo colpevoli», replicò Simon. «La morte di Laura Cryer...»

«È un caso chiuso.» Il viso di Charlie si indurì. «Non farti venire in mente di riaprirlo.» Ma un attimo dopo l'avversione per le cose dette a metà la spinse a chiedere: «Perché dici così? Sputa!».

«È una serie di disgrazie eccessiva per un uomo innocente, tutto qui», rispose Simon. «Non posso credere di dovertelo dire chiaro e tondo. E se fosse stato Fancourt a uccidere la prima moglie, facendola franca?» Strinse forte i pugni. «E se stesse sfidando di nuovo la sorte? Vogliamo fare qualcosa per fermare quel bastardo finché è qui dentro, o lo lasciamo andare via libero com'è entrato?»

3.

Venerdì 26 settembre 2003

«Cosa c'è? Cos'hai?» David è nella stanza della bambina, ha il fiato corto. Io sto ancora urlando. Un urlo che spacca i timpani, come quello di una sirena, esce dalla mia bocca. Credo che non riuscirei a fermarlo neanche se volessi. Un suono più stridulo, di pianto, sale dalla culla. David mi dà uno schiaffo sul viso. «Alice, cosa ti è successo? Che cos'hai?»

«Dov'è Florence? Dov'è?» imploro. Un giorno come un altro si è tramutato in qualcosa di orribile.

«Sei impazzita? È qui, non la vedi? L'hai svegliata. Shhh, non piangere tesorino, va tutto bene. La mamma non voleva spaventarti. Su, vieni in braccio al papà. Va tutto bene.»

«Quella non è Florence. Non ho mai visto quella bambina prima d'ora. Dov'è Florence?»

«Che ca... che cosa dici?» David non dice mai parolacce, Vivienne disapprova chi si esprime in modo volgare. «Ma certo che è Florence, guardala, con la tutina dell'orsetto. Gliel'hai messa tu prima di uscire, ti ricordi?»

Quella tutina è la prima cosa che ho comprato per Florence, quando ero al sesto mese di gravidanza. È di cotone giallo chiaro, e sul davanti c'è la scritta «orsetto abbracciami» ricamata sullo sfondo di un disegno che mostra un piccolo orsacchiotto in braccio alla mamma orsa. L'avevo vista da Remmick, l'unico grande magazzino di Spilling, e mi era piaciuta così tanto che non avevo resistito, anche se Vivienne aveva già comprato nelle sue boutique elegantissime così tanti abitini da vestire Florence fino ai tre anni.

«Certo che riconosco la tutina, è quella di Florence. Dimmi David, chi è questa bambina? E dov'è Florence? Dimmelo! È venuto qualcuno qui in casa, oggi? È uno scherzo? Se lo è, sappi che non è affatto divertente.»

Gli occhi neri di David sono imperscrutabili. Lui ti parla di ciò che prova solo quando è contento; se è infelice o ha dei problemi si chiude a riccio. Dall'espressione distaccata, impenetrabile che ha assunto il suo viso capisco che il processo di chiusura è già cominciato. «Alice, questa è Florence.»

«No che non è lei! Lo sai che non è lei! Dov'è Florence?»

«Sei tu che mi stai facendo uno scherzo stupido, o sei impazzita?»

Adesso sto singhiozzando. «Ti prego David, ti prego, dov'è? Cosa le hai fatto?»

«Senti, non so cosa ti è saltato in testa, ma ti consiglio di darti una calmata. Io e Florence ora scendiamo al piano di sotto e ti aspettiamo lì, ci devi delle scuse.» Il tono di voce è freddo.

All'improvviso sono sola nella stanza della bambina. Mi affloscio sul pavimento, e in posizione fetale piango, piango per un tempo che a me pare non finire mai anche se forse si consuma in pochi secondi. Non posso lasciarmi andare. Devo correre a cercarla. Il tempo passa, sono minuti preziosi che non posso permettermi il lusso di sprecare. Devo fare in modo che David mi ascolti, anche se una parte di me vorrebbe che fossi io a starlo a sentire, per poi chiedergli scusa e fare finta che sia tutto a posto anche se non lo è.

Mi asciugo gli occhi e scendo al piano di sotto. Loro sono in cucina, e David non alza gli occhi quando entro. «Quella bambina non è mia figlia», esordisco, e scoppio a piangere di nuovo. Ci sono tonnellate di infelicità e di paura dentro di me ed emergono qui, nella cucina di Vivienne.

Per un momento sembra che David abbia deciso di ignorarmi, poi evidentemente cambia idea. Si gira, mi guarda in faccia. «Alice, credo proprio che dovresti calmarti, altrimenti non ce la faremo mai a parlare in modo razionale.»

«Sono sconvolta, ma questo non vuol dire che non sono in grado di vedere le cose razionalmente. Io sono razionale quanto te!»

«Benissimo», dice David in tono paziente. «In tal caso dovremmo riuscire a chiarire tutto. Se fai sul serio quando affermi che questa bambina non è nostra figlia, convincimi.»

«Cosa intendi dire?» Sono confusa.

«Be', per prima cosa in che senso questa bambina sarebbe diversa? Florence non ha capelli, ha i grani di milio sul naso e gli occhi azzurri. Sei d'accordo anche tu su questo, immagino.»

«Ma guardala!» gli grido. «La faccia è diversa, non è Florence!»

David mi fissa come se non mi avesse mai vista prima. Pensa che io sia pazza. Mi pare di vederlo, il muro che sta tirando su fra noi due. Lui è perennemente sulla difensiva, sul piano affettivo ha il grado di maturità che potrebbe avere un adolescente. Mi sono chiesta più volte se è così perché sua madre si è sempre occupata di tutto. David non ha mai avuto bisogno di pensare con la sua testa per risolvere da solo una situazione complessa, da adulti. Piuttosto che avere a che fare con la realtà imperfetta che tu rappresenti, lui ti elimina dalla sua vita, ti chiude fuori dalla sua mente. Figure che per lui sono problematiche, come Laura o come suo padre, non vengono mai nominate. Quanto tempo dovrà passare prima che sia condannata anch'io a questa fine?

«Ma tu *devi* saperlo che non è lei, David, che questa

non è la bambina che ho baciato due ore fa per salutarla, la bambina che abbiamo portato a casa dall'ospedale, quella che scalciava e piangeva quando le ho infilato la tutina. E levagliela!» urlo tutt'a un tratto, spaventando anche me, non solo David. «È di Florence, non voglio vederla su di lei! Levagliela!» Indietreggio verso l'atrio.

«Ti stai comportando come se avessi paura di lei.» Non ho mai visto un'espressione così disgustata in faccia a David. «Alice, cosa ti sta succedendo? C'è una sola bambina, Florence, ed è questa qui.»

«Ma guardala!» grido forte. Un grido animalesco: sono ridotta a una bestia selvatica, lontana dalla civiltà. «Guardale la faccia. È diversa, possibile che tu non riesca a vederlo? Certo che gli occhi sono azzurri e ha i grani di milio, ma questo vale per centinaia di bambini appena nati! Io telefono a Vivienne.» Corro fuori dalla cucina. Nell'atrio guardo prima a sinistra, poi a destra e d'improvviso la vista si annebbia. L'adrenalina mi sta facendo respirare con affanno. Sono così confusa, così sconvolta che per un attimo dimentico perché sono lì, cosa sto cercando. Di colpo mi torna in mente: il telefono.

David mi ha seguito; vedo che è da solo. «Cosa ne hai fatto della bambina?» Mi sentivo a disagio quando ce l'avevo davanti, e il disagio è ancora più forte ora che non la vedo. David mi toglie il telefono di mano. «Non ti azzardare a rovinare la vacanza della mamma e di Felix con queste idiozie! La mamma penserebbe che hai perso la testa. Alice, fa' uno sforzo, cerca di controllarti. Pensa a quello che dici.»

Vivienne ha portato Felix in Florida, una specie di vacanza premio con cui celebrare la nascita della nuova arrivata. Io avrei preferito averlo qui, ma Vivienne ha insistito. Dice che è la cosa migliore da fare per evitare che sia geloso della sorellina appena nata, e a quanto pare è una tattica che funziona. Vivienne è figlia unica e ha sempre detestato l'idea di avere dei fratelli. Aveva chiesto espressamente ai genitori di non avere altri figli, appena era stata grande abbastanza da poter elaborare quel concetto. La cosa più sorprendente è che i genitori le hanno obbedito.

Il padre di David, che di fratelli ne aveva cinque, avrebbe voluto una di quelle grandi famiglie di tipo patriarcale. «Gli ho detto di scordarselo», mi ha raccontato Vivienne un giorno. «Un bambino dovrebbe crescere in una famiglia dove si sente speciale, e come si fa a sentirsi speciali se ce ne sono altri cinque come te in casa?» Aveva aspettato che David fosse uscito, per raccontarmelo: non nomina mai il padre in sua presenza.

Non sono abituata a costringere mio marito a guardare in faccia una verità sgradevole. Ho sempre cercato di proteggerlo.

«La porta d'ingresso era aperta», gli dico.

«Cosa?»

«Quando sono tornata. Era aperta e tu stavi dormendo. Deve essere entrato qualcuno. Si è portato via Florence e... e al suo posto ha lasciato quella bambina! Dobbiamo telefonare alla polizia... O mio Dio, Florence! Dove sarà in questo momento? E se fosse in pericolo? Se le fosse successo qualcosa di terribile?»

Spuntano lacrime negli occhi di David, ma quando apre bocca la voce è ferma. «Alice, mi fai paura. Smettila, ti prego, mi stai davvero facendo paura. Su, calmati per favore. Ora andiamo insieme in cucina e tu ti chini a guardare bene la bambina che sta nella sdraietta. Voglio che ti renda conto che è Florence, perché è lei *davvero*. D'accordo?» C'è un filo di speranza nei suoi occhi. Si è addolcito, quella che mi sta offrendo è un'ultima chance. So quanto pesa a David quell'ammissione di paura. Deve amarmi molto, mi dico. E adesso mi tocca spezzare quel filo di speranza.

«Ma no, *non è lei*!» insisto. «Senti come piange, ascolta!» Povera piccola bambina, in mezzo a quella confusione, che piange per la sua mamma. «Questo non è il pianto di Florence. Dammi il telefono.»

«Alice no, ti prego, è una follia. Lasciami chiamare la dottoressa Dhossajee. Tu hai bisogno di un sedativo, di... di qualche cosa che ti aiuti. Fammi telefonare alla dottoressa.»

«David, dammi subito quel telefono o ti giuro che prendo un coltello da cucina e te lo pianto addosso.»

Mio marito sbarra gli occhi. Non posso credere di aver detto una cosa simile.

«Qualcuno ha preso nostra figlia! Dobbiamo fare qualcosa, subito!»

Questa volta non mi impedisce di afferrare il telefono.

«Chi pensi di chiamare?» chiede.

«La polizia. E poi Vivienne. Lei mi crederà, al contrario di te.»

«Chiama pure la polizia se ci tieni, ma non mia madre. *Per favore.*»

«Perché sai che mi darà ragione. È per questo, vero?»

«Alice, se questa non è Florence, chi è? I bambini non cadono giù dal cielo, lo sai meglio di me. Io ho dormito dieci minuti, non di più...»

«Un tempo sufficiente.»

«Ci sono degli esami che possiamo fare, i test del DNA, per provare con certezza che la bambina è Florence. Possiamo risolvere tutto prima che la mamma ritorni. Senti, è mia madre, non la tua. Sta a me decidere se telefonarle o no, e ti dico già che non le telefoneremo.» Disperato, David balbetta come un bambinetto. Credo che per lui la sofferenza sia una cosa di cui vergognarsi, un fatto inviolabilmente privato: la prospettiva di essere visto in un simile stato da Vivienne, infognato in questo dannato pasticcio, dev'essere il peggiore dei suoi incubi.

«Va bene, io una madre invece non ce l'ho, su questo siamo d'accordo.» La mia voce si incrina. «Vivienne è la mia parente più prossima e perciò ficcati bene in testa che tra un attimo chiamo anche lei. La polizia, per favore», dico parlando al telefono. «Non avrei mai dovuto accettare di venire a vivere qui. Questo posto è maledetto!» esclamo. «Se avessimo abitato da un'altra parte non sarebbe mai successo.»

«Che stupidaggini!» David mi guarda come se lo avessi preso a ceffoni. Ho insultato la sua adorata dimora di famiglia. «Non puoi chiedermi di separarmi da mio figlio.»

«E infatti non te lo chiedo! Felix verrebbe con noi.» Questo è lo scambio più diretto che ci sia mai stato tra me e David a proposito della scelta del posto in cui vivere.

«Già, ottima idea. Lo strappiamo da qui e da mia madre, che si è occupata di lui da quando Laura è morta! È pazzesco che tu dica cose simili, o anche solo che ti vengano in mente.»

«Pronto, polizia? Devo denunciare la... ma sono già stata in attesa!»

«Questa faccenda si sgonfierà da sola. Si sgonfierà tutta da sola», mormora David, sedendosi su un gradino della scala. Tiene la testa tra le mani: malgrado lo sforzo per mantenere l'autocontrollo, la disperazione e lo shock sono troppo forti e lo sopraffanno. Non ha mai pianto davanti a me, prima d'ora. Forse gli sta venendo il dubbio di essere lui a sbagliarsi, nonostante tutte le sue certezze. Credo proprio che non mi perdonerà mai di essere stata testimone di questo crollo emotivo.

«Va' a tranquillizzare la bambina. David, ascolta quello che ti dico. Vai, su, quella bambina dev'essersi spaventata.» Quel pianto sconsolato, che vibra di sconcerto, mi dà una fitta al cuore. Il massimo che riesco a fare è continuare a reggermi in piedi.

Povera, povera piccola Florence. Non sopporto l'idea che possa soffrire. Vorrei solo poterla tenere in braccio, stretta a me, e sentire la morbidezza vellutata della sua guancia contro la mia.

Dalla gola di David sale un gemito. «Cosa stai dicendo?

Ma senti come parli ora: “quella bambina”. È nostra figlia, la nostra Florence. Come puoi fare una cosa simile? Metti giù quel telefono! Ci vai *tu*, a tranquillizzarla.» È infuriato con me, ma anche arrabbiato con sé stesso per aver creduto così ciecamente nella sua seconda occasione, la sua nuova vita con Florence e con me. Deve provare un senso di vergogna in questo momento, ripensando all'eccitazione e all'entusiasmo delle ultime due settimane. Mi rattrista pensare che capisco la sua sofferenza meglio di quanto lui potrebbe mai riuscire a capire la mia.

«Mi aiuti, mi aiuti, devo denunciare... oh scusi, scusi.» Una voce di donna mi prega di calmarmi: sto piangendo a dirotto, tanto che non afferra quello che cerco di dirle. «Devo denunciare un rapimento.» Sono costretta a ripeterlo due volte. L'infelicità di tre persone risuona tra le mura di questa casa. «Mia figlia appena nata, Florence. Sì. Io sono Alice Fancourt.»

4.

3 ottobre 2003 ore 12.10

«Fammi capire», disse Charlie. «Per caso stai insinuando che David Fancourt ha ucciso Laura Cryer?»

«È una pura e semplice questione di logica! Chiunque abbia un cervello direbbe lo stesso, ora che Alice e la bambina sono scomparse. E poi c'è qualcosa che non convince in lui, mi ha colpito già la prima volta che l'ho visto.» Simon cercò le parole adatte per esprimere la sensazione provata. «Come se non ci fosse veramente una persona dietro a quegli occhi. Io lo guardavo, lo guardavo, e tutto quello che vedevo era un vuoto. Te lo ricordi quel pezzo di Billy Idol che si intitolava *Eyes Without a Face*?»

«Dammi pure della ritardata mentale», replicò Charlie, sapendo bene che Simon non sarebbe mai stato così stupido da farlo, «ma avrei giurato di essere stata io a dirigere la squadra che si occupava di quel caso. Anzi, avrei giurato che avessimo persino beccato il colpevole.»

«Lo so benissimo», rispose Simon con aria vagamente distratta. A quei tempi era ancora un agente in uniforme. Tra loro due era Charlie quella che aveva maggiore esperienza, eppure non gli riusciva di mettere a tacere quella voce dentro, quella che gridava nel buio il nome di Alice. E dietro quella voce, un interrogativo si riaffacciava di continuo: davvero Alice poteva scappare senza nemmeno avvertirlo? Non immaginava che la sua scomparsa sarebbe stata per lui una terribile preoccupazione personale, oltre che professionale? Simon in realtà non le aveva mai detto niente. Anzi, aveva detto e fatto assai meno del necessario.

I genitori di Simon erano le uniche due persone al mondo il cui comportamento risultava per lui prevedibile, quasi nei minimi particolari: il tè alle sei di sera, in chiesa la domenica mattina, a letto dopo il telegiornale delle 22. Veniva da una famiglia stabile, non c'era dubbio. Strano che la maggior parte della gente tenda a identificare la stabilità con la felicità.

Alle sue spalle un agente in divisa con la faccia foruncolosa, tutto impegnato a giocare a Pokey, emetteva di tanto in tanto un sibilante «Sììì!», dando contemporaneamente uno spintone alla sedia di Simon. Quella macchinetta mangiasoldi era l'unico articolo voluttuario della mensa. Simon la detestava, considerandola il prodotto tipico di una società incivile. Disapprovava tutto ciò che secondo lui si poteva collocare nella categoria delle macchine da gioco, rumorose e petulanti con il loro continuo bip-bip. Se mai avesse avuto dei figli – un'eventualità poco probabile, ma non impossibile –, avrebbe bandito da casa sua tutti i giochi elettronici. Ai suoi figli avrebbe fatto leggere gli autori classici, esattamente come aveva fatto lui da ragazzino. Gli vennero in mente le parole di un'altra canzone degli anni Ottanta, degli Smiths questa volta: «*Ci sono più cose nella vita reale che nei libri, ma non molte di più*».

Morrissey aveva visto giusto. Lo sport era un'attività priva di scopo, e socializzare era troppo stressante. I libri invece davano forma alle cose, ti abituavano a riconoscere un filo conduttore nei fatti. Come nel caso dell'uomo la cui seconda moglie scompare dopo che la prima è stata assassinata. Quando un autore si prende la briga di scegliere le parole giuste e di metterle nel giusto ordine, allora nasce una comunicazione veramente efficace tra lui e il lettore. Il contrario di quello che succede quando due persone aprono la bocca limitandosi a buttar fuori alla rinfusa pensieri ancora informi e spesso incoerenti. Parla per te, avrebbe detto Charlie.

«Presumo che sia stata la bella Alice a metterti in testa questi sospetti nei confronti di Fancourt. Che cosa c'è tra voi due, Simon? Visto che dovrai dirmelo comunque, appena questo diventerà un caso di persona scomparsa, perché non lo fai subito così non ci pensi più?»

Simon scosse la testa. L'avrebbe detto, certo, ma solo quando fosse stato obbligato, non un attimo prima. Per il momento non era stata aperta un'indagine su quella vicenda. Non voleva ferire Charlie, e ancor meno gli piaceva l'idea di ammettere di avere fatto un sacco di cazzate. *Spero che non ci sia bisogno di ricordarti in che genere di pasticcio ti troveresti se si venisse a sapere che hai visto Alice Fancourt fuori dall'orario di lavoro. Diventeresti uno dei sospettati, stupido che non sei altro.* Ma come poteva sapere, lui, che Alice e la bambina sarebbero scomparse? «Parlami di Laura Cryer», disse. Ascoltare sarebbe stata una distrazione; pronunciare delle parole – anche poche – una tortura.

«Certo caro, e intanto sgranocchiamo un pasticcino. Peccato che c'è una montagna di lavoro che aspetta solo noi, e tu comunque non hai risposto alla mia domanda.»

«Lavoro?» ribatté Simon, fissandola con aria scandalizzata. «Parli delle scartoffie che ho incautamente reso necessarie trovando le prove che ci servivano per garantire la condanna dei colpevoli in due casi importanti?»

Consapevole della carica di aggressività che doveva esserci in quel momento nel suo sguardo, Simon se ne servì come di una trivella, e alla fine fu lei ad abbassare gli occhi. A volte, quando lui meno se l'aspettava, Charlie era capace di battere in ritirata. «Sarò breve», riprese lei in tono sgarbato, «Darryl Beer, uno dei tanti schifosi delinquenti che si aggirano nelle nostre idilliche campagne, ha ammazzato Laura Cryer. Lui si è dichiarato colpevole, noi l'abbiamo schiaffato dentro. Fine della storia.»

«Sei stata brevissima», riconobbe Simon. «Lo conosco quel Beer, mi è capitato di fermarlo un paio di volte.» Beer era solo uno dei tanti nella feccia che allignava nel complesso di case popolari di Winstanley. Le strade erano più pulite, senza di lui. A furia di conoscere tipi come Beer finisci per appiattirti sui più triti luoghi comuni, gli stessi che ti danno fastidio quando li senti in bocca agli altri poliziotti, quelli che avevi giurato a te stesso di non usare mai.

«A tutti noi è capitato di fermarlo almeno un paio di volte. Comunque, tu volevi la storia, eccola qua: dicembre 2000. Non ricordo la data con precisione, però era un venerdì sera. Laura Cryer aveva lavorato fino a tardi; faceva la ricercatrice in un'azienda che si chiama BioDiverse, al parco tecnologico di Rawndesley. Quella sera, dopo il lavoro, è andata dritta a casa della suocera, Vivienne Fancourt, dove c'era suo figlio Felix. Ha posteggiato la macchina sullo spiazzo pavimentato che c'è appena oltrepassato il cancello della villa, hai presente?»

Simon annuì. Si era riproposto di stare tranquillo per tutto il tempo che Charlie avrebbe impiegato a dargli quei ragguagli. Contava di potercela fare.

«Dieci minuti dopo, mentre stava tornando alla macchina, è stata aggredita da Beer a scopo di rapina. Dopo averla ferita con un comune coltello da cucina – un colpo solo, ma di quelli fatali –, l'ha lasciata morire dissanguata. Se l'è squagliata con la borsetta di Gucci della vittima, però senza la tracolla, che è stata rinvenuta accanto al cadavere, tagliata a entrambe le estremità con lo stesso coltello. È stata Vivienne Fancourt a trovare il corpo, il mattino dopo. A ogni modo, abbiamo avuto un colpo di fortuna con le analisi del DNA: Beer aveva lasciato una quantità tale di capelli sulla scena del delitto che ci si sarebbe potuta fare una parrucca, e quando li abbiamo sottoposti al test si è trovata la corrispondenza nel database: faccia un passo avanti, Darryl Beer.»

Charlie sorrise al ricordo della soddisfazione provata allora. «È stato un piacere schiaffarlo dentro, quel tossico di merda.» Si accorse che Simon si era accigliato. «Oh, andiamo! Nelle due settimane precedenti alla morte della Cryer, Vivienne Fancourt aveva chiamato qui da noi un paio di volte, per segnalare uno di quei brutti ceffi che si aggirava abusivamente nella sua proprietà. La descrizione fornita corrispondeva fin nel più piccolo particolare a Darryl Beer, capelli tinti a coda di cavallo, tatuaggi e tutto il resto. Lo avevamo interrogato in quell'occasione, ma lui aveva negato di essere mai passato per il giardino dei Fancourt. Diceva che era la parola di lei contro la sua, quel pezzetto di merda.»

«Cosa ci faceva lì?» chiese Simon. «The Elms è un posto assolutamente isolato, niente pub nelle vicinanze, neanche un garage notturno, no?»

«E che cosa ne so io», rispose Charlie con un'alzata di spalle.

«Non sto dicendo che dovresti saperlo, ma solo che dovrebbe darti fastidio il fatto di non saperlo.» Simon rimaneva immancabilmente sbalordito dalla mancanza di curiosità dimostrata dai colleghi. Troppo spesso nelle indagini c'erano degli aspetti su cui Charlie e gli altri si accontentavano di dire «credo che sia una domanda destinata a rimanere senza risposta». Non Simon, però: lui doveva sapere, sempre e tutto. Non sapere lo faceva sentire impotente, il che lo mandava letteralmente in bestia.

«Anche la sera del delitto Vivienne Fancourt aveva notato Darryl Beer?» domandò a Charlie.

Charlie scosse la testa.

«Le due volte che lo ha visto, in che punto del giardino...»

«Dietro la casa, dal lato del fiume.» Chiaro che se l'era aspettata, quella domanda. «Da tutt'altra parte rispetto alla scena del crimine. E quasi tutte le prove materiali che abbiamo trovato erano sul corpo o sui vestiti di Laura Cryer. Non è possibile che Beer le avesse lasciate durante una delle precedenti incursioni nella proprietà. Perché ovviamente questa possibilità l'abbiamo presa in considerazione anche noi, esattamente come ora stai facendo tu.» C'era una punta di risentimento nella sua voce. «Perciò piantala di crederti l'unico genio in mezzo a un branco di imbecilli.»

«Che cazzo vorresti insinuare?» Simon non accettava che gli dicessero cosa doveva pensare.

«Mi pareva di aver parlato chiaro.» Charlie fece un sospiro. «Simon, lo sappiamo tutti che sei bravo, okay? A volte ho l'impressione che saresti più contento se non lo sapessimo, perché tu hai un gran bisogno di prenderti a cornate con qualcuno, dico bene?»

«Come mai c'erano tanti capelli? Li ha strappati la Cryer? Ha lottato?» Al diavolo tutte quelle stronzate da psicologia spicciola, a lui interessavano solo Laura Cryer e Darryl Beer. E molto, a quel punto. Non stava facendo domande solo per impedirsi di esplodere. Quel tremito al ginocchio non se n'era andato, però.

«O magari quel figlio di puttana aveva l'alopecia. No, lui ha cercato di strapparle la borsetta; lei ha fatto resistenza, probabilmente con più forza del previsto. Deve essere andata così, altrimenti non sarebbe finita con una coltellata, sei d'accordo?»

«Prima hai parlato di tatuaggi.»

«*Love* e *Hate* sulle nocche delle dita.» Amore e odio. Charlie simulò uno sbadiglio annoiato. «Non particolarmente originale.»

«E così lo avete arrestato», la imbeccò Simon. Come se stringere i tempi per quei ragguagli servisse a trovare Alice più in fretta.

«Lo hanno preso Sellers e Gibbs. Subito, appena messi al corrente di quella denuncia di intrusione nella proprietà di Vivienne Fancourt. Al laboratorio si sono precipitati a fare il test del DNA, e diciamo pure che il risultato non ci ha sorpreso più di tanto.»

«Sapevate già in che direzione dovevano portarvi le prove, e guarda un po' che sorpresa...»

«Simon, non sono dell'umore giusto per giocare a uno contro tutti, non oggi. Questa non è una tragedia greca, parliamo di un merdoso avanzo di galera di Spilling, siamo d'accordo su questo? Chiudi la bocca e stammi a sentire!» Charlie fece una pausa per riprendere fiato. «Beer si è dichiarato innocente, come del resto c'era da aspettarsi, inventandosi un alibi del cazzo che è crollato praticamente subito. Diceva che a quell'ora si trovava nel suo appartamento, a guardare la televisione con un suo amico che, sia detto per inciso, è risultato ancora meno attendibile di lui. Non si è preso un avvocato, per cui gli hanno appioppato il difensore d'ufficio. Noi gli siamo stati dietro per un po', aspettando che facesse qualche passo falso. Mica lo sapeva che avevamo un asso nella manica, noi.»

«E voi vi siete ben guardati dal dirglielo», osservò a voce alta Simon.

«Mai mettere le carte in tavola tutte in una volta, soprattutto le migliori», disse compiaciuta Charlie. «Abbiamo fatto di tutto per prenderlo in contropiede, ma non ha funzionato. Quando siamo stati sicuri che in quel modo non andavamo da nessuna parte, abbiamo tirato fuori dal cilindro la corrispondenza del DNA. Il suo difensore ha dato i numeri di brutto.»

«E invece Beer cosa ha detto?»

«Ha continuato a negare. Non che gli sia servito a qualcosa, comunque, visto che avevamo in mano la prova che ci serviva. Be', pare che a un certo punto il difensore d'ufficio l'abbia convinto ad avere un briciolo di buon senso, sicché, dopo un paio di settimane passate a Earlmount come ospite di Sua Maestà, Beer improvvisamente cambia la sua versione dei fatti e confessa. Non l'omicidio, solo l'aggressione a mano armata. Fa il pentito, spiffera sul conto di un paio di illustri malavitosi del posto, promette di disintossicarsi e andare dallo psicologo, e alla fine si becca molti meno anni di quanti dovrebbe.

Un gran peccato, a pensarci. Sarà fuori di galera prima ancora che ce ne accorgiamo.»

«Dov'è adesso? Non è più a Earlmount, vero?»

Charlie strinse le labbra lanciandogli un'occhiata di traverso. Dopo una pausa, borbottò: «Brimley». Un carcere a una quindicina di chilometri da Culver Ridge in direzione di quella gran brutta città che è Combingham. Una mostruosità di costruzioni in ferro e cemento sorte in mezzo a terreni abbandonati che a Simon sembravano, quando ci passava con la macchina, rivoltati zolla per zolla da qualche macchinario particolarmente distruttivo e poi sterilizzati con qualche sostanza tossica.

«Ha saputo ricostruire in tutti i particolari la dinamica dell'omicidio Cryer?» domandò. «Quando ha confessato, voglio dire.»

«Uhm, solo una versione piuttosto nebulosa. Sosteneva di essersi fatto, quella sera, e di non ricordare quasi niente. È così che è riuscito a beccarsi solo la condanna per il reato di aggressione a mano armata e non per omicidio.»

«Non ha detto che il movente era la rapina?»

«Perché, poteva essere qualcos'altro?» rispose Charlie in tono di rimprovero. Ecco una domanda, pensò Simon; una domanda importante, eppure lei la presentava come se fosse una risposta, e per giunta scontata. «Beer non conosceva la Cryer. Diciamo che non frequentavano esattamente lo stesso giro. Era stato visto aggirarsi nel giardino di The Elms le settimane precedenti, in attesa del momento giusto per introdursi nella casa. Che poi è un bersaglio piuttosto ovvio, diciamocelo, essendo la più grande che c'è in zona. Probabilmente quella sera stava facendo un altro dei suoi giri di ispezione quando ha visto la donna arrivare con quella borsa di Gucci appesa alla spalla. Beer le ha preso la borsetta, Beer era un drogato... sì, non si va molto lontano dalla verità dicendo che il movente è stata la rapina.»

Di tanto in tanto l'espressione che prendeva la faccia

di Charlie mentre pronunciava certe parole gli faceva ricordare la differenza di classe che c'era tra loro due. Quel suo modo di dire «drogato» come se non ne avesse mai visto uno in faccia, come se le debolezze e i vizi appartenessero a un universo parallelo al suo, anche se erano materia quotidiana del suo lavoro... «Ve l'ha consegnata lui l'arma del delitto? E la borsetta?»

«Neanche si ricordava che cosa ne aveva fatto, di nessuna delle due. Succede, Simon», sentì il bisogno di aggiungere, quasi a sua discolpa, «ma non vuol dire che quel pezzo di merda sia innocente.» Tutti i criminali maschi erano pezzi di merda, le donne invece erano immancabilmente puttane. Il gergo nella polizia era come una seconda divisa. Dava una buona dose di sicurezza.

«Un coltello da cucina, hai detto?» Suonava fuori posto. «Non dovrebbe essere la pistola l'arma tipica di uno come Beer?»

«Probabilmente sì, però lui non ce l'aveva», replicò Charlie serafica. «Lui aveva un coltello da cucina. Concentrati sui fatti, Simon. La corrispondenza rivelata dal test del DNA, la coltellata nel petto a Laura Cryer.» La determinazione di Charlie nel difendere le sue certezze era pari a quella di Simon nel mettere a fuoco i propri dubbi, e la loro combinazione non sempre era piacevole.

«Avete interrogato i familiari? I Fancourt?»

«Dio mio, sai che non ci è venuto in mente? Ma sì, cazzo, certo che l'abbiamo fatto. David Fancourt e Laura Cryer erano separati da qualche anno quando lei è stata uccisa. Avevano in ballo la causa di divorzio, e lui stava già con quella che poi è diventata la sua seconda moglie. Insomma, lui non aveva nessun motivo per volerla morta.»

«Alimenti? Guerra per l'affidamento del figlio?» Charlie aveva evitato di pronunciare il nome di Alice, ma forse era solo un caso.

«Fancourt non è esattamente un poveraccio. L'hai vista la casa, no? E perché partire dal presupposto che lui volesse l'affidamento del figlio? Poteva vederlo quando gli pareva, e poi aveva una nuova relazione. Un bambino sempre tra i piedi poteva essere imbarazzante nelle serate romantiche.»

Charlie dava l'impressione di rispondere a quel genere di domande per la prima volta, il che era piuttosto preoccupante secondo Simon. «La famiglia avrà serrato i ranghi», osservò lui. «Lo fanno sempre, soprattutto se nel quadro compare un indiziato come Beer. È molto più facile pensare che il colpevole sia uno che viene da fuori.»

«Uno che viene da fuori!» ripeté sarcastica Charlie. «Ma guarda come lo fai sembrare tenero e tutto solo, quel povero stronzo di un tossico. Simon, svegliati, lo sai anche tu che c'è sempre la droga di mezzo. Gli omicidi stanno in una di queste tre categorie: liti domestiche finite male, aggressioni sessuali, guerre per il controllo del territorio tra pezzi di merda che spacciano e girano armati di pistola. Ma alla fine la molla è quasi sempre la droga.»

«Di solito sì, è vero. Ma non sempre.» Il corpo e la mente di Simon erano intorpiditi, come anestetizzati. Cosa sapeva in più, rispetto a prima? Che c'era uno scarto tra i fatti e la verità. Molto profondo, cazzo. Troppo facile nascondersi dietro le parole, eppure ora ogni possibilità di movimento sembrava preclusa. Parlare con Charlie l'aveva intrappolato nella teoria, nelle congetture cervellotiche. Avrebbe potuto andare avanti all'infinito, quella discussione su una donna che non aveva mai visto, né da viva né da morta.

«Okay, sentiamo allora: quale motivo avrebbe avuto David Fancourt per assassinare Laura Cryer? Quale?» domandò Charlie.

«Erano separati. Qualcuno si è mai chiesto perché? Magari la ragione della separazione era importante, magari era rimasto uno strascico di animosità, di odio.» Vigliacco, disse la voce nella sua testa. Fa' qualcosa, agisci.

Charlie si mordicchiò il labbro superiore. «Giusto», disse. «Ma potrebbe anche non essere così. Un sacco di gente si separa perché non c'è più amore, ma non per questo si odia. Almeno, così dicono. Sia chiaro, io e te non ne sappiamo un tubo di come può funzionare un matrimonio. Sono sicura che quello che ci immaginiamo non ha niente a che vedere con la realtà.» Un sorrisetto malizioso le incurvò gli angoli delle labbra.

Simon cercò disperatamente un argomento che gli permettesse di cambiare discorso in modo plausibile. Secondo Charlie loro due avevano in comune la condizione di single, ma lui preferiva vedersi come uno che non è ancora impegnato. «Single» suonava un po' troppo difensivo, e se uno è sulla difensiva preferisce non farlo sapere.

Charlie faceva sesso con un sacco di uomini e lo raccontava in giro, di solito scegliendo il momento meno opportuno. Come adesso, quando nella mente di Simon non c'era spazio per le spiritosaggini e le frivolezze: se Charlie non aveva ancora parlato esplicitamente di sesso, era sicuramente sul punto di farlo. Si piccava di usare la sua vita amorosa come argomento per intrattenere la squadra, il che andava benissimo per fare arrivare ogni giorno in orario Colin Sellers e Chris Gibbs, ansiosi di ascoltare la puntata successiva. Davvero ce n'era una nuova ogni giorno? A volte pareva proprio di sì, ed erano storie in cui l'amore c'entrava ben poco, a quanto ne capiva Simon.

Non gli piaceva sapere che gli uomini si comportavano male con Charlie, e non capiva perché lei si lasciasse usare in quel modo. Meritava di meglio. Una volta aveva incominciato con cautela a parlargliene, ma Charlie era passata al contrattacco, dicendo che era lei a controllare la situazione.

Simon scosse la testa. Charlie riusciva a distrarlo, e intanto Alice era scomparsa.

«Sprechi il tuo tempo e il mio con queste storie, Simon.

David Fancourt non era neppure a Spilling la sera che hanno ammazzato Laura Cryer.»

«E dov'era?»

«A Londra, con la sua fidanzata.»

«Vuoi dire...?» Simon sentì un gran calore sotto la pelle. Charlie era stata seduta sull'alibi di Fancourt tutto quel tempo, tenendosi in mano il suo jolly. La fottutissima regola di non giocare le carte migliori tutte in una volta.

«Sì. Il suo alibi era Alice, anche se in realtà nessuno pensava che ne avesse bisogno perché – ma forse te l'ho già ricordato, eh? – le prove contro Darryl Beer erano schiaccianti.» Charlie puntò i gomiti sul tavolo e appoggiò il mento sulle mani intrecciate. «Quindi, se Alice Fancourt ti ha raccontato che suo marito ha ucciso Laura Cryer, ha mentito, a meno che non abbia mentito al tempo dell'inchiesta. In entrambi i casi, ci sono un sacco di cose che la fanno ritenere scarsamente attendibile. Se ben ricordi, io l'ho detto subito che era un po' squilibrata.» Corrugando la fronte soggiunse: «Stronza squilibrata, mi pare di avere detto».

Simon sapeva che se avesse parlato in quel momento, più tardi avrebbe fatto molta fatica a farsi perdonare. Afferrata la giacca, si allontanò da Charlie più in fretta che poteva.

5.

Venerdì 26 settembre 2003

Le disgrazie peggiori della vita colpiscono una volta sola. È una cosa che dico ai miei pazienti per aiutarli ad andare avanti, a superare i momenti difficili. Appena è passata, ci si può consolare con il pensiero che quell'evento disastroso non potrà ripetersi mai più.

Nel mio caso ha funzionato, otto anni fa, quando i miei genitori sono morti in un incidente d'auto. Al loro funerale, la sensazione era che i punti che avevano tenuto insieme la mia anima stessero lentamente, dolorosamente scucendosi. All'età di ventotto anni ero un'orfana, senza fratelli né sorelle a cui appoggiarmi. Gli amici non mi mancavano, ma l'amicizia sembrava improvvisamente inadeguata, come una giacchetta estiva durante l'inverno. Avevo bisogno di una famiglia, ne sentivo la disperata mancanza. Mi portavo dietro i miei genitori, così amati e così irrimediabilmente perduti, come un vuoto nell'anima.

Gli amici e i colleghi si stupivano, vedendo che la prendevo così male: evidentemente pensavano che dopo ventotto anni di affetto e di protezione avrei dovuto essere più che attrezzata ad affrontare e superare quel lutto improvviso. Non ci misi molto a capire che secondo loro un'infanzia felice e protetta avrebbe dovuto in un certo senso corazzarmi rispetto a un dolore tanto forte. Tutti si aspettavano che reagissi, che incominciassi a pensare, se mai, alla felicità del tempo trascorso con loro, ai bei ricordi. Queste loro supposizioni erano un insulto al mio dolore e mi spinsero dalla sofferenza del lutto a una grave depressione. Avevo l'impressione che ai miei amici prudesse la lingua, tanto forte era il bisogno di dire: «Be', ma hanno vissuto bene, almeno». Peccato che i miei genitori avessero poco più di cinquant'anni quando erano morti.

Non ho tenuto i contatti con nessuno, dopo che sono andata via da Londra. Proprio nel momento in cui ne avevo più bisogno, la compagnia degli amici mi aveva fatto sentire ancora più sola che in completa solitudine. Non era colpa loro, certamente no. Facevano i salti mortali per farmi distrarre un po', e non potevano sapere che la loro allegria forzata, sempre mista a una punta di impazienza, mi soffocava come un gas venefico.

Sono sopravvissuta nell'unica maniera che ho potuto: lasciandomi pervadere dalle emozioni più negative per tutto il tempo necessario. Quando ho toccato il fondo una sola cosa mi ha consolato: il fatto di poter dire a me stessa, senza timore di smentita, che una disgrazia simile non sarebbe successa mai più. Non potevo perdere i miei genitori due volte. Qualunque cosa mi riservasse il futuro, quel camion che sbandava sulla strada ghiacciata e invadeva la corsia opposta sulla A1 all'altezza di Newark non sarebbe più tornato. Quel camion non si sarebbe lanciato una seconda volta, a tutta forza, contro la macchina dei miei genitori, la nuova Audi che si erano comprati dopo avere passato a me la buona vecchia Volvo. Era già successo. Era finita.

Ma quest'incubo, quello che sto vivendo adesso, non è finito. È solo all'inizio. Mi rendo conto che i problemi non si presentano sempre in un modo netto, stile fulmine a ciel sereno. A volte strisciano accanto a te e stanno fermi lì, ingrandendosi ogni giorno un poco. Non vedo vie d'uscita dalla disperazione perché non so ancora quanto le cose possano peggiorare.

Mi sono chiusa a chiave in camera da letto. David ha cercato di ragionare con me da dietro la porta, e di persuadermi, elencandone le caratteristiche fisiche a una a una, che la neonata qui in casa è talmente identica a Florence, anche nei minimi particolari, da non poter essere altri che Florence. Io mi sono vietata di starlo a sentire, e lui ormai ci ha rinunciato. Mi ero infilata nelle orecchie i tappini di cera: li tengo a portata di mano nel cassetto del comodino, perché senza quelli il russare di David mi terrebbe sveglia la notte. Lui fa sempre l'indignato se mi capita di parlarne; dice che anch'io russavo quando ero incinta, ma non per questo ne ha fatto una questione d'importanza capitale. Il fatto è che David riuscirebbe a dormire anche a un concerto rock. Niente lo sveglia.

Questa è una delle piccole cose che so di mio marito. Quali altre peculiarità conosco, di lui? Che è bravissimo con le macchine di tutti i generi, congegni meccanici o elettronici che siano. Che il suo piatto preferito è il roastbeef, con contorno. Che per il mio compleanno e per i nostri anniversari mi regala dei fiori e per festeggiare mi porta a trascorrere lunghi fine settimana in hotel a cinque stelle. Che le donne le chiama tutte «signore».

Non mi sono mai scontrata con lui, prima d'ora. L'ho sempre percepito come una persona troppo fragile. Quando ci siamo conosciuti, Laura lo aveva lasciato da poco, e lui stava vivendo non solo la disintegrazione delle sue speranze di felicità familiare ma anche il dolore della separazione da Felix. Non gli faceva piacere parlare di quanto soffriva, ma per me non era difficile immaginarlo. Lo trattavo con estrema cura, prestando la massima attenzione a non dargli mai ulteriori motivi di infelicità.

Quando poi Laura è morta in modo così improvviso e così violento, tre anni fa, David ha smesso completamente di confidarsi con me. È diventato una persona più chiusa in sé stessa e più riservata, e io mi sono accorta di muovermi intorno a lui accentuando ancora di più l'atteggiamento conciliante e la delicatezza. Alla morte della madre Felix è venuto a vivere a The Elms, il che ha fatto la felicità di David anche se probabilmente si sarà sentito in colpa, lacerato, perché quella ricomposizione del rapporto con il figlio si compiva grazie a un evento che era straordinariamente doloroso per lui. Dai corsi di aggiornamento di psicologia che fanno per noi omeopati ho imparato che spesso risulta più difficile accettare la morte di una persona che ci è cara, se i nostri sentimenti per lei erano ambigui o irrisolti.

Pensavo che fosse sufficiente rispettare il suo riserbo nella sfera affettiva e amarlo come lo amavo io per portarlo piano piano ad avere fiducia in me tanto da aprirsi, ma mi sbagliavo. Abituandosi a quella nuova vita con Felix a The Elms, accettando a poco a poco l'idea che Laura non c'era più, in superficie David è rimasto l'uomo adorabile che è sempre stato, ma a un livello più profondo la distanza affettiva creatasi tra di noi è rimasta intatta, anzi, lui ha opposto una tale resistenza ai miei tentativi di superarla che mi sono chiesta più volte se per caso non sia voluta, quella barriera tra noi. Tuttavia non ho forzato la mano, e non gli ho messo fretta. Mi sono detta che forse era ancora troppo presto perché potesse affrontare il grumo di dolore che aveva dentro; che forse per credere a questa facciata di normalità aveva bisogno di restare per qualche tempo a un livello più superficiale. Sono passati tre anni e noi due non abbiamo ancora mai parlato della morte di Laura, e per quanto mi riguarda, io non mi sono ancora liberata dalla sensazione che dovrei stare attenta a non dire mai cose che potrebbero turbare il suo equilibrio mentale.

Se non ho aperto la porta, quando mi ha implorato di farlo, è anche perché non me la sento di assistere alla devastazione che tutto ciò sta provocando in lui. Ho paura che l'incubo iniziato oggi finirà per distruggerlo.

Vivienne tornerà tra poco; come mi aspettavo, ha deciso di abbreviare la vacanza sua e di Felix. Del resto, come poteva essere altrimenti? Non so cosa dirà a Felix per spiegarlo, non so cosa gli dirà nessuno di noi. Niente, se il passato è un valido indicatore. Né Vivienne né David parlano mai di Laura con Felix; perlomeno non in mia presenza. Il suo nome non viene mai pronunciato.

Vorrei tanto poter passare più tempo con Felix, io e lui da soli. Se le cose fossero andate in un altro modo, a quest'ora potremmo avere un bel rapporto. Potrei essere quasi come una mamma per lui. Vorrei essere una brava matrigna, ma per una figura del genere non c'è posto nella vita di Felix: il suo surrogato materno è Vivienne, che lui chiama mamma, a imitazione di David.

Non sono sicura che Felix mi veda come una persona adulta. Si comporta con me come se fossi un'altra bambina, una che è finita un po' per caso ad abitare nella sua stessa casa.

David è un padre premuroso. Ci tiene quanto Vivienne a trascorrere almeno una giornata intera insieme a suo figlio, nel fine settimana. Per lui quel figlio rappresenta un esame da superare a tutti i costi, e negherebbe con foga che Felix gli ricorda Laura, anche se, con quei capelli neri lisci e quegli occhi azzurri, il bambino è l'immagine vivente della madre.

David è uno specialista della negazione. Ti dice che lui no, non si è addormentato, e poi no, non ha lasciato aperta la porta d'ingresso. Ti dice che lui è un padre esemplare, che non permetterebbe mai a nessuno di rapire la sua adorata figlioletta, la figlia avuta dal secondo, felice e fortunato matrimonio.

Non vedo l'ora che arrivino, Vivienne e la polizia. Me ne sto seduta buona buona sul letto, a gambe incrociate, con la schiena ancora indolenzita dai mesi di gravidanza appoggiata alla spalliera di ferro, in attesa che due volti molto diversi dell'autorità facciano il loro ingresso in questa casa. Provo a immaginarmi cosa succederà tra un'ora o tra un giorno, ma la mia mente è un gigantesco buco nero. Non mi riesce di immaginare nessun futuro. Come se il tempo si fosse fermato per sempre nel momento in cui sono entrata nella stanza della bambina e ho cominciato a urlare.

Vorrei averla coccolata di più, vorrei avere respirato di più e più da vicino l'odore fresco, dolce della sua pelle di neonata. Non averla qui con me è una sofferenza, ma la paura per lei è peggio, molto peggio di quella sofferenza. Davanti a me si prospetta un futuro di insopportabile incertezza, sul quale temo di avere scarsissimo potere.

David dirà a tutti che ho le traveggole. A chi di noi due crederà la polizia? Ho sentito che gli agenti sono nella stragrande maggioranza uomini e maschilisti. E se decidessero che sono inadatta al ruolo di madre e chiamassero i servizi sociali? Questa potrebbe essere l'ultima sera che passo in questa stanza con le grandi finestre a ghigliottina, il bel caminetto antico, la vista a perdita d'occhio sulle colline di Silsford. Potrei non dormire mai più al fianco di David, né qui né altrove. Quando ci siamo messi insieme ero così piena di speranze sulla vita a due che ci aspettava. A ripensarci ora mi viene il magone, tanta è la tristezza.

Con lui non parlo più finché non ci sono dei testimoni presenti. Che strano, solo qualche sera fa eravamo tranquillamente seduti sul divano a sorseggiare del vino, guardando insieme a Vivienne una di quelle stupide commediole romantiche tra una risata e uno sbadiglio, e David teneva un braccio sulla mia spalla. La velocità di questo cambiamento mi lascia stordita.

Sento la sua voce, giù al piano terra. «Su, su bel musetto», dice. Questa è nuova. Ne prendo nota mentalmente, per dirlo alla polizia quando arriva. Il nomignolo che David usa sempre per rivolgersi a Florence è «signorina Riccio», fin dal primo giorno. «Due manine e due piedini, due orecchiette e un bel nasino», le canta ogni giorno. L'ultima volta è stata stamattina.

So che vuole bene a Florence tanto quanto me. L'istinto di consolarlo mi è talmente connaturato che sarà dura resistere. Devo farlo, però, se continuerà a dire che la bambina al piano di sotto è nostra figlia. Dovrò imparare a guardare la sua sofferenza con distacco. Questi sono i danni che il pericolo e la paura fanno alle persone, ai matrimoni.

«Cosa ne dici di sdraiarti un po' sul fasciatoio e tirare un paio di calci all'aria?» lo sento dire ora. La voce sale su dal soggiorno nell'ala ovest, proprio sotto la nostra camera da letto. Suona calma ed efficiente, e temo che sia a mio uso e consumo. David si è immedesimato nella parte del custode della razionalità.

Una scarica di adrenalina mi spinge all'azione. La macchina fotografica. Come ho potuto dimenticarmene? Mi butto giù dal letto, corro ad aprire l'armadio. In cima a un mucchio di scarpe c'è la sacca che ho portato all'ospedale, ancora con la mia roba dentro. Frugo da ogni parte e finalmente la trovo, la mia macchina fotografica, un aggeggio nero con gli angoli smussati che contiene le prime fotografie di Florence. Apro lo sportellino, carezzo col pollice la superficie liscia del cilindro che contiene la pellicola. Grazie a Dio, esclamo in un sussurro. Ora mi crederanno.

6.

3 ottobre 2003 ore 13.30

Nessuna traccia di Charlie alla centrale operativa. Merda, senza di lei c'erano scarse possibilità di sapere da Proust cosa gli aveva raccontato David Fancourt. Colin Sellers e Chris Gibbs, gli altri due detective della squadra di Charlie, stavano lavorando a una montagna di pratiche con quello che a Simon pareva uno zelo un po' eccessivo. Per il quale poteva esserci una sola spiegazione.

Si girò e vide l'ispettore Proust nel suo ufficio, nell'angolo della stanza. Il suo era più un gabbiotto a vetri che un ufficio, una specie di teca da museo di quelle dove trovi gli insetti sezionati, con l'unica differenza che la metà inferiore del gabbiotto era fatta di un brutto cartongesso, chissà perché rivestito di una moquette a righine dello stesso grigio smorto di quella che ricopriva il pavimento della stanza. Attraverso il vetro l'ispettore era visibile dalla vita in su mentre girava intorno alla scrivania, con il telefono in una mano e nell'altra una grande tazza da tè con scritto «Il nonno più fantastico del mondo».

Quindi David Fancourt se n'era andato, a meno che Proust non l'avesse affidato alle cure di Charlie. Forse in quel momento lei era nella stanza degli interrogatori con quel bastardo. Simon andò a sedersi vicino a Sellers e Gibbs e prese a tamburellare con le dita sulla scrivania. La grande stanza si richiuse su di lui, con i suoi muri scrostati e impregnati del puzzo di sudore irrancidito, con il suo ronzio incessante di computer. C'era da soffocare, lì. Appese alle pareti c'erano le fotografie delle vittime, il sangue ben visibile sulle facce e sui corpi di alcune di esse. Che anche Alice potesse essere in quelle condizioni era un pensiero intollerabile. Ma no, non era possibile. L'immaginazione di Simon si rifiutava di contemplarlo.

Qualcosa di spiacevole si agitò nel suo subconscio, e aveva a che fare con quel che Charlie gli aveva detto a proposito di Laura Cryer. Invece di smettere di arrovellarsi, lasciando che la cosa venisse fuori a tempo debito e senza sforzo, Simon rimase seduto con le spalle contratte, a spaccarsi la testa nel tentativo di ripescarla dagli anfratti della memoria. Niente da fare.

Era di nuovo in piedi prima ancora di rendersi conto di avere preso una decisione. Non ce la faceva a restare lì seduto a girarsi i pollici senza sapere se Alice stava bene. Dove cazzo era Charlie? Libero, una volta tanto, dall'influsso inibitorio del suo capo, marciò verso l'ufficio dell'ispettore e bussò forte, imprimendo ai colpi il ritmo concitato di un'emergenza. Con Proust la regola era aspettare di essere convocati, anche per chi aveva il grado di sergente, come Charlie. Gli giunsero alle orecchie i bisbigli di Sellers e Gibbs, che si stavano consultando sul possibile motivo della trasgressione.

Proust si mostrò meno sorpreso di quanto Simon si aspettava. «Detective Waterhouse», disse emergendo dal suo cubicolo. «Proprio la persona che cercavo.» La voce era imperiosa e grave, ma questo non significava niente. La severità del tono era una costante, nel caso dell'ispettore. A sentire la moglie Lizzie, che Simon aveva incontrato a un paio di feste, Proust si rivolgeva ai suoi familiari con lo stesso tono che usava in tribunale o alle conferenze stampa.

«Signore, ho saputo che è stato qui David Fancourt.» Simon andò dritto al punto. «So che sua moglie e sua figlia sono scomparse. È con Charlie adesso?»

Proust fece un sospiro, incenerendolo con lo sguardo. Era un ometto magro e calvo tra i cinquanta e i sessanta, capace di malumori che trascendevano il suo corpo per contaminare intere stanze piene di gente – un buon modo per garantirsi che tutti cercassero di farlo contento. L'Omino di neve: Proust sapeva di quel nomignolo, e non gli dispiaceva affatto.

«Ascolti bene, Waterhouse. Le farò una domanda e voglio che mi risponda la verità, anche se dovesse metterla in guai grossi. Se mente...» Fece una pausa, fissando uno sguardo carico di sottintesi su Simon. «Se mente, potrà ritenere conclusa la sua carriera nella polizia e maledire per sempre questo giorno. Ci siamo capiti?»

«Sissignore.» Inutile dire che quell'alternativa non suonava particolarmente appetibile.

«E non si illuda che non me ne accorga.»

«Sissignore.» La frustrazione gli scorreva a fiotti nelle vene, ma Simon si sforzò di apparire calmo. Non c'erano scorciatoie, quando si parlava con Proust: l'unica cosa da fare era saltare tutti i cerchi di fuoco che lui ti parava davanti, uno per uno. L'ispettore iniziava ogni sua conversazione dichiarando come doveva essere strutturata. Lui seguiva i punti di una ferrea scaletta.

«Dove sono Alice e Florence Fancourt?»

«Signore?» Simon lo guardò sbigottito.

«È l'unica parola che sa dire, Waterhouse? Perché se è così sarei lieto di prestarle un dizionario. Glielo chiedo di nuovo: dove sono Alice e Florence Fancourt?»

«Non ne ho idea. So che sono scomparse, ispettore. So che è per questo che Fancourt è stato qui stamattina, ma non so dove sono. Perché dovrei?»

«Uhm.» Proust guardò altrove, sfregandosi il naso. Si immerse in profonde riflessioni, preparandosi a confezionare la prossima frase. «E quindi chi sostiene che lei e la signora Fancourt siete più intimi di quanto dovreste si sbaglia, dico bene?»

«Sì. Si sbaglia.» Simon assunse un'espressione indignata, riuscendoci abbastanza bene, secondo lui. Quelle pause studiate di Proust rilanciavano la posta a tali altezze che l'ispettore finiva per assistere ai più grossi bluff dei suoi subordinati. «Chi l'ha detto? È stato Fancourt?» Oppure Charlie, la fedifraga. Simon sapeva una cosa sola: non avrebbe perso quel lavoro. In quei sette anni l'aveva fatto anche meglio di altri suoi colleghi, prima come agente semplice e ora nel reparto investigativo. Invece i lavori precedenti aveva sempre avuto una mezza voglia di perderli, andandosene via circondato dalla gloriosa aura dell'eroe incompreso già alle prime avvisaglie di un guaio. Del lavoro all'ambulatorio dentistico, ma anche di quello all'ufficio del turismo o all'impresa edile, non gli era mai importato più di tanto. Erano posti pieni di rompiscatole sempre pronti a fargli menate sulle meraviglie della «vita reale» ogni volta che lo vedevano con un libro in mano. Come se i libri fossero meno reali di un libretto di risparmio o di un conto in banca, Cristo santo. No, per lui farsi licenziare da quegli stronzi era stato un onore, la riprova di quanto valeva.

Sua madre non si era trovata d'accordo. Simon aveva ancora davanti agli occhi la faccia che aveva fatto quando le aveva raccontato del licenziamento dal posto di guardia di sicurezza alla galleria d'arte, il quarto lavoro che cambiava in due anni. «E ora cosa gli dico al prete?» si era lamentata.

Ancora nessuna risposta dall'Omino di neve. Simon era conscio delle gocce di sudore che cominciavano a imperlargli la fronte. «Fancourt è un bugiardo, signore», proruppe. «Io non mi fido di lui.»

Bevendo un sorso di tè dalla tazza, l'ispettore attese impassibile, con la freddezza di un cubetto di ghiaccio che ti scende giù per la schiena in una giornata di gran caldo.

Simon sapeva che probabilmente avrebbe fatto meglio a tenere la bocca chiusa, ma non ce la faceva. «Ispettore, non crede che dovremmo riaprire il caso di Laura Cryer, date le circostanze?» Nominalmente, a capo delle indagini c'era Proust, tre anni prima, anche se a occuparsene concretamente era stata la squadra di Charlie. «L'ho appena detto anche a Char... al sergente Zailer. Nemmeno Alice Fancourt si fidava di suo marito, era evidente. E le donne conoscono i loro mariti, no? Ispettore, dal momento che la prima moglie di Fancourt è stata uccisa e Alice è scomparsa, non dovrebbe essere proprio Fancourt il principale sospettato? Non dovrebbe essere questa la prima pista da seguire?» Di solito non parlava così tanto, ma Proust avrebbe finito per apprezzare la logica del suo ragionamento, se lui continuava a battere il chiodo.

«Le donne conoscono i loro mariti!»

Simon sobbalzò. Quell'improvviso aumento di tono gli fece capire che il suo turno era finito e che aveva fatto cilecca. Proust gli avrebbe fatto pagare quel tentativo di indirizzare la conversazione verso un punto ben preciso. Non avrebbe dovuto parlare tanto, con tanta insistenza. Aveva introdotto un elemento nuovo, e questa era una cosa che Proust odiava.

«Ah, è così allora, le donne conoscono i loro mariti? E su questa base lei fonda il sospetto che David Fancourt sia un assassino?»

«Ispettore, se...»

«Lasci che le dica una cosa, Waterhouse. Ogni sabato sera io e mia moglie siamo a cena con qualche rompiscatole, e a me tocca star lì come una statua di sale mentre lei si inventa qualche storia su di me. Giles di qua, Giles di là, a Giles non piacciono le meringhe perché a scuola lo obbligavano a mangiarle, Giles preferisce la Spagna all'Italia perché pensa che lì la gente sia più cordiale. Be', il settantacinque per cento di queste storie è pura fantasia. Oh certo, c'è un granello di verità qui e là, ma per la maggior parte sono tutte balle. Le donne non conoscono affatto i loro mariti, Waterhouse. Lei dice così solo perché non è sposato. Le donne dicono scemenze per il semplice gusto di farlo. Si riempiono la bocca di parole a caso e non gli interessa sapere se quello che dicono ha un minimo di fondamento.» Proust finì il discorsetto paonazzo in viso, e Simon si guardò bene dal replicare.

«Una bella donna capace di manipolare il prossimo le confeziona una storiella avvincente e lei ci casca subito! Darryl Beer ha ucciso Laura Cryer perché lei lottava per tenersi la borsa. Ha lasciato metà dei capelli che ha in testa sul suo cadavere. A che gioco sta giocando, Waterhouse? Lei potrebbe arrivare dove sto io, se giocasse bene le sue carte. Potrebbe essere un bravo detective, davvero bravo. Sono stato il primo a dirlo, quando era ancora in addestramento. E ha avuto dei bei colpi di fortuna, negli ultimi tempi, questo glielo concedo. Ma adesso le dico anche che non si può permettere altri errori.»

Colpi di fortuna? I pugni di Simon avevano una voglia matta di scaraventarsi contro la faccia compiaciuta dell'ispettore. Aveva parlato come se i risultati ottenuti da lui in quegli ultimi mesi fossero arrivati per puro caso, pur sapendo benissimo che nessun altro ne sarebbe stato capace; sicuramente nessuno dell'attuale squadra investigativa. Per lo meno, nessun altro li aveva raggiunti, era questo che contava, maledizione.

E poi cos'era quella storia sugli «altri errori»? Simon si era beccato un paio di Reg 9, ma mai niente di serio. Un Reg 9 prima o poi capitava a tutti, era solo un addebito disciplinare di scarso rilievo. E, a meno che la memoria non gli giocasse un brutto tiro, Proust aveva appena finito di dire che Alice era una manipolatrice. Un'opinione che doveva venirgli da Charlie, proprio lei che era così brava a manipolare la gente. Ai suoi occhi invece Alice era una persona molto diretta, assolutamente incapace di secondi fini. Si costrinse a tenere la bocca chiusa e cominciò a contare mentalmente. Arrivato a trentadue aveva ancora voglia di stendere Proust al tappeto, e insieme a lui Charlie, già che c'era.

«Che problemi ha con le donne, Waterhouse? Perché non si trova una ragazza?»

Simon, con gli occhi fissi sul pavimento, si sentì raggelare. Ecco un argomento di cui non desiderava assolutamente parlare. Mai, con nessuno. Rimase a testa bassa, in attesa che Proust la finisse di sbraitare.

«Non so niente della sua vita privata, Waterhouse, e francamente non mi interessa nemmeno, ma se deve interferire con il lavoro, allora sì che mi interessa. Lei arriva qui, citando Charlie di qua e Alice di là... ma qui siamo alla squadra investigativa, non nella melassa di una telenovela. Si dia una regolata!»

«Mi dispiace, ispettore.» Ecco un pessimo momento per mettersi a tremare. Probabilmente era per lo sforzo di soffocare la rabbia e la frustrazione. Sperava che Proust non se ne accorgesse, lui che notava sempre tutto. Perché mai, poi, quella frase a proposito del farsi una ragazza?

«Ma guardi com'è ridotto! Fa pena!»

«Io... mi spiace, ispettore.»

«Che sia chiaro una volta per tutte: a parte i rapporti professionali con Alice Fancourt, quando ha denunciato la scomparsa della figlia, lei non ha avuto nessun altro contatto con la signora. Dico bene?»

«Sissignore.»

«Non avete una relazione?»

«No.» Almeno questo era vero. «Ha avuto un figlio neanche un mese fa, signore.»

«E quando era in gravidanza? E prima che fosse incinta?»

«La conosco solo da una settimana, signore.»

Davvero era stato solo venerdì scorso? Pareva molto tempo prima. Simon stava andando a recuperare le registrazioni di una telecamera a circuito chiuso che servivano alla squadra per un'indagine in corso, quando aveva sentito alla radio la voce dell'agente Robbie Meakin che chiedeva alla pattuglia più vicina di recarsi alla tenuta chiamata The Elms, sulla strada per Rawndesley. «Una donna di nome Alice Fancourt dice che le hanno rapito la figlia appena nata.»

La coincidenza l'aveva colpito. Era passato davanti a quella casa solo venti secondi prima, notando che il cancello di ferro battuto era aperto. Doveva essere stato fabbricato apposta per contenere il nome della residenza all'interno di due grandi cerchi: «The» sul battente sinistro, «Elms» sul destro. Più elegante delle insegne dipinte su legno, si era detto. «Sono qui vicino, ci penso io», aveva detto a Meakin. Era riluttante a farsi carico di un altro caso perché ne aveva già abbastanza da seguire, ma si sarebbe sentito in colpa a ignorare quella chiamata, trovandosi già nei pressi. Dopo tutto c'era di mezzo un bambino piccolo.

Aveva frenato, e dopo avere compiuto un'inversione a U si era diretto nuovamente verso Spilling, arrivando a destinazione ancora prima che il motore facesse in tempo a salire di giri. Dinanzi ai suoi occhi si stendeva un viale piuttosto lungo, alla fine del quale si intravedeva uno spicchio di una casa imponente, bianca, per il resto nascosta alla vista dagli alberi su un fianco, e da quello che sembrava un fienile sull'altro. Di fronte al fienile, sul lato verso la strada, c'era un'area pavimentata dove erano parcheggiate due auto sotto i rami penduli degli alberi – una BMW blu metallizzato e una Volvo marrone che sembrava avere quattrocento anni.

Era rimasto ad aspettare, non troppo pazientemente, che il flusso del traffico si arrestasse per un attimo, dandogli modo di svoltare nel viale. Mentre tamburellava con le dita sul volante, dal crepitio della radio era emersa di nuovo la voce di Meakin. «Waterhouse?»

«Sì.»

«Sai tenerti le cose per te?»

«Sì.»

«Questa ti piacerà. Il marito della donna ha telefonato giusto ora, dice che la bambina non è stata rapita.»

«Eh?»

«C'è una bambina in casa. Su questo sembrano d'accordo tutti e due. Secondo il marito è la stessa che si sono portati dall'ospedale, secondo la moglie no», aveva detto ridacchiando.

«Porca miseria!»

«Troppo tardi, ormai te la sei presa tu.»

«Sei un bastardo, Meakin.» Finalmente il flusso delle auto si era interrotto, permettendogli di imboccare il viale d'ingresso. Non che ne avesse voglia, a quel punto. Perché non aveva lasciato che se ne occupassero gli agenti in servizio di pattuglia? Si faceva troppi scrupoli, maledizione. Un rapimento era una cosa – una cosa seria –, tutt'altra faccenda era una donna pronta a sostenere che la bambina che aveva in casa non era sua. Simon aveva cominciato a temere di essersi preso una bella gatta da pelare. Alice Fancourt, non c'era da dubitarne, si sarebbe rivelata una casalinga in crisi ormonale, che quel mattino si era alzata con il piede sbagliato e aveva deciso di far perdere tempo a tutti.

Era così che si generava l'ennesima montagna di scartoffie, indipendentemente dall'assurdità di una denuncia. In quei tempi di rigide norme etiche sulle procedure, anche una montagna di sciocchezze diventava un oggetto di indagine a cui veniva assegnato un numero di protocollo e un sergente che se ne occupasse, il quale a sua volta avrebbe passato il caso a un agente investigativo. Faceva parte del tentativo della polizia di dimostrare che prendeva sul serio tutti i cittadini. Non che fosse vero, naturalmente.

Non erano tanto le carte a preoccuparlo, perché su quello si era fatto le ossa già al tempo dell'addestramento nella squadra investigativa in qualità di responsabile della catalogazione dei reperti. A metterlo a disagio erano le pantomime sconcertanti, spesso disgustose, che vedeva quasi ogni giorno, e la natura bestiale delle passioni con cui il suo mestiere spesso lo portava a contatto. Lo imbarazzava assistere a molte delle scene che richiedevano la sua presenza, e nel lavoro rendeva al meglio quando era solo con i suoi pensieri, o anche con una pila di fogli sulla scrivania. Lontano dalla gente; lontano dagli altri e dalla loro mediocrità.

«Ah, c'è un'altra cosa», aveva detto Meakin.

«Sì?» Difficile che fosse una cosa piacevole.

«Sull'indirizzo, The Elms, il computer dà una nota.»

«E cosa dice?»

«Dice solo "vedi fatto correlato" e il relativo numero.»

Con un sospiro, Simon aveva preso nota del numero comunicatogli da Meakin, per poter dare una controllata in seguito.

Aveva parcheggiato poco distante dalla BMW e dalla Volvo scassata, notando che mentre la prima era coperta di foglie cadute dall'albero, la seconda ne aveva solo due sul cofano: una rossa e l'altra marrone bruciato. Aveva risalito l'ultimo tratto del viale e aveva suonato alla porta. C'era un portone solido, così massiccio da far pensare che fosse tanto spesso quanto largo. Vista da vicino, la casa era principesca, con la sua facciata perfettamente quadrata e simmetrica, di un bianco candido che a Simon aveva fatto venire in mente un articolo letto una volta su un giornale, dove si parlava di un hotel fatto interamente di ghiaccio. C'era qualcosa che intimoriva nella perfezione quasi ostentata delle proporzioni dell'edificio, e ciò l'aveva spinto a cercare ancora più attentamente i segni di crepe o di scrostature. Non era riuscito a trovarne neanche uno. L'intonaco bianco dei muri esterni e delle finestre era immacolato.

Dopo una manciata di secondi era venuto ad aprirgli la porta un uomo di corporatura snella in jeans e camicia a quadretti. Era più basso di Simon di una decina di centimetri e la vastità della casa lo faceva apparire più piccolo di quanto fosse realmente. I capelli erano castano chiaro e davano l'impressione di avere uno di quei tagli molto, molto costosi. Simon aveva immaginato che un buon numero di donne l'avrebbero trovato attraente, con quei suoi lineamenti regolari e ben proporzionati.

David Fancourt. Aveva un'aria colpevole, oppure imbarazzata o forse furtiva. C'era in lui qualcosa che non andava, insomma. No, colpevole no. Non era ciò che aveva pensato Simon in quell'occasione; quell'idea era venuta più tardi e ora lo influenzava, come accade quando si guarda un film già visto sapendo come andrà a finire. «Finalmente», aveva detto Fancourt con una punta di impazienza mentre apriva la porta. In braccio teneva un bambino piccolissimo e aveva un biberon in mano. Quel neonato aveva la testa più rotonda e ben formata di quella di tanti altri bambini piccoli, che a volte hanno il cranio di una forma tanto irregolare da sembrare ammaccato. Di capelli ne aveva ben pochi, e sul naso c'era qualche puntolino bianco. Gli occhi aperti parevano scrutarlo con grande curiosità, anche se, a ripensarci a posteriori, sospettava di esserselo sognato. Un altro brutto scherzo della memoria.

Alle spalle di Fancourt si intravedeva un atrio molto ampio, con al centro una scalinata ricurva fatta di legno scuro e lucido. Ecco come vive l'altra metà della gente, aveva pensato. «Sono il detective Waterhouse. Ha denunciato il rapimento di un neonato?»

«David Fancourt. Mia moglie è impazzita.» Il tono implicava che, se ciò non era colpa di Simon, quanto meno era una responsabilità che ricadeva interamente sulle sue spalle, ora che era arrivato.

E poi, in cima alla scala, Simon aveva scorto Alice.

7.

Venerdì 26 settembre 2003

Vedo un solo agente. Sono quasi sicura che ne mandano due, se pensano che la cosa sia grave. Così succede in televisione, per lo meno. Ho voglia di gridare tanto ci rimango male, ma mi costringo a non farlo. David ha appena detto al detective Waterhouse che sono pazza, completamente pazza, quindi devo stare bene attenta a non comportarmi in modo da dargli ragione.

Il poliziotto mi intravede in cima alla scalinata e sorride brevemente. È un sorriso preoccupato, e lui continua a guardarmi anche dopo che si è spento. Non saprei dire se sta cercando di capire in che stato mentale mi trovo o di ricavare qualche indizio dalla mia persona o dai vestiti che ho addosso, ma è certo che resta lì a fissarmi parecchio. Non porta l'uniforme. Si è presentato dicendo di essere un detective. Forse questi due dettagli sono un buon segno, credo di aver sentito dire che i poliziotti in borghese hanno più esperienza.

Il suo aspetto è rassicurante. Non è un bell'uomo, ma dà un'impressione di serietà e di solidità. Meglio ancora, ha l'aria molto sveglia, non l'aria di chi arriva al lavoro e innesta il pilota automatico, facendo il minimo che si può fare per arrivare alla fine della giornata.

Gli occhi grandi, grigi, sono ancora fissi su di me. Ha un fisico muscoloso, le spalle larghe: massiccio senza essere grasso. Corpulento, è la parola che mi viene in mente. Il naso è leggermente storto, come se lo avesse rotto. Vicino a lui David sembra esile. E vanesio, con quella sua pettinatura alla moda. Il detective Waterhouse ha dei capelli castani corti e ispidi che sembrano usciti dalle mani di un barbiere economico.

La faccia è quadrata, i lineamenti piuttosto irregolari. È il classico tipo di faccia a cui si adatta la definizione «scolpita nella roccia». Non fatico a credere che sia un uomo che protegge e soccorre il suo prossimo, che fa giustizia. Spero che farà giustizia anche per me. Dovrebbe avere più o meno la mia età, forse qualche anno di più. Mi chiedo come si chiami di nome.

«Sono Alice Fancourt», mi presento, mentre avanzo su gambe deboli e inadeguate a reggermi, come due scopettini. Quando sono abbastanza vicina allungo la mano per stringere la sua. David è furioso perché non sto balbettando istericamente a conferma delle sue parole.

«Ha bevuto», dice. «È tornata a casa che puzzava di alcol. Non avrebbe nemmeno dovuto guidare! Si è sottoposta a un serio intervento chirurgico solo due settimane fa. Ha minacciato di accoltellarmi.»

Sento la gola stretta, un po' per lo shock, un po' per la rabbia. So che David è sconvolto, ma perché precipitarsi a denigrarmi in questo modo davanti a un perfetto estraneo? Io non riuscirei mai a fare la stessa cosa nei suoi confronti. Non è che l'amore abbia un interruttore che si può accendere e spegnere a proprio piacimento. Ma mi viene in mente che forse è proprio l'intensità dell'amore che David prova per me ad alimentare questa sua rabbia. Spero che sia così.

L'ultima volta che ha parlato al telefono con Vivienne era d'accordo anche lui che potevo benissimo guidare, nonostante l'ostetrica l'avesse sconsigliato. A quanto sembra, ora ha cambiato parere. David non ha l'abitudine di trovarsi in disaccordo con sua madre: di fronte a una sua presa di posizione, di solito non si pronuncia oppure si adegua passivamente. In assenza di Vivienne declama le sue teorie su come va il mondo, come se stesse cercando di vestirsi con una personalità che gli va troppo grande. A volte mi chiedo se e fino a che punto David conosce sé stesso. O forse sono io, quella che non lo conosce.

«La prego signor Fancourt, si tenga su un piano di correttezza», dice il detective Waterhouse. «Avrete modo di dire la vostra, tutti e due, ma proviamo a risolvere questo pasticcio, d'accordo?»

«È peggio che un pasticcio, qualcuno ha rapito mia figlia. Lei deve andare a cercarla!» Il poliziotto sembra a disagio mentre pronuncio queste parole. Sospetto che sia imbarazzato per me. Come fa a dire una cosa del genere, penserà, quando al suo fianco c'è il marito con in braccio la bambina? Sarà tentato di tirare la conclusione più ovvia: se in casa c'è una neonata, quella neonata non può che essere la loro figlia.

«Ma se è qui, Florence», ribatte secco David.

«Penso che mio marito si senta in colpa...» cerco disperatamente di spiegare, conscia che il contegno che mi sono imposta sta mostrando i primi segni di cedimento. E in quel momento mi rendo conto di quello che non va: manca completamente ogni urgenza, nella procedura che il detective sta seguendo. Sta andando tutto al rallentatore, il che significa che questo poliziotto non mi crede. Le parole mi escono di bocca a fiotti: «E la colpa si manifesta in forma di rabbia. Si è addormentato mentre avrebbe dovuto badare alla bambina. Quando sono rientrata in casa ho trovato la porta d'ingresso aperta. Non è mai aperta! Deve essere entrato qualcuno, che ha preso Florence, nostra figlia, e al suo posto...» Faccio un gesto con la mano, incapace di proseguire.

«Ma no, che sciocchezze. Questa qui è Florence! Dia retta a chi la tiene, ispettore, a chi si occupa di lei. A chi le dà il biberon, a chi la calma quando sua madre dà in escandescenze.» David si volta verso di me. «Colpa che si manifesta in forma di rabbia! Ma che mucchio di idiozie. Lo sa che lavoro fa, ispettore? Su, dài, diglielo.»

«Non sono un ispettore, sono un semplice agente investigativo», puntualizza Waterhouse. «Signor Fancourt, lei non ci è di aiuto comportandosi in modo così aggressivo.» David non gli è simpatico, però gli crede.

«È aggressivo perché ha paura», dico. Credo davvero che sia così. La mia teoria – con mio marito mi è toccato ricorrere alla teoria, in questi anni, visto che lui non si confida mai con me – è che all'origine di molti dei comportamenti di David ci sia la paura.

A quanto pare David pensa che il lavoro che faccio sia un buon motivo per screditarmi, e ciò mi umilia e mi ferisce. Ho sempre dato un'importanza estrema al suo giudizio, e credevo che mi stimasse. Siamo sposati da due anni e prima di oggi fra noi non ci sono state né cattiverie né discussioni né scenate. Credevo fosse così perché siamo innamorati, ma, a ripensarci ora, quel nostro rapporto sempre improntato alla massima cortesia aveva qualcosa di innaturale. Una volta gli ho chiesto per quale partito votava. Lui ha evitato di rispondere alla domanda, e sono certa che è rimasto scioccato dal fatto che glielo abbia chiesto. Mi ha fatto sentire da schifo, una zoticona senza il minimo tatto. Vivienne ritiene che parlare di politica sia poco educato, anche in famiglia.

David è molto bello. Solo a vederlo mi tremavano i polsi, fino a non molto tempo fa. Eppure in questo momento non riesco né a concepire né a ricreare il senso di attrazione che lui suscitava in me. Sembra assurdo, non meno che sentirsi attratti da un'illustrazione. Ammetto con me stessa, per la prima volta, che mio marito è un estraneo per me. La sintonia e la complicità che cerco da quando lo conosco mi hanno eluso, hanno eluso entrambi.

David lavora per un'azienda che produce giochi per computer. Lui e il suo amico Russell si sono messi in società. Russell lo conoscevo dai tempi dell'università, è stato al suo matrimonio che ho conosciuto David. Ero finalmente uscita dalla depressione ma non da un senso bruciante di solitudine, che di giorno riuscivo a soffocare tenendomi occupata e che ritornava puntualmente alla sera, facendomi piangere per ore e ore.

Mi scoccia ammetterlo, ma mi ero persino inventata un amico immaginario. Gli avevo dato un nome: Stephen Taylor, un nome molto comune, che non aveva niente di speciale e proprio per questo me lo faceva sentire più reale. In quel periodo riuscivo ad addormentarmi solo facendo finta che fosse lì a tenermi tra le sue braccia e a dirmi che potevo contare su di lui.

Stephen è scomparso il giorno del matrimonio di Russell. Qualcuno ha scritto il mio nome accanto a quello di David, sul tavolo da pranzo, e mi ha salvato la vita. O almeno, così ho creduto.

Una delle prime cose che David mi ha detto era che sua moglie lo aveva lasciato prima della nascita del loro figlio, per cui vedeva Felix solo di tanto in tanto, per un paio di ore e non di più. C'è dell'ironia nel fatto che allora la cosa che mi ha colpito più favorevolmente, in David, sia stata la sua capacità di aprirsi. Non sapevo che non si sarebbe mai più confidato con me come quel giorno. Forse c'era un elemento di calcolo in quelle confidenze, e la storia di Felix era l'equivalente di una di quelle frasi a effetto che si dicono per fare colpo su una donna.

Però ha funzionato benissimo. Io gli ho detto dei miei genitori, ovviamente. Parlando con David mi sono resa conto che la morte è solo uno dei modi di perdere le persone che amiamo. Volevo consolarlo nella sua infelicità, volevo che lui consolasse me nella mia. Mi pareva che ci fosse una qualche ragione profonda e importante dietro al nostro incontro, credevo con tutta me stessa che fossimo l'uno l'ancora di salvezza dell'altro, che avrei finito per diventare sua moglie. Volevo essere la signora Fancourt con tutte le mie forze, volevo rifarmi una famiglia e avere dei figli con lui. La paura di essere sola, di rimanere da sola per il resto della mia vita, era un'ossessione che mi divorava.

Malgrado la tristezza a causa di Felix, David ha continuato a ripetermi che non voleva rovesciarmi addosso le sue angosce, e così ha passato il resto del pomeriggio a dire cose divertenti e a farmi la corte. Mi ha raccontato la sua famosa barzelletta sui gallesi, non prima di avermi chiesto: «Non è che per caso sei gallese, eh?». È quella del tizio che va alla polizia a dire che gli hanno rubato la bicicletta: «Io esco di chiesa e lei eccotela lì che non c'è più». David la raccontava imitando l'accento gallese in un modo così buffo che nei giorni successivi mi veniva da ridere ogni volta che mi capitava di ripensarci. E lui, lui non riuscivo a togliermelo dalla testa. A quel matrimonio era David ad avere il sorriso più bello, lui quello con gli occhi più sfavillanti. Sembrava la caricatura dell'eroe meraviglioso e romantico, così come i «cattivi» che popolano i videogiochi inventati da lui e Russell sono caricature del male allo stato puro, con i loro mantelli rossi e neri, le zanne in bocca e le lingue di fuoco.

A quanto pare David e Russell non si stancano mai di pensare nuovi modi in cui i cattivi saranno uccisi, alla fine. Grazie a mio marito i ragazzini di tutto il paese sono in grado di simulare un assassinio, a volte in modi che sfiorano da vicino la pornografia, nella sicurezza e nel comfort delle loro case. E tuttavia ho sempre sostenuto David nel suo lavoro, dando piena approvazione a cose che in altre situazioni mi farebbero venire il vomito, pur di essere leale nei suoi confronti. Se lo fa David, vuol dire che va bene; era questo il mio motto. Credevo che anche lui facesse lo stesso con me.

«C'è una stanza tranquilla dove posso prendere nota delle vostre dichiarazioni?» chiede il detective Waterhouse.

«Non c'è tempo!» protesto io. «E Florence? Bisogna andare a cercarla.»

«Non si può fare niente finché non raccolgo le vostre dichiarazioni», insiste lui.

David indica la cucina. «La porti di là», dice a Waterhouse, come se io fossi un cane poco obbediente. «Io riporto Florence nella sua camera al piano sopra.»

Mi viene da piangere. «Questa non è Florence, la prego, deve credermi.»

«Da questa parte, signora Fancourt.» Waterhouse mi pilota verso la cucina, con la sua manona da orso stretta sul mio braccio, appena sopra il gomito. «Perché non mette su del tè mentre io le faccio qualche domanda?»

«No, non me la sento, sono troppo sconvolta», gli rispondo in tutta franchezza. «Se lo prepari lei, se vuole. Non mi crede, vero? Lo vedo bene, che non mi crede. E ora che piango mi darà dell'isterica...»

«Signora Fancourt, prima mi rilascia la sua dichiarazione e prima ci...»

«Non sono stupida! Lei non corre fuori a cercare Florence perché pensa che sia la bambina in braccio a David, vero?»

«Io non penso niente.»

«No, ma se in casa non ci fosse una bambina, se fossimo in due a dire che nostra figlia è scomparsa, sarebbe un'altra cosa, vero? La ricerca di Florence sarebbe già in corso.»

Waterhouse arrossisce, e non nega.

«Perché dovrei mentire? Cosa ci guadagnerei a inventarmi tutta questa storia?» Faccio un grosso sforzo per mantenere un tono di voce normale.

«Che motivo di mentire avrebbe suo marito, allora? O secondo lei ci crede davvero, che quella sia sua figlia anche se non lo è?»

«No.» Cerco di soppesare attentamente le parole che sto per dire. Dare addosso a David va contro anni di amore e di abitudine, ma non posso tenere per me nulla che possa servire a convincere la polizia. «Si è addormentato mentre aveva in consegna Florence. La porta di casa era aperta. Per lui, ammettere che quella bambina non è Florence sarebbe come ammettere che ha lasciato che qualcuno portasse via nostra figlia. Non che lo rimproveri per quel che è successo», mi affretto a soggiungere. «Voglio dire, chi poteva prevedere una cosa del genere? Ma credo che sia andata così, credo che David non permetta a sé stesso di vedere la verità perché ha paura del senso di colpa che gli cadrebbe addosso. Ma alla fine dovrà pur accettarla, quando si renderà conto che questo suo fingere ci impedisce di andare a cercare Florence!» Sono disperata come sembro. Devo parlare in modo meno concitato.

Il detective Waterhouse comincia a innervosirsi, come se tutto questo fosse troppo per lui. «Perché mai qualcuno avrebbe interesse a scambiare un bambino con un altro?» chiede.

Una domanda che mi colpisce per la sua insensibilità. «Non si può chiedere a una madre di fare uno sforzo per entrare nella testa di chi le ha rubato la figlia», dico in tono tagliente. «Sinceramente non riesco a pensare a nessuna spiegazione, per un atto del genere. Ma anche se riuscissi a trovarne una, a cosa servirebbe?»

«Che differenze ci sono tra la bambina che ho appena visto e sua figlia? Tutto quello che riesce a dirmi sulle differenze fisiche potrebbe essere d'aiuto.»

Emetto un gemito, in preda alla frustrazione. È la stessa domanda che mi ha fatto David. È una cosa maschile, il desiderio di avere una lista di elementi. «Non c'è nessun segno particolare che possa indicarle, a parte una cosa di vitale importanza, e cioè che sono due persone diverse! Due neonate diverse. Mia figlia ha un viso diverso, un modo diverso di piangere. Come cavolo faccio a descriverle la differenza nel pianto di due neonate?»

«Va bene, signora Fancourt, si calmi. Non si agiti.» Il detective Waterhouse ha l'aria di essere un tantino spaventato da me.

Passo a un tono più conciliante. «Senta, lo so che il suo lavoro la porta a contatto con gente che mediamente non si può prendere sul serio. Anche per me è così, nel mio lavoro. Sono un'omeopata, lei ha un'idea di cosa significa?» Mi preparo a lanciarmi nel mio solito discorsetto preliminare sulla differenza tra la medicina tradizionale, allopatica, e quella omeopatica, dove si cura il male con lo stesso principio che ne è la causa. Per un breve attimo lui mi fissa con tanto d'occhi, poi annuisce arrossendo di nuovo.

Una volta avevo un paziente che faceva il poliziotto. Più giovane di me, ma già sposato e con tre figli, soffriva di una grave depressione perché detestava il suo lavoro. Gli sarebbe piaciuto occuparsi di architettura dei giardini. Io gli avevo detto di seguire quella sua inclinazione, perché così la pensavo a quel tempo, avendo lasciato da poco un lavoro di tipo amministrativo all'agenzia delle entrate, decisamente noioso, per dedicarmi all'omeopatia. Quando avevo incontrato David, quando lui e Vivienne mi avevano salvato dall'isolamento e dall'infelicità, sentivo dentro di me una tale gratitudine, che l'unica strada che vedevo aprirsi era un lavoro utile agli altri. Ora però mi chiedo se ho aiutato veramente quel poveraccio, se non ho peggiorato la situazione dandogli d'impulso quel consiglio così idealistico. E se dopo avere rinunciato al lavoro nella polizia fosse caduto in miseria? E se la moglie lo avesse lasciato?

«Un sacco di miei pazienti hanno una percezione della realtà tutta particolare», continuo. «In parole povere, molti di loro sono fuori di testa. Ma io no, okay? Io sono una donna sana di mente e capace di ragionare, e le dico che la bambina al piano di sopra non è assolutamente mia figlia!» Apro il taschino della camicetta, tiro fuori la pellicola e la metto sul tavolo, sotto ai suoi occhi. «Eccola qui, la prova materiale. Lo faccia sviluppare e vedrà tutte le foto della vera Florence. Con me e con David, all'ospedale e qui in casa.»

«Grazie.» Prende il rullino, lo infila in una busta su cui scrive qualcosa che non riesco a decifrare. Lentamente, con metodo. Poi estrae un taccuino. «Ora, mi serve qualche altro particolare.»

Quel suo muoversi senza la minima fretta mi fa perdere la pazienza. «Ancora non mi crede!» sbotto. «Bene, continui a non credermi, a me non importa niente, ma per favore faccia venire una squadra di agenti e li mandi a cercarla. Se fosse lei, ad avere torto? Se io le stessi dicendo la verità, e Florence fosse veramente scomparsa? Ogni secondo perduto sarebbe un passo in più verso il disastro.» La mia voce si incrina. «È sicuro di potersi permettere di correre questo rischio?»

«Ha altre fotografie di sua figlia, signora Fancourt? Qualcuna già stampata?»

«No, e chiamami Alice. Tu come ti chiami? Di nome, dico.»

Mi guarda con aria dubbiosa. «Simon», risponde alla fine, con le spalle al muro. Simon. Uno dei nomi che rientravano nella lista mia e in quella di David, nel caso fosse nato un maschio. Sento un nodo alla gola. Per qualche ragione che non capisco, il ricordo di quella lista è particolarmente doloroso. Oscar, Simon, Henry. Leonie, Florence, Francesca. Florence, signorina Riccio. Musetto.

«Il fotografo dell'ospedale avrebbe dovuto farle delle foto mentre ero al reparto maternità, ma non è mai arrivato. Gli si è rotta la macchina.» Ora sto singhiozzando. Il mio corpo è scosso dalle convulsioni, come percorso da una scarica elettrica. «Non abbiamo mai avuto la sua "prima foto". O Dio, dov'è la mia bambina?»

«Calmati Alice, cerca di calmarti. La troveremo, se... Faremo tutto il possibile.»

«Ci sono delle altre foto, oltre alle mie. Le ha fatte Vivienne quando è venuta a trovarmi in ospedale. Sarà di ritorno presto, te lo dirà lei che non sono pazza.»

«Vivienne?»

«La madre di David. Questa è casa sua.»

«Chi altri ci abita?»

«Ci siamo io, David, Florence e Felix, il figlio che David ha avuto dal primo matrimonio. In questo momento è in Florida con Vivienne, però torneranno prestissimo, appena trovano due posti sull'aereo. Lei mi appoggerà, ti dirà anche lei che quella bambina non è Florence.»

«Quindi tua suocera l'ha vista, Florence?»

«Sì. All'ospedale, appena nata.»

«Cioè quando?»

«Il dodici settembre.»

«L'ha vista anche Felix?»

Ho un attimo di esitazione. È un punto dolente, questo. Avrebbe potuto venire in ospedale dopo la scuola, prima di andare all'aeroporto, ma c'era la lezione di immersione subacquea al Waterfront e Vivienne non ha voluto assolutamente che la saltasse. «L'ultima cosa che desideriamo è che associ Florence alla perdita delle cose che a lui piacciono», ha detto. «Non c'è fretta di fargliela vedere, avremo tutto il tempo.» Per abitudine David si è dichiarato d'accordo con sua madre, e io non ho osato contraddirla, sapendo quali siano i suoi timori per le reazioni di Felix. Non si discute con la paura.

Vivienne dice che Felix farà fatica a spartire il suo regno con Florence, esattamente come sarebbe stato per lei da piccola, ma io non sono tanto d'accordo. Non tutti i bambini hanno il suo stesso istinto di difesa del territorio. Vivienne era addirittura contraria a dividere le attenzioni dei genitori con il loro cagnolino, che infatti venne dato via quando lei aveva tre anni. Avrei voluto chiederle come si chiamava, quando mi ha raccontato quella storia, ma non ho avuto il coraggio. È ridicolo, però mi sarei sentita sleale nei suoi confronti, a mostrare interesse per il suo rivale.

«No, Felix era a scuola quando Vivienne è venuta all'ospedale, e subito dopo loro due sono partiti insieme.»

«Quindi sono via da quindici giorni. Ma non sono finite, le vacanze scolastiche?»

«Sì.» Non colgo immediatamente la pertinenza della domanda. «Ah, sì, certo, comunque alla scuola che frequenta Felix sono molto tolleranti», mi affretto a soggiungere appena capisco. Non hanno molta scelta, del resto: Vivienne è uno dei membri più generosi del consiglio d'amministrazione. Nessuno avrebbe il coraggio di dirle quando può o non può portare in vacanza il nipote. «È la Stanley Sidgwick.»

Per una frazione di secondo le sopracciglia di Simon si sollevano in modo quasi impercettibile. Tutti conoscono la scuola privata Stanley Sidgwick, e quasi tutti se ne sono fatti un'opinione molto precisa, positiva o negativa che sia. È una scuola che non si fa scrupolo di essere terribilmente elitaria, carissima, e molto severa. Vivienne è una sua grande sostenitrice; prima ci ha mandato David, ora è il turno di Felix.

Il posto per Florence nel college femminile della scuola è stato prenotato non appena l'ecografia della ventesima settimana ha rivelato che aspettavo una bambina; l'hanno inserita nella lista delle prenotazioni come «bambina dei Fancourt». Vivienne ha pagato le trecento sterline della tassa di iscrizione di tasca sua, e solo a cose fatte ha informato David e me.

«Non c'è scuola migliore nella zona, anzi, in tutto il paese, indipendentemente da quello che dicono le valutazioni degli ispettori scolastici», ha sottolineato.

Credo di avere annuito, probabilmente con aria distratta. In quel momento la sola cosa che mi premeva era di portare avanti bene la gravidanza. Alla scuola che

Florence avrebbe frequentato non ci pensavo minimamente.

«Felix non vive con sua madre?» chiede Simon.

Quella era una domanda che non mi aspettavo. Ammiro la scrupolosità del suo approccio, la sua determinazione a informarsi su tutti i punti che hanno un'evidente rilevanza per il caso. Anch'io faccio così con i miei pazienti. A volte, se guardi solo dove ti inducono a guardare, perdi di vista gli elementi più importanti.

«La madre di Felix è morta.»

Lo osservo attentamente mentre gli dico queste parole. È evidente che non lo sapeva. È assurdo dare per scontato che ogni poliziotto conosca a menadito tutti i casi che si sono verificati nella sua zona. O forse lui sa, ma non ha ancora collegato le due cose. Dopotutto il cognome di Laura non era Fancourt, lei non aveva adottato il cognome del marito. Quello era stato il primo dispiacere dato a Vivienne, il primo di una lunga serie.

«Quindi, a parte Vivienne Fancourt, chi ha visto Florence?»

«Nessun altro. Ah no, Cheryl Dixon, la mia ostetrica. È venuta a trovarmi tre volte, ed era di turno all'ospedale quando Florence è nata.» Come mai non ci ho pensato prima, mi domando. «Cheryl confermerà quello che ho detto, parla con Cheryl.»

«Non si preoccupi, parlerò con tutti, signora...»

«Chiamami Alice e dammi del tu», insisto.

«Alice», ripete lui goffamente, intrappolato in una familiarità che lo mette palesemente a disagio.

«E sulle ricerche, cosa mi dici?» chiedo. Non ho ancora avuto una risposta soddisfacente alla mia richiesta. «Qualcuno potrebbe avere visto qualcosa. Dovete lanciare un appello ai possibili testimoni, che si facciano avanti. Ti posso dare gli orari precisi. Sono uscita di casa alle due meno cinque...»

Simon scuote la testa. «Non posso mettere in moto delle ricerche così, sui due piedi», spiega. «Non è così che funziona. Ci vuole l'approvazione del nostro sergente, ma prima ancora dovrò parlare con tutti coloro che possono corroborare la tua versione. Con i tuoi vicini, per esempio, per sapere se hanno notato qualcosa di insolito. Perché tuo marito...»

«Non conferma la mia versione, lo so. Me ne sono accorta», dico con amarezza. «Non abbiamo vicini di casa, qui.» La prima volta che David mi ha portato a The Elms, Vivienne ha detto con orgoglio che le sole persone con cui si trova a spartire il codice di avviamento postale sono i suoi ospiti. Ha sorriso per farmi capire che era lieta di includermi in quella categoria, e io mi sono sentita privilegiata e protetta. Dopo la morte dei miei genitori, quando mi ero resa conto che al mondo non c'era più nessuno che mi amasse davvero, la mia autostima era calata di molto. Non riuscivo a scuotermi di dosso l'idea che la loro tragica morte fosse una punizione per qualcosa che avevo fatto. Essere accolta con tanto calore da una donna come Vivienne, che riteneva indiscutibili il proprio valore, la propria importanza e anche le proprie opinioni, mi dava la sensazione di contare più di quanto avessi mai immaginato.

«Non posso dare il via alle ricerche, non posso fare proprio niente basandomi solo su quello che mi riferisci tu», dice Simon in tono di scusa.

Crollo su una sedia, mi prendo la testa dolorante tra le mani. Se chiudo gli occhi vedo strani bagliori di luce che mi fluttuano davanti. Un'ondata di nausea mi fa rivoltare lo stomaco. Per la prima volta in vita mia capisco la gente che perde la volontà di lottare. È così difficile cercare di farsi ascoltare quando il mondo intero sembra turarsi le orecchie, quando le cose che hai da dire suonano così poco plausibili, se non addirittura assurde.

Non sono una lottatrice; non per mia natura, almeno. Non mi sono mai considerata una donna forte, e in certe occasioni mi è successo di essere debolissima. Ora sono una madre, però. Devo pensare a Florence, oltre che a me stessa. Invece che a me stessa, anzi. L'ipotesi di arrendersi non è contemplata.

8.

3 ottobre 2003 ore 14

Dieci minuti dopo la conclusione del colloquio con Proust, Simon era di ritorno alla mensa. Per grazia del cielo la macchinetta mangiasoldi era insolitamente silenziosa, come per rispetto al suo umore nero. L'ispettore aveva riservato un'accoglienza sprezzante alla sua ipotesi, oltre a dargli del paranoico. «Non voglio che lei lavori in queste condizioni, non farebbe altro che essere d'impiccio agli altri e rovinare tutto», erano state le sue parole, che nel caso di Proust equivalevano a un benevolo congedo.

Cos'avevano tutti, quel giorno? Perché non riuscivano a vedere quello che a lui sembrava sbalorditivamente ovvio? Forse perché sia Proust che Charlie avevano avuto un ruolo nel mettere dentro Darryl Beer? Era per quello che ci tenevano tanto a far passare Simon per un eccentrico emotivamente instabile, che permetteva ai suoi interessi personali di interferire con i fatti? E intanto l'eventuale piano di David Fancourt veniva bellamente ignorato. Morta la prima moglie, scomparsa la seconda. Questo era un fatto.

Prese una tazza di tè e si lanciò in una fantasia dove lui faceva sputare tutta la verità a quel Fancourt a suon di botte. Per certe cose valeva la pena di farsi sbattere dentro. Cosa aveva fatto ad Alice, quel bastardo? Cosa aveva detto sul suo conto a Proust? Doveva essere stato lui a parlare, non Charlie. Tutti interrogativi tormentosi, che non contribuirono ad avvicinarlo neanche di un millimetro a una risposta. Udendo un colpetto di tosse alle sue spalle si voltò.

«Proust mi ha detto che ti avrei trovato qui. Gli ho appena parlato. Mi correggo: l'ho appena ascoltato. A lungo. Non è contento di te, neanche un po'.»

«Charlie!» Vederla gli fece sentire che forse una speranza c'era, forse la catastrofe poteva essere tenuta lontana ancora per un po'. «Sei riuscita a calmarlo? Sei la sola che può farlo.»

«Vedi di non mettermi di cattivo umore un'altra volta», disse Charlie con voce tetra sedendosi di fronte a lui. Simon non riusciva mai a farle un complimento senza irritarla. C'era un solo tipo di complimento che avrebbe accettato volentieri, ma Simon non poteva farglielo. Pareva risolutamente decisa a liquidare tutti i commenti positivi che venivano da lui come carità spicciola motivata dalla compassione. A volte Simon si domandava cosa ci vedesse, in lui. Come potesse considerarlo qualcosa di più di un essere patetico, dopo quella festa per i quarant'anni di Sellers dell'anno prima. Allontanò da sé quel ricordo orrendo, come sempre faceva quando affiorava alla memoria.

«Cosa ha detto l'Omino di neve?» le chiese.

«Che balbettavi come un deficiente. Pensa che tu abbia una cotta per Alice Fancourt, e tra l'altro anche suo marito ne è convinto. Chiunque abbia un cervello e due occhi se ne accorgerebbe anche a un miglio di distanza, vista l'aria da idiota bavoso che hai ogni volta che si parla di lei.»

Parole che pungevano come aghi, ma Simon non fece commenti.

«Ha detto anche che hai smentito ogni accusa di comportamento non professionale.»

«Mi crede?»

«Ne dubito molto, quindi farai meglio a evitare che lo scopra, se hai mentito. Comunque, ho avuto istruzioni di trattare la sparizione della madre e della bambina come un caso di persona scomparsa, se non si faranno vive entro ventiquattro ore.»

Gli occhi di Simon si spalancarono. «Tu? Vuoi dire che...»

«Proust ha assegnato il caso a me, esatto. Alla nostra squadra. In ragione della nostra approfondita conoscenza della famiglia Fancourt», aggiunse con sarcasmo.

«Pensavo si guardasse bene dal lasciarmi anche solo avvicinare, a quel caso. Grazie!» Simon alzò gli occhi al soffitto, verso il ronzio delle luci al neon. Credeva fermamente in una qualche entità non meglio definita. Sua madre aveva sempre sperato che diventasse un prete, e magari ci sperava ancora. Simon aveva ereditato da lei il bisogno di aggrapparsi a qualcosa, ma non la certezza che quel qualcosa fosse Dio. Odiava l'idea di poter avere degli aspetti in comune con sua madre.

«Proust è una fonte perenne di sorprese, questo glielo riconosco», continuò Charlie. «Ha detto che tu potresti arrivare a qualche risultato, proprio perché la faccenda ti sta tanto a cuore. A sentire lui ci tieni un casino a trovare Alice Fancourt, più di chiunque altro qua dentro.» Il suo tono lasciava capire che si considerava parte integrante di quel «chiunque altro».

Simon si prese la testa tra le mani. «Se mai avrò la possibilità di cominciare a cercarla.» Emise un gemito. «Charlie, questa faccenda può finire per mettermi in guai seri. Alice l'ho vista due volte in veste non professionale. Lei... lei mi ha detto cose che dovrò riferire, quando parte l'indagine. Tu *sai* che non merito di perdere il lavoro, lo sai che sono in gamba...»

«Quanto lo sai tu», commentò lei con voce incolore, alzando un sopracciglio. «Come potrei dimenticarmene? Senza di te saremmo tutti qui a grattarci le orecchie e a stuzzicarci i denti, incapaci di chiudere un solo caso.»

«Sì, be'... per uno come me, che è una merda in quasi

tutto, è difficile non entusiasmarsi quando scopre – sorpresa sorpresa – che c'è almeno una cosa che gli riesce di fare bene. E il detective io lo so fare.»

«Oh, ma davvero? E com'è che non ne parli mai? Avresti dovuto dirlo.»

«Vaffanculo!»

Charlie rise. «Solo tu hai questa capacità incredibile di vantarti e di atteggiarti a vittima allo stesso tempo.»

E solo tu hai la capacità di trattarmi in quel modo così amichevolmente, possessivamente e insolentemente paternalistico, che mi fa venire voglia di mollarti un bel ceffone, pensò Simon. Girandosi verso Charlie disse: «So che non ho il diritto di chiedertelo, ma... hai qualche idea su come potrei tirarmi fuori da questo pasticcio?».

Charlie parve tutt'altro che sorpresa. Facendogli dondolare sotto il naso le chiavi della macchina disse: «Andiamo».

«Dove?»

«In un posto dove nessuno ci può sentire.» La sala mensa era il terreno di coltura dei pettegolezzi. Si fecero strada attraverso i tavoli, le sedie, le battute che gli agenti si scambiavano a voce alta, e si avviarono verso l'uscita.

Charlie guidava come un uomo, girando il volante con due dita e a volte con il polso, ignorando i limiti di velocità, imprecando contro gli altri automobilisti. Uscendo da Spilling imboccarono la strada per Silsford, con Radio Two a tutto volume: tonnellate di canzonette che andrebbero suonate solo negli hotel o negli ascensori, tutte cose insipide che Simon detestava.

Preferì concentrarsi sul paesaggio piatto e ordinato che si stavano lasciando alle spalle troppo in fretta. Di solito la vista del paesaggio aveva un effetto calmante, ma quel giorno no. Mancava qualcosa. Con grande imbarazzo, Simon si rese conto che sperava di vedere Alice. Ogni volto, ogni figura che non era la sua gli procurava un senso di delusione pungente. Il panico dell'agitazione aveva lasciato il posto a una sorta di nostalgico abbandono.

In Alice c'era qualcosa che lo toccava profondamente. Certo, era bella, ma i sentimenti di Simon nei suoi confronti non avevano niente a che vedere con il suo aspetto esteriore. No, era qualcosa nel suo modo di fare: quell'ombra di disagio, quella sensazione che lei si muovesse fuori dal suo elemento naturale, che si trovasse di fronte a ostacoli invisibili. La stessa situazione in cui si sentiva perennemente costretto anche lui. Ci sono persone capaci di scivolare senza sforzo attraverso l'esistenza. Lui non era di quelle, e gli pareva che non lo fosse nemmeno Alice. Lei era troppo sensibile, troppo complicata. Era vero però che l'aveva vista solo in uno stato di estrema agitazione e di ansia; non aveva idea di come fosse prima di allora.

Charlie gli avrebbe dato del sognatore, accusandolo di inventare il personaggio di Alice a partire da una traccia esilissima. Ma non sono forse tutti frutto di invenzione, gli elementi su cui si basa la nostra percezione degli altri? Non è assurdo credere che i nostri familiari, così come gli amici e i conoscenti, costituiscano un insieme coerente la cui natura può essere còlta, isolata e descritta? Il più delle volte Simon si percepiva come una somma di comportamenti casuali, ciascuno azionato da un impulso incontrollato, anarchico, che lui non arrivava mai a comprendere fino in fondo.

Scosse la testa al sentire la voce mediocre di Sheryl Crow. Tipico. Charlie cantava anche lei, a ruota: qualcosa a proposito di giorni che assomigliavano a strade tortuose. Tutte stronzate, pensò Simon.

Charlie schiacciò i freni a un metro dal Red Lion, un pub che distava circa otto chilometri dalla città, per poi svoltare bruscamente nell'area di parcheggio. «Non sono in vena», protestò Simon al pensiero di bere alcolici.

«Tranquillo, non entriamo. È solo che non volevo dirtelo in un posto vicino alla centrale.» Frugò nella capace borsa di camoscio nero e ne estrasse un libretto dei verbali della polizia, nuovo; poi glielo gli buttò in grembo.

Marrone, misure diciotto centimetri per tredici, riportava come al solito il numero di emissione sulla copertina vicino alla firma di un sergente: di Charlie, in quel caso.

«Stai per dirmi quello che penso?»

«È l'unica scelta che hai, non credi? Rendi ufficiali i tuoi incontri non ufficiali con Alice Fancourt. La tua occasione per riscrivere la Storia.»

«Non è giusto che tu debba mentire per causa mia.» Gli scocciava tantissimo che Charlie avesse il libretto già bell'e pronto. Sapeva che sarebbe corso da lei per farsi aiutare, prima o poi. Tutto previsto, in un modo che per lui era a dir poco imbarazzante.

«Sì, be'», disse Charlie facendo una smorfia. «È pur sempre un rischio. Se a qualcuno venisse in mente di controllare i numeri di matricola... Ovvio che se ti beccano, questo libretto dei verbali non te l'ho dato io.»

«Mi toccherà ricopiare tutto», sospirò Simon chiudendo gli occhi, stanco al solo pensiero dello sforzo che ciò avrebbe richiesto.

«Non sei il primo e non sarai l'ultimo. Senti un po', non ne sono entusiasta, ma non mi va di stare in disparte a guardare mentre tu finisci nei casini fino al collo. Lo sai che voglio mantenere il controllo su tutto, e poi... tu sei la persona più intelligente, più ispirata e più ispiratrice con cui ho mai lavorato – non darmi ragione o giuro che ti strozzo – e sarebbe tragico se per quest'unica cazzata che hai fatto ti rovinassi la vita. Nel caso me lo chiedano, dirò che sapevo di quegli incontri e ti ho dato il via libera.»

Quelle parole di apprezzamento, così caute e poco spontanee, lo fecero sentire sminuito. Charlie era incapace di trattarlo da pari a pari, e Simon era abbastanza sicuro che non c'entrasse con il fatto di essere superiore in grado. Si chiese cosa ci voleva, esattamente, per farlo sentire soddisfatto, una volta tanto. «Ma non funzionerà, vero? Lo sanno tutti che eri del parere di non prendere sul serio la storia dello scambio tra le due bambine, no? Perché avresti dovuto autorizzarmi a parlare di nuovo con lei?»

Charlie si strinse nelle spalle. «Vado fiera della scrupolosità delle mie indagini», replicò asciutta.

Rimasero seduti in silenzio per qualche minuto, guardando la gente che entrava e usciva dal pub.

«Scusami», disse infine Simon. «Non avrei dovuto raccontarti balle. Non l'ho fatto volentieri. Ma tu non hai mai creduto ad Alice, pensavi che ci stesse facendo perdere tempo e basta. È per questo che non te l'ho detto. Ero preoccupato per lei e... senti, non sto dicendo che le ho creduto a proposito della bambina, ma... be', sentivo di non doverla abbandonare.»

La faccia di Charlie si contrasse in una smorfia, irrigidendosi. Simon si pentì di avere usato la parola «abbandonare». Stavano discutendo di lavoro, di un contrasto tra le loro valutazioni sul piano professionale, ma ciò non toglieva che lui avesse mentito a Charlie, e che quella menzogna avesse a che fare con un'altra donna.

«Mi pare di capire che almeno per te non sono tra i sospettati.»

«Tra gli stupidi magari sì, tra i sospettati no. Ma dicono che è cieco, vero?» Charlie guardò fuori dal finestrino, in modo che lui non potesse vederla in faccia. «Sarà meglio muovere il culo, per quanto mi stia godendo questo romantico interludio», aggiunse. Ancora una volta Simon scacciò l'immagine di sé e di Charlie alla festa di compleanno di Sellers. Chiuse gli occhi, con un desiderio infinito di perdere coscienza. Quella giornata era più di quanto riuscisse a sopportare. Si sforzò di svuotare la mente da ogni pensiero.

Ma subito qualcosa vibrò nel suo cervello. Eccolo, ora lo vedeva. Ora sapeva cos'era rimasto piantato lì in mezzo a dargli fastidio, come un granello di sabbia nell'occhio della mente. «La notte in cui Laura Cryer è stata assassinata», esordì. «Quando Beer ha cercato di derubarla...»

«Non ricominciare.»

«Era sola, giusto? Hai detto che stava tornando alla macchina da sola.»

Charlie si girò a guardarlo. «Sì.» Aggrottò le sopracciglia. «Perché?»

«Non c'era Felix con lei.»

«No.»

«Era alla villa quella sera, con la nonna, perché la madre aveva lavorato fino a tardi», continuò Simon.

«Ma sì, e allora?» Nella voce di Charlie c'era una nota di impazienza.

«Perché la Cryer non ha preso suo figlio per riportarlo a casa? Viveva con lei, immagino.»

Un'ombra di incertezza passò sul viso di Charlie. «Be', perché... perché quella sera lui rimaneva a dormire a casa della nonna, forse.»

«In tal caso», disse Simon, «cosa era andata a fare Laura Cryer a The Elms, quella sera?»

9.

Venerdì 26 settembre 2003

È arrivata la mia ostetrica, Cheryl Dixon. È una donna alta e prosperosa che ha passato da un pezzo i quaranta, con i capelli lisci di un biondo rossiccio tagliati corti in quello stile irregolare, spiumato che va di moda, e una carnagione molto chiara, lentigginosa. Oggi indossa dei calzoni che le stanno un po' troppo aderenti e un maglioncino scollato a V che mette in risalto il seno prorompente. La sua passione è recitare in compagnie di dilettanti, e attualmente ha una piccola parte in un'operetta rappresentata al Little Theatre di Spilling. La prima dello spettacolo è stata due sabati fa. Mi sono scusata con lei per non esserci andata, dato che la bambina era nata il giorno prima, ma ho avuto l'impressione che Cheryl non la ritenesse una scusa del tutto valida.

Quando Florence cambiava posizione e mi si rivoltava nella pancia più o meno ogni settimana, Cheryl l'ha soprannominata «Flipper». A me invece, tutte le volte che facevo delle domande stupide, appioppava il nomignolo «Cipollina». A volte l'ho esasperata, quando andavo in ansia e le chiedevo di fare altri controlli, assolutamente non necessari. «Formaggino», mi chiamava in quei casi, oppure esclamava: «Porca trottola!».

La notte in cui è nata Florence lei era di turno all'ospedale di Culver Valley. È stata lei a dirmi di tenere Florence nel letto con me, quando non la smetteva più di piangere. «Non c'è niente come stare vicino alla mamma in un bel letto caldo, per consolare un bebè», aveva detto avvolgendo Florence in una copertina dell'ospedale e sistemandomela nell'incavo del braccio.

Mi salgono le lacrime agli occhi, pungenti. Non mi fa per niente bene ripensarci in un momento come questo.

«Quando è stata l'ultima volta che ha visto Florence Fancourt?» le chiede Simon. «Prima di oggi, cioè.» Guarda verso di me con l'aria di volersi scusare. Io evito di incontrare il suo sguardo.

Siamo nella stanza chiamata «il salottino», anche se non è per niente piccola. È in questo ambiente che trascorriamo le serate a The Elms, guardando la televisione e chiacchierando. Vivienne non permette che si accenda la televisione prima che Felix sia andato a dormire. E anche allora, è disposta a vedere solo il telegiornale oppure un documentario. Se per caso, cercando un programma, le capita di imbattersi in una scena di uno di quei reality show, mormora: «Ma che orrore!» oppure: «Che differenza con la vita domestica delle nostra amata regina!».

Lungo le pareti ci sono divani e poltrone, troppi, neanche dovesse arrivare da un momento all'altro un gruppo di una ventina di persone. Il centro della stanza è occupato da un lungo tavolo basso, rettangolare, con il piano di vetro. È un cimelio di famiglia. La base in bronzo è un massiccio supporto che si incurva a forma di S sui due lati più stretti. Ho sempre pensato che fosse bruttissimo, il genere di mobile che metterebbe nel suo palazzo un faraone in vena di ostentazione. In questo momento non ci sono le tazze del caffè sul tavolo, solo una cesta di vimini con dentro una neonata nella sua tutina con l'orsacchiotto, addormentata sotto una copertina gialla.

Siedo in una poltrona nell'angolo, con le ginocchia raccolte contro il petto e le braccia intorno alle gambe. Questa posizione mi fa male lì dove mi hanno fatto il taglio cesareo, ma il dolore fisico in qualche modo mi è di conforto. Oggi non ho preso la pillola di iperico. Presto le pillole finiranno e dovrò andare nel mio studio a prenderne altre, oppure dovrò passare al *gelsemium*. Mi faceva pena la donna che stava nel letto di fianco al mio in maternità, così le ho dato quasi tutta la mia scorta. Mandy, si chiamava. Anche a lei hanno fatto il cesareo, e sulla ferita si è formato un ematoma. Aveva delle brutte cicatrici lasciate dall'acne ed era minuta, magra come un grissino. Pareva troppo piccola per essersi tenuta nella pancia un bambino. Il suo uomo la strigliava davanti a tutti dicendo che era ora che tornasse a casa a prendersi nuovamente cura di lui. Tra l'altro quei due litigavano in continuazione sul nome da dare alla figlia. La voce di Mandy tradiva stanchezza e rassegnazione mentre suggeriva un nome dopo l'altro. Lui si era fissato su Chloe, e il suo dialogo con Mandy era inframmezzato da imprecazioni e parolacce.

David e io non abbiamo potuto fare a meno di sentirli, dietro la tenda di plastica che separava il mio letto dagli altri tre, e non potevamo credere alle nostre orecchie quando è venuto fuori che lui si intestardiva in quel modo sul nome Chloe perché aveva già una figlia che si chiamava così, nata da una precedente relazione. Mandy ce la metteva tutta per convincerlo – ma inutilmente – che quello non era per niente un buon motivo per chiamare così la loro bambina.

Avevo deciso che l'iperico serviva più a lei che a me, e una sera, dopo che quel suo orribile compagno se n'era andato, gliel'ho dato. Lei mi ha ringraziato senza garbo, come se nessuno fosse mai stato gentile con lei prima di allora, e la considerasse una cosa imbarazzante.

David è seduto sul divano bianco vicino alla finestra e batte il piede destro sul pavimento. Di tanto in tanto inspira rumorosamente e noi tutti giriamo lo sguardo su di lui, in attesa che dica qualcosa. Ma non parla; si limita a scuotere la testa e richiude la bocca. Per lui tutto questo è assurdo. Dopo che ho rilasciato la mia dichiarazione è toccato a lui, e ora è il turno di Cheryl. Sembriamo un gruppetto di persone intente a celebrare uno strano rito.

Mi piacerebbe poter affermare che, in quanto madre di Florence, la mia dichiarazione vale più di tutte le altre messe insieme, ma ho paura che non sia così. Simon non mi ha lasciato dire neanche la metà delle cose che avrei voluto, continuava a ripetermi di attenermi il più possibile ai fatti. Mi ha proibito di «infiorettare» – come dice lui – le frasi, di iniziarle con «avevo la sensazione che», di parlare del mio sospetto che qualcuno si fosse introdotto in casa per portare via Florence mentre David si era assopito. A quanto pare è possibile includere la propria opinione personale in una dichiarazione soltanto se è una deposizione «Hobstaff» – che manco so cosa vuol dire – ma Simon sostiene che questa situazione non rientra nella categoria.

Alla fine mi è stato permesso di dire solo che quando sono arrivata a casa dal Waterfront, questo pomeriggio, ho notato che la porta d'ingresso era aperta, il che non era normale, e che mi risulta che la neonata nella culla al piano di sopra non fosse mia figlia, per quanto a prima vista potesse assomigliare a Florence.

Da questo momento in poi non dirò più niente. Non contraddirò David, qualunque cosa affermi. A che servirebbe? Tanto Simon non mi crede, e niente di quello che posso dire o fare servirà a far cambiare idea a qualcuno. Risparmio le forze per il momento in cui arriverà Vivienne.

«Signora Dixon? Quando è stata l'ultima volta che ha visto Florence?»

Cheryl, in piedi sul tappeto persiano al centro della stanza, si china sulla cesta di vimini e scruta a lungo, alzando gli occhi di tanto in tanto per rivolgermi uno sguardo ansioso. Il mio silenzio la mette a disagio, vorrebbe che dicessi qualcosa per renderle meno arduo il compito. «L'ho vista martedì, tre giorni fa.»

«Questa bambina è la stessa che ha visto allora?»

Sulle spine, Cheryl aggrotta la fronte. Io devo distogliere lo sguardo: mi sento completamente svuotata. Il mio cervello ha i contorni sfrangiati, come se qualcuno si fosse dato da fare per sfregarlo via. Abbraccio ancora più strette le ginocchia, irrigidendomi in attesa del responso di Cheryl. «Non saprei», dice alla fine. «Non ne sono sicura. Cambiano talmente tanto, nei primi giorni di vita, e io ne vedo molti di bambini... a volte anche dieci o dodici al giorno. Voglio dire, se Alice è sicura...» si interrompe, lasciando a metà la frase.

Ha l'effetto di uno shock potente, lo stupore di sentire finalmente qualcuno che non è sicuro al cento per cento che io stia sognando, qualcuno che prende in considerazione di darmi retta. «Ora farete qualcosa?» chiedo implorante.

«Non è sicura? Come sarebbe a dire? Ma cosa sta dicendo!»

«Signor Fancourt, la prego!» Simon parla in tono pacato, autorevole. «La signora Dixon è qui per aiutarci. Se cerca di intimidirla sarò costretto a chiederle di uscire da questa stanza.»

«Questa è casa mia!» ribatte seccamente David.

«No, non lo è. È casa di Vivienne, che sta per tornare», intervengo a ricordargli. D'improvviso sento che vale la pena di ricominciare a parlare.

«Mi dispiace tanto di non poter essere più precisa», aggiunge Cheryl. «Il fatto è che non ho un ricordo definito della faccia di Florence. E come ho già detto, i neonati cambiano talmente nei primi giorni...»

«Ma non tanto da diventare un'altra persona», grida David con tutto il fiato che ha in corpo. Balza in piedi dal divano. «Questa è un'assurdità, è la cosa più ridicola che mi sia mai capitata. Questa è Florence! È lei, di sicuro!»

Sono dispiaciuta per lui, ma anche per me e soprattutto per Florence. Una volta pensavo di avere dentro di me abbastanza amore e abbastanza risolutezza per dare aiuto a chiunque ne avesse bisogno. Ora non più.

«Avete già controllato che sia una bambina, quindi?» dice Cheryl. Noi ci guardiamo in faccia, muti e come paralizzati. Nella stanza cala un silenzio pesante, appiccicoso come uno sciroppo. «Non avete controllato per vedere se è maschio o femmina?» chiede Cheryl a Simon, che contrae le mascelle incassando la critica implicita in quella domanda.

«Non l'ha fatto perché pensa che non ce ne sia bisogno», spiego. «Non mi crede.»

«Per carità di Dio.» David gira la testa dall'altra parte, in un moto di disgusto. «Su, le tolga il pannolino, tanto è ora di cambiarla. Le posso dire esattamente che pannolino ha addosso: un Pampers Baby dry per neonati.» E ha gli occhi azzurri, i puntini bianchi sul naso, e niente capelli, mi aspetto che aggiunga.

«Tutti i neonati li usano», dico con voce molto calma. «David, questo non prova niente. Hai avuto tutto il tempo che volevi per cambiarla mentre io parlavo con Simon in cucina.»

«*Simon*?» David guarda prima lui e poi me. «Siete già diventati amiconi, eh?»

«Sta rendendo la situazione più sgradevole di quanto non sia, signor Fancourt.»

Cheryl sta sbottonando la tutina. Non ha chiesto il permesso a nessuno.

«Non potrebbe portarla al piano di sopra, per cambiarla?» domando con voce malferma. «È una bambina, non un reperto legale.» Mi fanno male gli occhi e la testa, e lo sforzo di non piangere mi procura un pizzicore al naso che non se ne vuole andare. Ancora un po' e non reggerò più.

«Una bambina!» David ripete con enfasi.

«È chiaro che è una femmina», replico io.

«Vedi che lo sai che è Florence?» dice David puntando

il dito contro di me. «Sei impazzita, però dentro di te sai che è lei.»

«Credi?» rispondo in tono dubbioso. Lui ne sembra così sicuro. Guardo intorno a me, una faccia per volta. Tre facce di adulti, un faccino. «No, no. Non è vero che lo so.»

Esco dalla stanza, non ce la faccio a stare lì a guardare mentre la tutina con l'orsacchiotto di Florence viene sfilata. A occhi chiusi resto in attesa, fuori dal salottino, per quello che a me sembra un secolo, la testa premuta contro la fredda carta da parati che tappezza l'atrio. «È una femmina», esclama Cheryl, a voce alta per farsi sentire al di sopra del pianto offeso della bambina svegliata. Mi viene in mente l'altra volta che ho udito quelle stesse parole, durante l'ecografia della ventesima settimana, e le ginocchia mi si piegano. *È una femmina. Lei avrà una bambina.* Ma per quanto tempo sarà mia, quella bambina? Non ci ho pensato, a chiederlo. Quanto tempo passerà prima che qualcuno me la porti via, o mi strappi da lei? Nessuno mi ha detto niente, a questo proposito.

«In un pannolino Pampers», precisa David. «Mi credete adesso?»

«Rimettile la tutina», imploro dall'atrio.

«Alice, dov'è il suo libricino rosso?» chiede Cheryl con voce animata. «Ci sono tutti i dati su Florence – peso, altezza, segni particolari. Tutti i neonati ne hanno uno», spiega rivolgendosi a Simon. «È un modo come un altro per tenere aggiornati i dati più importanti. In macchina ho la mia bilancia, ora vado a prenderla.»

«Il libricino rosso è in camera di Florence», rispondo.

«Ci vado io», dice David. «Così la facciamo finita.»

Non vedo come sia possibile. Il peso dei neonati varia di continuo. Ma c'è sempre il fattore dell'altezza: per questa misura ci si può aspettare solo una curva ascendente.

Passandomi accanto nell'atrio, David mi lancia un'occhiata perplessa, come quando incrociamo una persona che non siamo sicuri di conoscere. Vorrei allungare una mano per toccarlo, ma è già troppo tardi. Abbiamo imboccato due strade divergenti.

«Bene, signorinella, tu aspetta qui», sento che dice Cheryl. «Non c'è ragione di rivestirti per poi svestirti di nuovo, no? Ora ti avvolgo in questa copertina che ti terrà bella calda. E niente scherzetti, mi raccomando!»

«Scherzetti» è la parola che Cheryl usa per indicare indiscriminatamente tutte le funzioni corporali. Forse questa non è la situazione più difficile della sua vita professionale; le sarà sicuramente capitato di dover affrontare delle vere e proprie tragedie. Sa comportarsi in modo pratico e con la massima calma anche nelle peggiori circostanze. Prego che questo non sia l'inizio di una tragedia. Prego che sia solo un orrore temporaneo.

David scende con il libricino in mano, questa volta lanciandomi un'occhiata palesemente sprezzante. Lo seguo nel soggiorno. «Florence è stata pesata martedì», dico. «Pesava tre chili e ottocento grammi. Mi pare che quella bambina pesi molto di più, invece.»

«Quella bambina», mi fa eco David. Ci dà le spalle, guardando fuori dalla finestra, e la sua voce pare venire da molto lontano. Quando si gira, ha la faccia verde di rabbia. «D'accordo, d'accordo, non avrei voluto, ma mi ci hai spinto tu. Lo racconti tu al caro Simon, della tua malattia mentale, o devo farlo io?»

«Non essere ridicolo», rispondo. «David, te la ricordi quella donna che era all'ospedale, Mandy?»

«Alice ha preso il Prozac per la depressione per quasi un anno, dopo che i suoi genitori sono morti. E poi la sera stessa del parto diceva che Florence era un'altra bambina, una a caso del reparto maternità. Questo ve lo può confermare Cheryl.»

Mi sento gelare. È vero, ma me n'ero completamente dimenticata. È una sciocchezza, un particolare del tutto irrilevante. Non sapevo nemmeno che David ne fosse al corrente. Non sono stata certo io a dirglielo. Deve essere stata una delle ostetriche, quando è venuto a trovarmi il giorno dopo.

Cheryl compare sulla soglia con la bilancia in mano. Dalla sua espressione capisco che ha sentito cos'ha detto David. Mi guarda con aria infelice. Non vuole essere sleale con me, ma il suo buon senso le suggerisce che forse quell'episodio è importante, forse la sua fiducia nella mia lucidità e nella mia credibilità è un tantino affrettata.

«Ero stravolta», spiego. «Mi avevano appena operato d'emergenza, un cesareo, dopo un travaglio durato tre giorni. Ero talmente sfinita che avevo le allucinazioni, letteralmente.»

«Lo sei ancora», dice David. «E guarda dove ci hanno portato le tue allucinazioni.»

«Cheryl si era offerta di tenere Florence in modo che potessi riposare, e io ho acconsentito. Poi però mi sono sentita in colpa. Quella doveva essere la prima notte con la bambina, e io ero stata contentissima di affidarla a un'altra persona.» Non riesco a frenare il pianto, mentre racconto la storia. Quella notte una parte di me aveva avuto paura che io fossi la madre più snaturata del mondo. Una buona madre sarebbe rimasta attaccata a sua figlia ventiquattr'ore su ventiquattro, attenta che niente e nessuno le facesse del male. «Dopo una decina di minuti ero ancora sveglia, sfibrata e con quel senso di colpa dentro, e siccome Florence mi mancava in un modo tremendo, ho pensato fosse meglio chiedere che me la portassero. Ho suonato il campanello per l'infermiera, e un attimo dopo è arrivata Cheryl con un neonato in braccio... io ho pensato che fosse Florence, ma solo perché Cheryl l'aveva portata via poco prima. Praticamente sragionavo, tanto ero stanca. Non chiudevo occhio da tre giorni!»

«E appena sono tornata con Florence ha capito di essersi sbagliata», conclude Cheryl. Grazie a Dio è ancora dalla mia parte. Lo capisce anche Simon, e propende per prendermi un po' più sul serio vedendo che ho il tacito appoggio dell'ostetrica. Ringrazio Dio per Cheryl.

«Cheryl, ti ricordi di Mandy?» chiedo.

«Tre giorni di sofferenze», sta dicendo David a Simon. «Non era nemmeno il travaglio vero e proprio, hanno detto i medici. Hanno cercato di indurre il parto per due volte e non ci sono riusciti. Non ha funzionato nemmeno quando le hanno fatto la flebo, niente da fare, e così alla fine le hanno praticato un taglio cesareo d'emergenza, ma l'anestesia non ha fatto effetto come doveva. Vero?» I suoi occhi mi sfidano a negarlo.

Faccio segno di sì con la testa.

«Il dolore era talmente forte che è svenuta. Si è persa la parte migliore, quando hanno tirato fuori Florence. Quando è rinvenuta era tutto finito. E anche con l'allattamento al seno è andata male, e Alice era distrutta per questo, avrebbe voluto allattarla lei. Non pensa che ce ne sia abbastanza per traumatizzare chiunque, ispettore? Abbastanza da far venire una specie di... non so, una forma di demenza postparto?»

Sono troppo scioccata da quel suo racconto della nascita di Florence per dire qualcosa in mia difesa. Mi pare che conosca tutti i fatti, ma senza vedere la verità. Possibile che la sua percezione sia stata tanto negativa? Se è stato così, non lo ha dato a vedere.

Per la prima volta la sua mente mi appare come un terreno scivoloso nel quale ho paura di addentrarmi. Per tutti questi anni ho aspettato che mi lasciasse avvicinare a lui, dando per scontato che quel terreno lo conoscevo, o quanto meno lo immaginavo abbastanza bene. Credevo di vedere l'angoscia e l'insicurezza che gli derivavano dal fatto di essere cresciuto senza un padre, dalla separazione dal figlio, dal trauma subìto per la morte di Laura. Gli attribuivo i pensieri e i sentimenti che avrei avuto io se fossi stata al posto suo.

«Questo non ci porta da nessuna parte», dice Simon con un sospiro. «Pesiamo la bambina.»

Dentro di me comincio a stendere una dichiarazione molto più veritiera di quella che ho appena firmato per Simon:

Mi chiamo Alice e amo mia figlia Florence più della mia vita, più di tutte le cose belle del mondo messe insieme. Il suo nome completo è Florence Imogen Fancourt. Ha una testolina perfettamente rotonda, ben pochi capelli in testa, occhi di un azzurro scuro e una bocca minuscola, bellissima, che sembra un fiorellino rosa. Le ciglia, e anche le dita delle mani e dei piedi, sono straordinariamente lunghe. Ha un odore fresco che sa di pulito, di borotalco e di nuovo. Le orecchie sono quelle di mio padre. Quando la tengo su per farle fare il ruttino le spalle cascano in avanti e lei fa un rumore buffo, di gola, come se stesse cercando di fare i gargarismi. Ha un modo tutto suo di tenere uniti i piedini e le mani, una posa aggraziata che la fa sembrare una ballerina classica, e quando piange non lo fa in quel modo rotto e incoerente che hanno certi altri neonati. Lei piange come un adulto arrabbiato che si lamenta di qualcosa di molto grave.

«Quattro chili esatti.»

«E allora? Allora? Questo non prova niente. I bambini piccoli mettono su peso, tutto qui.»

Venerdì 12 settembre 2003 è venuta alla luce con un taglio cesareo praticato in emergenza all'ospedale di Culver Valley. Pesava tre chili e trecento grammi. Non è stato un incubo come dice mio marito, bensì il giorno più bello della mia vita. Mentre i medici e l'ostetrica mi portavano fuori dalla sala operatoria, sul lettino con le rotelle, ho sentito uno dei medici dire a David: «Porti qualcosa per vestire la bambina.» È stato allora che ho capito che era tutto reale. Sollevando la testa più che potevo ho fatto in tempo a intravedere David mentre frugava nella borsa che avevo portato in ospedale. Ne ha tirato fuori un body bianco e una tutina bianca con disegnati dei personaggi di Winnie The Pooh. «A Winnie Pooh piace il miele ma Tigro pensa che è buffo.» L'ha comprata Vivienne: «Il primo indumento che in-

dossa un neonato deve essere bianco», diceva, e mi ricordo di aver pensato che quei vestitini avrebbero ricoperto il corpo di mia figlia. Presto.

«Hai chiamato l'ospedale?» domanda Cheryl. «C'è una possibilità remota che abbiano ancora la placenta e il cordone ombelicale. Si possono fare delle analisi per vedere se sono di questa bambina. In teoria dovremmo disfarcene due giorni dopo il parto, ma, detto tra noi, non sempre funziona così. Faresti meglio a metterti in contatto con loro immediatamente, però.»

«Oh perdinci, questa è una farsa! Non vorrai per caso...» sbotta David.

Mi hanno portato in sala operatoria mentre da qualche parte una radio trasmetteva a tutto volume una canzone di Cher, quella dove la voce a un certo punto diventa tutta tremolante. Me ne sono innamorata all'istante, ho capito che d'ora in poi mi ricorderà la nascita della mia bambina. Sarà la mia canzone, mia e di mia figlia. L'anestesista mi ha spalmato un gel blu sulla pancia. «Non dovrebbe sentire freddo», ha detto.

«Suppongo che non costerà eccessivamente, in termini di personale e di risorse, ma credo che ci sarà da aspettare un bel po' per avere l'esito», dice Simon.

«Lo vedi? Non ci tiene a mettersi nei guai con il suo capo sprecando il denaro dei contribuenti per quella che è ovviamente una pura follia», salta su David.

«E l'altra donna del reparto, questa Mandy che Alice ha nominato...», soggiunge Simon.

«Nessuna delle donne che erano in ospedale ha degnato Florence di una seconda occhiata!»

«Signor Fancourt, lei non ci sta aiutando. Scusate un minuto, tutti quanti.»

Oh, sì che era freddo.

10.

Annotazioni del detective Waterhouse
sul libretto dei verbali
(scritte in data 3 ottobre 2003 ore 19)

27.9.03 ore 11.00

Luogo: Stazione di polizia di Spilling. Ricevuta telefonata da Alice Fancourt (vedi indice nomi) con la richiesta di parlarmi con urgenza, avendo nuove informazioni a riguardo del presunto rapimento della figlia e della sua sostituzione con un'altra neonata (in rif. al caso numero NS1035-03-Q). *Le ho consigliato di venire alla stazione di polizia questo pomeriggio, approfittando del fatto che sua suocera, la sig.ra Vivienne Fancourt (vedi indice) si è già accordata con noi per presentarsi qui oggi a rilasciare una dichiarazione. Piangendo, la sig.ra A. Fancourt ha insistito nel dire che aveva bisogno di parlare con me in privato, senza che fossero presenti la suocera o il marito, sig. David Fancourt (vedi indice). Consultatomi in merito a tale proposta con il sergente Charlotte Zailer, ho ottenuto l'autorizzazione all'incontro. La signora Fancourt ha proposto di incontrarci al Caffè Bar Chompers, all'interno del club Waterfront, il centro benessere da lei frequentato (sito in Saltney Road, loc. Spilling), alle ore 14.00 di domenica 28 c.m. Nell'impossibilità pratica di accettare tale data, ho proposto in alternativa il giorno lunedì 29 c.m.; proposta che ho tenuto ferma anche quando la sig.ra A. Fancourt, in stato di evidente agitazione, ha dichiarato di non poter aspettare così a lungo. Ho fatto presente che la stazione di polizia sarebbe stata la sede più appropriata per tale incontro, ma la signora ha insistito perché esso avesse luogo in una sede «meno ufficiale e intimidatoria».*

Ha inoltre precisato di escludere che nella data e ora convenute la sig.ra Vivienne Fancourt potesse trovarsi nel luogo del-

l'incontro, pur essendo anch'essa socia del Waterfront, in quanto il Caffè Bar Chompers è da lei considerato «un postaccio». Tuttavia, non essendo possibile escludere che la sig.ra V. Fancourt si trovasse all'interno del centro benessere il giorno e l'ora convenuti, io avrei dovuto evitare di entrare dalla porta principale e di attraversare l'atrio, accedendo direttamente al Caffè Bar dall'ingresso laterale su Alder Street. Ciò, a detta della sig.ra A. Fancourt, a garanzia che il nostro incontro potesse svolgersi all'insaputa della sig.ra V. Fancourt, anche nel caso che si trovasse al Waterfront all'ora da noi stabilita. Io ho insistito affinché il nostro colloquio si svolgesse al posto di polizia, anche al fine di evitare le complicazioni di cui sopra, ma la sig.ra A. Fancourt ha opposto un netto rifiuto, minacciando di non comunicare le nuove informazioni in suo possesso in caso di non accettazione della sua proposta e delle relative condizioni. Ancora una volta ha assicurato che la sig.ra V. Fancourt non si sarebbe di certo trovata al Caffè Bar Chompers in quanto «lo boicotta per principio».

Dopo avere chiesto alla signora di richiamare, in quanto avrei dovuto chiedere l'approvazione dei miei superiori, mi sono consultato con il sergente Zailer, riferendole la mia preoccupazione per la natura insolita della richiesta. Essendo stato autorizzato ad accettare la proposta e le relative condizioni al fine di ottenere tutte le informazioni possibili dalla sig.ra A. Fancourt, alla seconda telefonata della signora, ricevuta quattro minuti più tardi, ho acconsentito a fissare un appuntamento per le ore 14.00 di lunedì 29 settembre al centro benessere Waterfront. La signora ha specificato che non avrei dovuto aspettarla qualora non si fosse trovata nel luogo convenuto entro le ore 14.30, aggiungendo che temeva di non essere in grado di lasciare la propria abitazione. Dandomi l'impressione di essere spaventata mentre diceva quelle parole, la sig.ra A. Fancourt si è congedata, interrompendo la comunicazione subito dopo.

29.9.03 ore 14.00

Luogo: Caffè Bar Chompers, presso il club Waterfront, 27 Saltney Road, Spilling. Ore 14.00: al mio arrivo Alice Fancourt (vedi indice) si trovava già nel luogo indicato, seduta a un tavolo nell'area riservata ai non fumatori. Situazione ambientale caratterizzata come segue: locale molto affollato e chiassoso; aria satura di fumo e surriscaldata. Molto forte il rumore di fondo (conversazioni in corso, risate, musica diffusa da altoparlanti presenti su tutti i lati), al quale contribuiscono anche le voci dei bambini, in età tra i due e i sette anni, provenienti dall'area giochi loro riservata su un lato del locale.

Mentre mi sedevo la sig.ra Fancourt mi ha detto: «Guardi quei genitori. Non si curano nemmeno di controllare se va tutto bene, chiaramente nessuno di loro è mai stato in pena per la sicurezza dei suoi figli». Quando le ho fatto notare che in quel posto non c'era niente da temere, lei ha replicato: «Lo so. Vorrei solo che capissero quanto sono fortunati». All'inizio sembrava calma, ma nel prosieguo della conversazione si è agitata sempre di più. A un certo punto mi ha chiesto di aiutarla a rintracciare il padre di suo marito, del quale ignora il nome e sa soltanto che ha lasciato la famiglia quando David Fancourt aveva sei anni, troncando completamente i rapporti. Io le ho spiegato che senza l'autorizzazione del sergente Zailer non se ne poteva far niente, aggiungendo che era assolutamente improbabile che il sergente Zailer la concedesse, dal momento che non c'era alcun legame apparente tra la presunta scomparsa di sua figlia e il padre del sig. Fancourt.

Alla mia richiesta di sapere per quale ragione volesse rintracciare il suocero, la sig.ra Fancourt ha risposto: «Vorrei chiedergli perché se n'è andato, perché ha abbandonato così suo figlio. Che genere di padre era, per comportarsi in quel modo? Perché nessuno lo nomina mai? E se...». Invece di completare la frase, nemmeno quando l'ho esortata a farlo, ha aggiunto: «Credo che parlare con il padre di David potrebbe aiutarmi a capire meglio mio marito». A detta della signora, il marito era passato dall'«idea-

lizzarla» al «demonizzarla», comportamento che, sempre a detta della signora, sarebbe tipico delle persone che hanno avuto un'infanzia di maltrattamenti e abusi.

Successivamente la sig. Fancourt ha insistito sull'importanza di mettersi in contatto con la donna ricoverata nel letto a fianco al suo al reparto maternità dell'ospedale di Culver Valley, della quale conosce soltanto il nome: Mandy. All'inizio pareva riluttante a dirmi per quale motivo voleva che la aiutassi a rintracciare quella donna; poi, tutt'a un tratto, il suo atteggiamento è cambiato. Ha raccontato di avere detto a Mandy dove abitava, e di averle «letto negli occhi» che la tenuta The Elms (vedi indice) le era nota. Pertanto una visita della polizia a Mandy, per accertarsi che la bambina presente in casa fosse effettivamente la figlia di Mandy e non la sua, le avrebbe consentito di mettersi il cuore in pace.

«Il compagno di Mandy era una persona orribile, un tipo estremamente aggressivo», ha detto. «Magari aveva paura che lui potesse fare del male alla loro figlia appena nata, e così l'ha scambiata con Florence, per proteggerla. Mi sono spremuta le meningi fino all'inverosimile, e non sono riuscita a trovare nessuna ragione migliore di questa per uno scambio tra due neonate», ha spiegato in preda a un'agitazione che rasentava il panico. «Ed è tutta colpa mia, perché sono io che ho detto a Mandy dove abitiamo.»

Nonostante i miei tentativi per calmarla, la sig.ra Fancourt ha continuato a parlare di quell'argomento, offrendosi di fornire una descrizione del compagno di Mandy, del quale non conosce il nome. Io l'ho interrotta per dirle che dubitavo che il sergente Zailer mi avrebbe autorizzato a seguire quella pista, ma lei ha ignorato le mie parole proseguendo nella descrizione. Ha detto che il compagno di Mandy aveva i capelli castani, e poi ha soggiunto: «Deve esserci qualcuno con i capelli rossi nella sua famiglia, senz'altro. Capisci cosa intendo? Uno dei suoi genitori deve avere i capelli rossi, ne sono sicura, altrimenti lui non avrebbe quella pelle color avorio, con una leggera sfumatura giallognola».

Durante tutto il nostro colloquio la sig.ra Fancourt ha parlato sempre molto in fretta e con determinazione, in modo quasi maniacale e in generale dimostrando una grande difficoltà a concentrarsi su una questione alla volta: la mia impressione è stata che la preoccupazione riguardo al padre del marito si alternasse confusamente a quella per il compagno di Mandy. Alla fine, accortasi di non avere con sé il cellulare, ha detto sconvolta che era stato il marito a «confiscarlo». Preoccupato per lo stato emotivo della signora, le ho consigliato di rivolgersi a un medico.

11.

Venerdì 26 settembre 2003

Mi affaccio sulla soglia della nostra camera. Sdraiato sul letto, David non mi degna di uno sguardo. A tratti, come se fosse la prima volta, percepisco la gravità della nostra situazione: il peso intollerabile della paura, il timore che alla fine qualcosa non vada per il verso giusto. Come sta succedendo adesso: il mio corpo è scosso da un tremito e devo lottare per tenerlo fermo.

«Vuoi che vada a dormire in un'altra stanza?» chiedo.

David si stringe nelle spalle, io aspetto. Dopo una decina di secondi, quando si rende conto che non mi muoverò di lì, risponde: «No. Non rendiamo la situazione più anormale di quanto è già». È pensando a Vivienne che lo dice; spera ancora di poterle presentare tutto come un problema di poco conto: «Si sta semplicemente comportando da sciocchina, mamma, credimi. Vedrai che tra un po' le passerà». Nessuno di noi due se la sente di affrontare l'infelicità e lo sconforto che le hanno procurato le ultime notizie. Una volta credevo che finché Vivienne era felice e contenta non sarebbe successo niente nemmeno a me, in quanto membro privilegiato della sua cerchia. Il rovescio della medaglia – la paura che la scontentezza di Vivienne sia la fine del mondo – si sta dimostrando più difficile da smentire.

Provo sollievo vedendo che David non ha intenzione di esiliarmi. Il pensiero che forse, quando sarò nel letto, mi darà il solito bacio della buonanotte mi infonde il coraggio di aggiungere: «Non è troppo tardi. Lo so che è dura tirarsi indietro dopo quello che hai detto, ma devi volerlo anche tu, che la polizia trovi Florence. Devi! E l'unico modo per farla cercare è ammettere che io non mi sto sbagliando». Mi sforzo di parlare normalmente, in modo razionale. David ha paura degli sfoghi emotivi, e io non voglio fare niente che lo allontani ancora di più.

«Potrei dirti la stessa cosa», ribatte lui con voce incolore. «Non è troppo tardi neanche per te, se vuoi smetterla con questa ridicola farsa.»

«Lo sai che non è così. Per favore, David! Cosa starà passando l'altra madre, la madre della bambina che è di là in camera? Cosa starà passando in questo momento? Sua figlia le mancherà come a me manca Florence, possibile che non te ne importi niente?»

«L'altra madre?» ripete sarcastico David. «Ah, quella. No, me ne sbatto di lei, e sai perché? Perché non c'è nessun'altra madre.»

Mi viene da pensare a Mandy. Come la tratterebbe il suo compagno, in questa situazione? Ho potuto parlare in pace con lei solo una volta. Mi ha raccontato che abita in un appartamentino minuscolo e non ha idea di come faranno a starci, ora che hanno la bambina. «Lo sai, no, come fanno gli uomini quando qualcuno li sveglia di notte», ha detto sospirando. Mi sono sentita un verme quando mi ha domandato come eravamo messi noi, in quanto alla casa e agli spazi a disposizione. Siccome non volevo dirle una bugia, ho dovuto ammettere che abitavo in una casa molto grande, anche se ho subito messo in chiaro che non ero io la proprietaria.

«David, te la ricordi Mandy, la ragazza che era al reparto maternità con me?» Gli tocco il braccio, ma lui si ritrae. «Le ho spiegato dove abitiamo. Lei sapeva dov'è la casa.» La voce comincia a incrinarsi. «Insomma, ha detto che l'aveva vista, che sapeva dove si trova.»

«Non so con che coraggio parli», dice lui calmo. «Sì, mi ricordo di Mandy, quella ragazza che faceva un po' pena. Cosa mi vuoi dire? Che ha rapito Florence?» Scuote la testa. «Proprio non so con che coraggio.»

Capisco che ormai è tardi. Questo pomeriggio ha tentato di parlarmi, di ragionare, ma io mi sono chiusa a chiave in camera e l'ho ignorato. È un trauma troppo forte per lui. Ho insinuato il panico e l'incertezza nella sua vita. Sono la fonte di tutti i suoi problemi, il suo uomo nero.

David si gira a guardarmi. «Prima ho creduto che tu fossi impazzita», sussurra, «ma non è così, vero? Tu sei sana come lo sono io.»

«Sì!» Ho gli occhi inondati di lacrime. Le spalle contratte ricadono giù, tanto è il sollievo.

«Sei semplicemente in malafede, allora.» Volta la testa di lato, con lo sguardo indurito dal malanimo nei miei confronti. «Sei una bugiarda.»

Il mio cervello si rivolta, si rifiuta di accettare ciò che ha appena sentito. Come può accusarmi di essere in malafede? David mi ama, so per certo che mi ama. Non può essere diversamente. Persino adesso, dopo le cose terribili che ha detto oggi, non riesco a scacciare dalla mente le cose gentili che ha sempre fatto per me, tutti i suoi sorrisi e i baci e le tenerezze. Come fa a schierarsi contro di me con tanta facilità?

«Vado a cambiarmi», dico in tono pratico, tirando fuori la camicia da notte da sotto il cuscino. Tra noi non c'è l'abitudine di spogliarsi in presenza dell'altro. Quando facciamo l'amore siamo sempre mezzi vestiti e al buio. Sulle prime, quando ci siamo messi insieme, questo pudore di David mi è parso un po' strano, ma poi mi sono detta che in fondo era tenero quel suo essere così vecchio stampo, così legato a quelli che forse erano comportamenti tipici di una certa classe sociale. Non avevo mai avuto una storia con una persona del suo rango. Fino a quando non me l'ha spiegato lui, non sapevo che il latte va messo in tavola in un'apposita brocca e che il burro deve stare nel suo contenitore. In casa dei miei era normale portare la bottiglia del latte così com'era sul grande tavolo di legno d'abete pieno di graffi, dove consumavamo i pasti mattina e sera.

David scende dal letto. Prima che mi renda conto di quello che sta facendo, va a chiudere la porta della stanza, poi ci si appoggia contro, senza dire una parola, fissandomi con occhi inespressivi.

«Ma veramente... volevo andare in bagno, a prepararmi per la notte.»

Scuote la testa, senza muoversi di un millimetro.

«David, devo andare al gabinetto», sono costretta a dirgli. Non posso toglierlo di mezzo fisicamente, lui è molto più forte di me.

Guarda me, guarda la camicia da notte che ho in mano, poi di nuovo me, facendo capire chiaramente cosa vuole che faccia. Non vedo via d'uscita, non con la vescica così piena. Contando mentalmente fino a dieci, comincio a togliermi gli abiti, girandomi appena sul fianco per non offrire tutto il corpo alla sua vista e sentendomi violata come se fossi obbligata a spogliarmi davanti a un estraneo, ma David si sposta anche lui, volutamente, e allunga il collo per essere sicuro di vedere tutto. Fa un sorrisino, soddisfatto di sé.

Credo che avrei preferito uno schiaffo.

Appena infilata la camicia da notte torno a guardarlo, e sul suo viso vedo aleggiare un'aria di trionfo. Ora annuisce e si scosta, lasciandomi uscire dalla stanza. Faccio appena in tempo a chiudere a chiave la porta del bagno prima di vomitare. Non è la paura che mi rivolta lo stomaco: è lo shock. Non so chi sia la persona determinata e crudele che si trova nella nostra camera da letto, ma di certo non è David. Non riconosco in lui mio marito. Quello non può essere lo stesso uomo che nel suo primo biglietto di auguri di buon compleanno mi ha scritto «Tu sei la misura dei miei sogni». Qualche tempo dopo, per puro caso, ho scoperto che l'aveva preso da una canzone dei Pogues. Quando gli ho rivelato la mia scoperta, è scoppiato a ridere. «Perché, ti aspettavi per caso che mi mettessi a inventare qualche bella frase romantica, io?» aveva detto. «Io scrivo software, Alice. So far colpo sui computer, non sulle donne. Sei in mani migliori se ti affidi a Shane McGowan, dammi retta.» Ho riso anch'io; David ha sempre avuto questa capacità di farmi ridere.

Non ci posso credere che David abbia agito lucidamente, costringendomi a spogliarmi davanti a lui. Deve esserci stato un cortocircuito nel suo cervello, un po' come quando salta una valvola. Diventa spaventoso quando è sotto pressione. La gente che non sa parlare dei propri sentimenti fa quasi sempre così.

Siccome non voglio rischiare di provocarlo di nuovo, tornata in camera, mi infilo zitta zitta sotto il piumino. David guarda altrove, dalla parte opposta del letto. Cado immediatamente nel peggiore dei sonni: un arrancare trafelato e tutto scossoni tra brutti sogni, un po' come attraversare l'inferno in macchina a duecento all'ora. Vedo Florence, è sola e sta piangendo, ma non riesco a raggiungerla perché non so dov'è. Vedo Laura, a terra sul viale che va dalla casa alla strada, non ancora morta, che cerca di estrarre il coltello dal petto.

Sento un battito ritmato. Un ticchettio. Mi levo a sedere, disorientata, incerta tra sonno e veglia. Il lato del letto in cui dorme David è vuoto. Per un secondo sono paralizzata dal terrore. Sono io che sono da sola, sono io quella accoltellata, a terra nel buio pesto della notte. E a un tratto una gelida consapevolezza mi inonda il cervello portandosi dietro un terrore cupo e soffocante: Florence. Voglio Florence. I polmoni si riempiono di qualcosa di greve, il respiro si blocca in gola. Sono troppo infelice per piangere.

Guardo l'orologio. Manca poco alle cinque. Mi avvicino alla porta in punta di piedi, la apro piano piano. La porta della camera di Florence è socchiusa, una lama di luce calda si staglia sul pavimento del corridoio. Sento la voce di David, è un sussurro che non mi lascia capire le parole. Dentro di me monta il risentimento, minacciando di riversarsi fuori dalla bocca e di tradirmi. Io dovrei essere in quella stanza, non qui in corridoio come un'intrusa, a tremare.

Ma anche questo è sbagliato. Nella camera di Florence non dovrebbe esserci nessuno, non ancora. Lei dovrebbe essere addormentata accanto al mio letto, nella sua cesta di vimini. Così avrei voluto io, ma Vivienne ha obiettato, come suo solito, a «queste idee moderne». «Un bambino dovrebbe stare nella sua cameretta, dentro la sua culla, fin dal primo giorno di vita», ha affermato in tono reciso. David si è detto d'accordo, perciò io ho dovuto arrendermi.

Ho passato tutti i mesi della gravidanza ad arrendermi. Ogni volta che David si schierava dalla parte di Vivienne io soffocavo l'orgoglio, nascondendo il dispiacere di essere esclusa dall'ennesima decisione importante riguardo a mia figlia. Mi dicevo che per lui era difficile opporsi alla madre: è un figlio così devoto, David. Ho sempre pensato che questa fosse una caratteristica positiva, in fondo. Un osservatore esterno mi avrebbe preso per un modello di obbedienza, eppure dentro di me ribolliva un desiderio di ribellione e di sfida. E in fin dei conti il mio atteggiamento passivo non mi preoccupava perché sapevo che si trattava solo di una fase temporanea. Durante la gravidanza ho sempre avuto la sensazione di essermi messa a riposo, in modo da accumulare le forze per il futuro. Florence era figlia mia, non di Vivienne, e al momento giusto avrei saputo impormi.

A volte mi sorprendo a provare per Vivienne un sentimento molto simile alla compassione, come se il fatto di essermi conquistata una mia autonomia volesse dire abbandonarla a sé stessa. Strano, ma la cosa che più mi era piaciuta di lei, inizialmente, era stata proprio questa sua caratteristica invadenza, questo desiderio di tenerti sotto la sua ala. Volevo lei come suocera non meno di quanto volessi David per marito.

Con la sensazione che il respiro e il battito del cuore facciano, tra tutti e due, più baccano di un'orchestra di fiati, mi avvicino alla camera di Florence in punta di piedi, arrestandomi appena le parole di David diventano comprensibili. «Bravissima», sta dicendo. «Tutto il latte del biberon, giusto quello che ci vuole per una bambina che deve crescere. Brava, ragazza mia. Bravo il mio musetto.» Di nuovo quel nomignolo. E subito dopo, appena attutito, uno schiocco: il bacio della buonanotte. «Cosa ne dici, se io ti cambio il pannolino?» Annoto mentalmente quella prima persona, al posto di «papà»: dovrò dirlo a Simon Waterhouse. So che non è una prova, ma potrebbe aiutarlo a farsi un quadro diverso della situazione. Il fatto è che in queste due settimane, parlando con Florence, David ha sempre usato la terza persona, riferendosi a sé stesso come «il papà». Ritorno in camera di corsa, senza preoccuparmi che mi senta, e mi butto sul letto. Da qualche riserva di disperazione nascosta in profondità dentro di me sgorgano altre lacrime. Sentire quel bacio della buonanotte mi ha dato il colpo di grazia. Voglio dare un bacio a mia figlia. Voglio poter abbracciare e baciare i miei genitori, non sopporto la certezza che questo non succederà mai più. Voglio che mi mettano a letto, mi rimbocchino le coperte e mi dicano che tutto questo è stato solo un incubo, che domani mattina sarà tutto a posto.

Da bambina seguivo un rituale molto complicato al momento di andare a letto. Prima mio padre mi leggeva una storia, poi saliva in camera la mamma e mi cantava qualche ninna nanna: di solito tre o quattro canzoncine, ma per quante fossero io ne volevo immancabilmente un'altra, e lei alla fine cedeva sempre. *Bye Bye Blackbird,*

Second-Hand Rose, *The Sunny Side of the Street*; ancora adesso mi ricordo le parole di ognuna. Dopo le canzoncine veniva di nuovo il papà per il gran finale, l'ultima chiacchieratina prima di dormire. Quella era la parte che preferivo. Mi lasciava sempre scegliere di cosa parlare, e una volta stabilito l'argomento io gli facevo tutte le domande che mi venivano in mente pur di trattenerlo vicino a me il più a lungo possibile.

Dovevo avere quattro o cinque anni, a quell'epoca. David ne aveva sei quando suo padre se n'è andato via di casa. Non so nemmeno come si chiama, mio suocero, e non so perché, ma ho la sensazione che non sia il caso di chiedere. Tutte quelle sere da bambina, passate a far domande al papà per rimandare l'ora di addormentarmi; tutte le cose che chiedo ai miei pazienti per capire qual è il metodo migliore di cura da seguire: fare domande è nella mia natura. Solo David mi fa credere che non si può. Reagisce come se fossi maleducata o invadente se appena sospetta che voglia andare più a fondo su certi aspetti del suo carattere. «Cos'è, un terzo grado?» dice. Oppure: «Obiezione, vostro onore, l'accusa sta facendo pressioni sul testimone». Poi si fa una risata ed esce dalla stanza, tanto per mettere in chiaro che il discorso è chiuso. Ho attribuito questo suo atteggiamento perennemente sulla difensiva a ciò che ha sofferto in passato, e di conseguenza il più delle volte ho lasciato correre.

E questa è un'abitudine di cui ci si libera a fatica: persino stanotte non posso fare a meno di rimproverare me stessa per il suo comportamento. Gli ho sempre lasciato intendere che avrei fatto qualunque cosa per lui, e adesso si rende conto che non è vero. Non dirò mai che la bambina in questa casa è Florence, nemmeno per amor suo. Non volevo contrariarlo, ma l'ho fatto. Certe situazioni non si possono prevedere.

Sento un rumore sordo, una specie di rombo. Il motore di un'automobile. Devono essere Vivienne e Felix.

Scendo giù dal letto, mi avvicino alla finestra. Con la mano cerco la cordicella dorata. In casa di Vivienne non ci sono tende facili da aprire. Brancolo un po' ma alla fine riesco a tirare la cordicella nella direzione giusta e le tende scivolano silenziose sulle guide. I fari della Mercedes di Vivienne proiettano sul viale due lunghi coni di pulviscolo dorato. Sul muro del vecchio fienile c'è una lampadina più debole, che illumina di una fioca luce arancione l'area tra la casa e la strada. L'hanno installata dopo che Laura è stata uccisa; prima di allora non si vedeva niente, di notte.

Chissà se la polizia è riuscita a determinare il momento in cui è avvenuto l'omicidio di Laura, fino a restringerlo all'ora o addirittura al minuto preciso. Quando hanno interrogato me e David, subito dopo il delitto, hanno saputo dire solo che era stata accoltellata tra le nove di sera e le prime ore del mattino successivo. È terribile il pensiero di lei che muore in un buio pesto. Ho visto Laura una sola volta. Non le piacevo. È morta nella convinzione che fossi una sciocca, una donna superficiale e senza carattere.

Afferro la cordicella per tirare di nuovo le tende. Non voglio che Vivienne veda che sono sveglia. Il cuore mi batte forte. Presto, fa' presto. Non sono ancora pronta per lei. Le tende si richiudono, lasciando solo una piccola apertura da cui posso scorgere Vivienne. Non ha l'aria contenta. Indossa dei calzoni neri con la piega, sopra ha un cappotto nero di lana. Rimane ferma per alcuni secondi a squadrare la casa con l'occhio freddo e spassionato di chi stia progettando a freddo un attacco, poi tende una mano verso Felix. Lui l'afferra e insieme risalgono l'ultimo tratto del viale, spalle dritte e piglio risoluto, lei tirandosi dietro una grossa valigia con le rotelle. Non parlano. Mai due persone di ritorno da un viaggio di piacere in Florida hanno avuto un'aria meno soddisfatta e vacanziera.

Sento il respiro di David sul collo. «Fai bene ad avere paura», sussurra. Io sobbalzo e quasi perdo l'equilibrio. Ero talmente concentrata su Vivienne che non l'ho sentito arrivare. «Capirà immediatamente che stai fingendo.» Come deve avere sperato, fino a questo momento, che avrei fatto marcia indietro, profondendomi in scuse per quella mia temporanea pazzia, mettendolo in condizione di accogliere Vivienne con un rassicurante: «Non ti preoccupare, la faccenda si è sgonfiata da sola!». David sta cercando di spaventarmi perché è lui che ha paura.

Ci riesce perfettamente. Vorrei telefonare a Simon Waterhouse e gridargli di venirmi a salvare. Vorrei nascondermi nel suo abbraccio e sentirgli dire che Florence e io ci salveremo grazie a lui. Mi sono trasformata nel paziente-tipo della psicoterapia: bisognosa di aiuto, incapace di rispondere all'aspettativa di un comportamento adulto, ho creato quello che gli esperti del mestiere definiscono il triangolo drammatico, mettendo me stessa nel ruolo della vittima. David è il mio persecutore, Simon l'uomo che mi dovrà salvare.

La porta d'ingresso si apre con uno scatto e si richiude con un tonfo sordo. Vivienne è tornata.

12.

3 ottobre 2003 ore 21

«Non dico definitivamente di no. Non lo so ancora... farò del mio meglio.» Simon respinse l'impulso di dire: «Non ci siamo già sentiti oggi? È forse successo qualcosa di importante?» Era tutto più facile quando sua madre aveva un lavoro a tempo pieno. Allora non lo tempestava così di telefonate.

«Ma quando lo saprai?»

«Non lo so, dipende da quanto ho da fare. Lo sai com'è il mio lavoro.» Che andasse al diavolo, lei non ne aveva la minima idea. Pensava che la cena della domenica sera fosse più importante.

«Allora, che notizie ci sono?» chiese Kathleen Waterhouse. A Simon pareva di vederla: sapeva che in quel momento teneva il ricevitore premuto forte contro l'orecchio, come a volerlo rendere tutt'uno con la testa. Temeva che la comunicazione con suo figlio sarebbe caduta, se non avesse esercitato il massimo della pressione. Avrebbe concluso la telefonata con l'orecchio rosso e dolorante.

«Nessuna nuova.» Simon avrebbe detto così anche se avesse vinto la lotteria, anche se lo avessero appena chiamato a far parte dell'equipaggio dello shuttle. In teoria, desiderava che le conversazioni telefoniche con la madre fossero piacevoli e rilassate. Spesso pensava a cosa le avrebbe detto la volta dopo – delle frasi carine o qualche aneddoto spassoso –, ma immancabilmente le parole gli morivano in gola nello stesso istante in cui udiva, all'altro capo del filo, il suo timido: «Pronto? Caro, sono la mamma». Era in quei momenti che si ricordava dell'esistenza di un copione dal quale non si sarebbe mai staccato, poco importava quanto desiderasse farlo. Era in quei momenti che diceva: «Ciao, mamma, come stai?» già rassegnato a un'altra contesa sulla sua disponibilità per il giorno dopo, per la settimana dopo, per ogni maledettissima settimana.

«Ci sono novità?» Quella era la sua seconda battuta, sempre in aderenza al copione. Lei ne aveva sempre una da raccontare, una sola.

«Oggi ho incontrato Beryl Peach in lavanderia.»

«Ah, bene.»

«Kevin starà da lei per un po'. Potresti sentire se riuscite a vedervi, voi due.»

«Probabilmente avrò parecchio da fare.» Kevin Peach era stato suo amico ai tempi della scuola. Per un periodo molto breve, fino a quando Simon non si era stufato di essere la mascotte, quello individuato e bollato una volta per tutte come «il balordo» della ghenga di Kevin. Se la godevano un mondo quelli, a starlo a guardare mentre si azzuffava con qualcuno senza motivo, oppure a incitarlo a provarci con ragazze al di fuori delle sue possibilità. Copiavano gli appunti che lui prendeva diligentemente a scuola e poi si arrabbiavano se i loro voti non erano alti come i suoi. No, grazie. Ora aveva una nuova vita sociale, al pub con Charlie, Sellers, Gibbs e qualche altro ancora, dopo il lavoro. Le amicizie nel corpo di polizia erano più facili da mantenere a un livello superficiale: uno scambio di battute, due risate su quello che era successo al lavoro e niente di più. A eccezione di Charlie: lei provava sempre ad andare oltre, a spingersi in profondità. A sapere di più.

«Allora quando ti vedo, se non è domenica?» chiese Kathleen Waterhouse.

«Non so, mamma.» Non finché Alice non fosse stata ritrovata. Simon non sopportava di stare con i genitori quando era in preda al nervosismo. La loro compagnia, l'atmosfera soffocante della casa in cui era cresciuto, mai cambiata in trent'anni, avevano il potere di trasformare il cattivo umore in uno stato di infelicità pura. Poveri vecchietti, non era colpa loro. Erano sempre così contenti di vederlo. «Perché non aspettiamo di capire se ce la faccio domenica?»

Suonò il campanello della porta. Simon si irrigidì in tutto il corpo e pregò che sua madre non avesse sentito, altrimenti si sarebbe dovuto sorbire la lista completa delle domande: Chi è? Chi potrebbe essere? Non è da villani piombare in casa di qualcuno inaspettatamente, alle nove di sera? E insomma a chi, tra i conoscenti di Simon, poteva venire in testa di fare una cosa del genere? Kathleen Waterhouse era spaventata dalla spontaneità, e Simon aveva passato buona parte della sua vita a cercare di non esserlo. Ignorò il campanello nella speranza che chiunque fosse là fuori rinunciasse.

«E la casa come va?» s'informò sua madre. Chiedeva notizie della casa ogni volta che telefonava, manco fosse un bambino o un animale domestico.

«Mamma devo andare. La casa va bene. Benissimo.»

«Come mai devi andare?»

«Devo e basta, d'accordo? Ti chiamo domani.»

«Va bene caro, ciao allora. Dio ti benedica. Ci sentiamo dopo.»

Dopo? Simon digrignò i denti. Sperava che l'avesse detto tanto per dire, senza intendere più tardi in serata. Si odiava per essere incapace di chiederle di telefonare meno spesso. Sarebbe stato ragionevole: perché non ci riusciva?

La maledetta casa andava bene. Era una di quelle vecchie casette tutte uguali affacciate sulla strada, con due stanze di sotto e due al piano di sopra, in una tranquilla via senza uscita vicina al parco e a cinque minuti a piedi dai suoi genitori. Ricca di fascino ma povera di spazio, probabilmente era una scelta un tantino infelice per uno alto come lui, anche se non se n'era minimamente reso conto al momento di prenderla. Ora ci si era affezionato e non gli costava poi una gran fatica chinarsi un pochino quando passava da una stanza all'altra.

I prezzi erano ormai arrivati a cifre assurde quando l'aveva comprata, tre anni prima, tanto che ancora adesso doveva fare i salti mortali per riuscire a pagare il mutuo ogni mese. Sua madre non aveva voluto che lui se ne andasse di casa, e tanto meno capiva il suo bisogno di farlo. Sarebbe stata dura per lei se Simon si fosse trasferito più lontano, mentre la scelta di quella casa lo aveva messo in condizione di dire: «Andrò a stare a due passi da qui, appena voltato l'angolo. Non è un grande cambiamento». Cambiamento: qualcosa da rifuggire a tutti i costi.

Il campanello suonò di nuovo. Mentre andava alla porta udì la voce di Charlie. «Allora, mi apri o no, eremita del cazzo?» strillava con quel tono amabile che le era abituale. Sbirciando l'orologio e chiedendosi preoccupato quanto avesse intenzione di fermarsi, Simon aprì l'uscio.

«Calmati, per amor di Dio.»

Charlie lo spinse da parte entrando, con una busta marroncina in mano. Si diresse verso il soggiorno senza aspettare di essere invitata e, tolto il cappotto, si sedette. «Sono venuta per darti questo», disse allungandogli bruscamente la busta.

«Cos'è?»

«Antrace.» Lo guardò facendo una smorfia. «Guarda che è un libro, Simon, solo un libro del cavolo, niente panico. Spiacente di non avere telefonato prima, ma ero al pub con Olivia quando me lo ha dato, e siccome lei doveva tornare a casa presto ho pensato di fare un salto a portartelo. È per tua mamma.»

Simon aprì la busta. Dentro c'era un normalissimo libro con una copertina bianca intitolato *Rischio totale.* Era di Shelagh Montgomery, la scrittrice preferita di sua madre. Sotto il nome dell'autrice c'era scritto, a lettere maiuscole, «BOZZE NON CORRETTE – EDIZIONE PROVVISO-

RIA». Olivia, la sorella di Charlie, era giornalista e faceva un sacco di recensioni di libri. Le poche che Simon aveva letto erano stroncature di una cattiveria gratuita. «Questo vuol dire che non è ancora stato pubblicato?»

«Esatto.»

«Le farà molto piacere, ti ringrazio.»

«Non ringraziarmi. Se leggi il primo paragrafo ti accorgerai che è uno dei peggiori romanzi che siano mai stati scritti.» Charlie aveva l'aria imbarazzata, come sempre quando la coglievano sul fatto mentre faceva un gesto gentile. Gli dava spesso dei libri ricevuti da Olivia, per lui o per sua madre a seconda che fossero cose serie o romanzetti, e ogni volta non resisteva alla tentazione di fare dell'ironia impietosa, decisa a nascondere il suo pensiero premuroso dietro un velo di sarcasmo. Come se si vergognasse dei lati positivi del proprio carattere.

«Vedo che non hai ancora sistemato la casa», commentò guardandosi attorno con aria di disapprovazione. «Chiunque penserebbe che qui ci vive una vedova di novant'anni. Perché non dai una mano di pittura su quell'orribile tappezzeria? E quei soprammobili! Simon, tu sei un uomo giovane, non dovresti avere i cagnolini di porcellana sulla mensola del caminetto, non è normale.»

Quei cagnolini erano il regalo dei suoi genitori per la casa appena comprata, ma siccome era grato a Charlie per il libro si sforzò di reprimere l'irritazione. Loro due erano talmente diversi l'uno dall'altra che era stupefacente il solo fatto che riuscissero a parlarsi. Lui non si sarebbe mai sognato di fare un commento sulla casa di un'altra persona, mentre Charlie si comportava come se venisse da un mondo dove la maleducazione era un segno di affetto. A volte si portava dietro Olivia al pub, e lui non smetteva di meravigliarsi delle ingiurie che quelle due riuscivano a scambiarsi di continuo. «Pazzoide del cazzo», «stronza psicotica», «fricchettona del cavolo», «bastardona»: le due sorelle si indirizzavano questi e altri insulti come se fossero altrettanti complimenti. Si mettevano in ridicolo l'una con l'altra, a cominciare dai vestiti che avevano indosso fino ai comportamenti e alle idee. Ogni volta che le vedeva insieme, Simon si sentiva molto sollevato al pensiero di essere figlio unico.

Nel mondo di Charlie era normalissimo capitare in casa di qualcuno alle nove di sera senza preavviso, per consegnare un libro che avrebbe tranquillamente potuto aspettare fino al giorno dopo. «Volevi sapere perché Laura Cryer se n'è andata da The Elms da sola», disse Charlie prendendo *Moby Dick* dal bracciolo di una poltrona e sfogliandone le pagine mentre parlava. «Ho controllato la pratica in archivio. Era andata lì per portare al figlio la sua copertina; si era dimenticata di metterla nella borsa con l'occorrente per la notte. Quella sera lui sarebbe rimasto a dormire dalla nonna, perché Laura doveva andare a una festa in un locale.»

«Locale?» Simon non aveva la testa sul lavoro in quel momento, e gli riusciva difficile entrare in sintonia così di colpo. La mente era ancora fissa sul problema di come liberarsi in fretta di Charlie e continuare a leggere il libro che lei aveva appena richiuso senza curarsi di rimettere il segnalibro lì dove stava. Ancora una volta represse un moto di irritazione.

«Sì. Sai, uno di quei posti dove i giovani vanno a divertirsi. La Cryer era tornata a essere single, stava solo aspettando la sentenza di divorzio.»

«Magari si era trovata qualcun altro e Fancourt era geloso.»

«No. I suoi amici hanno detto che si stava guardando attivamente intorno, ma era sola», spiegò Charlie in modo piuttosto aggressivo.

Simon si sentì sopraffatto, come se tutte le circostanze congiurassero per proteggere David Fancourt. Eppure quell'uomo doveva essere colpevole di qualcosa, anche se non necessariamente di omicidio. Probabile che fosse omicidio, però. Una connessione tra la scomparsa di Alice e la morte di Laura doveva pur esserci, Simon ci avrebbe scommesso la testa. «Sarebbe un problema per te se facessi una visita a Darryl Beer a Brimley?»

Charlie fece un verso di disapprovazione. «Sì, maledizione, certo che sì. Perché mai dovresti andarci? Simon, tu dovresti imparare a non... a non partire per la tangente come stai facendo ora.»

«Tranne quando la tangente si rivela poi la pista giusta, suppongo?»

«Sì, tranne quei casi. Ma adesso non è così, adesso è ora che tu faccia dietrofront e ammetta di esserti sbagliato.»

«Ma va'? E tu, quando mai hai fatto una cosa del genere? Sei testarda come me e lo sai benissimo. Una cosa non diventa vera solo perché l'hai detta tu, e invece ti ostini a farlo!»

«Fare cosa?»

«A presentare la tua opinione personale come una legge morale universalmente valida!»

Charlie arretrò di un passo, istintivamente. Dopo una pausa di qualche secondo disse: «Non ti capita mai di domandarti perché sei così stronzo con me, anche se io in realtà ti tratto bene?»

Simon abbassò gli occhi a fissare le proprie mani. Già, come mai?

«Non è la mia opinione personale», seguitò lei con voce più calma. «È la confessione fatta da Beer. È la conferma fornita dal test del DNA. L'unico con un'opinione infondata e gratuita qui sei tu! Darryl Beer ha ucciso Laura Cryer, capito? Puoi credermi sulla parola. E quel caso non ha niente a che fare con questo, con Alice e Florence Fancourt.»

Simon annuì. «Non volevo offenderti», disse.

«Insomma, ti sei innamorato di lei? Di Alice?» chiese Charlie. Sembrava quasi spaventata. Appena le sentì pronunciare quelle parole, Simon comprese che il vero motivo della visita era tutto lì. A spingerla era stata la voglia – o forse il bisogno – di fargli quella domanda.

La prese male. Chi credeva di essere, per chiedergli certe cose? Fu solo un residuo senso di colpa a impedirgli di invitarla ad andarsene. Il senso di colpa causato dal fatto di non provare per Charlie quello che lei avrebbe voluto.

Charlie era l'unica donna che gli avesse fatto il filo. Il corteggiamento era iniziato il giorno della sua assegnazione al nucleo investigativo. All'inizio pensava che lo prendesse in giro, ma poi Sellers e Gibbs lo avevano convinto del contrario.

Sarebbe bastata un po' di galanteria da parte sua per far stare meglio tutti e due. Di certo ne avrebbe guadagnato la sua vita, che sarebbe diventata molto più facile. A differenza della maggior parte degli uomini – specialmente se poliziotti –, Simon non badava molto all'aspetto fisico di una donna. Cosa gli importava, perciò, che Charlie avesse un gran bel seno e due gambe lunghe e magre? Anzi, era proprio quella sua figura curata ed elegante, unita alla sua palese disponibilità, che lo metteva più a disagio. Era tremendamente lontana dal suo mondo, Charlie, come le ragazze su cui si era fissato a scuola prima che un'infinità di umiliazioni gli insegnasse a stare al suo posto. Charlie, che aveva sfondato in due campi diversi, era il classico tipo che eccelle in qualunque attività, se solo vuole.

Dopo aver preso un diploma a Cambridge in Letteratura e storia anglosassone, normanna e celtica, Charlie era stata una promettente ricercatrice universitaria per quattro anni prima di decidere di entrare nella polizia. Dall'università se n'era andata quando un capo di dipartimento, invidioso della sua intelligenza superiore e delle sue numerose pubblicazioni, le aveva rifiutato l'incarico che lei sapeva di meritare. Nella polizia aveva ricominciato da zero, arrivando in tempo record a conquistarsi il grado di sergente. Quelle sue credenziali avevano il potere di impressionarlo e di metterlo in soggezione allo stesso tempo. In sostanza, Charlie lo faceva sentire inadeguato.

Ripensandoci, Simon si rendeva conto di quanto era stato stupido. Lei gli aveva fatto capire chiaramente di volere una storia con lui, che era visibilmente libero; stando alle convenzioni, Simon avrebbe dovuto avere una ragazza e Charlie era l'unica volontaria. Una voce nella sua testa aveva gridato un no chiaro e tondo fin dal primo giorno, ma lui l'aveva ignorata continuando a ripetersi, invece, che lei era proprio in gamba e doveva ritenersi fortunato.

Alla fine Charlie aveva fatto la sua mossa alla festa per i quarant'anni di Sellers, un anno prima. Confuso e meno attivo di uno zombie, Simon non aveva dovuto muovere neanche un dito: lei gli si era buttata addosso, aveva preso l'iniziativa su tutto. A un certo punto era saltato fuori che aveva prenotato la stanza degli ospiti di Sellers. «Se ci si infila qualcun altro prima di noi, Sellers con il lavoro ha chiuso!» aveva scherzato.

La cosa lo aveva messo in allarme, ma non aveva detto niente lo stesso. Temeva che a letto si sarebbe comportata come faceva sempre, dando ordini su ciò che andava fatto e dove e come, in un tono che non tollerava obiezioni. Simon sapeva che a certi uomini non dispiaceva, ma per lui quella era una prospettiva ripugnante. Se lo sentiva che avrebbe sbagliato tutto, combinando un gran casino.

Eppure si era lasciato trascinare ancora più in là. Mentre si sbaciucchiavano, Charlie si era scaldata parecchio, e così Simon si era comportato come se si stesse eccitando anche lui. Simulando un respiro affrettato, aveva buttato lì un paio di cosette carine che sperava fossero anche romantiche, cose che non gli sarebbe mai passato per la testa di dire se non le avesse sentite pronunciare in qualche film.

Alla fine Charlie lo aveva portato nella stanza degli ospiti e lo aveva spinto sul letto. Sono fortunato, si era ripetuto lui per l'ennesima volta, c'è chi darebbe via il biglietto per la finale di Coppa del Mondo pur di trovarsi al mio posto. Aveva guardato tra l'inorridito e l'affascinato Charlie che si spogliava davanti a lui. La parte razionale del suo cervello la ammirava in quanto donna libera, superiore a tutte quelle sciocchezze sessiste sugli uomini che devono fare il primo passo. Ma, per quanto si vergognasse ad ammetterlo, ogni suo istinto si rivoltava all'idea della donna sessualmente aggressiva.

È troppo tardi, si era detto mentre Charlie, sopra di lui, cominciava a sbottonargli la camicia. La cosa migliore è farla finita in fretta. Aveva fatto scorrere le mani sul corpo di lei, facendo quello che secondo lui Charlie si aspettava che facesse.

A questo punto della storia la memoria di Simon si ritraeva di scatto dalla scena e da quei particolari troppo dolorosi per tornarci sopra, accontentandosi di ricordare che, a un certo momento, non ce l'aveva fatta più. Aveva bruscamente allontanato da sé Charlie e, mormorando qualche parola di scusa, era uscito dalla stanza senza voltarsi indietro. Che vigliacco, che pappamolla, doveva avere pensato lei. Si era aspettato che la notizia di quel suo umiliante fallimento facesse il giro di tutta la stazione di polizia, il giorno dopo, e invece non se n'era parlato per niente. E quando aveva tentato di scusarsi con Charlie, lei lo aveva subito interrotto: «Lascia perdere, tanto ero sbronza fradicia. Lascia perdere, non mi ricordo un gran che». Una frase pietosa per risparmiargli un ulteriore imbarazzo, senza dubbio.

«Be'?» stava insistendo Charlie. «Non sento nessuna risposta, come direbbe Proust. Cos'è questa storia con Alice Fancourt? Sono i biondi e lunghi capelli, il motivo dell'attrazione fatale?»

«Certo che no.» Simon si sentiva come se in quella stanza si fosse piazzata l'inquisizione spagnola, e viveva come un insulto alla sua intelligenza il fatto che gli venisse imputata una simile superficialità. I capelli biondi e lunghi non c'entravano un fico secco. Erano il viso aperto di Alice, la sua vulnerabilità, la facilità con cui solo a guardarla in viso si indovinava ciò che sentiva. E quella sua aria seria, poi, aveva la capacità di commuoverlo. Desiderava aiutarla, e lei pensava che lui potesse farlo. Era una cosa seria, per lei; sembrava che Alice vedesse Simon esattamente come lui desiderava essere visto. E ora che era svanita nel nulla, lui l'aveva sempre davanti agli occhi e non faceva che ripetersi mentalmente le parole di lei, fremendo dal desiderio di assicurarle che ora, finalmente, le credeva; le credeva su tutta la linea. Ora che poteva essere troppo tardi, Alice occupava tutti i suoi pensieri, come se scomparendo avesse trasceso il reale, trasformandosi in leggenda.

«Sei innamorato perso di lei», sentenziò cupamente Charlie. «Stai attento, okay? Fa' attenzione a non esplodere, hai l'occhio a biglia dell'Omino di neve fisso su di te e se fai qualche altra cazzata...»

«Me l'ha detto, stamattina. Non capivo di cosa stesse parlando. Okay, mi sono beccato un paio di Reg 9, ma non più di altri.»

Charlie fece un sospiro. «Più di altri sì, a dire il vero. Io non ne ho mai preso uno, e nemmeno Gibbs o Sellers.»

«Non ho mai detto di essere perfetto», borbottò Simon mettendosi istantaneamente sulla difensiva. Lui era un poliziotto migliore di quanto Sellers e Gibbs sarebbero mai stati, e Charlie lo sapeva benissimo. Anche Proust lo sapeva. «Io accetto di correre dei rischi. Lo so che a volte le cose sfuggono di mano, ma...»

«Simon, quei Reg 9 erano solamente Reg 9 perché io ho implorato Proust in ginocchio di non calcare la mano. Non puoi andartene in giro ad aggredire chi non condivide le tue opinioni!»

«Ma lo sai che non è così semplice!»

«L'Omino di neve era del parere di buttarti fuori. Ho dovuto leccargli il culo fino a farmi cadere la lingua, e a lui è toccato leccare un bel po' di culi più su del suo, il che non l'ha reso particolarmente felice.»

Era una novità assoluta quella, per Simon. Aveva reagito male solo con gente che se lo meritava in pieno. «Quindi... che cosa intendi?» chiese, sentendosi un imbecille. Avrebbe dovuto saperne più lui di Charlie, visto che era la persona direttamente interessata. «Perché non me l'hai mai detto?»

«Che ne so!» sbottò lei. «Non volevo credessi che ce l'avevano tutti con te, anche se dai l'impressione di pensarla sempre così, indipendentemente da quello che ti succede intorno. Senti, io speravo di... di convincerti ad agire in modo più equilibrato. E comunque negli ultimi tempi sei nettamente migliorato, che è poi la ragione per cui non vorrei che a incasinare tutto ci fosse questa faccenda di Alice Fancourt. Ho promesso a Proust di tenerti sotto controllo, perciò...»

«Perciò sotto controllo ci vorresti mettere anche i miei sentimenti?» Simon era all'esasperazione. Charlie lo aveva tirato fuori dai guai senza nemmeno dirglielo: non riusciva a immaginare niente di più paternalistico. Come se lui fosse stato un bambinetto incapace di accettare una scomoda verità.

«Non essere ridicolo. Sto solo cercando di darti una mano, okay? Se io fossi sul punto di fare qualche cazzata, vorrei che tu me lo dicessi, è così che si fa tra amici.» C'era un tremito nella sua voce.

Accorgendosi della sua espressione ferita, Simon temette che potesse mettersi a piangere da un momento all'altro. «Mi dispiace, scusami.» Mentre lo diceva pensò che forse avrebbe dovuto essere dispiaciuto, o forse lo era davvero. Charlie dava l'impressione di avere la pelle dura, ma lui sapeva quanto le bruciassero le ferite e i piccoli tradimenti. Come a lui, del resto. Un'altra delle còse che avevano in comune, avrebbe detto Charlie.

Charlie si alzò. «Meglio che vada. Magari finirà che mi fiondo in qualche locale», disse con tono studiato.

«Grazie per il libro. Ci vediamo domani.»

«Già, certo.»

Uscita lei, Simon si lasciò cadere nella poltrona sentendosi svuotato, come se avesse perso una parte importante di sé. Aveva bisogno di pensare, di riscrivere la storia della sua vita in modo da assimilare l'informazione nuova che Charlie gli aveva appena dato. Le menzogne avevano un effetto letale, a prescindere dalle motivazioni di chi le diceva: privavano le persone della conoscenza di fatti basilari della propria vita.

L'impulso di fuggire via, di ricominciare daccapo in qualche posto lontano, gli ripiombò addosso con tutto il fascino dell'idea che ha appena preso forma. Sarebbe stato fin troppo facile non presentarsi in ufficio l'indomani. Se solo avesse potuto contare sul fatto che Charlie o chiunque altro trovasse Alice... E invece senza di lui la squadra non era in grado di fare un lavoro accurato. Secondo i suoi parametri di giudizio, per lo meno. Non che in quel momento si fidasse particolarmente di sé stesso: magari nel suo mestiere non era poi così bravo come credeva. Magari in quel mondo superficiale, dove tutto si riduceva all'apparenza, la disciplina e il buon carattere erano più importanti dell'intelligenza e della passione per il proprio lavoro.

Scoprire ora che i suoi superiori avevano avuto una gran voglia di disfarsi di lui gli faceva apparire inutili tutti gli sforzi fatti fino a quel momento. Tanto valeva sbattere la testa contro un muro. Che importava se la cronologia era tutta sbagliata? Le cose che sentiva dentro non cambiavano minimamente. Quella notte avrebbe dormito male.

13.

Sabato 27 settembre 2003

Vivienne e io siamo nella stanza degli interrogatori alla stazione di polizia. È uno dei posti più sgradevoli che abbia mai visto: piccola, soffocante, con le pareti di un verde smorto che fa tristezza solo a guardarlo. Quando siamo entrate, le suole delle scarpe rimanevano appiccicate al pavimento di linoleum grigio, tanto che si doveva fare un piccolo sforzo per staccarle, passo dopo passo. L'unica finestra ha le sbarre e le sedie sono fissate al pavimento con le viti. Il tavolo è pieno zeppo di bruciature di sigaretta. Respiro con la bocca per evitare di inalare l'odore sgradevole della stanza, un misto di urina, sudore e sigarette.

«Che razza di posto orribile è mai questo?» dice Vivienne. «Questa è una stanza che va bene per dei delinquenti. A vederci, dovevano capirlo che non siamo delinquenti, no?»

Di sicuro Vivienne non ne ha l'aspetto. Veste un tailleur grigio di lana e ai piedi ha delle scarpette di camoscio anch'esse grigie, con il tacco basso. Perfetta l'acconciatura dei capelli corti, color argento, perfette le unghie, limate e lucide di uno smalto trasparente. Chi non la conosce non indovinerebbe mai che in questo momento è in uno stato di estrema agitazione.

Vivienne non è il tipo che piange e dà in escandescenze. Anzi, più è abbattuta e più composti e riservati sono i suoi modi: se ne sta seduta, immersa nei suoi pensieri, limitandosi ogni tanto ad alzare gli occhi per guardare fuori dalla finestra. Dalla sua espressione non traspare nulla, la fissità del volto assume un che di sinistro. Nemmeno il desiderio di rassicurare l'adorato Felix l'aiuta a ritrovare il suo solito spirito, la sua normale vivacità. Tiene il bambino stretto stretto in braccio, come se avesse paura che svanisse da un momento all'altro. Questa mattina, quando le ho detto che forse per Felix sarebbe meglio andare a stare da qualcuno dei suoi amici, in tono che non ammetteva repliche mi ha risposto: «Da questa casa non se ne va nessuno».

Ha sempre dato ordini con questo tono, come una forza superiore dotata di una fiducia incrollabile nel proprio potere assoluto. La prima volta che David mi ha portato in casa sua mi è piaciuto tantissimo il modo in cui ha stabilito con ferrea determinazione quale treno avrei preso per tornare a Londra e quali piatti avrei dovuto senz'altro assaggiare al ristorante dove ci aveva invitato. Da allora in poi mi sono fatta l'idea che sì, gli amici si fanno in quattro per darti dei consigli, ma poi ti lasciano sola ad arare il tuo campicello, con tutte le responsabilità soltanto sulle tue spalle. Non cercano mai di interferire con le tue scelte o di modificare le tue posizioni, perché è vero che gli stai a cuore, ma fino a un certo punto.

Quando Vivienne ha preso in mano la mia vita con tutta la forza delle sue certezze, ho pensato che mi stava trattando come se fossi sua figlia. Dovevo starle a cuore, e molto, altrimenti perché prendersi la briga di farlo? E aveva ragione sul treno da prendere, aveva ragione sui piatti da ordinare. Vivienne non è una sprovveduta, le decisioni che prendeva per me erano migliori di quelle che avrei preso io. A due mesi dall'incontro con David mi ritrovavo con una pettinatura che mi si addiceva molto di più e con dei vestiti che mi stavano meglio, addirittura fantastici, anche se personalmente non avrei mai avuto il coraggio di sceglierli.

Siamo arrivate alla stazione di polizia con un certo anticipo rispetto all'orario dell'appuntamento fissato da Vivienne. Si è fermata nell'atrio per presentarsi al poliziotto in uniforme, di mezza età, che era dietro al bancone. Lui ci ha accompagnato qui dicendoci di attendere il detective che si occupa del caso.

Vivienne è venuta per rilasciare la sua deposizione. L'ho pregata di portarmi con sé: stare sola con David mi dà molta ansia, ne ho persino paura. È la prima volta che metto piede in una stazione di polizia e devo dire che l'esperienza non mi entusiasma. Mi sento come se da un momento all'altro potessero scoprirmi colpevole di qualcosa.

Si apre la porta ed entra Simon, seguito da una donna alta e magra, con i capelli castano scuro molto corti e un seno abbondante che forse starebbe meglio a una donna un po' più in carne di lei. Il rossetto sulle labbra è rosso vivo e non le dona. Porta occhiali con le lenti ovali su una montatura dorata e un golfino rosso su una gonna nera. Dopo aver dato una rapida occhiata a Vivienne, si appoggia con la schiena contro il muro e mi fissa con uno sguardo freddo. Mi sento trasandata nel mio abito premaman color crema, con la vita alta che fa tanto stile impero. Ho la pancia ancora troppo grossa per potermi vestire in modo normale. Quella donna ha un'espressione dura, cattiva, e nei suoi confronti provo un'antipatia istintiva e immediata mista a timore. Simon arrossisce quando i nostri sguardi si incontrano. Sono sicura che alla sua collega poco simpatica non ha parlato dell'incontro che abbiamo fissato per lunedì pomeriggio. Quando gli ho proposto di vederci alla stazione di polizia, lui si è affrettato a dire che non era possibile. Anch'io non ho detto niente a Vivienne.

«Sono il detective Waterhouse», esordisce Simon rivolgendosi a Vivienne. «Le presento il sergente investigativo Zailer.»

«Io e il sergente Zailer ci conosciamo già», risponde Vivienne con un'improvvisa nota di animazione nella voce. La rapidità con cui cambia discorso mi fa capire che quella conoscenza risale all'omicidio di Laura. «Ora che siete qui, potreste farci accomodare in un ambiente più ospitale? Questo lascia molto a desiderare.»

«Non ce ne sono, di ambienti più ospitali», replica il sergente Zailer mettendosi a sedere di fronte a noi. Da quel lato del tavolo c'è una sola sedia, per cui Simon è costretto a rimanere in piedi. «Abbiamo quattro stanze degli interrogatori e sono tutte così. Questa è una stazione di polizia, non un hotel.»

Vivienne stringe le labbra, sempre più dritta sulla sua sedia.

«Detective Waterhouse, vuole dare un aggiornamento alle signore Fancourt in merito al caso?» Il sergente Zailer calca in modo sarcastico l'ultima parola.

Simon si schiarisce la voce, spostando il peso del corpo da un piede all'altro. Si direbbe piuttosto a disagio. «Non ci risulta la scomparsa di nessun neonato ieri o negli ultimi quindici giorni», dice. «Inoltre abbiamo, ehm, abbiamo avuto una risposta deludente dall'ospedale di Culver Valley: non hanno più la... ehm, la placenta né il cordone ombelicale. Li tengono solo per un paio di giorni, e sfortunatamente ciò significa che non sarà possibile effettuare una comparazione tra il DNA della bambina e quello della placenta...»

«All'ospedale c'era una donna, quando ero ricoverata lì...» incomincio, ma nello stesso momento anche Vivienne ha aperto la bocca per parlare, ed è la sua voce a imporsi. Mi chiedo se dovrei riprovare di nuovo a raccontargli di Mandy. La presenza di Vivienne me lo impedisce, perché so già cosa direbbe: Mandy era troppo stupida per progettare un piano così fantasioso come la sostituzione di una bambina con un'altra. Ho una Vivienne in pianta stabile nella mia testa, come se lei ci avesse piazzato una sua delegata, che reagisce esattamente come reagirebbe lei, anche quando non è presente.

«Potreste prelevare dei campioni di DNA da David e Alice, per vedere se sono i genitori biologici della bambina.» Prendo mentalmente nota delle parole usate da Vivienne: la bambina, non Florence.

«Potremmo, sì.» Il sergente Zailer ci rivolge un breve sorriso a cui non partecipano gli occhi. «Però non lo faremo. Se volete farlo voi, a pagamento, siete ovviamente liberi, e probabilmente sarebbe molto più veloce. Qui non c'è nessun caso, signora Fancourt. Non c'è nessuna bambina scomparsa. Abbiamo parlato con i vostri vicini, e nessuno di loro ha visto niente di sospetto. Non c'è la prova che sia scomparso niente, se non nella mente di sua nuora. Il mio detective, qui...» fa una brevissima pausa, guardando significativamente Simon, «...ha controllato in maniera assolutamente scrupolosa. Ha anche contattato l'ospedale per recuperare eventualmente delle prove concrete, in forma di placenta o di cordone ombelicale, ma dal momento che non sono più disponibili... be', temo che non ci resti molto altro da fare. E anche se lo fossero stati... il nostro laboratorio è molto occupato. È una questione di priorità nell'utilizzo delle risorse, signora Fancourt, sono sicura che comprenderà.»

Chissà cosa prova Simon a sentirsi chiamare «il *mio* detective». Quella non mi ha neppure degnata di uno sguardo, mentre insinuava che sto vaneggiando e non ci sono tanto con la testa. Mi sembra di poter toccare la sua ostilità, che si irradia verso di me attraverso il tavolo. È una donna molto impegnata, che considera me e la mia ridicola storia dello scambio di due bambine come un puro e semplice spreco di tempo, ma sento che c'è anche qualcos'altro. Un'antipatia per me come persona.

Ai miei pazienti dico sempre – dicevo sempre – che il miglior modo per trattare con chi si mostra aggressivo nei tuoi confronti consiste nel seguire il sistema del DSSC: descrivi, spiega; strategie, conseguenze. Per prima cosa, descrivere gli aspetti inaccettabili del comportamento in questione, e spiegare in che modo ti fanno sentire. Poi elaborare delle strategie per modificare la situazione – il che solitamente significa far cessare oppure arginare quei comportamenti – e, infine, evidenziare le conseguenze del cambiamento su tutti gli interessati.

Non credo che riuscirei a ricorrere al DSSC, adesso.

«La ringrazio del consiglio», dice Vivienne. «Farò fare sicuramente un test del DNA, per mettere il cuore in pace ai miei familiari.» Ma non c'è neppure un accenno di gratitudine nella sua voce.

«Devo presumere, quindi, che anche secondo lei la neonata in casa vostra non è Florence Fancourt?» chiede il sergente Zailer.

Da quando è tornata dalla Florida, Vivienne non si è ancora pronunciata su questo punto, limitandosi a tenere sotto osservazione me e David, con grande fastidio di entrambi. Preferisce fare domande, piuttosto che dare risposte. È sempre stato così, del resto. Ne spara una dopo l'altra, poi ascolta con la massima attenzione le risposte che riceve. Quando l'ho conosciuta, ho provato un misto di meraviglia e di riconoscenza scoprendo che nessun particolare della mia vita quotidiana, nessuno dei miei pensieri e delle mie emozioni era troppo poco importante per meritare la sua totale attenzione. Un interesse del genere non te lo aspetteresti da nessuno che non sia tuo padre o tua madre, e invece Vivienne sembrava assolutamente decisa a sapere tutto quello che c'era da sapere su di me. Era come se stesse raccogliendo informazioni per un esame che si sarebbe svolto in un prossimo futuro, e io ero fin troppo solerte nell'aiutarla in questa sua missione. Più i dati sulla mia vita si impiantavano saldamente nella mente acuta di Vivienne, più io prendevo consistenza e mi sentivo reale. Molto più di ora che ho cominciato a nasconderle certi aspetti di me stessa.

«Ho visto Florence una volta sola, il giorno che è nata», dice Vivienne. «Subito dopo sono partita per la Florida con mio nipote. Ieri, quando sono tornata, avevo già parlato con Alice. So che lei pensa che la bambina in casa nostra non è sua figlia, e sono propensa a prendere sul serio questa sua affermazione. Del resto, lei sa quanto me che la memoria inganna, sergente Zailer. Il test del DNA è l'unico modo per dare una risposta definitiva.» Ha l'aria calmissima, ma dentro di sé deve sentire lo stesso scombussolamento, lo stesso ribollire continuo che sento io, come se il contenuto della mia mente fosse stato preso, tagliuzzato e ridotto in poltiglia. Eppure sto seduta lì, accanto a lei: garbata, piena di contegno. Stiamo recitando una parte, tutt'e due.

«La neonata che si trova a The Elms assomiglia o no alla bambina che lei ha visto all'ospedale?» domanda Simon. Il suo tono gentile crea un piacevole contrasto con i toni bruschi della collega.

«Questo non è rilevante», lo rimbecca il sergente Zailer. «Non c'è nessuna prova che sia stato commesso un reato, qui.» Si gira verso di lui e bisbiglia qualcosa che finisce con un «...lasciarlo cadere».

«Le assomiglia molto, sì», risponde Vivienne.

«Ma certo!» sbotto io, «questo non l'ho mai negato.»

«Ora le dispiacerebbe dare la cattiva notizia, detective Waterhouse?» esorta il sergente Zailer. Vedo che a Simon dispiace eccome, di qualunque cosa si tratti. Lei lo sta costringendo a recitare una brutta parte nei nostri confronti. «Il mio detective sembra avere la lingua legata, perciò ve lo dirò io. Lei ci ha dato una pellicola, signora Fancourt.»

«Sì!» Mi protendo in avanti, e Vivienne mi mette una mano sul braccio.

«Era danneggiata. Ha preso luce, ci è stato detto. Nessuna delle foto è stata recuperata, mi dispiace.» Ma non ha per niente l'aria dispiaciuta.

«Cosa? No!» Sono balzata in piedi. Ho una gran voglia di dare una sberla al sergente Zailer, per toglierle dalla faccia quell'espressione di maligna soddisfazione. Non ha idea di cosa si prova in una situazione come la mia, non fa il minimo sforzo per mettersi nei miei panni. Una persona così avara di compassione non dovrebbe fare il lavoro che fa lei. «Ma... quelle erano le primissime foto di Florence. Ora non ho più... O mio Dio.» Ricado sulla sedia torcendomi le mani, decisa a non scoppiare in lacrime di fronte a quella donna.

È quasi intollerabile il pensiero che non vedrò mai quelle fotografie, nemmeno una volta sola. Quella che ha scattato David, dove io e Florence stiamo guancia a guancia. Quella dove le do un bacio sulla testa, e quella di David con i ditini di Florence avvinghiati al suo dito. Quella di Florence sulle ginocchia dell'ostetrica mentre fa una specie di sbadiglio buffissimo in attesa del ruttino, e anche quel primo piano della targhetta appesa alla culla di vetro dell'ospedale: un elefante rosa con in mano una bottiglia di champagne, e sulla pancia la scritta «bimba di Alice Fancourt» fatta con la penna biro.

Scaccio queste immagini dalla mia mente prima che mi distruggano.

«Questo è davvero strano», commenta Vivienne accigliandosi. «Anch'io avevo scattato delle fotografie a Florence il giorno della sua nascita, con la mia nuova macchina digitale.»

«E...?» la esorta a continuare Simon. Il sergente Zailer ha l'aria di non essere assolutamente interessata.

«È successa la stessa cosa. Quando ero in Florida mi sono accorta che erano state cancellate tutte. Erano sparite. Non sono riuscita a spiegarmi il perché, dal momento che tutte le altre foto c'erano. Solo quelle di Florence sono scomparse.»

«*Cosa?*» Ora me lo dice, ora che siamo davanti a due poliziotti. Perché non lo ha raccontato appena le ho detto della scomparsa di Florence? Forse perché era presente anche David?

Quella fotocamera digitale gliel'ho comprata io per il suo compleanno. Vivienne di norma è abbastanza impermeabile a tutto ciò che è moderno, ma ci teneva tanto a fare delle belle fotografie alla sua nuova nipotina. Ho ancora davanti agli occhi, molto nitida, l'immagine di lei che si studia il manualetto con un certo cipiglio, troppo orgogliosa per ammettere che tutte quelle istruzioni la frastornano e risoluta a non darsi per vinta di fronte alle nuove tecnologie. Si è rifiutata di farsi aiutare da David, anche se in quel modo avrebbe risparmiato un sacco di tempo.

Quando Vivienne era piccola, i suoi genitori le ripetevano che non c'era niente che non potesse fare, e lei ci ha creduto. «È così che si instilla la sicurezza di sé nelle persone», dice.

«Impossibile, assurdo», sta borbottando ora, persa per un momento nelle sue riflessioni.

«Adesso siete disposti ad ammettere che c'è qualcosa di strano?» domando io. «Andiamo, su, quante probabilità ci sono che in due macchine diverse vadano accidentalmente perse le fotografie? Questa sì che è una prova», incalzo il sergente. «Due serie di immagini entrambe rovinate, che guarda caso contenevano le uniche foto scattate a Florence!»

Il sergente fa un sospiro. «Così la vede lei, ma ho paura che nessun poliziotto, nessun tribunale la riterrebbero una prova.»

«Cheryl Dixon, la mia ostetrica, mi crede», replico, la voce rotta dal pianto.

«Ho letto la sua deposizione. Dice che non è sicura, che di neonati ne vede decine ogni giorno, quindi non se la sente né di confermare né di smentire. Se fossi in lei, signora Fancourt, prenderei un appuntamento con il suo medico per vedere cosa si può fare. Sappiamo della sua depressione...»

«Non pensi che abbia qualcosa a che fare con questo!

I miei genitori erano appena morti. Era lutto, non depressione!»

«Le hanno prescritto il Prozac», continua il sergente Zailer con pazienza esagerata. «E forse ora ha bisogno di sottoporsi a una cura di qualche tipo. La depressione postparto è molto comune, non c'è da vergognarsene. In effetti colpisce...»

«Un momento sergente, la prego.» Le interruzioni di Vivienne avvengono in modo talmente cortese da far apparire maleducato chi sta parlando, per non essersi fermato in tempo. «Alice ha ragione a proposito delle fotografie. È semplicemente impossibile che la stessa cosa accada a tutte e due le macchine fotografiche. A me non era mai successo.»

«Nemmeno a me», dico. Mi sento una vigliacca, a nascondermi dietro alle gonne di una protettrice più coraggiosa e più potente.

Le narici del sergente Zailer si dilatano, le labbra hanno un fremito appena percettibile mentre uno sbadiglio viene represso. «Le coincidenze esistono», sentenzia con una scrollata di spalle. «Per quanto ci riguarda, non ce n'è abbastanza per aprire un'indagine.»

«Lei è della stessa opinione, detective Waterhouse?» chiede Vivienne.

Bella domanda. Simon fa di tutto per non tradirsi con l'espressione del viso.

«Signora Fancourt, sono io l'ufficiale di grado superiore qui, e io le dico che non esiste un caso su cui aprire un'indagine. Ora può anche rilasciare la sua deposizione al detective Waterhouse, se le fa piacere, ma temo che la cosa finisca qui. Converrà che siamo stati più che pazienti, in questa vicenda...»

«Non sono d'accordo, sergente Zailer.» Vivienne si alza in piedi. Mi fa pensare a un ministro di governo che si accinge a sferrare un attacco all'opposizione. Sono contenta di averla dalla mia parte. «Al contrario, non ho mai visto agire nessuno in modo tanto frettoloso. Ora che ricordo, lei aveva fretta anche quando ci siamo incontrate l'altra volta. Evidentemente è il tipo di donna che preferisce fare tante cose male invece che una sola bene, pur di tirare un'altra riga sulla lista. Mi dispiace che lei sia il superiore del detective Waterhouse, sarebbe meglio per tutti se le parti fossero invertite. E ora la pregherei di darmi il nome del *suo* superiore, in modo che io possa scrivere una lettera di reclamo.»

«Ma certamente. Ispettore investigativo Giles Proust. E non dimentichi di sottolineare, quando gli scrive, che il vostro è un caso molto serio basato su due macchine fotografiche scassate e sulle paranoie assurde di una donna che ha appena partorito.» La faccia del sergente è di pietra.

«Incomincio a prendere la deposizione della signora Fancourt, allora?» la interrompe Simon prima che l'aria si saturi di ostilità. Guarda male il sergente Zailer: è arrabbiato con lei per aver dato il via al diverbio. Quei suoi modi inutilmente sgarbati e duri l'hanno lasciato di stucco, ma non può criticarla perché lei è superiore di grado, e questo per lui è frustrante. Mi chiedo se Simon è veramente un alleato o se sono io che mi immagino tutto, mettendogli in testa i pensieri che vorrei. Ne ho già avuti, di amici immaginari.

«Andrò a fondo di questa storia, con o senza il vostro aiuto», dice ora Vivienne. «I miei nipoti sono tutto per me, sergente, lo capisce questo? Io vivo per la mia famiglia.»

Vero. Vivienne avrebbe potuto salire ai livelli più alti di qualunque professione, ma a lei non interessava essere primo ministro o capo della polizia o avvocato della corona. Una volta mi ha detto che gli unici titoli che contavano, per lei, erano quello di madre e di nonna. «Quando hai una carriera, sei fortunata se riesci a passare cinque giorni alla settimana in mezzo a persone che ti stimano e ti rispettano», ha dichiarato un giorno. «Ma se fai della famiglia il tuo lavoro, passerai tutto il tuo tempo con delle persone che ti stimano, ti rispettano e *in più* ti vogliono bene. Vedi che non c'è confronto. Mia madre, per esempio, non ha mai lavorato», ha aggiunto. «Non sarei stata per niente contenta, se l'avesse fatto.»

Ma una famiglia non è un'entità indifferenziata con una personalità monolitica. Una famiglia, e in questo caso particolare quella di Vivienne, è composta di persone diverse fra loro, ciascuna con le proprie esigenze. A volte la lealtà e la fiducia nei confronti di un membro della famiglia entrano in conflitto con la lealtà verso un altro, e a te tocca scegliere: tra una bambina sconosciuta e una nipotina, tra tuo marito e tua figlia, tra tuo figlio e tua nuora.

Vivienne concorda sul fatto che non può trattarsi di una coincidenza, nel caso delle fotografie rovinate, ma io mi chiedo se ha portato questa constatazione alla sua conclusione logica. Finora è stata troppo occupata a biasimare il sergente Zailer per averci abbandonato a noi stesse. Quanto tempo ci vorrà perché si renda conto che, se quella non è una coincidenza, vuol dire che qualcuno ha deliberatamente sabotato le immagini di Florence? Qualcuno che oltre ad avere un motivo doveva anche averne l'opportunità. Qualcuno come David, per esempio.

14.

4 ottobre 2003 ore 15.15

Simon era seduto nella sala d'aspetto del Centro di medicina alternativa di Spilling. Dopo avere parlato con la riflessologa, con l'agopunturista e con il terapeuta di Reiki, ora stava contemplando i libri allineati dietro alle ante a vetri di una libreria accanto alla porta. Non c'era niente che lo spingesse a dare un'occhiata più da vicino. *Come guarire il sé. La via spirituale all'illuminazione.* Simon non voleva essere né guarito né illuminato da qualche tascabile malconcio con le pagine un po' ingiallite. Non ci credeva, lui, alle teorie di quei ciarlatani alternativi per i quali la spiritualità era la via più breve per la felicità. Piuttosto, era convinto che fosse vero il contrario: chi possiede una sua dimensione spirituale soffre molto più degli altri.

Il centro era situato nella zona pedonale di Spilling, in un palazzotto bianco di tre piani in pessime condizioni, con la vernice nera delle finestre tutta scrostata. L'unico lato dell'edificio visibile dalla strada era coperto di vistose crepe e grandi macchie color ruggine. All'interno, invece, saltava subito all'occhio che per ristrutturare erano stati spesi parecchi soldi, soldi accumulati sulla pelle e sulle paure dei malati. La moquette grigioverde era spessa e talmente soffice che pareva di sentire, a ogni passo, un rimbalzo causato dall'elasticità delle sue fibre. Contro le pareti, dipinte di un bianco avorio, erano sistemati pochi mobili minimalisti: legno chiaro, bassi divani color panna. Qualcuno l'aveva arredato attenendosi rigorosamente a un'idea di armonia dell'anima.

Non l'anima di Simon, questo era certo. Gli venne in mente che i vestiti di Alice, ogni volta che l'aveva vista, avevano più o meno le stesse tonalità di colore: beige, grigioverde, giallo chiaro. Si trovava all'interno di una struttura vestita come Alice. Il pensiero gli diede un senso di oppressione. Ora che non la si trovava da nessuna parte, gli pareva che Alice fosse dappertutto.

Era imbarazzante ammetterlo, però senza di lei si sentiva solo. Come mai, visto che la conosceva a malapena? In tutto l'aveva vista quattro volte. Fin dal primo incontro era stata l'idea che si era fatto di lei a tenergli compagnia, non Alice in persona. Avrebbe dovuto sapersi avvicinare di più. Il desiderio c'era, ma c'era anche la paura che alla fine gli sarebbe toccato allontanarla da sé.

Più di ventiquattr'ore erano trascorse da quando David Fancourt aveva denunciato la scomparsa della moglie e della figlia. Sul caso era stata aperta una pratica, e Simon aveva passato tutta la mattina a prelevare le riprese fatte da varie telecamere a circuito chiuso. Per il pomeriggio, invece, Charlie gli aveva assegnato il compito di interrogare i colleghi di Alice. Uno stratagemma, giusto per tenerlo alla larga da The Elms e da David Fancourt. Non poteva biasimarla. Era normale pensare che qualcuno degli altri agenti investigativi, meno sospettoso nei confronti di Fancourt, avesse più probabilità di riuscire a farlo parlare. Ma in definitiva lui si sentiva snobbato, escluso dal vero campo d'azione.

Aveva interrogato tutti tranne la terapista della liberazione emotiva, una donna di nome Briony Morris. In quel momento era con un paziente, e a lui non restava che attendere. Di riflessologia e di agopuntura aveva sentito parlare, e quel minimo di familiarità gliele faceva considerare delle pratiche di tutto rispetto; la terapia per la liberazione emotiva, invece, non prometteva niente bene. Già il nome era sufficiente a insospettirlo e a renderlo impaziente, persino nervoso. Aveva passato una vita a cercare di imbrigliare le sue emozioni, e questo bastava a togliergli la voglia di conoscere una donna che per professione incoraggiava la gente a fare esattamente l'opposto.

Lo studio di Alice non aveva fornito nessun indizio su dove potesse trovarsi. C'erano soltanto pile di libri e opuscoli sull'omeopatia, due valigette nere piene di medicine omeopatiche con dei nomi strani come «pulsatilla» e «cimifuga» e uno scatolone pieno fino all'orlo di flaconi di vetro marrone, vuoti. In uno dei cassetti c'era un opuscolo pubblicitario della scuola privata Stanley Sidgwick, con una copertina patinata su cui campeggiavano, in alto al centro, lo stemma e il motto della scuola. Il significato del motto latino risultava del tutto oscuro a Simon. Magari voleva dire «se non hai un pacco di soldi sei fottuto». Ma sulla copertina era appiccicato un foglietto adesivo giallo dove Alice aveva annotato: «Scoprire per F – quando l'iscrizione? Lunghezza lista d'attesa?».

Povera, povera Florence, pensò Simon. Nemmeno un mese di vita e già la destinavano a una bella laurea in qualche materia umanistica a Oxford. La vista della scrittura di Alice l'aveva fatto trasalire. Aveva sfiorato quelle parole con l'indice, poi, a denti stretti, aveva staccato il foglietto. Sotto c'era una fotografia a colori di tre ragazzini sorridenti – due femmine e un maschio – con l'uniforme turchese del college e l'aria di essere molto ben nutriti oltre che studiosi.

Nel secondo cassetto aveva trovato una fotografia in cornice che ritraeva David, Alice, Vivienne e, probabilmente, Felix. Doveva essere stata scattata nel giardino di The Elms. Vivienne era seduta sull'erba con Felix in grembo e David e Alice ai lati. Vivienne e David sorridevano, Alice e Felix no. Dietro di loro c'era il fiume, e si vedeva che Alice era incinta.

L'unica altra foto occupava una posizione centrale sulla scrivania. In una spessa cornice di legno, mostrava un uomo e una donna sulla cinquantina, entrambi con la bocca aperta in un sorriso, come se lo scatto li avesse colti nell'atto di scambiare qualche frase scherzosa con la persona che li stava fotografando. I genitori di Alice. La madre aveva gli stessi occhi grandi e azzurri. Simon avvertì di nuovo quel senso di oppressione al petto.

Aveva visto Alice solo qualche giorno prima e non si era sentito come adesso, con quella forza sconosciuta che gli ardeva incessante dentro, facendolo bruciare. Cos'era cambiato da allora, al di là della sua scomparsa?

Si rese conto di non essere più solo nella sala d'aspetto. In piedi accanto a lui c'era ora una donna alta, con un corpo atletico e i capelli rossicci che le scendevano fin sulle spalle. Indossava un abito nero molto aderente e dietro agli occhiali senza montatura gli occhi erano abbassati. Quando li alzò verso di lui, lo sguardo aveva un che di inquisitorio. «Detective Waterhouse? Sono Briony Morris. Spiacente di averla fatta aspettare. Vuole accomodarsi nel mio studio?»

Mentre la seguiva lungo il corridoio e su per due rampe di scale, la donna si voltò due volte per sincerarsi che Simon fosse ancora dietro di lei, sempre con l'aria di chi si accerta che la situazione sia sotto controllo, un po' come l'insegnante che di tanto in tanto conta gli scolaretti durante una gita scolastica. Eccesso di autostima, pensò Simon: la vera maledizione del nostro tempo.

«Eccoci qua.» Lo studio di Briony Morris era il solo situato al piano mansardato. Spalancata la porta, invitò Simon a entrare. «Si accomodi sul divano.»

Il profumo che aleggiava nella stanza evocava un misto di agrumi su cui prevaleva il pompelmo. Appesi alla parete c'erano due grandi quadri in cornice che Simon non apprezzò particolarmente: una sequenza colorata di case, fiori, cavalli e figure umane apparentemente senza ossa che fluttuavano tutti insieme nell'aria. Gli arti delle figure umane puntavano quasi tutti nella direzione sbagliata.

Simon si chinò goffamente a sedere sul sofà beige mezzo sfondato, che offriva ben poco in termini di sostegno. I due cuscini della seduta erano concavi, fatti apposta per inghiottire chiunque vi si sedesse. Briony Morris prese posto su una seggiola di legno dallo schienale dritto, dietro a una scrivania identica a quella di Alice. Stava diversi centimetri più in alto di Simon, che si sentì oppresso.

«Mi ha detto Paula che lei è qui per Alice e Florence.» Paula era la riflessologa.

«Sì. Sono scomparse nelle prime ore della mattinata di ieri», spiegò Simon. Non aveva raccontato a nessuna delle persone del centro che la bambina scomparsa da The Elms, secondo Alice, non era sua figlia Florence. Simon desiderava scambiare due parole con gli amici e i colleghi di Alice fin da quando lei aveva denunciato la sostituzione della bambina, e questo per verificare se la ritenevano attendibile, se conoscevano qualcosa del suo passato che fosse utile a far luce sul suo strano comportamento. Charlie, però, aveva insistito perché lasciasse perdere. «Non ho intenzione di sprecare altre risorse per questa faccenda», aveva detto. «Alice Fancourt ha una storia di depressione, prendeva il Prozac e ha appena messo al mondo una figlia, probabilmente nel modo più traumatico. Mi dispiace per lei, d'accordo, ma la depressione postparto non è affare della polizia, Simon.» Di fronte alla sua espressione dubbiosa aveva soggiunto: «Okay, allora, dimmelo tu, chi si prenderebbe la briga di scambiare una bambina con un'altra? Che motivo avrebbe di farlo? Voglio dire, è vero che la gente ruba i bambini, ma di solito lo fa quando non ne ha di suoi ed è alla disperazione». Simon sapeva che non sarebbe servito a niente accennare a Mandy, la donna di cui Alice gli aveva parlato, quella con il compagno che voleva chiamare la figlia Chloe, esattamente come quella che aveva già. Non c'era uno straccio di prova, come Charlie si sarebbe indubbiamente affrettata a fargli notare. E in più lei avrebbe voluto sapere quando, esattamente, Alice gli aveva riferito quelle cose.

E adesso, mentre diceva a Briony Morris che Alice e Florence erano scomparse il giorno prima, nelle prime ore del mattino, l'affermazione suonava falsa. Significava che dentro di sé, nel profondo, credeva ad Alice? Due persone erano scomparse, eppure c'era un mistero precedente, più importante ancora, che restava irrisolto.

La fiducia di Simon nella propria capacità di giudizio aveva ricevuto un brutto scossone dopo quanto gli aveva detto Charlie la sera prima. Si era sempre fidato del suo istinto, che lo ingannava molto più raramente di quanto facessero le persone. Si era messo in guai grossi e nemmeno se n'era accorto. Cos'altro poteva essergli sfuggito?

«Posso esserle d'aiuto in qualche modo?» gli chiese Briony Morris. «Vuole sapere quando è stata l'ultima volta che ho visto Alice? Glielo posso dire con esattezza: è stato il nove settembre. Penso di essere quella che l'ha incontrata più di recente, tra tutte le persone che lavorano qui.»

«Proprio così», confermò Simon dopo avere velocemente consultato il taccuino. «Nessuno qui ha più avuto occasione di vederla da quando è andata in maternità.»

«Avevo una giornata di ferie e lei è venuta a trovarmi. A casa mia, a Combingham. Sì, vivo in quell'orrore di Combingham, per espiare le mie colpe!» Prese un'aria imbarazzata, come pentita di averglielo detto. A Simon non interessava minimamente in che posto vivesse Briony Morris. «Ma non c'è da pensare di comprare una casa di dimensioni decenti a Spilling o a Silsford, o anche a Rawndesley, di questi tempi, con lo stipendio di una donna single. Assolutamente impossibile. A Combingham ho una casa con quattro camere da letto grandi.

Chiaro che tutt'intorno ci sono delle luride topaie dove si fanno il crack in casa...»

«Qual era lo scopo della visita di Alice?» domandò Simon interrompendola nel bel mezzo di quel chiacchiericcio nervoso. Forse Briony Morris era meno sicura di sé di quanto gli era sembrato a prima vista.

«Lo sa cosa faccio, io? Sa cos'è la terapia per la liberazione emotiva?»

Simon fece segno di sì con la testa, sentendo un'improvvisa, sgradevole ondata di calore sotto pelle.

«Alice era un tantino in tensione. Doveva entrare in ospedale il mattino dopo alle nove per il parto indotto. Lei sa che cos'è? Lo fanno quando...»

«So cos'è.» Un'altra interruzione. Duro. «Sicché è venuta da lei in veste di paziente? A casa sua?»

«Voleva fare una seduta con me, sì, per tonificare un po' la sua fiducia in sé stessa. Una specie di salvataggio all'ultimo minuto. Voglio dire, siamo anche amiche, naturalmente. O meglio, diciamo, due che si conoscono e sono in ottimi rapporti. Alice non ha amiche intime.» Briony si sporse in avanti, tirandosi i capelli dietro le orecchie. «Senta, lei probabilmente non me lo può dire ma... state per caso seguendo qualche pista, per Florence? Insomma ha solo due settimane... so che avete appena cominciato, però...»

«Appena cominciato, già», confermò Simon. Strano che Alice non si fosse prescritta da sé qualche rimedio omeopatico, se era tanto agitata per il parto. Un vantaggio extra del lavoro, quello di potersi curare con relativa facilità e a costo zero.

Otto anni prima Simon era andato a farsi vedere da un omeopata. Non a Spilling; si era premurato di trovarne uno a Rawndesley, a distanza di sicurezza da casa sua e dalla cerchia dei conoscenti dei suoi genitori. Aveva deciso che una scelta così insolita per lui poteva essere un bene dopo aver sentito un programma sull'omeopatia alla radio, dove varie persone avevano raccontato di come erano state curate per problemi psicologici o fisici. Una sorta di fuga dai confini del suo solito sé.

Dopo aver passato un'ora sulle spine, era arrivato al limite della sopportazione: si era precipitato fuori a metà di quella che secondo l'omeopata era la sessione introduttiva. Al momento cruciale non ce l'aveva fatta a dire al dottore – un ex medico generico gentile e barbuto di nome Dennis – qual era il suo problema. In compenso aveva parlato con una certa scioltezza di certe difficoltà per lui secondarie, come l'incapacità di tenersi a lungo un lavoro, la paura di essere una delusione per sua madre, la rabbia per il vuoto di un mondo senza morale, una rabbia che non sapeva di avere dentro finché Dennis non gli aveva fatto una certa serie di domande.

Ma non appena il discorso era finito sul tema donne e relazioni, Simon si era alzato e aveva infilato la porta senza una parola di spiegazione. Ne era dispiaciuto, adesso: della villania, non dell'uscita a razzo. Dennis gli era sembrato una brava persona, forse un po' troppo abile nel tirargli fuori le cose. La paura era che, se fosse rimasto lì, avrebbe parlato. Non aveva idea di cosa sarebbe diventata la sua vita, se qualcun altro avesse saputo.

«Ha detto che Alice non ha amiche o amici intimi?»

«Non mi fraintenda, è una persona molto socievole», rispose Briony. «Le vogliamo tutti bene, qui. Certamente gliene voglio io, ma sono sicura che lo stesso vale per gli altri. Non glielo hanno detto?» Parlava a raffica, come fosse sotto anfetamine. Ma in fondo che ne sapeva lui? Magari tutta la gente emotivamente liberata parlava in quel modo.

«Sì, me lo hanno detto.» Un'informazione innocua da divulgare. Tutti i colleghi di Alice avevano dichiarato che era carina, gentile, premurosa, sensibile. Sana di mente, anche, era stato il verdetto unanime.

«Solo che non aveva tempo per stringere vere e proprie amicizie, era così presa dalle cose di famiglia. Noi la invitavamo quando c'era qualche occasione di incontro – a bere qualcosa fuori, alle cene o alle feste di compleanno –, ma lei non poteva mai venire. Come se ogni minuto del suo tempo libero fosse impegnato in certe stupide...» Briony si fermò, portando una mano a coprire la bocca. «Scusi», disse, «non avrei dovuto immischiarmi.»

«E invece deve. Se nessuno si immischia, sono bassissime le probabilità di riuscire a trovare Alice e la bambina. Tutto ciò che dice può essere d'aiuto.»

«Certo che nessuno farebbe del male a una neonata di due settimane.» Briony aggrottò la fronte. «Voglio dire, è chiaro, lo so, che *c'è* in giro della gente che lo farebbe, non sono mica un'ingenua. Intendevo dire che la maggior parte delle persone...»

Simon parlò senza aspettare che Briony avesse finito, nel disperato tentativo di arginare quel fiume di parole. «Ogni minuto del suo tempo libero era impegnato in... cosa, esattamente?»

«Be', ecco...» Briony si sfregò il collo con la mano sinistra, lasciando dei segni rosa sulla pelle bianchissima. «Okay, tanto vale che glielo dica. Era sua suocera.» Sospirò, sollevata dopo aver detto l'indicibile.

«Vivienne Fancourt.»

«Sì, quella vecchia gallina. Io non la sopporto, quella donna. Sempre qui tra i piedi, per dire ad Alice qualche stupidaggine che avrebbe benissimo potuto aspettare fino a sera. Certe stronzate che non le dico – scusi! – mentre Alice aveva da fare. E le rare volte che Alice aveva combinato di uscire con noi di sera, alla fine ha dovuto sempre rinunciare: se non era perché Vivienne le aveva ricordato che dovevano andare in qualche posto, era perché Vivienne aveva organizzato un ricevimento a sorpresa, oppure perché Vivienne aveva i biglietti per questo o quello spettacolo a Londra. Mi faceva diventare matta, e invece Alice dava l'impressione di adorarla, quella strega.

Lei sa com'è Alice, sempre gentile e paziente e pronta a capire gli altri. Credo sentisse il bisogno di un sostituto materno dopo che i suoi genitori erano morti, ma... Gesù Cristo in bicicletta! Scusi, non è mica cristiano lei, vero? Io preferirei mille volte stare nella Fratellanza di Plymouth che sotto l'ala protettiva di Vivienne Fancourt; lì si è più liberi, questo è poco ma sicuro.»

«Quindi Alice e Vivienne erano molto legate?» Simon cercò di non sentirsi offeso per quella frase sull'essere o meno cristiano.

«Non so se quella è la parola giusta. Direi piuttosto che Alice aveva per Vivienne una venerazione mista a soggezione. I primi tempi in cui lavorava qui non faceva che citarla. Vivienne aveva un'opinione molto precisa oppure una sua regola per ogni cosa. Era un po' come una religione, in effetti. Credo che ad Alice piacesse la sicurezza che questo le dava.»

«Regole di che genere?»

«Oh, non lo so. Anzi, lo so. Mai comprare una moquette di lana al cento per cento, questa era una. Alice me l'ha detto quando ho messo su casa. Ah, e non comprare mai un'automobile bianca. Due regole di vita che più importanti non si può. Sono sicura che lei sarà d'accordo con me», concluse Briony con sarcasmo.

«Perché no? L'automobile bianca, intendo.»

«Dio solo lo sa», disse Briony con un filo di esasperazione. «Grazie al cielo le citazioni da Vivienne pian piano si sono diradate, altrimenti credo che avremmo finito per strangolarla. Che possibilità ci sono – se è lecito domandare – che Florence e Alice siano ritrovate sane e salve?»

«Farò del mio meglio», rispose Simon. «E il mio meglio è migliore di quello di tanti altri. Non posso dirle di più.»

Briony sorrise, con un'aria più rilassata. «E il suo peggio è peggiore? O è migliore anche quello?»

Classica domanda da terapista, per quel che ne sapeva

Simon. Potesse essere dannato se rispondeva, e tanto meno se si metteva a pensarci su. «Le sarebbe piaciuto avere un rapporto d'amicizia più stretto, con Alice?» chiese, domandandosi quanto pesava la gelosia di Briony nel quadro che gli aveva appena tratteggiato. Possibile che fosse infastidita dall'influenza di Vivienne su Alice perché in realtà avrebbe voluto dominarla lei? Forse Alice aveva tutto il tempo libero che voleva, ma usava Vivienne come scusa. Forse anche lei trovava snervante la compagnia di Briony.

«No, ero più che soddisfatta del rapporto tra me e Alice. Ma mi scoccia da matti vedere la gente che si comporta da stupida, specialmente le persone intelligenti. Alice avrebbe dovuto ribellarsi a Vivienne e dirle chiaramente che lei aveva la sua vita da vivere.» Il tono sembrava sfidare Simon a contraddirla.

«Glielo ha mai detto?» Si domandò come ci si poteva sentire ad avere una terapista così perentoriamente sicura delle proprie certezze.

«No. Lei non è il tipo di persona con cui ci si può prendere tanta confidenza, sa? Ha... i suoi paletti.» È proprio questo che mi piace di lei, pensò Simon. Anche se il verbo «piacere» era debole, solo un gradino più su di «trovare accettabile».

«È una persona molto riservata. Per dire, in quei due o tre mesi prima che andasse in maternità c'era qualcosa che la preoccupava, ne sono sicura, a meno che non fosse solo agitazione per l'imminente ruolo materno... E però...»

«Cosa?» Simon stava scribacchiando sul suo taccuino.

«Non credo che fosse solo quello. Anzi, sono sicura di no. L'ultima volta che l'ho vista, avrei giurato che fosse lì lì per confidarmi qualcosa.» D'improvviso Briony fece una risatina. «So leggere nel pensiero, io. Per esempio, so cosa sta pensando lei in questo momento: come fa una brutta strega come questa a fare di professione la terapista tutta sorrisi e calore umano? Dico bene?»

«Avevo l'impressione che le persone che fanno un lavoro come il suo tendessero a sospendere il giudizio», disse Simon in tono sprezzante. Come si poteva pretendere di esercitare un influsso positivo sul mondo senza formulare un giudizio? Odiava l'empatia da mollaccioni predicata da quei ciarlatani in base all'idea che tutti, indiscriminatamente, meritano compassione e rispetto. Stronzate. Niente poteva scalfire la certezza di Simon che la vita – giorno per giorno, ora per ora – fosse una lotta all'ultimo sangue, tra la salvezza morale e l'abisso.

Briony lo sorprese dicendo: «Tutta l'enfasi che la medicina e le terapie alternative mettono sui sentimenti e il pensiero positivo, sulle buone vibrazioni e sulla pace interiore, è una montagna di sciocchezze. Tutti noi abbiamo dei sentimenti negativi, tutti noi odiamo e amiamo. Non si raggiungerà mai la vera libertà emotiva se non si riconosce che il mondo è fatto di cose buone ma anche di cose cattive. Quanto a me, adoro i film western. Mi piace un sacco quando John Wayne spara ai cattivi».

Simon sorrise. «Anche a me.»

«Vede, ad Alice non farebbe piacere sentirmelo dire», continuò Briony. «Tant'è che, se proprio dovessi farle una critica, direi che è un tantino ingenua. È talmente gentile e generosa che vede il lato buono delle persone anche quando non c'è proprio.»

«Si riferisce a Vivienne?»

«A dire il vero era a David che pensavo. Il marito. Alice tende sempre a vederlo come una persona profonda e sensibile, ma se devo essere sincera, per me è come quando tutte le luci sono accese ma nessuno è in casa.»

«Cosa intende dire?»

«Che lui è uno di quei tipi che puoi anche vedere tutti i giorni, puoi anche parlarci tutti i giorni, ma non arrivi mai a conoscerlo più a fondo. Mi è capitato altre volte di incontrare persone del genere, in veste professionale e non solo. In certi casi è il meccanismo di difesa a scattare: li spaventa che qualcuno possa avvicinarsi al loro intimo e perciò si nascondono dietro a una corazza impenetrabile. In altri casi, invece, la verità è che al di sotto della superficie non c'è un bel niente», concluse Briony. «Non so bene a quale delle due categorie appartenga David, ma mettiamola in questo modo: io non ho mai colto nessuna somiglianza tra l'uomo che ho incontrato varie volte e quello di cui mi parlava così spesso e così bene Alice. Neanche mezza.» Si strinse nelle spalle. «A volte mi sono chiesta se per caso non esistessero due David diversi che si alternavano continuamente senza che nessuno se ne accorgesse.»

Simon trasalì e alzò di scatto la testa dai suoi appunti.

«Che c'è? Ho detto qualcosa che non va?»

Simon fece segno di no.

Briony giocherellava con una ciocca di capelli. «Mi farà sapere, appena ci sono novità?» domandò.

«Certamente.»

«Non faccio che pensare a Florence, povera piccolina. Crede...?» Le mancarono le parole. Era come se per sentirsi rassicurata le bastasse formulare un'altra domanda, pur senza sapere esattamente cosa chiedere.

Dopo averla ringraziata per quel colloquio, Simon si congedò. Due David Fancourt. E due bambine. Charlie poteva dire quello che voleva, ma né lei né altri gli avrebbero impedito di dare un'occhiata alle carte del caso Laura Cryer non appena se ne fosse presentata l'opportunità.

15.

Domenica 28 settembre 2003

Il telefono squilla mentre siamo a tavola, con grande sollievo di ognuno di noi. Tutt'a un tratto possiamo respirare di nuovo, muoverci. Si alza Vivienne per andare nell'atrio a rispondere, con David e me voltati nella sua direzione, ansiosi di captare immediatamente le notizie.

«Sì, sì», sta dicendo Vivienne a voce alta. «Venerdì? Ma... speravo che poteste fissarci un appuntamento un po' prima. È una cosa urgente, sono certa di avervelo già fatto presente. Sono disposta a pagare di più, per farlo al più presto... oggi, oppure domani.» Ha passato la mattina intera a chiamare le cliniche private. Avrei potuto insistere per farlo io, quel giro di telefonate, ma mi serve il sostegno di Vivienne e l'avrò solo se non metto in discussione la sua autorità. Chissà se si rende conto del mio bisogno disperato di averla come alleata.

«Va bene. A quanto pare non ho altra scelta», conclude in tono glaciale. Io abbasso le palpebre a saracinesca. Venerdì. Quasi una settimana. Non so se ce la farò a resistere. Quando riapro gli occhi mi vedo davanti una fetta ancora intatta di torta alla crema e meringa, un ripieno di un bel giallo vivace con sopra uno strato di schiuma bianca solidificata. Già a metà dell'arrosto una contrazione alla bocca dello stomaco mi aveva avvertito che non era il caso di arrischiare un altro boccone.

David invece ha spazzolato via tutto, e persino Vivienne mi è parsa sorpresa. Ha mangiato più rapidamente del solito, facendo in modo che tutti notassero che svuotava completamente il piatto, briciole comprese, per dimostrare quanto gli premeva metter fine a quel pranzo in famiglia. Non ci siamo scambiati neanche un'occhiata da quando ci siamo seduti a tavola.

Vivienne compare sulla soglia, a braccia conserte. «Venerdì mattina. Nove in punto.» La voce è atona per il disappunto. «Poi ci vorranno altri due giorni per avere i risultati.»

«Dove?» chiedo.

«Al Duffield di Rawndesley.»

«Non ho bisogno di nessun risultato, io», commenta iroso David.

«Uno di voi dovrà dare tante spiegazioni», dice Vivienne. «Non sarebbe meglio se ammettesse di mentire qui e ora, risparmiando a tutti la tortura di una settimana di attesa?» Fissa David, poi sposta lo sguardo su di me. «Ebbene? Non è possibile che tutti e due diciate la verità.»

Silenzio.

«Le mie fotografie di Florence sono state cancellate dalla memoria della macchina fotografica prima che partissi per la Florida. Il che vuol dire che dev'essere successo all'ospedale, il giorno stesso della nascita di Florence, perché poi sono andata direttamente all'aeroporto. Chi le ha cancellate sapeva cosa sarebbe successo dopo.»

C'era Mandy all'ospedale, e c'era il suo compagno. E in realtà Vivienne non è andata direttamente all'aeroporto: prima ha fatto un salto al Waterfront, a prendere Felix dopo la lezione di immersione subacquea. Non oso ricordarle questo particolare, però. A cosa servirebbe? Prova che lei si sbaglia su un particolare di minore importanza, non che io sto dicendo la verità, non che io sono sana di mente come lo è lei.

Mi chiedo cosa abbia fatto della macchina fotografica mentre era al Waterfront. L'ha tenuta con sé tutto il tempo nella borsetta? L'ha depositata nel suo armadietto? So che la chiave sta quasi sempre dietro il banco della reception, ma in ogni caso ci deve essere anche una chiave universale, da qualche parte. In teoria chiunque, tra il personale del Waterfront, potrebbe avere aperto l'armadietto per manomettere la macchina fotografica. Però so cosa direbbe Vivienne: il personale del club la tiene in palmo di mano, mai e poi mai si sognerebbe di violare la sua privacy. Tra l'altro, cosa c'entra il Waterfront con questa faccenda? Non è concepibile che ci sia qualche rapporto.

«Be'? Alice? David? Nessuno dice niente?» Vivienne vorrebbe che uno di noi due confessasse. Io vorrei che David le dicesse che ho ragione io, che la bambina in questa casa non è nostra figlia. Musetto. Mi chiedo se posso chiamarla così, devo pur trovare un nome per lei. Chiamarla «la bambina», con tutta la distanza affettiva che questo implica, mi spezza il cuore.

Lo sguardo perplesso di Felix mi perfora dall'altro lato dell'enorme tavolo di mogano. I nostri posti a tavola seguono sempre la stessa regola: Vivienne e David alle due estremità, i due capotavola a metri di distanza; io e Felix uno di fronte all'altro, a metà strada. La sala da pranzo è quella che mi piace meno, qui a The Elms. Su tutti e quattro i lati ha una carta da parati rugosa, di color porpora; le tende alle finestre sono blu notte. Anche il pavimento di legno lucido è di colore scuro e non dev'essere stato posato perfettamente, perché d'inverno, mentre mangi, ti soffia tra le gambe un'aria gelida.

Alle pareti sono appese fotografie in bianco e nero degli adorati genitori di Vivienne, inframmezzate qua e là da altre foto che ritraggono Vivienne da bambina. La madre era una donna piccola e paffuta, con le spalle spioventi; il padre, invece, un uomo con gli occhi leggermente sporgenti e un paio di baffetti che coprono parte del labbro superiore, era alto, con un fisico da atleta. Nessuno dei due sorride nelle fotografie. Ho sempre fatto fatica a credere che quelli fossero i genitori affettuosi e indulgenti di cui Vivienne parla con tanto rimpianto.

«Mi compravano sempre due esemplari di ogni giocattolo», mi ha raccontato una volta. Lo facevano perché così le amichette, quando venivano a casa sua, potevano giocarci e anche se rompevano qualcosa non era una tragedia: Vivienne aveva i doppioni, i giocattoli «tutti per lei» riposti al sicuro da qualche parte.

«Fate come credete», dice in tono glaciale. «Scoprirò presto la verità.»

Ma lascia perdere, la esorto mentalmente con un guizzo di impazienza. È la maledetta polizia che deve scoprire la verità.

«Qual è il programma, per la bambina?» chiede Vivienne. «Non dovrebbe dormire un po', a quest'ora?»

Il programma: mi fa venire voglia di piangere, quella parola. È solo una bambina, vorrei gridare. Vivienne si aspetta che tutti si muovano secondo una rigida tabella di marcia, persino i neonati.

«Di quale bambina stai parlando?» interviene David. «Oh, scusa, parlavi di Florence? Ha un nome, sai.» Non l'ho mai sentito rivolgersi a Vivienne con quel tono. Ho passato buona parte della mia gravidanza a desiderare che fosse capace di tenerle testa, e determinato a farlo. So che è rimasto di stucco come me quando lei ci ha mostrato la lettera di risposta della Stanley Sidgwick che confermava la prenotazione di un posto al loro asilo nido per Florence, una volta che avesse compiuto i due anni. Avrei tanto voluto che David dicesse no, grazie, noi non vogliamo che Florence frequenti un asilo a tempo pieno fino a quando non diventerà un po' più grandicella. Ma lui non ha detto niente, e non ha fatto la minima obiezione quando Vivienne ha insistito per pagare di tasca sua tutte le spese per quella scuola.

«Non ho intenzione di tollerare aggressioni verbali», sta dicendo Vivienne in questo istante. «Che sia ben chiaro a tutti e due. Finché questa faccenda non si risolve, ci comporteremo tutti da persone civili. Siamo intesi? David, rispondi alla mia domanda. Qual è il programma, per la bambina?»

«Di notte si sveglia due volte, per due pasti.» David è di nuovo il figlioletto ubbidiente.

«Voglio dare io il latte a Musetto, questa sera», sbotto. «Ci pensa sempre David e... voglio...» Non riesco a dirlo perché mi fa troppo male. Ho una voglia pazza di fare tutto quello che fanno le altre madri, di congelare tante piccole porzioni di passato di verdure, di lavare ogni nuovo dentino che spunta, di cantare le ninnananne, di sentire una vocina che mi chiama «mamma» per la prima volta. Mi schiarisco la voce e vado avanti, guardando Vivienne. «Spero che ci sia una donna a badare a Florence, dovunque si trovi, fino a quando tornerà con noi. E io voglio fare la stessa cosa per la bambina al piano di sopra. Se non posso essere una mamma per mia figlia, almeno voglio fare tutto quello che è necessario per questa bimba.» Gli occhi mi si riempiono di lacrime. «Come hai fatto tu con me dopo che mia mamma era morta.»

Perché questo è il potere di Vivienne: prenderti sotto la sua ala protettiva e farti sentire totalmente al riparo dalle avversità. Quando David e io eravamo fidanzati, la mia macchina è stata fotografata da un autovelox. Andavo a dodici chilometri oltre il limite di velocità, e poco dopo mi è arrivata una notifica dalla polizia. Con una lettera scritta scegliendo molto attentamente le parole, Vivienne ha fatto scomparire come d'incanto tutta quella storia, esattamente come era successo quando la banca mi aveva bloccato la carta di credito a causa di un equivoco su un pagamento. «Lascia fare a me», dice Vivienne in questi casi, e come d'incanto i tuoi problemi sono risolti.

Ma ora vedo dalla sua espressione che i miei problemi non sono affatto risolti. Vivienne non sta dalla mia parte, non ancora o non interamente. Di sicuro non nel modo che vorrei io. Mi sento esiliata, abbandonata. Sarebbe dura anche con l'appoggio di Vivienne; senza, i prossimi giorni saranno una tortura.

«Neanche per idea», ribatte aspro David. «Tu hai deciso di non riconoscere Florence come tua figlia, perciò non ti lascerò nemmeno avvicinare a lei.» Le sue parole hanno un suono stridente. Non capisco come mai lo shock si rinnova tutte le volte che mi dispensa il suo astio, tutte le volte che mi attribuisce dei secondi fini ignobili, rifiutandomi il beneficio del dubbio. Solo ora capisco di avere vissuto nella bambagia. Come tante altre persone che crescono dando per scontate felicità e sicurezza, fatico a prendere per veri la distruttività, i maltrattamenti, l'orrore, a meno di non vederli nei notiziari in TV o di leggerli sui giornali. Dovendo affrontarli nella mia vita, il primo istinto è quello di dire a me stessa che ci deve essere un errore, che ci sarà senz'altro una spiegazione più innocua a quello che accade.

«Mamma, sta facendo la cattiva Alice?» Felix continua a scrutarmi, come se fossi l'oggetto più misterioso e affascinante che gli sia mai capitato di vedere.

«Finisci il dolce, Felix, poi vai su a metterti il pigiama. Hai il permesso di leggere dieci minuti a letto, prima che venga a rimboccarti le coperte.» Mi disprezzo per un attimo, per l'ondata di sollievo e di gratitudine che mi invade quando Vivienne non dice: «Sì, Alice sta facendo la cattiva».

«La mamma Laura era cattiva, vero papà?» Questa volta Felix si rivolge a David, forse nella speranza che sia meno avaro di risposte. Mi sento raggelare: Felix non ha mai nominato Laura prima, non in mia presenza almeno.

David guarda Vivienne, sorpreso quanto me dalla domanda.

«La mamma Laura era cattiva ed è morta. Anche Alice morirà?»

«No!» prorompo. «No, Felix, tua madre non... lei non era...» Mi blocco. Troppi occhi fissi su di me.

Mi aspetto che Vivienne e David esclamino: «Ma no che non morirà, Alice», però non succede. Vivienne sorride a Felix dicendo: «Moriamo tutti alla fine, tesoro. Lo sai». Felix annuisce, con il labbro superiore che gli trema.

Vivienne crede fermamente che i bambini avranno più forza di carattere, da adulti, se gli si dice la verità sulle brutture del mondo. I suoi genitori l'hanno educata così. Non erano religiosi e le hanno instillato l'idea che il paradiso e l'inferno siano una finzione, cose inventate da un'umanità debole e imperfetta nel tentativo di eludere il problema della responsabilità personale. Non esiste una seconda vita in cui la gente è punita o premiata: bisogna lottare per fare giustizia in questo mondo quando si è ancora vivi. Quando Vivienne me ne ha parlato, non ho potuto fare a meno di ammirare questa sua filosofia, anche se le mie idee su ciò che ci accadrà dopo morti sono molto meno chiare.

«Ma tu morirai tra tanto, tantissimo tempo. Solo quando sarai molto vecchio», spiega ora a Felix. Mi rendo conto che sto aspettando una rassicurazione in questo senso anche su di me, però non arriva.

«Ora su, giovanotto. È l'ora della nanna per i diavoletti...»

Felix fa un sorriso alle parole familiari della filastrocca. «E per i ranocchietti!» finisce con lei.

Appena se n'è andato di sopra, prima che il coraggio mi abbandoni, domando: «Cos'avete detto a Felix sulla morte di Laura? Come mai lui pensa che sua mamma fosse cattiva? Gli avete forse fatto credere che è morta *perché* aveva fatto qualcosa di male? Non capite che è una cosa orrenda anche solo lasciarglielo pensare? Qualunque cosa abbia fatto, qualunque cosa voi pensiate di lei, era sempre sua madre».

Vivienne stringe le labbra, punta i gomiti sul tavolo e appoggia il mento sulle mani intrecciate, rimanendo in silenzio. Non dirà una parola di più sulla morte della ex nuora. Ho notato che si è sempre rifiutata di entrare in argomento, le volte che mi capitava di accennare a Laura, e ho elaborato una mia teoria su questo: sono abbastanza convinta che Vivienne ce l'abbia con lei perché è morta. Erano avversarie che combattevano ad armi pari, e poi d'improvviso Laura è stata assassinata e il paese intero ha pianto la sua scomparsa. L'hanno elevata a una sfera superiore e incasellata nel suo ruolo di vittima, di donna che ha patito il torto più grave. A Vivienne questo deve essere sembrato sleale da parte di Laura, come se essere accoltellata a morte fosse un modo a buon mercato, un po' volgare, di attirarsi le simpatie altrui.

E poi Laura era uscita di scena per sempre. Vivienne non poteva più combattere contro di lei, il che voleva dire che non poteva più vincere. Sapeva che non avrebbe più avuto occasione di sentirle dire: «Mi dispiace, Vivienne. Ora capisco che avevi proprio ragione». Anche se Laura non avrebbe mai pronunciato parole del genere, nemmeno in un milione di anni.

«Laura è morta», dice David. «E tu sei una schifosa bugiarda», aggiunge di scatto. Assomiglia all'uomo di Mandy. Anzi, peggio. Chissà cosa succederebbe se telefonassi all'ospedale per chiedere di Mandy. Mi darebbero il nome completo e l'indirizzo?

«Piantatela, tutti e due», interviene Vivienne. «Non mi avete sentito, prima? Dovete comportarvi educatamente finché state in questa casa, niente scambi di insulti mentre siamo a tavola. Qui non siamo in una casa popolare.»

Balzo in piedi spingendo indietro la sedia, scossa da un tremito. «Cosa te ne importa delle buone maniere, in un momento come questo? Florence potrebbe essere morta! E per il test bisognerà aspettare fino a venerdì, il che vuol dire che la polizia non incomincerà nemmeno a cercarla prima di allora. Possibile che non ve ne importi niente, a nessuno dei due? Oh, sì che alzo la voce, se mi va. Io voglio riavere mia figlia, qui il tempo passa e intanto non posso fare niente, niente di niente per lei! Ogni giorno, ogni ora... ma possibile che non lo *vediate*, voi due?»

Brilla una luce di trionfo negli occhi di Vivienne. Lei se la gode un mondo a vedere gli altri perdere il controllo: è convinta che il ricorso all'iperbole emotiva sia la dimostrazione che loro hanno torto e lei ragione. «Mi dispiace», dico precipitosamente. «Non sto alzando la voce contro di te. È solo che... non ce la facevo più a tenermelo dentro, sarei diventata pazza sul serio.»

«È meglio che vada su da Felix», dice Vivienne con voce rauca. «Non scendo più, quindi vi auguro la buona notte.»

Ascolto i passi che si allontanano nell'atrio. So che le parole «Florence potrebbe essere morta» le ronzano ancora in testa. Bene. Voglio che anche lei sia attanagliata dalla paura e dall'ansia, come lo sono io.

David si alza e se ne va senza dire una parola. Andiamo tutti a dormire molto prima, ora che siamo così infelici. Sparecchio la tavola lentamente, lasciandogli tutto il tempo necessario per addormentarsi prima di salire anch'io di sopra. Mentre cammino lungo il corridoio provo a girare le maniglie delle stanze per gli ospiti: sono tutte chiuse a chiave. Non posso dormire al pianterreno. Vivienne non lo permetterebbe mai, è una delle sue regole, e non ho dubbi sul fatto che David non esiterebbe ad avvertirla della mia assenza dalla nostra camera da letto. Me la immagino che mi scuote per svegliarmi nel cuore della notte, dicendo che The Elms non è un ostello. Non voglio mettermi in contrasto con lei.

Prego di trovare David addormentato, e invece lui è sveglio, disteso supino sul letto. Sul comodino è posato il biberon con dentro il latte. Sono esausta ma mi sforzo di rimanere sveglia, magari riuscirò a sentire Musetto prima che la senta lui. Magari riuscirò a darglielo io, il latte della notte, e vedrò l'ombra della sua testolina tonda disegnata dalla luce del fienile sul tessuto che riveste la culla.

Il desiderio che questa fantasia si tramuti in realtà è tale da provocarmi un dolore fisico.

«Non c'è un limite a quello che sei disposta a fare?» mi chiede David con voce amara. «Prima ce la metti tutta per tirarmi scemo facendomi credere che Florence non è Florence, e ora vuoi che smetta di darle il biberon! Cosa ti ho fatto per essere trattato in questo modo?»

«Non voglio che tu smetta di dar da mangiare alla bambina», ribatto in lacrime. «Però voglio poterlo fare anch'io. Non sempre, mi basta qualche volta.»

«Anche se secondo te non è tua figlia.»

«L'istinto materno di una mamma non scompare solo perché è scomparso il suo bambino.»

«Oh, bella frase, molto convincente. Quanto ci hai messo a costruirla?»

«David, ti prego...»

«Con chi stavi parlando ieri, al cellulare? Quella telefonata che si è interrotta appena sono entrato io?»

Tengo gli occhi fissi sul pavimento, maledicendomi mentalmente per la mia imprudenza. Dovrò stare più attenta in futuro.

«Con nessuno», sussurro. Lui non me lo chiede più. Prendo la camicia da notte da sotto il cuscino e la stendo sul letto, davanti a me. Decido, così sui due piedi, di non uscire dalla stanza per spogliarmi. Non ho dubbi, David mi fermerebbe se ci provassi, e io non voglio dargli questa soddisfazione. Mentre mi dibatto un po' per liberarmi dai vestiti, David distoglie lo sguardo, come se non sopportasse la mia vista. Pensavo che non ci fosse niente di peggio del modo in cui mi ha guardato ieri, ma evidentemente mi sbagliavo. La sua smorfia di disgusto mi fa talmente male che rifiuto di accettarla. Pensavo di avere chiuso con le discussioni, ma mi ritrovo a dire: «David, ti prego, non ti rendi conto di cosa stai facendo? Non ci credo che tu voglia essere davvero così crudele con me».

« Io non sto facendo niente», risponde David. «Giusto gli affari miei.»

«So che è difficile, so che è tremendo, ma... questo non sei tu. Tu non vuoi essere così. Io ti *conosco*, non sei una persona capace di cattiverie. Si sa che in certe situazioni estreme, in momenti di crisi, le persone sono spaventate e disorientate e si sfogano contro qualcuno, tormentano gli altri e fanno un sacco di cose orribili solo perché hanno paura.»

«Sta' zitta!» La sua ferocia mi fa sobbalzare. Si alza a sedere sul letto. «Non mi importa niente delle cose che dici. Tu sei una bugiarda, usi tutto questo linguaggio da psicologa solo per nascondere la verità! Ti va bene parlare di sentimenti, ma dei fatti non parli, vero?»

«Parlo di tutto quello che vuoi, David. Quali fatti?»

«I fatti! Se Florence non fosse Florence, perché dovrei dire che è lei? Non credi che vorrei trovarla tanto quanto te? Oppure pensi che io sia un imbecille che non vede la differenza tra nostra figlia e un'altra bambina? Insomma, cerca di raccontarla giusta, la tua storia; così com'è, fa acqua da tutte le parti. Cosa sarebbe successo qui, secondo te? Si è intrufolato dentro qualcuno e ha scambiato Florence con un'altra neonata? Perché avrebbe dovuto farlo, dimmi, perché? O pensi che sia stato io? E allora, di nuovo, perché? Io voglio mia figlia, non una bambina a caso.»

Alzo le mani per fermarlo. «Non lo so! Io non so chi si è preso Florence e perché, né chi è l'altra bambina, okay? Non lo so! E non so nemmeno cosa sai tu o cosa pensi o perché dici quello che dici. Hai ragione, non la sto raccontando giusta, per il semplice fatto che non ho idea di cosa sia successo. Ho la sensazione di non sapere più niente, è tremendo. È *questo* che tu non capisci, e intanto posso solo aggrapparmi all'unica cosa che so, senza ombra di dubbio: la bambina in questa casa non è Florence!»

David si gira dall'altra parte. «Benissimo, allora non abbiamo più niente da dirci.»

«Non girarti!» lo supplico. «Potrei farti anch'io la stessa domanda: vuoi dire che sono *io* l'imbecille, che sono *io* quella che non sa riconoscere sua figlia?»

Lui non dice niente, io vorrei piangere e sfogare tutta la mia frustrazione. Vorrei gridare: *non ho finito, ti sto ancora parlando.* Non posso credere che le sue certezze siano solide come sostiene. Devo, devo riuscire ad arrivare a lui a qualche livello subliminale; devo aggrapparmi a questa speranza.

Lascio cadere i miei indumenti sul letto, uno per uno. Faccio per prendere la camicia da notte, ma David è più veloce di me. L'afferra e la tiene in mano, ridotta a un gomitolo. Un movimento talmente rapido che mi sfugge un grido di sorpresa. Lui ride. Prima che io abbia il tempo di anticipare la sua prossima mossa, afferra il mucchietto dei miei indumenti e si cala giù dal letto. Apre la porta dell'armadio, e dopo aver buttato dentro indumenti e camicia da notte richiude l'anta a chiave.

Ora mi osserva immobile, sento il suo sguardo scorrere sulla mia pelle gelata. «Dubito che andrai da qualche parte, stasera», mi schernisce. «Io non lo farei, conciato così.»

Valuto le alternative possibili. Potrei chiamare Vivienne, ma David farebbe in tempo a restituirmi la camicia da notte prima del suo arrivo e le direbbe che mi sono inventata tutto. Lui aspetta solo che gli chieda di andare in bagno, ma non lo farò, né uscirò nuda sul pianerottolo. So benissimo cosa succederebbe in quel caso: David aprirebbe l'armadio, rimetterebbe la camicia da notte sul letto e chiamerebbe Vivienne, che ci mette solo pochi secondi a uscire dalla sua camera. Il suo intento è mettere in dubbio la mia capacità di intendere e la razionalità dei miei comportamenti, e io non voglio facilitargli il compito. Piuttosto resto sveglia tutta la notte a combattere il tormento di una vescica piena. Mi infilo a letto coprendomi con il piumino fino al collo.

Anche David si mette a letto. Mi irrigidisco, ma fortunatamente lui non mi tocca. Aspetto che spenga la luce sul suo comodino per poter piangere in pace per Florence, per la persona sconosciuta in cui David si sta trasformando, e sì, persino in questo momento, per la sofferenza che lui prova. La crudeltà di David è diretta anche contro sé stesso, non solo contro di me. Il suo atteggiamento è «tutto o niente»: se le cose non vanno bene, tanto vale farle andare nel peggior modo possibile e in fretta, così non resterà più nulla di cui avere paura.

Mia madre diceva spesso che possedevo una capacità tutta speciale di immedesimarmi nelle sofferenze degli altri, ed era convinta che fosse quella la spiegazione delle mie cotte adolescenziali per certi ragazzi assolutamente impresentabili – «quegli sciamannati», li chiamava lei. Il fatto è che, se ti sforzi sul serio di vedere le cose con gli occhi dell'altro, ti diventa impossibile non simpatizzare con lui. È così che ho sempre affrontato il mondo, con questa capacità di immedesimazione. Evidentemente ero un'illusa a credere che il mondo avrebbe ricambiato.

Non posso fare a meno di trovare delle giustificazioni per David e di sperare che cambi, ma dovrò imparare a reagire nei suoi confronti come se fosse un nemico, se lui continua a comportarsi da nemico. Proprio io, che ho raccomandato a un'infinità di pazienti di non vedere mai la realtà in termini di bene e di male, di non adottare mai la logica amico-nemico. Dovrei ridargli indietro i soldi.

Non so a che ora si sveglierà David domani mattina, non so in quale momento mi restituirà vestiti e camicia da notte. Mi costringerà a supplicarlo? Il pensiero di come potrebbe svolgersi la scena è troppo brutto per soffermarmici. Accada quel che accada, io devo sopravvivere. Devo resistere fino a domani pomeriggio, fino all'appuntamento con Simon.

16.

5 ottobre 2003 ore 11.10

«Cosa?» disse David Fancourt. «Ma cosa vuole da me? La mamma le ha già detto tutto. Alice e Florence erano qui giovedì sera, tutt'e due sono andate a letto come al solito, e venerdì mattina non c'erano più. Il suo dovere è trovarle e non è qui che le troverà. Se fossero qui non ne avrei mai denunciato la scomparsa, non le pare? E allora perché non va a cercarle?» Rigido, con la schiena dritta, era seduto sull'orlo della sedia più scomoda della stanza, quella piuttosto stretta, di legno, con un cuscinetto di velluto blu e lo schienale nudo. Charlie percepiva la sua collera come qualcosa di palpabile, come se lui la stesse prendendo a pugni in faccia. Provava compassione per quell'uomo, non lo biasimava per il suo stato emotivo. Vivienne era seduta dalla parte opposta della stanza, su un divano bianco. Lei apparteneva alla vecchia scuola: mai dare spettacolo dei propri sentimenti.

«Abbiamo ogni intenzione di trovare Alice e Florence», lo rassicurò. David Fancourt era colpevole solo di maleducazione: quello le diceva l'istinto già dopo mezzo minuto di colloquio. Le teorie paranoiche di Simon erano ridicole. Fancourt aveva un alibi di ferro, lui e Alice erano in un affollatissimo teatro di Londra quando Laura era stata assassinata. «Partiamo sempre dalla casa della persona scomparsa, anche se ovviamente è l'unico posto dove sappiamo per certo che non è. So che deve sembrare un po' macchinoso, ma...»

«Non me ne importa niente da dove partite, basta che troviate mia figlia.»

Charlie annotò mentalmente che non aveva nominato Alice. «Cerchi di calmarsi», disse. «So che dev'essere molto turbato, soprattutto dopo quello che è successo a Laura...»

«No!» Il sangue gli affluì alle guance. «Sto benissimo, o meglio sarà così quando avrete trovato Florence. Sono furibondo, io. Prima ho quasi perso Felix, e ora Alice mi ha portato via Florence. Solo che nessuno mi crede quando dico che la bambina *è* Florence. Nemmeno...» La voce si perse in un mormorio incomprensibile, mentre gettava una rapida occhiata alla madre.

«Non ho mai detto che non ti credo», replicò Vivienne calmissima, sollevando il mento. Charlie si chiese se anche la regina si sarebbe comportata così, in una situazione simile. Ricordava vagamente che qualcuno, all'epoca dell'omicidio di Laura, le aveva raccontato da dove venivano i soldi del padre di Vivienne, ma in quel momento non riusciva a mettere a fuoco quell'informazione. Doveva aver fondato una grossa azienda che produceva qualcosa come prodotti in plastica o imballaggi. Quella di Vivienne non era ricchezza di antica data, per quanto aristocratici fossero i suoi modi.

Il salottino sembrava più piccolo di quanto fosse in realtà, a causa di tutti i mobili che vi erano stipati. C'erano tre divani, sette tra sedie e poltrone, un tavolino basso che era una vera e propria mostruosità, due grandi librerie collocate nelle nicchie ai lati di un caminetto, e in un angolo un piccolo apparecchio televisivo su un mobiletto seminascosto dietro una poltrona, come a voler dichiarare che in quella casa la televisione non aveva un ruolo importante nella vita quotidiana. Quasi tutti i libri sugli scaffali erano in edizione rilegata, notò Charlie.

Quel giorno era da sola. Ventiquattr'ore prima si era recata a The Elms una squadra di agenti, a rivoltare la casa palmo a palmo, a sottoporre a un meticoloso esame tutti gli effetti personali di Alice Fancourt. Avevano trovato la borsetta e le chiavi della macchina in cucina: la Volvo era sempre parcheggiata nello spiazzo davanti a casa. A quanto risultava, non mancavano né i vestiti di Alice né quelli di Florence, a parte ciò che avevano indosso. Era stata Vivienne a fornire quell'informazione e sembrava piuttosto sicura di ciò che diceva. Charlie doveva ammettere che quello era un brutto segno, ma ancora più preoccupante era il fatto che, secondo Vivienne, Alice possedeva solo tre paia di scarpe, e tutte e tre si trovavano ancora nell'armadio.

Il giovedì sera Vivienne aveva chiuso a chiave sia la porta principale che quella sul retro, come sempre faceva prima di andare a letto. Il mattino dopo Alice e Florence non c'erano più e le porte erano sempre chiuse a chiave. Nessun segno che qualcuno si fosse introdotto in casa. Vivienne, David e Felix avevano dormito tutta la notte, senza che un suono, un rumore sospetto o un pianto di bimba li svegliasse. Il quadro risultante dalla somma di quei fatti lasciava Charlie estremamente perplessa.

Era possibile che qualcuno avesse rapito Alice e la bambina, dopo avere persuaso Alice a farlo entrare? In caso affermativo dovevano essere usciti dalla porta sul retro. Era rimasto semiaperto il finestrino superiore vicino a quella porta, uno spiraglio di circa quindici centimetri per quaranta, e le chiavi di Alice si trovavano proprio lì sotto, sul piano di lavoro della cucina. Il rapitore avrebbe dovuto portare via Alice e Florence in un silenzio praticamente totale, oltre a richiudere la porta sul retro e a lasciar cadere le chiavi di Alice sul piano del mobile.

A meno che non fosse stata Alice a progettare la propria scomparsa. Charlie si chiese se anche in uno stato di depressione postparto Alice potesse davvero sragionare al punto da andarsene senza portarsi dietro nessun effetto personale suo o di Florence. Simon, quella mattina, le aveva ribadito la sua certezza che Alice fosse viva e vegeta. «La troverò», aveva detto con una voce e uno sguardo che tradivano una tale risolutezza e un tale coinvolgimento personale da costringere Charlie a distogliere il suo.

«Sergente Zailer, David e io faremo tutto ciò che è in nostro potere per aiutarla», assicurò Vivienne Fancourt. «Ma bisogna assolutamente trovare la bambina. Lo capisce? Florence è...» Si interruppe, apparentemente per esaminare le pieghe della sua gonna. Quando alzò la testa gli occhi brillavano, penetranti. «Mi scusi», aggiunse sottovoce, «lei non ha idea di quanto sia angosciante per me tutto questo. Non solo la mia adorata nipotina è scomparsa, ma non so neppure se è scomparsa questo venerdì o il venerdì precedente. Non so se l'ho vista una sola volta o se...» Strinse le labbra, senza finire la frase.

«Lei avrà sentito parlare di donne che perdono la testa e uccidono i figli appena nati, no?» si intromise David con voce alterata. «Donne con una depressione postparto. Li soffocano o li buttano giù dalla finestra. Cosa potrebbe fare Alice? Quanto spesso queste donne riportano a casa i figli senza avergli torto un capello? Lei dovrebbe saperlo.» Si coprì il viso con le mani. «Alice non era equilibrata prima di scomparire. Era ossessionata da quella donna dell'ospedale con cui aveva scambiato a malapena due parole...»

«Signor Fancourt, non c'è chiarezza sul fatto che sua moglie abbia effettivamente rapito sua figlia. Non ha portato niente con sé, e quindi dobbiamo prendere in considerazione la possibilità che abbia lasciato questa casa contro la sua volontà.»

David scosse la testa. «È scappata e si è portata dietro Florence», disse.

«Cosa intendeva dire, esattamente, quando ha affermato che ha quasi perso Felix?»

Dopo una pausa imbarazzata, fu Vivienne a parlare. «Voleva dire che Laura ha fatto tutto il possibile per tenere Felix lontano da noi. Ci permetteva di vederlo una volta ogni due settimane – ma se lo immagina? – per due o tre ore soltanto, e sempre in sua presenza. Era impossibile costruire un rapporto con il bambino mentre lei ci teneva sotto stretta sorveglianza. E non lasciava mai venire Felix in questa casa, così come non permetteva che io o David andassimo a casa sua. Dovevamo sempre incontrarci in qualche posto neutrale.» Si interruppe un momento per riprendere fiato. Sulle guance erano comparse due chiazze rosse.

Charlie corrugò la fronte. «Ma la notte in cui Laura è stata uccisa Felix era qui, solo con lei. Era lei ad averlo in consegna.»

«Sì.» Vivienne fece un sorriso triste. «Quella è stata la sola e unica volta. Laura cercava disperatamente qualcuno che le tenesse il bambino perché doveva andare a un party in un locale notturno.» Dal tono di Vivienne era chiaro che lei non era mai stata in posti simili né mai ci avrebbe messo piede. Simon aveva detto «un locale?» nello stesso tono, e sì che il suo lavoro di poliziotto lo portava regolarmente nello squallore delle discoteche di Spilling e di Rawndesley, sotto i fari delle luci stroboscopiche.

«Ci siamo sottomessi alle regole imposte da Laura per quasi tre anni», proseguì Vivienne, «nella speranza che adeguandoci a quel suo... mostruoso regime, alla fine lei si sarebbe tranquillizzata, permettendoci di stare più spesso con Felix. Ma temo che ci stessimo illudendo. Laura non ha mai dato segno di voler cambiare le sue posizioni, e noi eravamo talmente disperati che ormai stavamo per rivolgerci al mio avvocato, quando... quando lei è stata uccisa.»

«Lasciando David come unico genitore», disse Charlie sentendo che una piccola parte delle sue certezze si dissolveva. Immaginò Darryl Beer nel giardino di The Elms con un coltello da cucina in mano, e per la prima volta la colpì la scarsa plausibilità di quell'immagine. Perché arrivare armato di un coltello da cucina, se lo scopo era quello di dare un'occhiata al posto in vista di un furto con scasso?

Uscita di scena Laura, David poteva sposare la sua nuova compagna e avere Felix tutto per sé, con la madre a portata di mano per fargli da governante. Comodo per David e Vivienne, e comodo anche per Alice, pensò Charlie. Alice la pazza. E se la patina splendente del suo fidanzamento con David fosse stata irrimediabilmente scalfita dall'infelicità di un fidanzato in perenne tensione per la mancanza di rapporti con il figlio?

Dietro la sedia di David, su uno degli scaffali a muro, c'era una fotografia scattata il giorno del secondo matrimonio. Con un vestito bianco panna e un diadema in testa, Alice guardava raggiante il marito. I capelli biondi erano più corti, arrivavano poco sotto le orecchie, e per l'occasione erano stati arricciati. Quando l'aveva vista, una settimana prima, erano dritti e lisci. David, di qualche centimetro più alto di Alice, sorrideva fiero alla sua nuova moglie. Una bella coppia, pensò Charlie sforzandosi di ignorare la punta di invidia che quella constatazione le suscitava. Perché quella donna che aveva già un marito, che era già amata, doveva meritare l'attenzione di Simon più di lei? Non era giusto.

Da quando Simon l'aveva respinta così brutalmente, alla festa di Sellers, Charlie aveva sviluppato una paura quasi patologica di vedere sminuita la propria dignità, e questo la rendeva inutilmente permalosa e aggressiva. Aveva un'intelligenza abbastanza lucida da rendersene conto, ma purtroppo non tanto da arrivare ad affrontare efficacemente il problema. Quell'episodio increscioso era successo un anno prima, eppure era ancora ben lontana dall'averlo superato. Mai niente, né prima né dopo, aveva ferito la sua psiche come il comportamento di Simon. La cosa peggiore era sapere benissimo che ci stava male anche lui, e che il suo rincrescimento era sincero. Il fatto che nei comportamenti di Simon non ci fosse nessuna premeditazione, nessuna malizia, non faceva che spargere sale sulla ferita: lei lo stimava come prima ed era innamorata di lui come prima, Cristo santo. E se non c'era niente di storto in Simon, evidentemente c'era qualcosa di sbagliato in lei.

Aveva ripassato mentalmente la scena un'infinità di volte. All'inizio Simon sembrava entusiasta. «Non sarà solo un'avventura», le aveva sussurrato all'orecchio mentre si imbucavano nella stanza degli ospiti di Sellers. «Questa sarà una storia importante.» No, non c'era dubbio che fino a quel momento lui l'avesse desiderata. Ed era fin troppo facile stabilire il momento esatto in cui l'atteggiamento di Simon era cambiato, cambiato così drasticamente che lui si era alzato di scatto e l'aveva allontanata da sé con un gesto brusco, prima di scappare via da quella stanza come se stesse sfuggendo la peste. Probabilmente non si era accorto, né in quel momento né in seguito, che nella fretta aveva lasciato la porta spalancata. Diverse facce, compresa quella di Stacey, la moglie di Sellers, si erano affacciate sulla soglia mentre lei cercava freneticamente di raccogliere i vestiti sparsi qua e là.

Non ne aveva mai parlato con nessuno, nemmeno con sua sorella Olivia, e dubitava che lo avrebbe mai fatto: ricordare la scena in tutti i particolari era una tale tortura, persino nell'intimità della sua mente. La cosa peggiore di quel disastro era che non lasciava spazio per nessuna azione correttiva. Era successo, era un fatto irreversibile e mai e poi mai sarebbe riuscita a cancellarne l'esistenza, per quanti sforzi facesse. In quell'anno aveva fatto sesso in media con un uomo diverso ogni mese, e non la consolava per niente sapere che nessuno di loro era scappato via: non solo la sensazione di essere poco desiderabile non era scomparsa, ma vi si era aggiunta quella di essere fin troppo disponibile. C'era, nel suo comportamento, un elemento di compulsività che la spingeva a credere che la volta successiva avrebbe funzionato, che il prossimo uomo avrebbe cancellato Simon.

Maledizione, fra tutti quelli di cui potevo innamorarmi, proprio lui dovevo andarmi a scegliere, si diceva. Anche se in realtà non era stata una scelta: Simon non assomigliava a nessuno che avesse conosciuto fino ad allora. Ripetersi che lui era uno dei tanti equivaleva a raccontarsi una balla grande come una casa. Chi altri poteva avere la nostalgia, di cui Simon le aveva parlato una volta, per i tempi in cui lui, come cattolico, avrebbe rischiato di bruciare sul rogo?

«Perché, ti piacerebbe bruciare vivo?» gli aveva chiesto lei, pensando che la stesse sfottendo.

«No, certo che no», aveva risposto Simon. «Ma a quei tempi le convinzioni avevano un loro peso. C'era chi le considerava pericolose. I pensieri e le idee dovrebbero essere importanti, questo voglio dire. Sarebbe giusto che la gente ne avesse paura, sarebbe giusto che gli uomini fossero disposti a morire per le cose in cui credono. Oggi a nessuno importa più di niente.» Charlie aveva dovuto lottare per resistere all'impulso di dirgli quanto le importava di lui.

«Ho provato un senso di sollievo quando Laura è morta», disse Vivienne rompendo il silenzio. Quella frase catturò immediatamente l'attenzione di Charlie. «Non di soddisfazione, cerchi di capire, ma di sollievo sì. Quando Felix è venuto a vivere con noi è stato come se si avverasse un sogno. Non mi importa se queste le sembrano parole senza cuore, anche se...»

«Cosa?»

«Qualche tempo dopo la morte di Laura mi sono resa conto che non le avevo mai domandato, in modo diretto, *per quale motivo* fosse così risolutamente decisa a tenere Felix lontano da me. Ora non lo saprò mai. Non può avere pensato che gli avrei fatto del male, io adoro quel bambino.» Accigliata, Vivienne si studiò le mani, mentre contraeva le labbra come se volesse impedirsi di dire altro. Ma le parole le uscirono di bocca lo stesso, malgrado ogni sforzo. «Non passa giorno senza che mi chieda perché non gliel'ho mai domandato. Vorrei tanto averlo fatto. È strano, vede, ma per certi versi perdere un nemico è come perdere una persona che ti è cara. Rimani con gli stessi sentimenti forti che avevi prima, ma non c'è più nessuno su cui riversarli e questo ti fa sentire... tradita, direi.»

«So che potrà sembrarvi poco rilevante nell'immediato», iniziò Charlie in tono gentile, «ma c'è una linea d'indagine che forse varrebbe la pena di seguire...»

«Sì?» Per la prima volta da quando era iniziato quel colloquio un barlume di speranza si accese negli occhi di David Fancourt.

«Alice ha parlato al detective Waterhouse di suo padre, signor Fancourt. So che non è in contatto con lui, ma...»

«Che cosa?» Sulla sua faccia si disegnò una smorfia di disgusto. «Alice ha parlato con *lui* di...»

Le labbra di Vivienne si piegarono verso il basso. Sembrava arrabbiata. «Perché mai dovrebbe interessarsi a Richard?»

«No lo so. Qualche idea?»

«Nessuna. Con me non ne ha mai accennato.» C'era irritazione nella voce di Vivienne. Charlie ebbe l'impressione che non fosse il tipo di donna che accetta supinamente di essere lasciata in panchina.

«Saprebbe dirmi come potremmo metterci in contatto con Richard Fancourt?»

«No. Mi dispiace. Non ho un ricordo particolarmente buono di lui e preferirei non doverne più parlare.»

Charlie annuì. Era chiaro che a una donna orgogliosa come Vivienne non poteva far piacere rivangare le esperienze fallimentari della sua vita. Era così anche per lei, rispetto a quasi tutti gli uomini con cui aveva avuto una storia importante: Dave Beadman, un sergente che si occupava della protezione dei minori, che quando il preservativo si era rotto aveva detto: «Non ti preoccupare, so dove puoi andare ad abortire. Ci sono già stato!». E prima di lui quel contabile, Kevin Mackie, che non era, per dirla con le sue parole, «molto portato a baciare sulla bocca».

Charlie aveva sempre diffidato della gente che rimane in buoni rapporti con il proprio ex. A suo parere c'era qualcosa di innaturale, di malsano addirittura, nel tollerare nella propria vita la presenza annacquata di ciò che una volta era stato amore o attrazione sessuale; era innaturale conservare i resti di un amore naufragato e chiamarli amicizia. Simon era diverso, lui non era l'ex di Charlie. Per questo era molto più difficile toglierselo dalla testa.

Relazioni finite male. Influivano su tutto quello che veniva dopo, come le radiazioni causate da un disastro nucleare. Avvelenavano il futuro. Il che le ricordava un punto che non aveva ancora affrontato, una cosa che forse avrebbe potuto spiegare, direttamente o indirettamente, come mai Alice era scomparsa. «Per quale motivo lei e Laura Cryer vi siete separati?» chiese a David Fancourt.

17.

Lunedì 29 settembre 2003

«L'ha chiamata signorina Riccio dal primo momento che l'ha vista. È più che un nomignolo, lei *era* – anzi, è – la signorina Riccio. Quest'altra bambina, invece, la chiama Musetto, quindi vuol dire che sa che non è Florence. E poi ho sentito che si riferiva a sé stesso dicendo "io" mentre le parlava l'altra notte, senza sapere che stavo ascoltando. Con Florence avrebbe detto "papà".» So che dovrei parlare meno in fretta, so che dei discorsi meno maniacali mi farebbero sembrare più razionale, ma ho aspettato tanto per potergli dire tutte queste cose. Non riesco a fermare le parole che sgorgano a fiotti.

Simon e io siamo al Chompers. Mentre mi sfogo lui mi lancia un'occhiata, di tanto in tanto, al di sopra del tavolo lucidissimo. È nervoso, segue i nodi del legno con l'unghia dell'indice. Il rumore ci arriva assordante da ogni parte – musica, risate, brani di conversazione –, ma io sento solo il silenzio dopo che ho finito di parlare, il silenzio di Simon. Ha i capelli puliti, e deve averci appena passato il pettine. La camicia di tela di jeans e i calzoni neri hanno l'aria di essere nuovi, anche se non stanno particolarmente bene uno sull'altro, né con le scarpe marroni che porta. Non ho idea del perché non vada bene l'abbinamento, ma la prima cosa che ho pensato quando l'ho visto avvicinarsi è stata: «Neanche morto David si farebbe vedere in giro conciato in quel modo». Mi fa una certa tenerezza questo vestirsi male di Simon, lo trovo quasi rassicurante.

«Ho paura che questo non provi niente», dice Simon

dopo la lunga pausa di silenzio. Ha un tono di scusa. «Tantissimi genitori danno svariati nomignoli ai loro figli, e magari li cambiano con il passare del tempo. E che tuo marito parli di sé in prima persona è assolutamente normale. Magari dice "papà" il più delle volte, e ogni tanto dice "io".»

«Non so più cosa fare per convincerti, a questo punto. Se non basta la mia parola.» Sono come frastornata dalla disperazione. Non sta dalla mia parte, non posso contare su di lui. Per un attimo penso di dirgli cosa mi è successo stamattina, dopo una lunga notte passata senza dormire e in uno stato di estremo disagio. Ho dovuto supplicare per avere i miei vestiti e per poter andare in bagno. Alla fine David si è deciso a tirare fuori la chiave dell'armadio e ha scelto un orribile abitino verde che non metto da anni e non mi va più bene. «Non avresti dovuto lasciarti andare e ingrassare in quel modo, durante la gravidanza», ha commentato.

Io avevo disperatamente bisogno di andare al gabinetto e siccome non c'era il tempo di stare a discutere con lui mi sono infilata in quell'abitino aderente, solo che dopo averlo indossato ho sentito ancora più forte la pressione della vescica. Avrei potuto perdere il controllo da un momento all'altro e David lo sapeva. Si è messo a ridere al vedermi così imbarazzata e completamente in suo potere. «Fortuna che non hai avuto un parto naturale», ha detto. «I muscoli del pavimento pelvico non sarebbero stati all'altezza, eh?» Alla fine però si è spostato e mi ha lasciato uscire dalla camera. Mi sono precipitata sul water giusto in tempo.

No, non ce la faccio a raccontare a Simon delle piccole sevizie di David. Non mi sento pronta a condividere con lui la mia umiliazione per poi sentirgli dire che la crudeltà di David non prova che Musetto non sia Florence. Ho ancora addosso quell'orribile vestito verde. David non vuole darmi la chiave dell'armadio, perciò non posso cambiarmi. Vivienne non mi crederebbe se glielo dicessi. Lei crederebbe a David se lui fingesse – e lo farebbe di certo – che sono stata io a perdere la chiave dell'armadio dopo averlo chiuso. Che sono io quella che sta uscendo di senno.

Andare in giro conciata così mi fa morire di vergogna. Sono sicura che Simon mi darebbe più ascolto se in questo momento fossi vestita bene. Ma non è così, e inoltre Simon crede a David.

«Non so cosa pensare», sta dicendo adesso. «Non ho mai conosciuto una persona come te.» La faccia di Simon non è come la ricordavo. Per esempio, mi ero dimenticata di quanto è larga la mascella e di alcuni denti un po' storti, che in certi punti si sovrappongono. Avevo memorizzato la forma irregolare del naso ma non ricordavo la pelle, con quei pori dilatati e la zona leggermente granulosa e ruvida intorno alla bocca, che dà alla faccia l'aspetto rude di un volto segnato dalle intemperie.

Gli chiedo che cosa intende.

«Tutto mi dice che non dovrei crederti...»

«Il sergente Zailer, vorrai dire», ribatto io con amarezza. Non le ho ancora perdonato la totale mancanza di umanità che ha dimostrato nei miei confronti alla stazione di polizia.

«Non solo lei, tutto. Tu ci stai chiedendo di credere che uno o più estranei siano entrati in casa mentre tuo marito e tua figlia stavano dormendo, per poi sostituire la bambina con un'altra neonata senza che lui si accorgesse di niente. Perché mai qualcuno dovrebbe arrivare a tanto?»

«Io non ho mai detto che si tratta di un estraneo!»

«In tal caso, ci vorresti convincere che tuo marito sia coinvolto in qualche modo, e che abbia distrutto tutte le fotografie di Florence per eliminare delle prove. Ma anche in questo caso, perché?»

Gli rispondo che non ne ho la minima idea e che la

mancanza di una spiegazione a portata di mano non significa che non esista. Dire cose così ovvie a una persona che dovrebbe essere in grado di capirle da sola mi fa venire voglia di urlare per la frustrazione.

«Non ci risulta nessuna denuncia di rapimento di neonati e tu hai una storia di depressione alle spalle.» Vedendomi restare senza fiato dall'indignazione, si affretta a dire: «Mi dispiace. So che i tuoi genitori erano morti da poco, ma per noi tu figuri ugualmente come una persona con una storia medica di questo genere. La spiegazione più semplice di tutta questa faccenda è che tu soffra di qualche tipo di...»

«Fantasia allucinatoria post-traumatica?» Ho finito la frase per lui. «Ma tu non la pensi così, non è vero? Per quanto ti sforzi di crederci, non ce la fai, e questo spiega come mai sei qui, ora.» Forse se gli dico cosa pensa incomincerà a pensarlo sul serio. Sono abbastanza disperata da tentarle tutte.

«Di norma, in casi come questo, io *non* sarei qui.» L'espressione è addolorata, come se fosse deluso da sé stesso.

«Allora cosa rende diverso questo caso?» domando impaziente. Simon è più interessato alle sue motivazioni che alla sicurezza di Florence o mia.

«Il mio istinto mi dice di fidarmi di te», risponde lui tranquillamente, senza guardarmi. «Ma cosa vuol dire? C'è una contraddizione, no? Mi ci sto scervellando sopra, se devo essere sincero.» A questo punto mi guarda, come a chiedere un segno di incoraggiamento.

Finalmente un barlume di speranza. Forse lo posso convincere, posso portarlo dalla mia parte, a dispetto di tutte le frasi di scherno del sergente Zailer. «È come l'omeopatia per me», gli dico sforzandomi di apparire calma. «Conosco le teorie su cui si basa, so che sembrano un'assurdità... bisognerebbe essere dei matti per credere che una roba così strampalata possa funzionare. Eppure funziona, e siccome l'ho visto con i miei occhi non una ma mille volte, ci credo fino in fondo, anche se la logica dice il contrario.»

«Sono andato da un omeopata, una volta. Mai più tornato», dice Simon, molto concentrato nell'esame delle unghie della sua mano sinistra.

Cosa me ne importa, urla una voce dentro la mia testa. Non è di te che stiamo parlando! Invece dico: «Non va bene per tutti. A volte i rimedi omeopatici possono peggiorare i sintomi in un primo tempo, e questo confonde la gente. E poi ci sono i cattivi omeopati, quelli che non ti ascoltano come dovrebbero o ti prescrivono la cura sbagliata».

«Oh, Dennis era bravo ad ascoltare. Il problema non era lui, ero io. Mi sono bloccato mentre parlavamo, e alla fine me la sono filata senza neanche dirgli perché ci ero andato.» Simon tronca bruscamente il suo racconto concludendo: «Tutto tempo sprecato, e mi è costato quaranta sterline».

Capisco che non è il caso di fare domande. A modo suo, Simon sta cercando di aprirsi con me, ma non andrà oltre. Bene. Prima lui chiude la bocca, prima si torna su Florence. Alla fine, proprio mentre sto per domandargli se intende fare qualcosa per noi, lui dice: «Ti piace il tuo lavoro?»

Chi se ne importa del mio stupidissimo lavoro? «Mi piaceva, sì. Moltissimo.»

«Cos'è cambiato?»

«Tutto quello che sto passando ora.» Faccio un gesto ampio con entrambe le mani. «Perdere Florence. Non ho più una visione incrollabilmente fiduciosa del mio prossimo, ho paura di essere troppo cinica.»

«Non credo affatto che tu sia cinica», ribatte Simon. «Al contrario, penso che potresti essere di aiuto a molte persone.» Queste parole, come tante altre dette da Simon, improvvisamente mi colpiscono per la loro stranezza. Parla come se mi conoscesse bene, eppure è solo la terza volta che ci vediamo.

Non ho voglia di aiutare persone che mi sono estranee, non più. Voglio che Simon aiuti me e Florence. Forse «cinica» è la parola sbagliata, forse «egoista» mi si addice di più, a questo punto. E il filo di pazienza che mi rimaneva si è appena spezzato. «Pensi di metterti in cerca di mia figlia o no?» Le parole mi scappano dalla bocca e hanno un suono più accusatorio di quello che vorrei.

«Ti ho spiegato...»

«Oggi avrei voluto portare con me Musetto, te l'ho già detto? E invece loro non me lo hanno permesso.» Sono troppo sfinita per opporre resistenza al risentimento che sgorga. Ho i nervi a fior di pelle.

«Calmati, Alice.»

«Se David e Vivienne fossero veramente convinti che Musetto è Florence, ne sarebbero stati contenti, non trovi? Avrebbero visto la mia richiesta come un buon segno, invece non è andata così. Me lo hanno impedito.»

L'amarezza di quella delusione si fa sentire così acutamente che non riesco a contenerla. Ci tenevo tantissimo a stare un po' da sola con Musetto. Già mi vedevo a sistemarla nel seggiolino sulla Volvo, e poi partire con la sua borsa nel portabagagli piena di pannolini, bavaglini, biberon e magari anche una tutina di ricambio. Probabilmente lei si sarebbe addormentata durante il viaggio, di solito è così che succede ai bambini molto piccoli. Ogni tanto avrei dato un'occhiata allo specchietto retrovisore per studiare il suo viso: le palpebre traslucide come il guscio di una conchiglia, la piccola bocca socchiusa.

«Vivienne ha detto che stavo cercando di usare Musetto come un sostituto di Florence», spiego a Simon piangendo. «Sostiene che non è un bene che mi affezioni troppo a lei. Dice che sarebbe rischioso lasciarmela portare fuori. Come se io potessi fare del male a una bambina indifesa!»

«Alice, fai uno sforzo per recuperare la calma, altrimenti non vedrai mai le cose nella giusta prospettiva», mi esorta Simon dandomi qualche colpetto sul braccio per rincuorarmi. Le parole di Vivienne erano quasi identiche. Sono tutti molto bravi ad apparire perfettamente ragionevoli. Tutti tranne me.

«Mettiti nei miei panni», ha continuato Vivienne. «Tu dici una cosa, David ne dice un'altra. Io *devo* prendere in considerazione la possibilità che tu stia mentendo, Alice. O che tu stia... poco bene. Non fare quella faccia avvilita, renditi conto anche tu che si tratta di un'ipotesi che non posso trascurare. Come faccio ad affidarti la bambina? Anche in base alla tua esperienza, saprai bene che persino i più piccoli timori possono diventare una paura che ti consuma. Starei in ansia da morire se tu portassi la bambina fuori dalla mia vista.»

«Se fosse vero che lei è mia figlia, io avrei il diritto di portarla dove mi pare!» grido a Simon. Sono consapevole delle teste girate verso il nostro tavolo ma non me ne importa niente. «Allora?»

«Quando riuscirai a calmarti un po', sono certo che...»

«Che me la lasceranno tenere? No, non lo faranno! E io non posso portarla da nessuna parte se loro non me lo permettono. Non fanno fatica ad avere la meglio su di me. Persino Vivienne è più forte di me, grazie a tutti gli attrezzi di questo stramaledetto posto!» Con un gesto della mano indico tutto ciò che ci sta attorno. «È sempre lei a decidere, su ogni singola questione. Lei ha scelto la culla e praticamente tutti i vestitini di Florence, lei ha deciso di prenotare il posto per Florence alla Stanley Sidgwick senza nemmeno chiedermi cosa ne pensavo!»

«Ma... è pazzesco. Fin da ora?»

«Oh sì, anzi, l'ha fatto mentre ero ancora in gravidanza. Nemmeno un minuto da perdere! Il posto va prenotato appena nascono, altrimenti non c'è speranza di fargli frequentare quella scuola. La lista d'attesa è lunga cinque anni, come Vivienne non si stanca *mai* di ripetere. Che ingenua sono stata a pensare che Florence potesse... semplicemente esistere, almeno per un po', prima che iniziassero le pressioni per... per farla diventare chissà che cosa!»

«Devi cercare di calmarti.» Simon si schiarisce la voce. «David ti ha per caso... non è che ti ha messo le mani addosso?»

«No! Non hai sentito quello che ti ho detto?» David non mi metterebbe mai le mani addosso. Sto per dirlo ad alta voce quando mi viene in mente che, in realtà, non ho idea di quello che sarebbe capace di fare David. Probabilmente non lo sa nemmeno lui. Lui non è come Vivienne che, per quanto si possa essere in disaccordo con lei, agisce sempre razionalmente. Con Vivienne ci sono regole precise e garanzie; c'è coerenza. Lei è come il dittatore che governa un paese o come un boss mafioso: se le sei fedele e le obbedisci, avrai tutti i privilegi di questo mondo.

David invece, sballottato qua e là da ondate di emozioni e sentimenti che è incapace di controllare, tende a reagire sfogandosi, a casaccio. Mi rendo conto ora che persino la sua chiusura dopo la morte di Laura è stata una reazione di sfogo, a suo modo. «Non voglio parlare di David», dico a Simon.

Lui mi dà di nuovo qualche piccola pacca sul braccio. La prima volta che l'ha fatto gli sono stata grata per il gesto, ma ora non ci siamo proprio. Ho bisogno di un aiuto concreto.

«Charlie... il sergente Zailer mi ha detto cosa è successo alla prima moglie.»

Quelle parole mi sorprendono al punto che rovescio un po' d'acqua dal mio bicchiere.

«Cosa c'è? Scusami se...»

«No, no, niente. Solo che non mi aspettavo di sentirtela nominare. Io... per favore, possiamo cambiare argomento?»

«Sicura di stare bene?»

«Mi sento un po' debole.» Mi ha colto di sorpresa. Non ho intenzione di parlare della morte di Laura, non senza avere avuto il tempo di prepararmi, di soppesare bene ciò che dirò. Non ho dubbi sul fatto che ogni mia parola verrà riferita al sergente Zailer. Quello era un caso di omicidio, dopo tutto, e al sergente Zailer i miei interessi non stanno a cuore, ci metto la mano sul fuoco.

«Vuoi ancora dell'acqua? Vuoi che usciamo a prendere una boccata d'aria fresca? Spero di non essere stato troppo brutale.»

«No, sto già meglio, davvero. Però è ora che vada.»

Suona il cellulare di Simon. Mentre lo estrae dalla tasca mi viene in mente che, in tutto questo tempo, il mio non ha mai suonato. È strano che Vivienne non abbia telefonato per sapere se va tutto bene, visto in che condizioni ero quando sono uscita. Mentre Simon parla con qualcuno che sembra insistere per vederlo domenica prossima, infilo la mano nella borsa in cerca del cellulare. Voglio controllare se per caso ho perso una chiamata.

Non c'è. Capovolgo la borsa, lascio che il contenuto si sparga sul tavolo mentre il cuore pare scoppiarmi nel petto. Non mi sbagliavo, il telefonino non c'è. Me l'hanno preso. Confiscato. Balzo in piedi, raccolgo in fretta e furia gli oggetti sparsi sul tavolo. Mi cadono a terra le chiavi della macchina un paio di volte, con il risultato di farmi piangere più forte. Le lacrime mi annebbiano la vista. Mi lascio cadere sulla sedia. Simon borbotta al telefono che ora deve andare. «Su, lascia che ti aiuti», dice. Raccoglie le mie cose e le infila nella borsetta. Io sono troppo sconvolta per pensare di ringraziarlo. In questo istante tutti gli occhi sono fissi su di noi.

«Il cellulare era nella borsa, questa mattina. L'ha preso David!»

«Non è che lo hai lasciato...»

«No! Non l'ho lasciato da nessuna parte! Ma insomma, cosa devo fare per farmi ascoltare? Cosa mi deve capitare? Stai aspettando che venga uccisa anch'io, come Laura?» Afferro la borsa e corro verso la porta, andando a sbattere contro un paio di tavoli sulla mia traiettoria. E poi, finalmente, sono fuori. Non smetto di correre, nemmeno ora che sono in strada. Non so dove sto andando.

18.

6 ottobre 2003 ore 9.05

Simon aveva dei problemi con Colin Sellers. Tutti gli agenti investigativi sapevano che, nonostante la moglie Stacey e i due figli, da tre anni Sellers aveva una relazione con una donna. Lui la chiamava Suki, ma quello era solo un nome d'arte; il vero nome era Suzannah Kitson. Siccome Sellers si faceva un punto d'onore di raccontare tutto ai colleghi, che altrimenti avrebbero potuto perdersi qualche particolare piccante, Simon sapeva che Suki era una cantante che si esibiva nei ristoranti della zona e a volte anche sulle navi da crociera. Aveva solo ventitré anni e abitava ancora con i genitori. Sellers era sempre di cattivo umore quando era in tournée, come diceva lui.

Simon non aveva la minima idea di cosa volesse dire essere sposati, andare a letto e svegliarsi con la stessa persona accanto giorno dopo giorno, anno dopo anno. Magari ci si stancava. Capiva che innamorarsi di qualcun altro potesse succedere. Più difficili da reggere erano le vanterie di Sellers su quello che faceva con Suki, dispensate a chiunque lo stesse ad ascoltare. «Non una parola con il drago, mi raccomando», diceva alla fine dei suoi piccanti aneddoti, sapendo che prima o poi, a qualche festa, i colleghi avrebbero incontrato sua moglie.

Forse non gli importava molto che Stacey sapesse. Simon non vedeva in lui nessuna traccia di un sentimento profondo, amore, colpa o angoscia che fosse. Una volta aveva domandato a Charlie: «Pensi che Sellers sia innamorato della sua amante?».

Charlie si era sbellicata dalle risate. «La sua amante? In che secolo vivi?»

«Perché, tu come la chiami?»

«No so. La donna di scorta? La partner sessuale? No, non penso che ne sia innamorato. Piuttosto, gli piace l'idea di stare con lei, un po' anche perché è una cantante e quindi fa scena, e Sellers è proprio il tipo che ha bisogno di portarsi dietro una donna trofeo. Probabilmente ce l'ha piccolo e – dai retta a me, non alle donne che ti dicono il contrario – le dimensioni contano!»

Ascoltando Sellers che riferiva a Proust sul lavoro svolto da lui e da Chris Gibbs sul caso di Alice e Florence Fancourt, Simon cercò di non perdersi in fantasie sulle dimensioni del pene del collega. Se Charlie avesse avuto ragione, Sellers non avrebbe avuto la faccia tosta di parlare del proprio organo sessuale come faceva. «To', si è fatto vivo capitan Drizzato», diceva ogni volta che gli passava vicino una bella ragazza.

Quella mattina, sotto l'occhio scrupoloso di Proust, Sellers faceva del suo meglio per recitare la parte del bravo ragazzo. L'ispettore ascoltava attentamente, bevendo di tanto in tanto un sorso dalla tazza del «nonno più fantastico del mondo». Sellers parlava col tono sobrio dell'uomo che si è votato alla castità e fa l'attivista della Lega della Temperanza. L'effetto Omino di neve: più potente di cento docce fredde.

«Le riprese delle telecamere a circuito chiuso non ci danno nessuna informazione, e lo stesso vale per le ricerche condotte a The Elms. Abbiamo esaminato la rubrica di Alice Fancourt: per la maggior parte contiene i numeri telefonici dei suoi vecchi amici di Londra. Abbiamo parlato con tutti, e nessuno ci ha saputo dire niente. Niente nemmeno dal cellulare, dal computer di casa e dal computer nello studio. Nessun indizio, nessuna pista. E, per ora, nessuna fortuna nemmeno con le ricerche del padre di David Fancourt. Non può essersi volatilizzato.»

Proust batté le palpebre, sempre più accigliato, mentre Sellers gli sciorinava il suo rapporto. All'ispettore non piaceva la gente che parlava troppo in fretta, e in mancanza di un'esposizione lenta e metodica da parte di Sellers, aveva il sospetto che il lavoro fosse stato svolto in modo precipitoso. In realtà Sellers era un detective ragionevolmente meticoloso, seppur non particolarmente dotato di spirito d'iniziativa. Solo che, non avendo la pazienza di descrivere uno per uno tutti i passi coscienziosamente compiuti durante il lavoro investigativo, tendeva a saltare alle conclusioni. Simon sapeva che Charlie aveva dovuto mostrare più volte a Proust il libretto di Sellers per provare che non aveva imboccato nessuna scorciatoia.

Si sforzò di concentrarsi sulla riunione, sulla faccia severa di Proust, sui colori malaticci delle pareti e della moquette della stanza, persino sulle proprie scarpe; su qualunque cosa che non fosse la grande fotografia di Alice attaccata con le puntine sul pannello davanti a lui. Tutto inutile; l'immagine campeggiava nella sua mente anche se non la guardava. In quella foto lei aveva i capelli raccolti in una coda di cavallo e sorrideva davanti all'obiettivo, con la testa leggermente piegata di lato. Simon pensò che era un oggetto di straordinaria bellezza. Be', non proprio un oggetto, non in quel senso. E anche l'aspetto fisico c'entrava relativamente. No, speciale era come la sua personalità risplendeva negli occhi. La sua anima.

Arrossì, vergognandosi di quei pensieri. A volte aveva la sensazione di portare dentro di sé il mondo di Alice e aveva paura di scoprire, se lei fosse ricomparsa, di essersi sbagliato su tante cose. Temeva di abituarsi all'assenza di lei, trasformandola, nella sua mente, in un tratto caratteristico del personaggio. Roba da mente malata, lo sapeva. Doveva trovarla al più presto, e doveva farlo da solo. Non era sicuro di poter sopportare che fosse Sellers a rintracciarla, o che ci riuscisse Gibbs grazie a qualche indizio decisivo emerso da uno degli interrogatori che stava conducendo. Era lui che doveva trovarla.

«Detective Waterhouse?» Le parole ben scandite di Proust interruppero il corso dei suoi pensieri. «Vuole aggiungere qualcosa?»

Simon riferì a Proust e alla sua squadra dei colloqui al Centro di medicina alternativa di Spilling. «Quindi niente nemmeno lì», commentò Charlie quando Simon ebbe finito di parlare. Aveva uno sbaffo di rossetto sui denti.

«Be'...» Non era esattamente quello che avrebbe detto Simon. O forse era la voglia disperata di essere il principe azzurro a fargli intravedere una pista dove non c'era?

«Be' cosa, Waterhouse?» lo pungolò Proust.

«C'è un particolare che mi ha colpito per la sua stranezza, signore. Briony Morris – la terapista della liberazione emotiva – sembrava seriamente preoccupata per Florence, molto più che per Alice Fancourt. Non me lo spiego: non ha mai visto la bambina, mentre conosce Alice da parecchio tempo.»

«Magari è una di quelle oche che si sdilinquiscono tutte quando vedono un bambino piccolo», suggerì Sellers con l'aria di chi la sa lunga. «Ce n'è in giro una caterva. Probabilmente si agiterebbe anche di più se fosse scomparso un gattino.»

Simon scosse la testa. «Non credo. Strano, ho avuto l'impressione che per Alice, se mai, si fosse preoccupata *prima* che scomparisse.»

«È una donna», osservò acutamente Chris Gibbs. «Quelle non capiscono più niente, quando si tratta di bambini.» Charlie, gli occhi ridotti a due fessure per il disgusto, lo fulminò con un'occhiata. «Chi se ne frega se sono sessista a dire così, sergente. Certe generalizzazioni sono vere.»

«Cosa ne deduce lei, Waterhouse?» chiese improvvisamente Proust. «Se non, come suggerisce Sellers, che la signora Morris sia eccessivamente sentimentale e facile all'isterismo quando si tratta di bambini piccoli?» Diede un'occhiata significativa a Sellers, che rese omaggio alle parole forbite dell'ispettore abbassando la testa.

«Non saprei dirlo con precisione», rispose Simon. «Ci sto ancora pensando.»

«Oh, già, mi dispiace di avere strappato una mente eccelsa alle sue riflessioni», disse sarcastico Proust. C'era una distanza allarmante tra una parola e l'altra, ma Simon si rifiutò di farsi intimorire. «Poi ci farà sapere i risultati dei suoi processi mentali, eh?»

«Sissignore.»

«Io ho una teoria», saltò su Charlie. «Briony Morris conosce bene Alice Fancourt, sa che è un'altra di quelle ciarlatane della medicina alternativa, una che ha preso il Prozac contro la depressione e ora ci sta facendo girare in cerchio perché si è inventata qualche cavolata assurda sulla figlia che non sarebbe sua figlia...»

«Briony Morris non è al corrente di quella storia», le rammentò Simon, seccato di dover dire a Charlie ciò che sapeva già. Possibile che lui fosse la sola persona con un meccanismo mentale capace di garantire un minimo di continuità logica? «E, se è per questo, la Morris è una ciarlatana ancora più alternativa.»

«Ha lavorato con Alice per un anno e passa», lo rimbeccò Charlie. «E a dirla con tutta franchezza, signore, basta vedere Alice una volta per capire che è fuori di testa...»

«Fuori di testa», ripeté Proust lentamente.

«Svitata, inattendibile, insomma. Il fatto è che chiunque conosca Alice Fancourt deve per forza arrivare alle stesse conclusioni a cui sono arrivata...»

«Sergente Zailer, mi permetto di ricordarle che lei non è ancora arrivata a nessuna conclusione», la interruppe Proust con voce molto pacata. «L'indagine è ancora in corso.» L'atmosfera nella stanza si arroventò di colpo. In una frazione di secondo i comportamenti normali lasciarono il posto a parole e gesti scelti con scrupolosa attenzione.

«Certamente, signore. Volevo solo dire che, be', questo spiegherebbe come mai Briony Morris si preoccupi di più per Florence. Cioè, penserà che l'abbia presa Alice, la quale è una svitata inaffidabile, di quelle che non saprebbero prendersi cura di un pesce rosso, figuriamoci di una bambina!»

Proust si voltò a guardarla. «Ma bene. Il che ci porta dritti dritti a escludere la possibilità che Alice Fancourt sia stata rapita, lei con sua figlia, da una terza persona, è così? Sergente, qui stiamo parlando di una donna scomparsa nel mezzo della notte senza portarsi dietro niente. Non dico chissà che: neanche una banconota da dieci sterline e un paio di scarpe. Come lo spiegano questo, le sue conclusioni?» Tutti i membri della squadra approfittarono della pausa che seguì per esaminare attentamente le proprie, di scarpe. Era tempo di mettersi al riparo.

«Non sento nessuna risposta!» tuonò l'Omino di neve. «Se non ci sono segni di effrazione, se non c'è stato nessun rumore sospetto, una cosa mi dovete spiegare: perché non si presta maggiore attenzione a David Fancourt, in quanto possibile sospettato? Il principale sospettato, anzi. Perché su quel pannello non c'è scritto il suo nome con un bel cerchio intorno e il numero uno a fianco? E subito sotto, il numero due accanto al nome di Vivienne Fancourt? È la procedura standard, è una semplice questione di buon senso. Se non c'è effrazione, la prima cosa da fare è puntare il riflettore sui membri della famiglia. Non dovrei essere io a ricordarglielo, sergente.»

«Signore, quando ho parlato con lui ho avuto l'impressione che fosse sinceramente sorpreso...» cominciò Charlie, nervosa.

«Può essere sorpreso finché gli pare! Questo è un uomo la cui la prima moglie è stata assassinata e la seconda, dopo averlo accusato di mentire sull'identità della figlia, questa settimana è scomparsa con la bambina. Sono talmente tante le circostanze sospette, riguardo a Fancourt, che sarebbe una negligenza imperdonabile non esaminarle attentamente.»

Simon alzò gli occhi, sorpreso. Venerdì lui aveva detto le stesse cose e Proust le aveva cestinate. Un altro di quelli con il sistema della continuità mentale guasto, evidentemente. Che faccia tosta, plagiare le idee senza nemmeno un cenno di sfuggita al plagiato. Grazie tante, stronzo.

«Sì, signore», disse Charlie.

«E allora si dia da fare!»

«Sissignore, senz'altro.»

«Ispettore», cominciò Simon dopo essersi schiarito la gola. «Mi chiedevo se, alla luce di quanto lei ha appena detto...» Alla luce del furto della mia teoria che ora stai facendo passare per tua, pallone gonfiato con la testa rapata.

«Cosa?»

«Non dovremmo dare un'occhiata al caso di Laura Cryer? Cioè... riesaminare la pratica, le deposizioni rese a suo tempo, e andare a parlare con Darryl Beer?»

«Non ci posso credere!» esclamò Charlie con gli occhi che sprizzavano indignazione. «Beer ha *confessato.* David Fancourt era a Londra la maledetta sera che sua moglie è stata ammazzata. Noti bene, signore, è stato Fancourt a volersi separare dalla Cryer.» Girò velocemente le pagine del suo taccuino in cerca di fatti a sostegno delle parole. «Era troppo prepotente, ha dichiarato. Voleva prendere tutte le decisioni che riguardavano il figlio, già prima che nascesse. Non lasciava voce in capitolo al marito neanche sul nome da dare al bambino. Era invadente e voleva dominarlo a tutti i costi, ha cercato di annullare in ogni modo la sua personalità. Lui ha resistito finché ha potuto, soprattutto perché non se la sentiva di separarsi così presto dopo il matrimonio, ma alla fine non ha retto. Era stufo marcio della Cryer, quando sono arrivati alla separazione. La trovava – ecco qua, cito testualmente – «fisicamente ripugnante e noiosa», però non la odiava. Era solo sollevato perché era riuscito a liberarsi di lei. Dubito molto che in un impeto passionale le abbia piantato in corpo un coltello da cucina. E si era trovato un'altra donna, Alice, con cui andava d'accordo. Finalmente le cose si mettevano bene per lui. E poi non doveva passarle chissà quali alimenti; la Cryer guadagnava soldi a palate, molti più di lui. Perché avrebbe dovuto ucciderla?»

«L'impeto passionale ce l'ha avuto Darryl Beer, allora?» chiese Simon. «Visto che affermi che è stato *lui* ad accoltellarla.»

«Questa è un'altra storia e lo sai benissimo», scattò Charlie.

«Il figlio di Fancourt è andato a stare con il padre dopo che la Cryer è morta», disse Proust arricciando il naso come se fosse annoiato o disgustato dai dettagli minuti. «Mi risulta che la madre fosse lieta di fare Mary Poppins gratis, mentre Fancourt era libero di spassarsela con la sua nuova fiamma. Il meglio dei due mondi. A me sembra un movente valido.»

Charlie scosse la testa. «Lei non lo conosce, signore. Dopo la morte di Laura, la sola cosa che premeva a Fancourt era di potersi rifare una vita. Non avrebbe mai rischiato la prigione per ucciderla. Alice Fancourt, invece... lei sì, lei riesco a vederla mentre corre un rischio così folle.»

«Lei riesce a *vederla*», Proust fece eco a Charlie in tono sprezzante. «Ma io non dirigo una squadra di chiromanti.»

«Signore, se potessi...» riprovò Simon. Visto che l'Omino di neve voleva i risultati del suo ragionamento, tanto valeva che stesse ad ascoltarlo. «Ieri ho dato un'occhiata alle carte del caso Cryer.»

«Ma bene, e ora vuole il mio permesso per una cosa che ha già fatto.» Proust pareva interessato, però. L'atmosfera plumbea si era leggermente attenuata e tutti lo percepivano.

«Ho notato un paio di cose che non sembrano quadrare con il resto. Sulle braccia e sulle mani della Cryer non c'erano graffi, per esempio, ma se è vero che ha lottato quando Beer cercava di strapparle la borsetta, è strano.»

Il viso di Charlie era di pietra.

«Non necessariamente», intervenne Chris Gibbs. «È facile immaginare che Beer, preso dal panico, non abbia esitato ad affondarle la lama nel petto. Come in effetti è stato, a quanto ci risulta.»

«Nel qual caso la Cryer avrebbe smesso di lottare praticamente subito dopo avere ricevuto quell'unico colpo fatale. Ma allora come si spiega la presenza di una quantità di capelli e di frammenti di epidermide di Beer sul suo corpo? Sotto le unghie della Cryer non è stato trovato nessun brandello di pelle, niente di niente.»

«Certo che no», si intromise Charlie. «Le mani le teneva strette sulla borsetta per impedire a Beer di strappargliela via. E per quanto riguarda le tracce di capelli e di pelle, è probabile che Beer si sia inginocchiato per terra e si sia chinato su di lei dopo che era morta. Potrebbe avere frugato nelle sue tasche, in cerca di qualcosa di valore.»

«Perché ha tagliato con il coltello la cinghia della tracolla, allora?» disse Simon, che si era già posto quella domanda. «La cinghia è stata tagliata a tutte e due le estremità, e il lavoro deve avere richiesto un certo tempo perché il cuoio della borsetta era di buona qualità. Se la Cryer, riversa a terra, stava morendo dissanguata dopo quell'unica coltellata, Beer avrebbe potuto tranquillamente sfilarle la borsa senza tagliarla.»

«Magari la portava a tracolla, in diagonale», obiettò

Sellers. «Molte donne fanno così. E quando si è accasciata al suolo, la cinghia è rimasta sotto di lei. Se Beer non aveva i guanti, si sarà guardato bene dal toccare il corpo per muoverlo, no?»

«La cinghia è stata trovata accanto al corpo della Cryer, non sotto», ribatté Simon scandalizzato dal fatto di dover essere lui a rammentare a Sellers, che su quel caso aveva lavorato, un dato così elementare. Nessuno della squadra si era reso conto di un particolare così importante? Ma che cazzo avevano per la testa, quelli? «Non quadra, niente da fare. Sembra quasi che la cinghia sia stata tagliata e lasciata accanto al corpo per richiamare l'attenzione sulla mancanza della borsetta. Per fare apparire l'omicidio come una rapina finita male.»

Proust aveva assunto un'espressione preoccupata. «Sergente, voglio che passi di nuovo il caso al setaccio, e che sia il più fitto possibile. Vada da Beer a sentire cos'ha da dirci quel delinquente da strapazzo. La storia della scomparsa della signora Fancourt sarà comunque su tutti i giornali di domani, stando al nostro ufficio stampa. Qualche mezza calzetta ha già pensato bene di stabilire un collegamento tra i due nomi, Fancourt e Cryer. Se non facciamo vedere che stiamo riesaminando il caso Cryer ci accuseranno di negligenza, se non addirittura di essere degli idioti. E avrebbero tutte le ragioni per farlo!» Ecco perché l'ispettore aveva cambiato idea: per la paura delle critiche che sarebbero piovute dagli organi di stampa. Non per le cose dette da Simon. Al diavolo, tanto vale essere invisibili, pensò lui.

Proust lanciò un'occhiata molto esplicita a Charlie. «Le obiezioni di Waterhouse mi sembrano tutte valide. Lei avrebbe dovuto lavorarci sopra.»

Charlie, rossa in faccia, tenne gli occhi bassi. Simon capì che non le sarebbe passata tanto in fretta. Nessuno parlò. Simon attese che Proust indorasse un po' la pillola, che dicesse: «È solo una formalità, naturalmente. Come ha giustamente detto il sergente Zailer, sul fatto che Beer sia colpevole non ci piove». Ma Proust, che non era tipo da indorare la pillola, si limitò ad aggiungere: «Sergente Zailer, può venire nel mio ufficio, per favore? Immediatamente».

A Charlie non restò altra scelta che seguirlo nel suo cubicolo. Simon fu assalito da un irrazionale senso di colpa, neanche fosse un collaborazionista, ma al diavolo tutto e tutti. La sua sola colpa era di avere iniettato una dose di logica nella procedura di indagine. Charlie pareva decisissima a fare quella che casca dalle nuvole. Che si comportasse così per ripicca?

Sellers gli diede una gomitata nelle costole. «Questa volta a Charlie toccherà spompinarselo di brutto, se vuole salvarsi la pellaccia.»

19.

Lunedì 29 settembre 2003

Ancora più a terra, dopo avere visto Simon, parcheggio la macchina e ancora una volta mi preparo a rimettere piede nel grande edificio bianco e freddo che dovrebbe essere la mia casa. Vedo Vivienne che mi osserva dalla finestra della camera di Florence. Non si muove quando si accorge che ho alzato gli occhi verso di lei e la sto guardando; nemmeno sorride o saluta con un cenno della mano. I suoi occhi sono come due puntatori di precisione, che seguono ogni istante della mia traiettoria di avvicinamento lungo il viale.

Quando apro la porta di casa me la trovo davanti, nell'atrio. Non capisco come ha fatto a scendere così in fretta. Ha questa capacità di essere dappertutto, Vivienne, eppure non l'ho mai vista correre o affannarsi. Alle sue spalle c'è David, che guarda con occhi smaniosi. Non mi rivolge neppure un'occhiata mentre entro. In preda al nervosismo, si lecca il labbro superiore aspettando che sia la madre a parlare.

«Dov'è Musetto?» chiedo, non sentendo rumori ma solo il silenzio che vibra nella casa. Un silenzio profondo, un silenzio che urla. «Dov'è?» Nella mia voce si è insinuato il panico.

Nessuna risposta.

«Cosa le avete fatto?»

«Dove sei stata, Alice?» mi domanda Vivienne. «Credevo che non ci fossero segreti tra noi. Credevo che la fiducia che ho in te fosse ricambiata.»

«Cosa vuoi dire?»

«Tu mi hai raccontato una bugia, hai detto che saresti andata in città a fare compere.»

«Non ho trovato niente che mi piacesse.» Una scusa patetica, quella mia bugia, ora me ne rendo conto. Come se, in questa situazione, fossi in grado anche solo di pensare allo shopping. Vivienne deve aver capito immediatamente che era tutta una storia.

«Sei andata alla polizia, vero? Ha telefonato quel poliziotto, il detective Waterhouse. Davvero sei andata a dirgli che il cellulare ti è stato *rubato*?» Pronuncia l'ultima parola mettendoci una buona dose di disgusto.

«Io ero uscita con l'intenzione di andare a far compere», rispondo, cercando di pensare qualcosa in fretta. «Ma poi non ho trovato il cellulare nella borsa...»

«Il detective Waterhouse ha detto che hai avuto una specie di crisi isterica, era preoccupatissimo per te. E lo sono anch'io.»

La voglia di sfida mi sale dentro. «Il cellulare era nella mia borsa stamattina e sono sicura di non averlo mai spostato di lì! Deve essere stato uno di voi due. Non avete il diritto di prendervi le mie cose senza il mio permesso! So che secondo voi sono malata di mente, so che la pensa così anche Simon, ma anche le persone malate hanno il diritto di non vedersi sottratti gli oggetti personali!»

«*Simon*», bofonchia David a bassa voce. Il suo unico contributo alla conversazione.

«Alice, ti rendi conto di quanto sei irrazionale?» dice Vivienne con dolcezza. «Non trovi più una cosa, e il tuo impulso è di correre alla polizia. Ho visto il cellulare in camera tua, poco dopo che eri uscita. Nessuno te lo ha portato via.»

«Dov'è Musetto?» chiedo di nuovo.

«Una cosa alla volta.» Vivienne non ha mai fatto concessioni al flusso disordinato, spontaneo, del dialogo. Da piccola, uno dei suoi passatempi consisteva nella stesura dei punti da discutere a tavola, rigidamente in ordine: in quei casi lei, la madre e il padre prendevano la parola a turno per esporre ciascuno il proprio «resoconto sulla giornata», come lo chiamava Vivienne. Era sempre lei la prima a parlare e, come se non bastasse, di ogni resoconto scriveva anche un breve riassunto su un bloc-notes.

«D'accordo, allora. Dov'è il mio telefono? Posso prenderlo? Datemelo!»

Vivienne sospira. «Ma cos'hai, Alice? L'ho messo in cucina, e per quanto riguarda la bambina, ora sta dormendo. Non c'è nessun complotto contro di te, siamo semplicemente preoccupati. Che bisogno avevi di mentire?» Se qualcuno capitasse qui in questo momento, vedrebbe una gentile signora di mezza età che cerca invano di far ragionare una pazza scarmigliata e tremante con addosso un vestitino verde che non fa per lei.

La tensione mi sta sfibrando. Le palpebre sono pesanti e, come sempre mi succede quando di notte non dormo, mi fanno male i tendini di entrambe le mani. Non voglio parlare più. Aggiro Vivienne e salgo le scale di corsa.

Arrivata davanti alla camera di Florence, spalanco la porta in modo più violento di quanto avrei voluto. La porta sbatte contro il muro. Sento un rumore di passi sulla scala, alle mie spalle. Musetto non è nella culla. Mi giro a guardare tutt'intorno, sperando di vederla nella carrozzina o nella cesta, ma non c'è traccia di lei.

Mi volto per uscire dalla camera quando improvvisamente la porta viene richiusa dall'esterno. La chiave gira nella toppa. «Dov'è?» grido. «Avete detto che stava dormendo! Lasciatemela almeno vedere, vi prego!» Sento le mie parole che cozzano una contro l'altra. Sono fuori di me, è spaventoso.

«Alice.» In corridoio c'è Vivienne, una voce incorporea. «Cerca di calmarti, per favore. La bambina sta dormendo nel salottino, va tutto bene. Ti stai comportando come una psicotica, Alice. Non posso lasciarti imperversare per casa in queste condizioni, mi preoccupa quello che potresti fare a te stessa o alla bambina.»

Mi piego sulle ginocchia, la testa appoggiata alla porta. «Fammi uscire», gemo, con la certezza che tanto è inutile. L'immagine di Laura si forma nella mia mente. Che risate si farebbe, se mi vedesse in questo momento.

Piango raggomitolata sul pavimento, senza curarmi di asciugare le lacrime, singhiozzando fino a inzuppare il davanti dell'orrendo vestito verde. Mi viene in mente che avevo addosso proprio questo vestito la prima e unica volta che ho visto Laura, e che anche in quell'occasione ho pianto tutte le mie lacrime quando se n'è andata, e mi sono resa conto di come si era presa gioco di me. Forse è per questo che odio tanto l'abito verde.

È stato quando lavoravo ancora a Londra, prima di andare ad abitare con David. Laura aveva fissato un appuntamento nel mio studio usando un nome falso, Maggie Royle. In seguito ho saputo che quello era il nome della madre prima che si sposasse con Roger Cryer. I genitori di Laura li ho poi incontrati al funerale della figlia, e a farmi sentire offesa dal loro gelo nei miei confronti è stata una buona dose di ingenuità mista a presunzione.

Io e David non volevamo essere presenti al funerale di Laura, è stata Vivienne a insistere. Ha usato un'espressione curiosa: «Dovreste avere voglia di andare». Chiunque altro si sarebbe limitato a dire: «Dovreste andarci». Presumo che Vivienne si riferisse all'importanza di compiere il proprio dovere di buon grado anziché di malavoglia.

Era il primo appuntamento della giornata, quello con Maggie Royle. Al telefono aveva insistito per venire il mattino presto, perché aveva una riunione di lavoro alle dieci. Io le avevo domandato, con l'interessamento che normalmente scatta nei confronti dei pazienti, che genere di lavoro facesse. Lei aveva accennato a qualcosa nel «campo della ricerca», il che corrispondeva al vero: Laura era una scienziata che si occupava di terapia genica, ma al telefono era stata molto attenta a non usare parole come «scienza» o «scientifico».

Si è presentata nel mio studio di Ealing con un sapiente filo di trucco sul viso, indossando un tailleur blu scuro di Yves Saint-Laurent, lo stesso che portava il giorno in cui è stata assassinata. Me lo ha raccontato Vivienne. «Era incrostato di sangue», ha detto. E poi, come ripensandoci, ha soggiunto: «Il sangue è denso, sai. Come i colori a olio». Vivienne non nasconde la gioia che ha provato quando Felix è venuto ad abitare a The Elms. «Qui ci sta *proprio* bene, sai. Lui mi *adora.*» Credo che sia effettivamente incapace di distinguere tra ciò che è bene per lei e ciò che è bene per chi le sta intorno.

Laura era minuta, mani piccole e piedi che parevano quelli di una bambina, ma i tacchi alti delle sue scarpe di camoscio a punta quadrata la rendevano alta quasi come me. Mi hanno colpito i colori: aveva la pelle olivastra, ma la particolare intensità dell'azzurro delle iridi e la luminosità del bianco degli occhi la facevano sembrare pallida. I capelli, di un nero quasi corvino, erano lunghi e molto ricci. Le labbra erano grandi e carnose, e anche se il labbro superiore sopravanzava leggermente quello inferiore, l'effetto d'insieme non mancava di una sua bellezza. Ricordo di avere avuto l'impressione di una donna sicura di sé e conscia della propria importanza, tanto da sentirmi lusingata dal fatto che avesse scelto me per farsi aiutare. Ero ansiosa – più del solito, devo dire – di sapere cosa l'aveva portata nel mio studio. I miei pazienti hanno mediamente un'aria dimessa e avvilita; lei era l'esatto opposto.

Dopo una stretta di mano e un sorriso, l'ho invitata ad accomodarsi. Lei si è seduta sul divano di fronte a me, accavallando le gambe e intrecciando le mani in grembo.

Le ho chiesto, come faccio sempre alla prima seduta, di dirmi tutto quello che si sentiva di raccontare di sé, tutto quello che secondo lei era importante. Curare i pazienti che parlano risulta più facile, perché ti rivelano più cose di quelle che vorrebbero, e Laura era fra questi. Mentre parlava, ero certa di poterla aiutare.

Adesso mi mette in imbarazzo ricordare che, per tutto il tempo in cui io me ne stavo lì seduta ad assentire e a prendere appunti, lei deve avere pensato che ero un'idiota, una credulona che si beveva tutto. Deve avere contato sul fatto che non avevo la minima idea di che faccia avesse la moglie di David; deve avere immaginato che David aveva distrutto tutte le fotografie di lei e delle nozze non appena la situazione tra loro due era precipitata.

La voce era profonda, il tono serio. Mi è venuto da pensare che mi sarebbe stata simpatica quella donna, se solo avessi potuto approfondire la conoscenza. «Io e mio marito ci siamo separati da poco», ha esordito. «Abbiamo avviato le pratiche per il divorzio.»

«Mi dispiace.»

«Non si preoccupi. Sto molto meglio ora che sono libera, ma il divorzio non è abbastanza per me.» Dopo una risata amara ha soggiunto: «Vorrei che ci fosse un modo per annullare tutto: un certificato, qualche documento ufficiale che dichiari che non siamo mai stati sposati. Che lavi la macchia, come se non fosse mai esistita. Forse dovrei essere cattolica».

«Per quanto tempo siete stati insieme?» Mi domandavo se il marito fosse un individuo violento.

«Appena undici mesi. Quando sono rimasta incinta, lui mi ha chiesto di sposarlo e il resto è facile immaginarlo. All'epoca era sembrata un'ottima idea. Siamo stati marito e moglie per due mesi, poi l'ho lasciato.»

«Quindi avete un figlio?»

Laura ha fatto un cenno di assenso.

«E... perché l'ha lasciato?»

«Ho scoperto che era posseduto.»

Con il lavoro che faccio, sono abituata a sentire dai pazienti ogni genere di stranezze. Ricordo che, dopo Maggie Royle, avevo appuntamento con un paziente che perdeva il controllo ogni volta che un estraneo pronunciava il suo nome, anche se stava parlando di una persona diversa che per caso si chiamava allo stesso modo. In conseguenza di quella strana fobia gli era successo più di una volta di fare a botte al pub.

Ciò nonostante, sono rimasta sorpresa quando lei ha usato quel termine, «posseduto». Aveva l'aria di una donna razionale che svolgesse una professione di tutto rispetto, con quel suo inappuntabile completo blu scuro. Niente a che vedere con il genere di persona che crede nel paranormale.

«Gli permetto di vedere nostro figlio solo il minimo indispensabile, e sempre esclusivamente in mia presenza», ha proseguito lei. «Vorrei impedirlo, ma non credo che sia legalmente possibile. Non si preoccupi, so che questo non è il suo campo; lei è un'omeopata, non un avvocato. E comunque, ne ho già uno ottimo.»

«Quando lei dice "posseduto"...» ho ripreso, per tastare il terreno.

«Sì?»

«Intende dire quello che penso?»

Laura mi ha guardato con aria inespressiva. «Non so cosa pensa lei», ha risposto dopo qualche istante.

«Può spiegare cosa intende per "posseduto"?»

«In balia del potere mentale di qualcun altro.»

«Un potere mentale maligno?»

«Oh, sì», ha detto scostando una ciocca di capelli che le ricadeva sugli occhi. «Assolutamente maligno.»

Certe persone gravemente disturbate sembrano normalissime finché non le hai fatte parlare a lungo. Ho deciso di stare al gioco, di farmi dire il più possibile sulle fantasie di Maggie Royle. Se avessi scoperto, come temevo, che il suo disturbo mentale era troppo grave per poterla curare io, le avrei consigliato di andare da uno psichiatra. «È il potere di un morto?» le ho chiesto.

«Di un morto?» mi ha fatto eco con una risata. «Vuol dire una specie di fantasma o cose del genere?»

«Sì.»

Si è protesa in avanti. Era passata all'attacco. «E così lei crede nei fantasmi?» ha domandato in tono condiscendente.

«Concentriamoci su quello in cui crede lei, per il momento.»

«Io sono una scienziata. Credo nel mondo materiale.» Mi piacerebbe poter dire che a quel punto una lucina di avvertimento aveva cominciato a lampeggiare nella mia mente, ma purtroppo non è andata così. Non avevo motivo di dubitare che la donna seduta di fronte a me fosse Maggie Royle. «Non so se crederci o no, nell'omeopatia», ha aggiunto lei. «Mi prescriverà qualche rimedio alla fine della seduta, vero?»

«Sì, ma non è il caso di pensarci adesso. Piuttosto, concentriamoci su...»

«E in cosa consisterà questo rimedio? Che sostanze ci saranno dentro?»

«Dipende da cosa riterrò utile per lei, in base alle informazioni che mi darà.» Le faccio un sorriso di incoraggiamento. «È un po' presto per dirlo.»

«Ho letto da qualche parte che le medicine omeopatiche non sono altro che acqua zuccherata. Che se ne fai l'analisi chimica non trovi nessun'altra sostanza.» Ha sorriso compiaciuta. «Come le dicevo, sono una scienziata.»

Non gradivo la piega aggressiva che stava dando al nostro colloquio, così come non mi piaceva la sensazione di rabbia che trasmetteva. Ma era la sua seduta, e mi pagava quaranta sterline all'ora.

Avevo il dovere di lasciarla parlare di tutto ciò che riteneva importante. Ricordo di aver pensato che non era il caso di preoccuparsi: ci sono pazienti che hanno bisogno di essere rassicurati sull'efficacia dell'omeopatia, per potersi rilassare.

«È vero», ho detto. «Usiamo sostanze talmente diluite che non ne rimane nessuna traccia all'analisi chimica, che si tratti di caffeina, del veleno di un serpente o di arsenico...»

«Arsenico?» Laura ha inarcato le sopracciglia, due archi sottili frutto di una depilazione perfetta. «Affascinante.»

«Succede che più la sostanza è diluita, più forte risulta l'effetto. So che può sembrare un'assurdità, ma solo ora gli esperti stanno incominciando a capire come funziona esattamente l'omeopatia. La sostanza "imprime" nell'acqua la sua struttura molecolare; è qualcosa che riguarda più la fisica quantistica che la chimica.»

«Non crede anche lei che sia tutta una montagna di sciocchezze?» ha chiesto Laura, come se mi stesse facendo una domanda interessante invece di essere semplicemente scortese. «Non è vero forse che quel che sta succedendo qui, questa mattina, è che un po' dei soldi che ho guadagnato lavorando duramente passeranno nelle sue tasche in cambio di una bottiglietta d'acqua?»

«Maggie...» Ero sul punto di fare un'osservazione sulla sua ostilità, che a mio parere precludeva ogni possibilità di un trattamento efficace.

«Non mi chiamo così.» Ha sorriso calma, incrociando le braccia sul petto.

«Come, scusi?» Nemmeno a quel punto mi è venuto un sospetto sulla sua vera identità.

«Io non sono Maggie Royle.»

«È una giornalista?» ho domandato, temendo di essere stata agganciata da qualche rotocalco. Non perdono occasione di gettare fango sulla medicina alternativa.

«Gliel'ho detto, io sono una scienziata. Il problema vero è chi è lei. Ci crede sul serio, nelle stupidaggini che propina, o sotto sotto se la ride di quei poveri fessi che si lasciano turlupinare? Deve essere un modo per fare un bel po' di soldi, e lei ci è dentro fino al collo. Avanti, me lo dica, prometto che non lo racconterò a nessuno... lei è una ciarlatana?»

Mi sono alzata in piedi. «Temo di doverle chiedere di andarsene», ho detto indicando la porta con un gesto della mano.

«Nessun aiuto per me, allora? Su come riconciliarmi con il fatto di avere permesso che una momentanea attrazione sessuale per David mi rovinasse la vita?»

«David?» mi è venuto automatico dire. Non è stato il nome a mettermi in guardia, dopotutto è un nome abbastanza comune. Piuttosto, è stato il modo in cui lei lo ha pronunciato. Come se parlasse di qualcuno che conoscevo.

«Non sposarlo, Alice. Salvati finché sei in tempo. E, per amor di Dio, sta' attenta a non fare dei figli con lui.»

I miei occhi devono essersi spalancati per l'orrore. Un senso di vertigine, al vacillare del mio piccolo mondo di affetti e di sicurezze.

«Tu non sei una ciarlatana, vero?» Laura ha fatto un lungo sospiro. «Sei solo una credulona ingenua. Una buona notizia per David, pessima per te.»

Non mi è facile reagire nelle situazioni apertamente conflittuali, ma ero decisa più che mai a dimostrare la mia lealtà nei confronti di David. «Se ne vada. Lei è venuta qui a raccontare un sacco di storie, ha approfittato della mia buona fede...»

«E vedo che non ci vuole molto a farlo. Ti assicuro che il tiro che ti ho appena giocato io non è niente, in confronto a quello che ti faranno David e quell'essere immondo che è sua madre.»

«David mi vuole bene, e anche Vivienne», ho ribattuto, mettendomi a giocherellare nervosamente con l'anello di fidanzamento tempestato di diamanti e rubini che portavo al dito. Era stato della madre di Vivienne. Quando me lo ha dato ero talmente commossa che mi è venuto da piangere. Non aveva voluto regalarlo a Laura, mi aveva confessato, ma era felice di passarlo a me. «Mi spiace per lei, ma non riconosco affatto quelle due persone, da come le presenta...»

«Dai tempo al tempo», ha detto Laura facendo una risata sprezzante, «e vedrai.» Eravamo tutte e due in piedi, faccia a faccia.

«A sentire lei, sembrano due personaggi di un melodramma vittoriano, ma cos'hanno mai fatto David e Vivienne per meritarsi questo trattamento, per vedersi negare un rapporto con Felix? Vivienne sarebbe una nonna meravigliosa, e lei invece è decisa a impedirglielo. Le sembra giusto questo, nei confronti di Felix?»

«Non ti azzardare a riempirti la bocca con il nome di mio figlio!» Il viso di Laura era stravolto dall'ira.

«Forse ha paura proprio di questo, che il bambino voglia più bene a Vivienne che a lei.» Per quanto squallido fosse quello scontro con Laura, ho ancora il ricordo dell'intima soddisfazione che mi dava quell'opportunità di difendere Vivienne davanti alla sua principale detrattrice. Quando uno dei miei pazienti mi aveva accusato, in una lettera, di avergli dato delle false speranze di guarigione, Vivienne mi aveva difeso senza esitare, scrivendogli una lettera di risposta durissima che, pur usando un tono formalmente cortese, demoliva le sue accuse punto per punto. Il paziente mi aveva scritto di nuovo qualche settimana più tardi, profondendosi in scuse.

«Per caso te le ha messe in bocca Vivienne, queste parole?» ha chiesto Laura in tono di scherno. «Fammi indovinare, non sono una buona madre e non riesco ad avere un rapporto affettivo con Felix perché non ho lasciato il lavoro, e non sopporto che qualcun altro riempia il vuoto che si è aperto intorno a lui.»

Staphisagria, ho pensato in quel momento: il rimedio perfetto per una persona astiosa e paranoica come evidentemente era quella poveretta. «Crede davvero che David e Vivienne siano dei mostri? E perché, poi? Hanno ucciso qualcuno, hanno mai torturato qualcuno? Sono colpevoli di genocidio?»

«Alice, svegliati!» Laura mi ha afferrato per le spalle, mi ha scosso, e io sentivo le guance tremare, mentre andavo su tutte le furie perché mi stava toccando senza il mio consenso. «David *non esiste.* La persona che conosci come David Fancourt non è un essere umano, è solo una marionetta nelle mani di Vivienne. Vivienne dice: niente ginnastica durante la gravidanza, e David dice: va bene. Vivienne dice: della scuola pubblica per il bambino non se ne parla neanche, e David dice: va bene. Tutta la sua personalità si riduce a qualche istinto informe, a qualche comportamento compulsivo e a paure che fluttuano qua e là in un grande vuoto.»

Ho aperto la porta dello studio, mi ci sono appoggiata con la schiena per sostenermi. «Per favore se ne vada», ho detto, spaventata dalla durezza estrema delle sue parole. Non ci ho creduto, ma nemmeno potevo farle scivolare via dalla mia mente come se niente fosse.

«Certo che me ne vado.» Ha fatto un sospiro, si è aggiustata la giacca del tailleur ed è uscita dalla stanza, lasciando con i tacchi piccole impronte quadrate sulla moquette. «Ma quando sarà troppo tardi, non venire a piangere da me.»

Queste sono state le ultime parole che mi ha detto, la prima e unica volta che l'ho vista da viva.

Quando è morta, molto tempo dopo, ho cominciato a fare dei sogni in cui vedevo la sua tomba, con le parole «Non venire a piangere da me» incise sulla lapide grigioverde. Ma nei sogni, una notte dopo l'altra, la gente andava proprio a piangere da lei. Amici, parenti, colleghi; lunghe, fitte, movimentate processioni di persone in lutto andavano in quel cimitero ogni giorno, versando lacrime fino ad avere il viso gonfio. Io no, invece. Io non ci sono mai andata e non ho mai pianto. Sono stata la sola a obbedire.

20.

6 ottobre 2003 ore 9.45

Charlie chiuse dietro di sé la porta dell'ufficio di Proust con il sangue che le rombava nelle orecchie. Era talmente furibonda che non si fidava ad aprir bocca. Preferì contare velocemente fino a dieci, non una ma più volte, dicendosi quello che si ripeteva sempre in casi del genere: quando sarà passato non sembrerà più così brutto.

«Si sieda, sergente», disse Proust con voce stanca. «Non voglio tirarla per le lunghe, perciò andrò dritto al punto. Lei sta permettendo ai suoi sentimenti di interferire con il lavoro, e io voglio che questo non accada più.»

Charlie rimase immobile, lo sguardo fisso sul fermacravatta dell'ispettore. Non si sedette. Quelli che Proust chiamava i suoi sentimenti, in quel momento, consistevano in un coacervo di impulsi omicidi al calor bianco, uno più micidiale ed esplosivo dell'altro. Si sentiva esattamente come l'anno prima al compleanno di Sellers: incredula, esterrefatta di fronte a ciò che Simon aveva combinato. Ancora una volta l'aveva ferita, tradita e umiliata davanti a tutti. Non gli sarebbe costato niente – assolutamente niente – dire a lei, a quattr'occhi e in anticipo, le cose che aveva appena detto a Proust e al resto della squadra, invece di scavalcarla e metterla nella condizione di star lì come un pesce lesso mentre lui se ne usciva con le sue brillanti teorie.

«Ispettore, lei ha fatto la supervisione del lavoro della mia squadra sul caso Laura Cryer, e sa bene quanto me che è stato Darryl Beer.» Charlie si fermò un attimo per riprendere fiato. Era importante dare un'impressione di calma, di padronanza di sé. Voleva far capire a Proust che non lo supplicava: stava solo ricordandogli certi dati di fatto incontrovertibili. «Beer ha confessato.»

«Ed è probabile che sia effettivamente colpevole», ammise Proust con un sospiro. «Una ragione in più per controllare di nuovo. Waterhouse ha fatto notare delle cose giuste: quella storia della cinghia della borsetta, in particolare, mi sembra effettivamente una discrepanza che merita tutta la nostra attenzione.»

Charlie non si era mai sentita così cretina. Certo, c'era qualcosa di strano nella storia della borsetta, ed era furiosa con sé stessa per non averci pensato a suo tempo. In teoria lei era una che sapeva fare bene il suo lavoro. Più che bene, anzi: in modo eccellente. Quello era il suo punto forte, il suo modo di compensare una vita sentimentale spesso insoddisfacente. Non era tollerabile l'idea di perdere il suo unico motivo di orgoglio.

«Sergente, ero certo allora come adesso della meticolosità del lavoro fatto da lei e dalla sua squadra», seguitò Proust. «Come ha detto lei stessa, sono stato io a fare la supervisione, eppure anche a me era sfuggita quella discrepanza. C'era la prova del DNA, c'era l'ammissione di colpevolezza, e in aggiunta a ciò la mancanza di un alibi solido e la personalità e i precedenti di Darryl Beer... questo lo sappiamo bene, no?» Charlie annuì, sentendosi peggio, non meglio, ora che l'ispettore cercava di essere gentile con lei. Per la prima volta dopo tutti gli anni passati a lavorare sotto di lui, percepiva una sfumatura di compassione nella sua voce, e ciò rendeva ancora più mortificante quel colloquio. «Ma ora che la famiglia viene di nuovo alla ribalta, ora che Waterhouse ha sollevato un paio di... obiezioni, se vogliamo chiamarle così, è nostro dovere ricominciare da zero, riesaminando ogni pezzo di carta e ricontrollando ogni alibi in modo anche più scrupoloso, questa volta. Secondo Waterhouse, prima di scomparire Alice Fancourt nutriva dei sospetti nei confronti del marito e aveva paura di lui, nella convinzione che mentisse quando diceva di non sapere della sostituzione della figlia con un'altra bambina.»

«Ma, ispettore, lei era *d'accordo* con me nel ritenere inattendibile la storia dello scambio delle bambine, e mi sembrava del parere di lasciarla cadere.» Charlie si vergognava del tono piagnucoloso assunto dalla sua voce, ma ormai quel poco di compostezza che era riuscita a imporsi stava andando a farsi benedire, e se Proust avesse citato ancora una volta Simon come fosse un oracolo, avrebbe potuto anche vomitare.

L'ispettore si sedette, puntò i gomiti sulla scrivania e congiunse le punte delle dita. «A pensarci bene, credo proprio di aver commesso un errore», disse, saggiando il terreno dell'umiltà per la prima volta in cinquantotto anni di vita. «Dal momento che la famiglia Fancourt ci era già nota in connessione a un crimine, probabilmente avremmo dovuto prendere più sul serio il sospetto della sostituzione della bambina. Avremmo potuto effettuare un test del DNA...»

«Certo, avremmo potuto», lo interruppe irosamente Charlie, «ma il laboratorio avrebbe impiegato delle settimane a darci i risultati, e nel frattempo, come *lei stesso* ha sottolineato, Vivienne Fancourt si sarebbe comunque arrangiata per fare il test privatamente!»

Proust le lanciò uno sguardo di fuoco. «Sergente Zailer, questa sua pretesa di avere ragione a tutti i costi è quanto meno sconveniente. Se posso ammettere io di essermi sbagliato, può farlo anche lei.»

Il morale di Charlie precipitò sotto i piedi. Un'altra offesa andava ad allungare la lista, e per giunta quella era la prima volta *in assoluto* che le capitava di sentire Proust mettere in dubbio il proprio operato o la propria capacità di valutazione. Non si sarebbe sorpresa se in seguito fosse saltato fuori che quel bastardo aveva ammesso il proprio errore solo per incastrarla, farla apparire come l'unica persona ostinata presente in quella stanza.

Non capiva perché Proust fosse così cocciutamente deciso a pensare il peggio di lei. Charlie non era testarda e nemmeno irrazionale; era soltanto terrorizzata all'idea di fare la figura dell'idiota che ha sbagliato tutto. Se ripensava a certe cose dette durante la riunione, poco prima, le veniva voglia di buttarsi a terra e battere i pugni sul pavimento. Aveva ragione Proust: stava perdendo la testa. I suoi sentimenti per Simon falsavano ogni cosa. Aveva bisogno di stare da sola, e subito. La fornace della rabbia che provava per Simon andava alimentata, e ciò poteva avvenire solo in privato.

«Voglio che lei consideri David Fancourt il principale sospettato», continuò Proust. «Voglio che indaghi su di lui, a tutto campo, e voglio che lo presuma colpevole finché non sarà provato, al di là di ogni dubbio, che non lo è. Ed ecco le cose che non voglio: non voglio che solidarizzi con lui dando per scontato che la moglie sia pazza da legare, che gliene abbia fatte di tutti i colori e ora gli abbia anche rapito la bambina. Non voglio sentirla arringare gli agenti della sua squadra sulle "conclusioni" alle quali è arrivata quando non ha uno straccio di prova su cui basare le sue congetture, quando le cose da appurare sono talmente tante che tirare delle conclusioni sarebbe a dir poco prematuro. Chiaro?»

Charlie chinò la testa di scatto, in cenno di assenso. Non aveva mai pianto in presenza di Proust o di qualunque altro funzionario di polizia. Fosse successo in quel momento, avrebbe dato le dimissioni. Poco ma sicuro.

«Passi la pratica del caso Laura Cryer a Waterhouse. Lo mandi a parlare con Beer e con chiunque altro gli sembri necessario. E non si sostituisca a lui: lei, Sellers e Gibbs avete già lavorato al caso, mentre Waterhouse no, quindi offre il vantaggio del punto di vista nuovo e tutto il resto.» Inarcò le sopracciglia, tamburellando con le dita sulla scrivania. «Allora?»

«Allora cosa, ispettore?»

«Sergente, non sono uno stupido. So che si augura che mi venga un accidente e che muoia tra sofferenze atroci, così potrà ballare tutta allegra sulla mia tomba, ma le assicuro che la sua rabbia è mal diretta. Io sto solo cercando di aiutarla a lavorare in modo più produttivo, lei invece in questo momento prende tutto come un'offesa personale. Vuole forse negarlo?»

«Sì», disse macchinalmente Charlie. Era già abbastanza duro essere una donna, in quel lavoro: ci mancava che ammettesse di lasciarsi influenzare dall'emotività.

«Vuole negarlo?» ripeté Proust, incredulo.

Charlie capì di essersi spinta troppo oltre. «No. Forse...» iniziò, sentendo una vampata di calore salirle alle guance.

Troppo tardi. «Lei vorrebbe che il cattivo della storia fosse Alice Fancourt perché Waterhouse le fa gli occhi dolci. In effetti, da quando è scomparsa, lui non fa che aggirarsi con l'occhio umido del tredicenne che piagnucola per la fine del grande amore delle vacanze. Sembra passare ore intere in contemplazione della foto di Alice Fancourt attaccata su quel pannello, e lei è gelosa perché vorrebbe portarselo a letto. Oh, mi dispiace davvero di avere offeso la sua sensibilità. Qui mi vedete tutti come un nonnetto fuori dal mondo, quando si tratta di questioni sentimentali pensate che sia sposato da talmente tanto tempo da non ricordarmi neanche più come vanno le cose, e invece lo so benissimo. I pettegolezzi arrivano anche a me, e pure un cieco vedrebbe che lei è rosa dalla gelosia, al punto che non riesce a prendere in considerazione l'ipotesi che Alice Fancourt non sia una rompiscatole isterica, una completa perdita di tempo. E questo le impedisce di valutare i fatti per quello che sono.»

«E Simon, allora?» lo rimbeccò Charlie. «È forse obiettivo, lui? Se lei è convinto che io abbia dei preconcetti, provi un po' a parlarci. A sentir lui, Alice Fancourt è una santa. Perché non è qui anche Simon a farsi arrostire sulla graticola? È lui quello che...»

«Basta così», tuonò Proust, facendo sussultare Charlie. «Parlare in questo modo non è degno di lei. Non dovrebbe esserlo, per lo meno. So benissimo che Simon Waterhouse è lontano dalla perfezione quanto la terra dalla luna, ma è da un po' che lo tengo sott'occhio e devo dire, visto che lei insiste a fare paragoni, che mi sembra molto più lucido di lei nei giudizi.»

Charlie si sentì come investita da un camion. «Pensi così perché non sai niente del suo libretto dei verbali pieno di balle», si disse. «E niente dei due colloqui non autorizzati con Alice Fancourt, che gli sarebbero costati il posto di lavoro se non fossi volata in suo aiuto.» E poi che cazzo voleva dire quella frase sui pettegolezzi che arrivavano anche a lui? Il sangue si gelò nelle vene quando le venne in mente che magari Proust sapeva di quella storia alla festa di Sellers. Aveva sempre dato per certo che Simon non ne avrebbe parlato con nessuno, ma ora non era più tanto sicura.

Come se volesse rigirare il coltello nella piaga, Proust aggiunse: «Vede, sergente, Waterhouse ha la fortuna di avere una qualità che a lei manca: la capacità di mettersi in discussione».

«Sissignore», convenne Charlie, che mai si era sentita così sciocca e svillaneggiata. Avrebbe voluto essere un'altra. Chiunque altro, praticamente. Mettersi in discussione? Proust doveva riferirsi a qualche breve e raro periodo di riposo che Simon si era preso dalla sua impareggiabile arroganza.

«Farebbe bene a darsi una regolata, sergente. Invece di andare disperatamente in cerca di qualcuno su cui riversare la sua rabbia, riprenda il controllo e si rimbocchi le maniche. Superi questa stupida gelosia, e cresca. Se Waterhouse non ci sta, lei non può farci un bel niente. Bene, ho detto tutto quello che c'era da dire, non la tratterrò più a lungo.» Proust la congedò con un gesto della mano.

Charlie si diresse verso la porta, passando attraverso vari stadi di vergogna e con l'assoluta certezza che Sellers, Gibbs e Simon, ancora insieme nell'ufficio della squadra operativa, avrebbero fatto di tutto per non incrociare il suo sguardo quando avesse messo piede fuori dall'ufficio di Proust. Non sopportava il pensiero di avvicinarsi a loro e di mettersi a parlare di lavoro come se niente fosse, ma se li evitava avrebbero pensato che era a terra dopo il cazziatone di Proust. Non sapeva decidere quale delle due cose fosse peggio.

«Ah, un'altra cosa, sergente.»

«Sì?»

«Quella donna di cui Alice Fancourt ha accennato a Waterhouse, quella del reparto maternità...»

«Mandy. La rintraccerò.» Ma sì, lasciamo che Proust sprechi alla grande le risorse del reparto investigativo per correre dietro alle fantasie di quella Alice Fancourt, se ci tiene. Lasciamo che sia lui a fare la figura dell'idiota, alla fine.

«Non farà male a nessuno se prendiamo dei campioni del DNA da lei e dalla figlia, no? E controlliamo se corrispondono.»

Charlie annuì. Perché non prelevare un campione da tutte le bambine nate in quell'anno all'ospedale di Culver Valley, già che c'erano? Giusto per andare sul sicuro, stile Erode. Ma che pagliacciata.

Chiusa per bene la porta dietro di sé, marciò oltre gli agenti della sua squadra prima che avessero il tempo di dire una sola parola. Simon alzò gli occhi per guardarla, Sellers e Gibbs no. Charlie aumentò l'andatura, in modo da fiondarsi al più presto nella toilette, l'unico posto in cui poteva rinchiudersi nel caso Simon avesse pensato di raggiungerla per chiederle se andava tutto bene. Era la cosa che odiava di più al mondo, sentirsi fare quella domanda.

Una volta entrata in bagno, si chiuse a chiave e, con la schiena contro la porta, respirò a fondo per fare uscire almeno un po' della tensione che aveva in corpo. Poi si lasciò scivolare a terra singhiozzando.

21.

Martedì 30 settembre 2003

Sono seduta nel salottino, intorpidita dal sonno e disorientata come ieri, dopo quella nottata senza aver chiuso occhio. Di fronte a me è seduta una dottoressa che vedo oggi per la prima volta. Mi dice di chiamarsi Rachel Allen. Sono indecisa se crederle o no. Potrebbe averla istruita Vivienne, potrebbe anche essere un'attrice, per quel che ne so. È una donna molto giovane, alta, larga di fianchi. Ha i capelli biondo chiaro tagliati corti e una carnagione eccessivamente rosea. Il viso è senza trucco, la pelle nuda dei polpacci è arrossata e coperta da una peluria bionda. Ogni volta che i nostri sguardi si incontrano mi scocca un sorriso radioso. So che Vivienne ascolta da dietro la porta, ansiosa di sentire la sua diagnosi.

Protendendosi in avanti, la dottoressa Allen mi prende la mano e la stringe forte tra le sue. «Non sia preoccupata, Alice», dice. Non ho mai sentito una frase più stupida: chi non si preoccuperebbe, nei miei panni? «Non sia nervosa. La faremo stare meglio, presto!» Mi sorride di nuovo, porgendomi un foglio di carta. Ci sono scritte delle domande. Ti succede di desiderare di farti del male, fisicamente? Spesso-raramente-mai. Ti succede di pensare che la vita non ti riserva niente di buono? Spesso-raramente-mai.

«Che cos'è?» chiedo. Avrei bisogno di mangiare qualcosa. Mi sento debole per la fame, come se lo stomaco fosse scavato da un artiglio che non trova niente da afferrare.

«È il questionario sulla depressione postparto elaborato dal nostro studio medico», risponde la dottoressa Allen. «So cosa sta pensando: carte e poi ancora carte! Sono completamente d'accordo. Magari ci metta il solito paio di rispostine, così poi siamo libere di parlare veramente.»

«Dov'è la dottoressa Dhossajee?» domando. «Preferirei parlare con la mia dottoressa.»

«Non era libera, oggi, è per questo che sono venuta io. Perché non compila il questionario, adesso? Ha bisogno di una penna per caso?» Pesca nella borsa, ne tira fuori una biro blu.

Leggo la sfilza di domande, una più banale dell'altra. «Non serve a niente», le dico alla fine. «Sono domande che non c'entrano con una situazione come la mia, quindi le risposte non darebbero nessuna informazione utile.»

La dottoressa Allen annuisce con aria pensierosa, sporgendosi in avanti sulla sua sedia. «Ha pianto stamattina?» chiede.

«Sì.» Praticamente non ho fatto altro che piangere in questi ultimi giorni. Ho pianto quando Vivienne mi ha chiuso a chiave nella cameretta di Florence. Mi sono raggomitolata sul tappeto singhiozzando e tenendomi stretta a Hector, il grande orsacchiotto di Florence, finché mi sono addormentata. Al mio risveglio, sedici ore dopo, ho ricominciato a piangere. Non vedo Musetto da quando sono uscita di casa per andare all'appuntamento con Simon e ho una voglia pazzesca di vederla, anche una volta sola, anche se non mi permettono di toccarla.

«Oh, povera cara! E quanto spesso le succede di piangere?» Il desiderio della dottoressa Allen di aiutarmi si tocca quasi con mano.

«Spessissimo. Quasi sempre. Ma è perché mi hanno portato via mia figlia, e io non so dov'è e nessuno vuole credermi.»

«Ha la sensazione che nessuno le creda?» La dottoressa Allen sembra sul punto di piangere anche lei.

«Esatto.»

«Ha la sensazione che le persone che le stanno intorno e le circostanze cospirino contro di lei?»

«Sì, perché è quello che sta succedendo. Mia figlia è scomparsa e io non riesco a provarlo né a mio marito né alla polizia. Questo è un fatto concreto, non una mia sensazione.» Le mie parole suonano fredde, senza cuore. Una volta avevo un cuore, ma ora è in pezzi. Non esiste più.

«Ma è naturale!» prorompe la dottoressa Allen. «Io sono fermamente convinta che le sensazioni profonde siano un *fatto*. Vede, prendo molto sul serio le emozioni dei miei pazienti. Sono qui per aiutarla. Lei ha tutto il diritto di provare quello che prova, ed è molto frequente, nelle donne che hanno appena avuto un bambino, provare un fortissimo senso di persecuzione, di alienazione...»

«Dottoressa Allen, mia figlia è stata rapita.»

Lei sembra imbarazzata. «Be'... e cosa ha detto la polizia?»

«La polizia non sta facendo assolutamente niente. Dicono che non esiste un reato. Loro non mi credono.» Il sollievo che vedo dipingersi sul suo volto mi fa sentire tradita. Prendere per buona l'opinione di altri professionisti è più facile, per lei.

«Ha l'aria stanca», mi dice. «Ora le prescriverò delle pillole per dormire...»

«No, non ho bisogno di pillole. Ho appena fatto un sonno di più di dodici ore. Riempirò il questionario, ma di pillole non ne voglio. Ho l'aria stanca perché ho dormito troppo, non per altro. Mi dia la penna.» Con la biro della dottoressa Allen faccio un segno di spunta sulle risposte che mi faranno sembrare più equilibrata possibile.

«In generale come si sente, fisicamente?» mi chiede.

«Ogni tanto mi gira la testa», ammetto. «Come un senso di vertigine.»

«Sta prendendo del Co-codamol?»

«Sì. È quello che fa girare la testa?»

«È un antidolorifico molto forte. Quanto tempo è passato dal cesareo?»

«Allora smetterò di prenderlo», dico. Ho bisogno di avere la mente lucida. Non ho mai preso volentieri gli antidolorifici della medicina allopatica, ma Vivienne ha detto che ne avevo bisogno e mi sono fidata di lei. «Prendo anche due rimedi omeopatici, l'iperico e il *gelsemium.*»

«Va bene.» La dottoressa Allen sorride, tollerante. «Magari non servono a niente, ma male non fanno.» Ma quanta degnazione, penso.

Le restituisco il quiz con tutte le risposte. Domanda da cento punti: Alice è pazza o no?

«Grazie», dice lei con entusiasmo, neanche le avessi messo in mano i gioielli della corona. Si mette a leggere le mie risposte tutta concentrata, con un respiro affannoso come se dovesse venire a capo di chissà quale enigma. Mi viene da pensare a un cavallo da tiro.

«E se la bambina fosse malata?» dico in un bisbiglio. «Musetto. Se avesse qualcosa che non va?» Mi gira la testa per l'eccitazione di una nuova idea che ha appena fatto capolino. «Forse è per questo che l'hanno scambiata con Florence, che è sana.» Mi viene in mente il test di Guthrie, quando hanno fatto un piccolo prelievo di sangue dal tallone di Florence. David ci ha scherzato sopra, dicendo che il test prevedeva di far sentire delle canzoni di Woody Guthrie ai neonati per scoprire quante ne riconoscevano. Nel caso di Florence l'esito è stato positivo: non aveva niente. «Sembra una bambina sana, ma magari... non è che potreste farle fare degli esami? Alla bambina, voglio dire, a Musetto.» Sto andando in iperventilazione. «Sì, potrebbe essere questo!» Batto le mani. «E se questa è la ragione per cui Mandy – lei o chi altro – ha scambiato le due bambine, vuol dire che Florence probabilmente non corre nessun pericolo! Capisce cosa intendo?»

La dottoressa Allen mi guarda come se le facessi un

po' paura. «Mi scusi un momento, Alice», dice. «Vado fuori un attimo a scambiare due parole con Vivienne.» Se la sua opinione mi interessasse, potrei obiettare al fatto che si precipiti a comunicarla a Vivienne invece che a me, ma visto che so di non essere pazza, non mi importa cosa dirà e a chi. La osservo mentre si affretta a uscire dalla stanza. Vorrei che se ne andasse del tutto, vorrei che lei e Vivienne e David se ne andassero. Potrei portare via Musetto da questa casa e non tornare mai più, così David non potrebbe più torturarmi. E invece so che non posso permettermi di agire d'impulso. La gente vedrebbe la mia macchina, vedrebbe me e Musetto. Ci troverebbero, ci riporterebbero qui.

Sento la dottoressa Allen parlare con Vivienne dietro la porta. «Ebbene?» domanda Vivienne. «Qual è il verdetto?»

«Oh Signore, temo di essere molto preoccupata per lei!» ammette la dottoressa Allen. A nessuna delle due importa che io possa sentire il succinto resoconto di ciò che ho appena detto. Mi fa star male sentirle dire che vorrei che Musetto fosse malata, perché ciò significherebbe automaticamente che Florence sta bene. Io non auguro del male a nessun bambino, a nessun figlio, questo dovrebbe essere evidente.

«Guardi qui», sta dicendo la dottoressa Allen a Vivienne. «Qui, alla domanda "Ti succede di pensare che non sarai all'altezza di fare qualcosa?", lei ha messo la spunta su "mai". Questo è uno dei segnali di avvertimento più importanti, a nostro avviso. Tutte le donne che hanno appena messo al mondo un figlio pensano di non essere all'altezza. È naturale, perciò se una persona afferma il contrario...»

«Vuol dire che si sta illudendo», conclude Vivienne.

«Sì, e con conseguenze che probabilmente saranno pesanti, perché questo genere di negazione ti mette sotto una pressione eccessiva, e alla fine esplodi. Mi dispiace tanto, *davvero* tanto», cantilena la dottoressa Allen. «Penso che Alice dovrebbe farsi vedere da uno psichiatra o da uno psicologo.» Quanto mi piacerebbe. Lui – o lei – starebbe senz'altro dalla mia parte: è questo il primo dovere di un terapeuta. Potrei farcela, se avessi dalla mia anche una sola persona. Ma Vivienne non mi permetterebbe mai di mettermi nelle mani di uno psichiatra, lei pensa che quella gente voglia il controllo sui pensieri del paziente.

«...Sembra un'illusione saldamente radicata», sta dicendo la dottoressa Allen.

«Cosa le fa ritenere con tanta certezza che si tratti di un'illusione?» chiede Vivienne.

Il mio cuore batte all'impazzata. Che fine ha fatto la mia sicurezza, per farmi provare tanta gratitudine al minimo segno di solidarietà nei miei confronti? «Posso farle una domanda, dottoressa Allen?»

«Certamente.»

«Florence è stata allattata artificialmente fin da subito. Non si attaccava al seno, capisce? La bambina di sopra sembra decisamente soddisfatta del latte artificiale che davamo a Florence... questo non suggerisce la probabilità che sia proprio lei?»

Annuisco. È una buona domanda. La mente di Vivienne sta lavorando, sta cercando di applicare la logica al problema.

«Be', ecco...» La dottoressa Allen ha un attimo di esitazione. «Un neonato allattato al seno protesterebbe, se improvvisamente passasse al biberon. Ma se fosse stato alimentato artificialmente fin dal primo giorno...»

«Però esistono vari tipi di latte artificiale, vero?» la interrompe impaziente Vivienne. «Non crede che cambiare il tipo di latte avrebbe creato delle difficoltà?»

«Forse sì, forse no. La vostra è una marca molto diffusa, e poi ogni neonato è diverso dagli altri. Alcuni accettano solo il latte materno, ad altri va bene il latte artificiale, di qualunque tipo e marca. Il fatto che questa neonata prenda il latte di Florence senza protestare non dimostra niente.» La dottoressa Allen sembra sulle spine, desiderosa di andarsene. Probabile che si stia chiedendo se sono tutti pazzi, gli abitanti di questa casa.

Mi sento rinfrancata. In mancanza di prove concrete, la dottoressa e Vivienne hanno in mano solo un pugno di mosche. Per quanto riguarda me, sarò anche infelice, tormentata da mio marito, angosciata per mia figlia e senza speranza di ricevere aiuto, ma almeno conosco la verità. Questo è il solo elemento a mio vantaggio.

22.

7 ottobre 2003 ore 14

Entrare in una prigione: Simon non ci aveva ancora fatto il callo. Detestava mettersi in coda con gli altri visitatori, alcuni dei quali – purtroppo lo sapeva bene – nascondevano addosso, se non addirittura nelle parti intime, delle bustine di eroina che sarebbero passate nelle mani dei loro familiari, sotto il tavolo, al momento giusto. I secondini, per la maggior parte corrotti, erano perfettamente al corrente di quel traffico e si guardavano bene dall'impedirlo.

Simon era in piedi accanto alle ragazze mezzo svestite e malnutrite di quei poveracci, o di quei farabutti, a seconda del punto di vista. Con le gambe nude chiazzate dal freddo e oscillanti sui tacchi alti, ridacchiavano e parlottavano tra loro a bassa voce. Simon udì la parola «sbirro». Anche senza uniforme, lo riconoscevano immediatamente.

Dopo la fila arrivò la perquisizione, quindi tutti i visitatori furono annusati dai cani poliziotto. Ottenuto finalmente il lasciapassare, Simon si diresse verso il cortile interno attraverso lo squallido parlatorio del carcere di Brimley, prevedendo il ben noto ritornello: «Sbirro del cazzo! Fai schifo, stronzo!» accompagnato dal frastuono del metallo battuto contro le sbarre, ritmicamente, da ogni direzione. Il cortile interno era circondato da celle e i pezzi di merda in effetti ce la misero tutta a urlare i loro insulti. Non che avessero niente di meglio da fare.

Simon continuò a camminare guardando dritto davanti a sé finché giunse al blocco delle celle di sicurezza. Il secondino che lo scortava lo fece entrare in una stanzetta con i muri dipinti di un giallo senape e il pavimento ricoperto da una moquette marrone logora e sfilacciata. Il tavolo regolamentare e le due sedie. Una telecamera fissa al muro, con il quadrato scuro dell'occhio puntato verso il basso. Sul tavolo, un grosso portacenere di plastica: ogni poliziotto sapeva che era inutile arrivare lì senza tabacco e cartine oppure un pacchetto di Benson & Hedges, a seconda di quanto era in vena di generosità. I pezzi di merda ci contavano, allo stesso modo in cui i camerieri fanno conto sulla mancia. L'opzionale che diventa obbligatorio.

Simon era maledettamente a disagio. La stanza puzzava di sudore irrancidito e di fumo di sigaretta stantio, ma vi aleggiava anche, pungente, l'odore di sesso. A quello Simon preferiva non pensare. Si dimenò sulla sedia. Aveva fatto una doccia quella mattina, per cercare di sentirsi pulito malgrado ciò che lo circondava.

Guarda dove sei finito, disse una voce dentro la sua testa. Davvero sconfortante il pensiero che quello fosse l'ambiente spregevole in cui normalmente si muoveva lui, lontano mille miglia da Alice Fancourt, da The Elms. Con gli occhi della mente rivide Alice com'era la prima volta che l'aveva incontrata, dritta in piedi in cima allo scalone ricurvo della casa, e poi seduta sul divano color crema del salotto, con quei suoi lunghi capelli biondi che si allargavano a ventaglio sullo schienale. Persone come lei non avrebbero dovuto dividere il pianeta con la feccia che finiva lì dentro, pensò Simon, incerto se riferirsi a individui come Beer o a sé stesso.

Senza sorridere, senza guardarlo negli occhi, Charlie gli aveva ordinato di interrogare Beer sull'arma del delitto e sulla borsetta di Laura Cryer. Qualunque cosa le avesse detto Proust durante il loro faccia a faccia, aveva fatto effetto: Charlie era tutta immedesimata nel suo ruolo, in quella nuova fase dell'indagine all'insegna della massima scrupolosità. Ora sul pannello della sala operativa campeggiava un numero uno esageratamente grande accanto al nome di David Fancourt, e Charlie si era messa a parlare ad alta voce dell'importanza di riesaminare tutte le carte relative all'omicidio di Laura Cryer. Simon non ci era cascato, e secondo lui nemmeno Proust. Già altre volte Charlie si era comportata in quel modo, agendo in maniera assolutamente irreprensibile sul piano formale, ma lasciando intendere chiaramente che la testa e il cuore si opponevano.

Immatura, ridicola. Ma la cosa che lo irritava di più era essere lui il principale bersaglio dell'ostilità di Charlie. Non capiva cosa avesse fatto per offenderla, al di là di esporre qualche valido dubbio sul caso Cryer. Aveva sperato in un elogio, si era aspettato almeno qualche parola di ammirazione, anche se detta tra i denti, ed eventualmente una discussione animata. Invece lei aveva smesso completamente di guardarlo in faccia, e se doveva rivolgergli la parola, lo faceva come uno zombie che leggesse macchinalmente su un gobbo. Sellers e Gibbs non ci facevano caso, a quanto pareva; nei loro confronti Charlie era tutta sorrisi e blandizie, come a voler sottolineare la differenza.

Simon aveva sentito dire che le donne sono irrazionali, ma era convinto che Charlie fosse un'eccezione. Doveva aver capito che lui non c'entrava niente con il cazziatone di Proust, che a metterla nei guai erano state la sua stessa superficialità e quelle scemenze dette alla riunione della squadra, più vicine al pettegolezzo che al lavoro di un investigatore.

La porta della stanzetta fetida si aprì e un uomo piuttosto giovane fu spinto dentro da un secondino ancora più giovane. Simon ci mise qualche istante a riconoscere Darryl Beer. Un taglio a spazzola aveva preso il posto della coda di cavallo e il fisico si era appesantito. Un tempo Beer era uno stronzetto smilzo, con l'aspetto del roditore che zampetta freneticamente in cerca di briciole. Ora che la faccia si era rimpolpata, aveva assunto un aspetto più comune, più simile a un tipo qualunque che potrebbe passare il sabato a comprare mobili e attrezzi da giardino, trapani elettrici e l'accendifuoco per il barbecue.

Quando Simon si presentò, Beer fece un'alzata di spalle che doveva dimostrare una solenne indifferenza per l'identità del visitatore e il motivo della visita. A Simon quell'atteggiamento era familiare: uno sbirro era uno sbirro, e non era mai un piacere averne uno tra i piedi.

«Devo farti alcune domande sull'omicidio di Laura Cryer.»

«Aggressione a scopo di rapina», lo corresse automaticamente Beer, posando il braccio peloso sulla pancia. La divisa da carcerato gli stava piccola e lasciava scoperta una striscia di carne biancastra, un rotolino di ciccia che traboccava dalla cintura.

«Ferire una donna con un coltello da cucina e lasciarla a terra a morire dissanguata io lo chiamo omicidio.»

Beer non batté ciglio.

Simon estrasse dalla tasca un pacchetto di Marlboro e un accendino. Beer allungò una mano. Le lettere tatuate sulle nocche formavano la parola HATE, odio. Si accese una sigaretta, si concesse un lungo tiro e poi un altro. «Sei stato tu?» domandò Simon.

Sul viso di Beer si dipinse un'espressione prima stupefatta, poi divertita. «Mi prendi per il culo?» chiese di rimando. Simon scosse la testa. «Mi sono dichiarato colpevole, no?»

«Cosa ne hai fatto della borsetta? E del coltello?»

«Hai un'idea di chi era Laura Cryer, del lavoro che faceva?» gli disse Beer nel tono di chi intavola una normale conversazione. «Se fosse vissuta, forse avrebbe trovato la cura per il cancro. Prima o poi forse la sua équipe ci arriverà, grazie al lavoro iniziato da lei. Lo sapevi che era stata lei a convincere la Morley England a investire nella

BioDiverse quaranta milioni di dollari per finanziare la ricerca? Potrebbe diventare famosa, un giorno. Io potrei diventare famoso.»

«Cosa ne hai fatto della borsetta e del coltello?»

«E chi se lo ricorda.» Beer fece una risatina, lietissimo di non essere d'aiuto. Con la mano su cui era scritto LOVE si grattò la pancia scoperta. «Ero fuori di testa. Ma perché vieni a chiedermelo proprio adesso?»

«Ti ricordi almeno di avere accoltellato Laura Cryer?» L'atteggiamento di Beer aveva innescato la bomba inesplosa della rabbia di Simon. Nello stomaco stava crepitando un fuoco: a causa di Beer, oppure era già lì ad ardere sotto la cenere? Si immaginò di prendere un estintore e di usarlo contro le fiamme, come una volta gli aveva consigliato Charlie. «Pensa alla schiuma ignifuga», gli aveva detto. «Già la parola fa pensare al fuoco che scappa via.» Aveva funzionato. Possibile che la donna intelligente e sensibile che aveva pronunciato quelle parole e la scolaretta permalosa che imperversava giù alla centrale fossero la stessa persona?

«Devo pur averlo fatto, no?» disse Beer. «Con tutte quelle prove a dimostrarlo.» La voce sarcastica e cantilenante era un'aperta provocazione.

Il posto adatto per quella faccia di merda era il fondo del portacenere. A Simon prudevano le mani, tanta era la voglia di ficcarcela dentro. «Stammi a sentire, testa di cazzo. Una donna e sua figlia sono scomparse, e la bambina non ha neanche un mese. Se mi dici la verità, magari ci aiuti a ritrovarle.» Da piccolo, l'unica volta che aveva detto una parolaccia in presenza della madre, Simon si era beccato una lavata di bocca con acqua e sapone. Aveva sentito in che modo gli altri poliziotti usavano il turpiloquio: come veniva, a casaccio e con notevole imprecisione. Lui invece lo usava in modo specifico, scegliendo i termini secondo un significato preciso. Assaporava con gusto ognuna di quelle parole appartenenti a un mondo che escludeva i suoi genitori.

Beer scrollò le spalle. «Stai sprecando il tuo tempo, sbirro. Secondo me, mamma e bambina sono morte.»

Simon inspirò un paio di volte, a fondo. Non era vero. La pensava allo stesso modo anche Charlie? Perché lui non riusciva a domandarglielo? Prima di scomparire, Alice lo aveva fatto sentire a disagio mettendo a nudo la sua inadeguatezza a proteggerla. La morte di lei avrebbe confermato tutto ciò che Simon temeva di più a proposito di sé stesso. Pensare a lei in vita, solo temporaneamente scomparsa, era l'unico modo per allontanare dalla mente la delusione che le aveva dato, per concentrarsi sulla fiducia che all'inizio le aveva ispirato. Per guadagnare altro tempo. Quella storia non era finita.

«Ora ti dico come penso siano andate le cose», cominciò. «Il tuo avvocato difensore ti ha consigliato di patteggiare. Siccome la corrispondenza rivelata dal test del DNA ti inchiodava, lui ti ha detto che ti saresti beccato l'ergastolo se ti proclamavi innocente, perché nessuna giuria avrebbe mai creduto a uno stronzo come te.» Cogliendo un guizzo di inquietudine negli occhi di Beer, Simon continuò a fare pressione. «Un innocente sarebbe andato in bestia, avrebbe fatto di tutto e di più per dimostrare la propria innocenza. Ma questo succede ai signori, vero? Quelli che la società tratta con i guanti. So da dove vieni, Beer, mi sono letto tutto quello che ti riguarda. Povertà, scuola fatta per modo di dire, genitori separati, abusi sessuali... se hai una vita del genere e poi arriva un avvocato a dirti che ti condanneranno per un delitto che non hai commesso, ci credi seduta stante, giusto? Perché è esattamente quello che capita tutti i giorni ai rifiuti umani come te.»

«Sono i rifiuti umani come *te* che rovinano la vita a me, a noi», scattò Beer, finalmente strappato al suo autocompiacimento. Strana cosa da dire, pensò Simon chiedendosi a chi fosse riferito quel «noi». Beer non era sposato e non aveva figli. Si riferiva per caso alla categoria dei delinquenti nel suo insieme, come gruppo con cui uno poteva essere fiero di identificarsi? O a una classe di diseredati ancora più ampia?

Simon spinse in avanti la sedia. «Stammi bene a sentire», disse, «se non hai ucciso tu Laura Cryer, io penso di sapere chi può averlo fatto. È un riccone viziato che vive in una grande casa con la sua mammetta altrettanto ricca. È lui che stai aiutando a farla franca.»

«Io non sto aiutando nessuno.» Di nuovo la maschera scostante e astiosa sul viso.

«Ti hanno visto due volte nel giardino di The Elms, la settimana prima della morte di Laura Cryer. Cosa ci facevi lì?»

«Nel giardino di che?»

«The Elms. Dove hai accoltellato la Cryer.»

«La *dottoressa* Cryer, prego. Lei non è altro che un fottuto cadavere per te, vero?»

«Cosa ci facevi alla villa?»

Una scrollata di spalle. «Non mi ricordo.»

«Se hai paura di beccarti un'altra condanna per avere giurato il falso dichiarandoti colpevole, non ci pensare», disse Simon. «Probabilmente te la darebbero, ma considerato il periodo di detenzione già scontato... O è la prospettiva di uscire troppo presto che ti preoccupa? Devi esserti fatto un bel po' di nemici quando hai iniziato a collaborare e hai mandato dentro i tuoi soci, eh? Ti preoccupa l'idea di non durare molto fuori di qui?»

«Se c'è uno che ha l'aria preoccupata quello sei tu, sbirro.» Beer si accese un'altra sigaretta presa dal pacchetto sul tavolo. «Non io.»

Simon non fu in grado di decifrare la sua espressione. «Chiunque sia chi te l'ha giurata, sarà ancora in giro tra cinque, sei o sette anni», disse. «Avrai comunque bisogno della nostra protezione, il giorno che uscirai di qui. Perciò se fossi in te...» prese le sigarette dal tavolo e le rimise in tasca, «...comincerei a pensare al modo migliore per convincerci ad aiutarti.»

Dietro una nuvola di fumo, gli occhi di Beer erano stretti come due fessure. «La prossima volta che vieni, cerca di essere informato su chi era Laura Cryer e sulle grandi cose che faceva. Tu vuoi che parli per aiutarti su un altro caso, un caso che non c'entra niente con Laura. E neppure con me.»

Laura. La chiamava per nome, eppure non la conosceva. Quanto tempo era passato dall'ultima volta che lui aveva pensato ad Alice come alla «signora Fancourt»? Valore affettivo e familiarità non erano la stessa cosa.

«A te non te ne frega un cazzo della verità, eh? Tu vuoi solo farmi dire quello che ti fa comodo sentire.»

«Cosa intendi?»

«E tutti i piccoli sbirretti vissero felici e contenti. Fine!» E fu davvero la fine, perché per quanti tentativi facesse, Simon non riuscì a cavare una parola in più da Darryl Beer.

23.

Mercoledì 1° ottobre 2003

Apro gli occhi con un gemito soffocato. Il risveglio, che è un ripiombare di nuovo nell'incubo, è il momento peggiore. David non è a letto. Sulla porta si staglia Vivienne, vestita di tutto punto con un elegante tailleur pantalone nero e maglioncino grigio a polo. Il viso è coperto dalla solita maschera di trucco sapiente. Arriva fino a me il sentore del suo profumo, Madame Rochas. Io mi sento disgustosamente sporca: non faccio il bagno, anzi non mi lavo per niente, fin da lunedì. Ho la bocca arida, la lingua che sembra carta vetrata e i capelli in un groviglio stopposo.

«Ti senti meglio, dopo una bella notte di sonno?» mi chiede.

Non rispondo. Sono un po' intontita e fatico a tenere aperti gli occhi, le palpebre sono troppo pesanti. È l'angoscia. Deve essere quello, perché ho smesso di prendere l'antidolorifico da quando ho parlato con la dottoressa Allen.

«Perché non ti fai un bel bagno?» suggerisce Vivienne con un sorriso invitante.

Scuoto la testa. Non posso uscire dal letto, con lei che mi sta davanti.

«Alice, è difficile per tutti, non solo per te, ma nonostante ciò abbiamo il dovere di comportarci da persone civili.»

Dalla camera dove c'è Musetto mi giunge la voce di David, immerso in un animato discorsetto. Per tutta risposta Musetto emette dei gorgoglii soddisfatti. Mi sento esiliata, lontana mille miglia da ogni possibilità di gioia. «Voglio prendermi cura della bambina», dico, con le lacrime che sgorgano malgrado gli sforzi per trattenerle. «Perché David non me lo lascia fare? Non mi lascia neppure avvicinare.»

Vivienne sospira. «La bambina sta bene, e David è solo preoccupato per te, Alice. Non credi che in questo momento dovresti concentrarti sul prenderti cura di te stessa, se mai? Hai passato dei momenti terribili.» La sua sollecitudine mi disorienta. «Prima quel lunghissimo travaglio, poi il cesareo in emergenza. Penso che tu stia chiedendo troppo a te stessa.»

Ha detto la stessa cosa quando le ho parlato delle difficoltà incontrate ad accettare la morte dei miei genitori. «Non lottare contro il sentimento del lutto», mi ha suggerito allora. «Lasciati invadere, accoglilo. Impara a conviverci. Invitalo a restare per tutto il tempo che vorrà. Alla fine sarai in grado di gestirlo.» È stato il migliore consiglio che ho mai ricevuto. Ha funzionato, esattamente come aveva previsto Vivienne.

«Porto la bambina con me, oggi», annuncia. «Prima accompagno Felix a scuola, poi andrò a fare shopping.»

«Non vuoi lasciarla sola con me e David, vero? Non ti fidi di nessuno dei due.»

«I bambini hanno bisogno di prendere una boccata d'aria ogni tanto», dice lei con fermezza. «Gli fa bene. E a te farà bene un bel bagno caldo. Vedrai che differenza, una volta che ti sarai messa in ordine, con addosso qualcosa di carino. Non farà scomparire i tuoi problemi, ma ti farà sentire più a posto. Sempre che tu stia bene, naturalmente. Non vorrei che ti stancassi troppo, se non sei ancora in forze.»

Credo che Vivienne desideri il mio affetto. O meglio, lei ritiene che le spetti di diritto. Il fatto di avermi chiuso a chiave nella camera di Florence, di intaccare il mio senso di realtà trattandomi come un'invalida, restano chiusi fuori dalla sua mente, dove trovano posto solo le cose gentili e utili che ha fatto per me in questi anni.

Mi giro su un fianco, via da lei. Ora mi sono chiare le ragioni di questa sua rinnovata sollecitudine nei miei confronti e mi sento una sciocca. Vivienne mi vuole malata, certo. Per lei la soluzione perfetta di questa vicenda è che Florence non sia scomparsa e che il mio equilibrio mentale sia gravemente disturbato. E mi torna in mente la dottoressa Allen, che pur con le migliori intenzioni ha creduto che io desiderassi una Musetto malata.

«Bene, riposati, allora.» Vivienne è decisa a non lasciarsi scoraggiare dal mio atteggiamento di chiusura a riccio. Si china su di me, mi bacia sulla guancia. «Arrivederci cara, ci vediamo più tardi.»

Chiudo gli occhi e inizio a contare mentalmente. Vivienne porta con sé Musetto, in giro per compere. Da questa casa possono andare e venire tutti tranne me. Cosa succederebbe se annunciassi, come ha appena fatto Vivienne: «Oggi porto fuori la bambina»? Mi fermerebbero, inutile dirlo.

Quando sento il rumore sordo della porta d'ingresso, seguìto a breve distanza da quello del motore della macchina di Vivienne, apro gli occhi e guardo l'orologio: otto meno un quarto. Se n'è andata. Scendo dal lettone e barcollo verso il pianerottolo, con la sensazione di non avere usato le gambe per anni. Strofino le dita dei piedi nudi sulla lana soffice della moquette grigia, ferma a guardare il lungo corridoio su cui si affaccia, da una parte e dall'altra, una fila di porte bianche. Mi sembra di vivere un sogno di quelli dove ogni porta si apre su una stanza che ha una funzione ben precisa, distinta da tutte le altre, e su una situazione completamente diversa. Perché tutto questo silenzio in casa? Dov'è David?

La porta della camera di Florence è aperta. Soppeso il bisogno di andare in bagno e la tentazione di entrare nella camera di mia figlia senza essere sorvegliata. Vince la seconda, non c'è gara.

Entro con cautela, come se mi stessi inoltrando in territorio proibito, e mi avvicino alla culla vuota. Mi chino a respirare il profumo di neonata, quel meraviglioso profumo di novità e freschezza. Tiro la cordicella che penzola dal sole sorridente appeso alla parete, proprio sopra la culla, e partono le note di *Somewhere Over the Rainbow.* Una stretta al cuore. Posso solo sperare che Florence non soffra come sto soffrendo io.

Apro le ante dell'armadio e sfioro con le dita i suoi vestitini freschi di bucato, le stoffe a righine rosa o gialle, le copertine di lana e di pile, soffici come forse sono le nuvole, ripiegate in bell'ordine una sopra l'altra. Una vista che dovrebbe infondere gioia e ottimismo, che dovrebbe rendermi felice, ma che in assenza di Florence ha l'effetto opposto.

Richiudo l'armadio, irrigidita dal dolore. Dovrei uscire da questa camera, stare qui non fa che peggiorare le cose, ma per qualche ragione e malgrado il bisogno di andare in bagno, non ce la faccio a muovermi di qui. Questa stanza è la prova che ho una figlia, preziosa per me più di ogni altra cosa al mondo. Questa stanza è il mio legame con Florence. Accarezzando Monty, quel suo coniglietto così tenero, con le lunghe orecchie penzoloni, siedo sulla sedia a dondolo nell'angolino, lì dove una volta ho immaginato di trascorrere ore e ore tenendo in braccio mia figlia mentre la allattavo. Sotto pelle, il desiderio di essere con Florence formicola in ogni terminazione nervosa.

Alla fine, una sensazione di disagio fisico mi costringe ad alzarmi. Mi accerto di lasciare la porta socchiusa esattamente come l'ho trovata, ma poi mi viene in mente che nessuno mi ha mai proibito di entrare in quella stanza. Sto forse diventando paranoica? «Ehi!» chiamo dal pianerottolo. «David?» Nessuna risposta. Mi assale il panico. Se ne sono andati via tutti, per sempre. Sono sola. Sono sempre stata sola.

«David?» chiamo di nuovo, più forte questa volta. In bagno non c'è. Sto per alzare il coperchio del water, quando mi accorgo che la vasca da bagno è già piena. Niente schiuma, niente oli profumati, solo acqua. Io e Vivienne aggiungiamo sempre qualche essenza, anche se le aggiunte di Vivienne di solito sono molto più costose delle mie. Questa vasca da bagno è la mia preferita: grande, di quelle vecchie, di una porcellana bianco panna, lo stesso colore che hanno i denti sani. Ci si sta comodi in due, e di tanto in tanto io e David ci infiliamo qui dentro insieme, quando è sicuro che Vivienne rimarrà fuori per almeno un'ora. Mi correggo: ci infilavamo.

La guardo perplessa, aggrottando la fronte. Che io sappia, David ha sempre svuotato e risciacquato la vasca dopo aver fatto il bagno. Non farlo sarebbe indice di grande maleducazione, secondo Vivienne. Tocco l'acqua con le dita. È fredda, e vedo anche che è assolutamente limpida: nessun tipo di detergente è stato usato lì dentro, ci posso giurare. Perché mai David dovrebbe farsi un bagno senza usare nessun sapone, lasciando poi l'acqua nella vasca?

Sento qualcosa che sbatte alle mie spalle. Sobbalzo, mi giro. David mi sta guardando con un sorrisetto sulle labbra. Ha chiuso la porta con un colpo e ora ci si appoggia contro, le mani infilate nelle tasche dei jeans. Dalla sua espressione capisco di essere caduta in pieno nella trappola che mi ha teso. Dev'essersi appostato dietro la porta per farmi l'imboscata. «'Giorno, cara», dice sarcastico. «Ti ho preparato l'acqua per il bagno. Gentile da parte mia, viste le circostanze.»

Sono spaventata. Nella sua crudeltà c'è qualcosa di grottesco che sembra avere rimpiazzato l'amarezza dei giorni scorsi. Non so cosa significa, ma è certo che non promette niente di buono. Forse gli importa di me ancora meno di prima, o forse ha scoperto, per puro caso, di provare gusto per il disperato sadismo generato in lui dall'infelicità e dallo sconforto.

«Lasciami stare», dico. «Non farmi male.»

«*Non farmi male*», ripete lui scimmiottandomi. «Grazie tante! Ti ho solo riempito la vasca, così potrai farti un bel bagno lungo e di tutto relax.»

«È gelida, l'acqua.»

«Entra nella vasca, Alice.» La voce è carica di minaccia.

«No! Ho bisogno di andare al gabinetto.» Mentre lo dico mi rendo conto di quanto sia urgente.

«Non sono certo io a impedirtelo.»

«Non ci vado finché stai qui. Esci, lasciami in pace.»

David resta dov'è, immobile. Ci scambiamo un lungo sguardo. I miei occhi sono asciutti, il cervello intorpidito, inerte.

«Be'?» ribatte David. «Che aspetti?»

«Vaffanculo!» È l'unica cosa che mi viene da dire.

«Oh, che linguaggio da signora.»

Non mi resta altra scelta, dato che non sono forte abbastanza da prenderlo e scaraventarlo di peso fuori dal bagno. Il contenuto del mio intestino si è trasformato in acqua. Faccio un passo verso il water. David si muove inaspettatamente, fulmineo, parandosi davanti a me e bloccandomi la strada. «Spiacente», dice. «Tempo scaduto.»

«*Che cosa?*» Non ci credo, a un impulso scattato così, su due piedi. Deve avere progettato questo film dell'orrore scena per scena, parola per parola. Non si può affidare all'improvvisazione questo genere di sottile violenza.

«Mi hai insultato, perciò ora entri direttamente nella vasca.»

«No.» Conficco le unghie nei palmi delle mani. «No che non entro! Togliti di lì, fammi andare al gabinetto.»

«Sai, potrei fare in modo che tu non riveda mai più Florence», dice con voce calmissima. «Non sarebbe difficile. No, per niente difficile.»

«No, ti prego! Promettimi che non lo farai!» Mi assale una paura folle, che invade ogni singola cellula del mio corpo. David ha tutta l'aria di fare sul serio.

«Io posso farti più male di quanto ne fai tu a me, Alice. Molto di più, ricordatelo. Posso, e lo farò.»

«Allora ammetti che sai dov'è Florence? Dov'è, David? Dimmelo, ti prego. È al sicuro? Dove la stai nascondendo? Con chi è?»

David si contempla le unghie in silenzio, io vorrei gridare con tutto il fiato che ho in corpo e sbattere la testa contro il muro. La personalità di mio marito ha preso questa nuova, mostruosa incarnazione. Si è calato nel ruolo del torturatore e ci ha preso gusto. Forse è così che succede. Penso a tutte le atrocità del mondo e a coloro che le commettono. Dev'esserci una spiegazione, ce n'è sempre una, per tutto.

Persino in questo momento non riesco a non sperare in un cambiamento in positivo della situazione. Forse sono veramente pazza. Mi immagino David che, come fosse l'unico sopravvissuto a un evento disastroso, dice: «Non so cosa mi sia preso». Se la mettesse così, come un'aberrazione, come un cedimento momentaneo a una forza distruttiva, forse potrei perdonarlo. L'amore che avevo per lui è ancora dentro di me, increspa la superficie e determina la trama dei miei pensieri, come le grinze di una vecchia carta da parati ancora visibili sotto una mano di pittura fresca.

Devo cercare di resistere fino a venerdì. Ora che David ha tirato fuori questa orribile minaccia, eviterò di correre rischi fino a quel giorno. Devo sacrificare la dignità e l'orgoglio, se questo è il solo modo di proteggere Florence. Mi tremano le gambe, le scariche di adrenalina si ripercuotono in ogni punto del mio corpo. Lo sforzo di controllare le mie viscere è un'agonia. «D'accordo», dico. «Se non farai del male a Florence, farò tutto quello che vuoi.»

David arriccia il naso, disgustato. «Farle del male? Stai per caso insinuando che vorrei fare del male a mia figlia?»

«No. Scusami, scusami per tutto. Dimmi cosa vuoi che faccia.»

Sembra che questo lo rabbonisca un po'. «Togliti la camicia da notte e infilati nella vasca», intima, parlando lentamente e in un tono di artificiosa pazienza, come se avesse a che fare con una persona dura di comprendonio. «E restaci finché non te lo dico io.»

Obbedisco, cantando mentalmente una canzoncina per distrarmi da quello che sta succedendo. *Second-Hand Rose*, una che la mamma mi cantava quando ero piccola. Piedi, caviglie e polpacci sono colpiti da una staffilata di freddo mentre entro in acqua. David mi ordina di immergermi, e quando lo faccio il cuore ha un sobbalzo per lo shock. L'acqua gelida ha sulle mie funzioni corporali l'effetto che prevedevo, che anche David non può non avere previsto. Il dolore e l'umiliazione che mi sopraffanno sono così acuti che per un attimo il respiro si arresta. Per la prima volta nella mia vita capisco come una persona possa arrivare ad augurarsi di morire.

Quando sento la sua voce, sembra provenire da una grande distanza. «Fai schifo», sibila. «Guardati. Guarda cosa hai fatto. Non ho mai visto uno schifo simile in vita mia. Cos'hai da dire a tua discolpa?»

«Mi dispiace», balbetto battendo i denti.

In piedi accanto alla vasca, con le braccia incrociate sul petto, David mi guarda scrollando la testa e godendosi fino in fondo la mia vergogna. «Non avrei mai dovuto sposarti. Sei sempre stata una scelta di scarto, dopo Laura. Non lo sapevi?»

«Ti prego lasciami uscire», sussurro scossa da un tremito convulso. «Sto gelando. Mi fa male.»

«Voglio che confessi di avere mentito su Florence», ordina David. «Voglio che tu dica alla mamma e alla polizia che ti sei inventata tutto quanto. Lo farai o no?»

Nascondo il viso tra le ginocchia. Mi sta chiedendo l'unica cosa che non potrò mai fare, ma ho il terrore di dirgli di no perché dispone di un modo ben peggiore di questo per punirmi, se solo decide di mettere in pratica la minaccia di non farmi più vedere Florence. Sospetto che per David il piacere stia soprattutto nel minacciare e nel potere di ricatto che gliene viene, ma non posso permettermi di rischiare.

Ora si siede sul coperchio del water abbassato, facendo un sospiro. «Non sono un violento, Alice. Quando mai ti ho toccato? In modo violento, dico.»

«Mai.»

«Già. E non sono nemmeno una persona con cui è impossibile ragionare. Non vorrei essere costretto a farti queste cose, ma tu non mi dai altra scelta.» Va avanti così per un pezzo, giustificando le sue azioni e interrompendosi di tanto in tanto per lanciarmi qualche insulto e per schernirmi. Quando tiro su le ginocchia per stringerle contro il petto, lui mi dice che non posso, devo tenere le gambe distese sul fondo della vasca. Non posso neppure coprirmi il petto con le braccia. Obbedisco, ma a parte questo cerco di non ascoltarlo. All'orecchio mi giunge solo il vociferare monotono, disanimato e persecutorio di un uomo che è sempre stato dominato dalla madre. Con gli occhi della mente mi figuro una pianticella legata a un tutore per farla crescere nella direzione voluta: così è David, che in questo momento si sta facendo un'overdose di potere e se la gode fino in fondo, come un affamato che ha paura di essere davanti alla sua ultima cena.

Non so per quanto tempo mi costringe a stare in quell'acqua gelida e lercia, abbastanza da farmi diminuire la sensibilità dalla vita in giù e da ridurre le gambe a un livido colore bluastro. Mi sento come un animale, peggio di un animale. Sono una disgraziata, è colpa mia se mi è successo questo. Cose così non capitano alla maggior parte della gente, anzi, non capitano praticamente a nessuno. Più in basso non si può cadere. Non sono in grado di proteggere mia figlia.

Alla fine David si alza con un sospiro. Apre la porta dicendo: «Bene, spero che questa esperienza ti abbia insegnato qualcosa. Ora faresti meglio a dare una ripulita a te stessa e alla vasca. Ricordati, sei ospite in casa di mia madre». Poi si allontana fischiettando.

24.

8 ottobre 2003 ore 14.40

Uscito da Spilling lungo la strada per Silsford, Simon seguì i cartelli di legno bianchi con le scritte nere delle tortuose stradine di campagna fino a Hamblesford, il paese in cui abitavano i genitori di Laura Cryer. Era partito dalla centrale mezz'ora prima del necessario: preferiva aspettare davanti all'abitazione dei Cryer piuttosto che subire un minuto di più la compagnia di Charlie.

Gli aveva lanciato provocazioni per tutta la mattina. «Scommetto che ha delle tettone grandi così e una fighetta stretta stretta», aveva detto parlando di Suki Kitson, la tipa di Sellers. «E insomma, diciamocelo chiaro, Stacey ha fatto due figli. Probabile che Sellers ci balli dentro come un cetriolino in una buca delle lettere.» Simon riconobbe immediatamente la minaccia: quando Charlie dirigeva la conversazione sui particolari anatomici, era ora di levarsi dai piedi. Quei riferimenti agli attributi sessuali femminili erano a uso e consumo di Simon, e avevano l'effetto di fargli saltare i nervi. C'era da temere che fosse un modo obliquo di ricordargli l'indecorosa ritirata alla festa di Sellers.

Sarebbe andato a parlare con Proust, se Charlie non si dava una regolata al più presto. Invece di fargli da guida nel lavoro, con quella rabbia e quel sarcasmo gli rendeva impossibile concentrarsi. Simon doveva costringersi continuamente a pensare a quel cazzo di estintore e di schiuma ignifuga per non dirgliene quattro, per non mollarle un ceffone. Ma non si può essere arrivati a questo punto si disse. E perché proprio ora, poi? Non capiva cosa avesse causato quel deterioramento così rapido e improvviso del suo rapporto con Charlie. Fino a poco tempo prima, e nonostante le tensioni che potevano crearsi, erano stati buoni amici. Praticamente Charlie era l'unica vera amica che avesse, ora che ci pensava, e non voleva perderla. Chi gli sarebbe rimasto? Sellers e Gibbs? Quanto si sarebbero dispiaciuti se anche non l'avessero visto mai più?

Charlie aveva esultato alla notizia del fallito tentativo di Simon di cavare fuori qualcosa da Darryl Beer, e non aveva fatto niente per nasconderlo. «Oh, ma guarda un po', tu eri tutto pronto a raddrizzare un errore giudiziario, e quel brutto pezzo di merda invece ti mette i bastoni tra le ruote. Be', hai presente quelli che dicono: "Non mi piace ricordartelo, però io te l'avevo detto"? Io non sono così, a me piace un casino ricordartelo.»

A Simon non importava che quella prima visita al carcere di Brimley si fosse rivelata improduttiva. Non aveva abbandonato la speranza che Beer si decidesse a parlare, una volta esercitato il meschino potere di tenerlo per qualche tempo col fiato sospeso.

L'alibi di David Fancourt era solido. Lui e Alice erano a Londra, a una rappresentazione di *Trappola per topi* di Agatha Christie. Diversi testimoni avevano rilasciato dichiarazioni che confermavano la presenza di entrambi a teatro per tutta la durata dello spettacolo. Un alibi fin troppo solido, a pensarci bene. Mentre parcheggiava la macchina nello spiazzo a fianco del monumento ai caduti, davanti ai giardini pubblici di Hamblesford, Simon si scoprì a ipotizzare persino che David Fancourt avesse scelto proprio quella pièce per il suo significato simbolico. Fancourt era un uomo intelligente. Per lavoro progettava complicati giochi elettronici. E poteva anche essere vendicativo, come lui stesso aveva avuto modo di constatare. Magari l'aveva divertito l'ironia di portare la fidanzata a vedere una famosa commedia gialla la sera stessa in cui lui mandava un sicario a uccidere la prima moglie.

Era Darryl Beer, quell'assassino? Erano colpevoli entrambi, Darryl Beer e David Fancourt? Avrebbe sottoposto quell'ipotesi a Charlie, se i rapporti tra loro non fossero stati così tesi. In mancanza d'altro, invece, aveva tentato di mettersi in comunicazione telepatica con Alice. Non ci credeva minimamente in quelle stronzate, però... A volte gli pareva di sentire la presenza di Alice: quieta, non vista, lo osservava da lontano, chiedendosi quanto tempo gli sarebbe occorso per salvare lei e sua figlia. Alice lo considerava una persona capace, per lo meno all'inizio. Tutto quello che doveva fare Simon era trovare lei e Florence, per farle capire che non lo aveva sopravvalutato. Il pensiero di cosa le avrebbe detto, se e quando l'avesse ritrovata, lo metteva in agitazione come chi viene colto alla sprovvista.

I genitori di Laura abitavano in un cottage bianco di fianco a una macelleria. Sul davanti non c'era il giardino; solo uno stretto spazio lastricato separava la casa dalla via principale del paese. Il tetto di paglia del cottage era interamente ingabbiato in qualcosa che somigliava a una retina per capelli. Simon bussò con il batacchio di legno nero e attese. In quei momenti si sentiva sempre intimidito, paventando il momento di presentarsi a degli sconosciuti. L'educazione ricevuta non lo aiutava, quanto a disinvoltura: Simon era cresciuto vedendo sua madre irrigidirsi per la tensione ogni volta che suonavano alla porta, a meno che non fosse atteso il prete o qualche parente stretto. «E chi potrebbe essere, a quest'ora?» ansimava, gli occhi pieni di paura di fronte all'ignoto.

Quando viveva con i suoi, non gli veniva mai permesso di ricambiare gli inviti dei compagni di scuola per il tè. Secondo sua madre, mangiare era un'attività troppo privata per essere svolta in compagnia di persone che non erano di famiglia. Troppo giovane per costruirsi delle difese, Simon aveva parlato di quella regola di casa con i compagni, che da quel momento lo avevano preso in giro senza un briciolo di pietà. Ora che era adulto, si rendeva conto che sua madre non gli aveva reso un buon servigio applicando quella norma, ma nonostante ciò non riusciva ad avercela con lei. Gli era sempre sembrata troppo fragile per sopportare delle critiche. Da adolescente aveva represso il senso di frustrazione e cercato di comprenderla, anche se aveva attraversato un periodo in cui un commento o un'occhiata di disapprovazione erano sufficienti a farlo diventare verde di rabbia e a scatenare una furia distruttiva su oggetti e persone, che tra l'altro gli era costata ripetute sospensioni da scuola. Non fosse stato il migliore della classe, lo avrebbero sicuramente espulso.

Quella mattina aveva ricevuto un'altra telefonata da lei, che voleva sapere se sarebbe andato a cena domenica. Che Simon ci fosse già stato la settimana prima non contava un bel niente, sua madre non gli dava mai pace.

La porta di casa dei Cryer fu aperta da un uomo di mezza età con il torace a forma di botte, occhiali con le lenti bifocali, un maglione blu scuro con lo stemma di un club di golf, calzoni dello stesso colore e pantofole. «Detective Waterhouse? La stavamo aspettando. Sono Roger Cryer.»

Simon gli tese la mano.

«Prego, si accomodi», lo invitò Cryer. «Mia moglie stava giusto preparando il tè. Ah, eccola!» Parlava con un forte accento del Lancashire.

Maggie Cryer sembrava di vent'anni più vecchia del marito. A lui Simon avrebbe dato sessant'anni, a lei ottanta. Impossibile domandare, ovviamente. Alta non più di un metro e cinquanta, minuta, con le mani deformate dall'artrosi che reggevano malferme il vassoio del tè, la madre di Laura era vestita con una vestaglietta da casa di nylon verde, calze color carne e pantofole azzurre.

«Servitevi da soli», disse posando il vassoio su un tavolino basso, dopodiché si issò sul piccolo divano di vimini, a fianco del marito e di fronte a Simon la cui poltrona, anch'essa di vimini, era scomoda e ogni tanto scricchiolava. «Spero che non sarà una cosa lunga», sospirò. «Per noi è una tortura, anche dopo tanto tempo. La telefonata della polizia...»

«Capisco, signora Cryer. Mi dispiace, ma temo sia necessario.»

Nel caminetto ardeva un fuoco di legna che rendeva il soggiorno insopportabilmente caldo. Al pari di tanti altri cottage, quello dei Cryer aveva delle finestre molto piccole che lo facevano apparire buio e triste anche di giorno. Quel divampare della fiamma nella semioscurità dava a Simon l'impressione di essere in una caverna. Sulla mensola del camino erano allineate tre fotografie di Laura nelle loro cornici. Nessuna di Felix.

«Abbiamo letto sul giornale che la sua nuova moglie è scomparsa.»

«Roger», lo richiamò Maggie Cryer.

«E anche la bambina. È per questo che è venuto qui?»

«Sì. Abbiamo riaperto il caso di Laura», rispose Simon.

«Ma io credevo che non ci fossero dubbi», disse la signora Cryer. «Così ci ha detto allora la polizia. Quel... quel tale, Beer, è stato senz'altro lui. Così ci avevano detto.» Le dita gonfie tormentavano le maniche del vestito.

«Avrei bisogno di farvi solo un paio di domande», spiegò Simon con il tono rispettoso e grave richiesto dalle circostanze. Con quel tono gli sarebbe piaciuto potersi rivolgere a sua madre, anche se in quel particolare momento serviva a poco: non c'era verso di tranquillizzare o rassicurare Maggie Cryer. Simon avrebbe scommesso che quella donna viveva in uno stato di perenne agitazione. Dal tempo del delitto o da sempre?

«Non prende il tè?» gli domandò la signora Cryer.

«No, grazie, sono a posto così.»

«Hai dimenticato il latte, cara», disse il marito.

«Davvero, va bene così», ripeté Simon. «Non si disturbi.»

«Io ci vorrei un goccino di latte», insistette Cryer.

«Nessun disturbo.» Maggie Cryer si alzò dal divano e si allontanò in fretta dalla stanza.

Appena la moglie fu scomparsa, il signor Cryer si protese verso Simon. «Che resti tra noi», sussurrò, «perché in presenza di mia moglie non posso parlarne, la turba troppo. È David Fancourt che dovete tenere d'occhio. Prima Laura viene uccisa, e ora la seconda moglie e la bambina scompaiono. Un po' troppo per essere una semplice coincidenza, non le pare? E poi, perché Darryl Beer avrebbe dovuto uccidere la nostra Laura? Perché? Se lui l'avesse aggredita, Laura gli avrebbe dato immediatamente quella maledetta borsetta, non lo avrebbe lasciato arrivare a quel punto. Era una ragazza razionale.»

«A suo tempo avete detto queste cose alla polizia?»

«Mia moglie non me lo ha lasciato fare. Diceva che potevamo finire nei pasticci – sa com'è, sul piano legale – se dicevamo cose che non corrispondevano al vero. Ma nove volte su dieci è qualcuno che la vittima conosce. Nove volte su dieci... l'ha detto un esperto in televisione.»

«Per quale motivo David Fancourt avrebbe voluto uccidere Laura?» chiese Simon, speranzoso di udire in risposta la sua stessa teoria.

Roger Cryer lo fissò con aria interrogativa, come se quella domanda ne implicasse altre, più fondamentali. Per esempio, domande sulla competenza della squadra investigativa di Culver Valley, si disse Simon amaramente. Sì, certo, la risposta era ovvia per chiunque, salvo Proust, Charlie, Sellers, Gibbs e il resto della squadra.

«Per l'affidamento di Felix», rispose Roger Cryer. «E per vendicarsi del male che lei gli aveva fatto. È stata Laura a lasciarlo. Lui non l'ha presa bene, credo che sia stato un brutto colpo.»

Simon annotò tutto nel taccuino. Non era esattamente la versione fornita da Vivienne e David Fancourt a Charlie, quella. Cos'aveva detto Charlie alla riunione della squadra? «La trovava fisicamente ripugnante e noiosa. Era sollevato perché era riuscito a liberarsi di lei.» Così aveva detto, parola per parola. La memoria di Simon era più attendibile di quella di Roger Cryer o di David Fancourt. C'era una discrepanza, quindi. «Come fa a sapere che era stato un colpo per lui?»

«Ce lo ha detto Vivienne Fancourt, la madre di David. Lei ha fatto di tutto per persuadere Laura a salvare il matrimonio. È persino venuta a parlare con noi, sperando che saremmo riusciti a convincerla. C'era un'antipatia reciproca tra lei e Laura, c'era sempre stata. Perché avrebbe dovuto essere così ansiosa di indurre Laura a fare un ultimo tentativo, se non per il bene di David? Vedeva che era distrutto e perciò, come ogni madre, faceva il possibile per aiutarlo. Non ha funzionato, però. Laura è sempre stata una persona molto determinata, che sapeva quello che faceva, e una volta presa una decisione, non c'era verso di smuoverla.»

«Eccomi qua.» Maggie Cryer tornò in soggiorno con una piccola caraffa azzurra in mano. Versò il tè in tre tazze, anche se Simon aveva declinato l'offerta.

Il marito sembrava lottare contro l'urgenza di parlare ancora. Non ci mise molto a perdere la battaglia. «Vendetta», disse sottolineando la parola con un cenno del capo, come a voler ribadire il concetto. «David è un tipo vendicativo. Io e Maggie abbiamo avuto dei problemi a vedere Felix, dopo che Laura è morta», aggiunse.

«Oh, Roger, basta, per favore. A cosa serve parlarne?»

«Lo sa quando è stata l'ultima volta che abbiamo visto Felix? Due anni fa. Ormai non ci arrabbiamo neanche più, semplicemente facciamo come se non avessimo un nipotino. Felix è il nostro unico nipote, tra l'altro. Ma alla fine ti si spezza il cuore. Con la morte di Laura è cambiato tutto, da un giorno all'altro. Letteralmente da un giorno all'altro. Gli hanno cambiato nome, da Felix Cryer a Felix Fancourt, e dopo averlo levato dalla scuola materna che a lui piaceva, dove si trovava proprio bene, lo hanno piazzato a forza in quella maledettissima scuola privata fatta apposta per gente con la puzza sotto il naso. Era come se David e Vivienne volessero trasformare Felix in un'altra persona! Ce lo lasciavano vedere una volta ogni due mesi o giù di lì, e mai per più di un paio d'ore o soli con lui: c'era sempre Vivienne a fare la guardia. E a compatire noi, intanto.» La faccia si era fatta sempre più rossa via via che parlava. Accanto a lui, a occhi chiusi, la moglie aspettava che finisse. Da una certa innaturale rigidità della sua posizione, si capiva che era tesa nello sforzo di proteggersi dalle parole del marito.

Simon era sempre più perplesso. Secondo Charlie, Vivienne Fancourt si era lamentata essenzialmente di una cosa a riguardo di Laura Cryer, e precisamente del fatto che aveva tenuto David e lei a distanza da Felix, permettendogli di vederlo molto di rado e solo sotto la sua sorveglianza. Era possibile che David avesse fatto la stessa cosa con i genitori di Laura, una volta morta la moglie? Possibile che David vivesse quella situazione come una battaglia tra i Cryer e i Fancourt, una battaglia in cui Felix era il premio per il vincitore?

«Abbiamo cercato di parlare con David, l'abbiamo addirittura implorato», continuò Roger Cryer. «Ma ha un cuore di pietra, quell'uomo. Ha detto di no a ogni nostra richiesta, e senza mai degnarsi di dare una motivazione.»

«Lei ha detto che Vivienne Fancourt vi compativa», disse Simon. «Cosa intende esattamente?»

Maggie Cryer scosse la testa, come se affrontare quel tema andasse al di là delle sue forze.

«Sapeva che avremmo voluto vedere più spesso Felix e che David non ce lo permetteva», rispose Roger Cryer. «Era evidente che ci compativa, visto che non la smetteva di ripetere che per noi quella situazione doveva essere molto difficile. Ma quel suo ripeterlo continuamente non faceva che peggiorarla, soprattutto perché non la finiva mai di raccontare le belle cose che lei e Felix facevano insieme.»

«È stato per questo che alla fine mi sono arresa», disse in un sussurro Maggie Cryer. Le tremavano le mani, e Simon notò che il dorso di entrambe era picchiettato di macchioline scure. «Perché vedere Felix significava vedere lei e...» si interruppe con un brivido. «Mi ammalavo, a volte stavo male per giorni interi dopo averla vista, e la goccia che ha fatto traboccare il vaso è stato sapere da lei che Felix aveva incominciato a chiamarla mamma. Non me la sono più sentita, a quel punto.»

«Si è dimostrata veramente insensibile, quel giorno», aggiunse Roger Cryer, dando qualche colpetto affettuoso sul braccio magro della moglie, «perché subito dopo ci ha detto che aveva dovuto ricordare a Felix chi eravamo. Lui se n'era dimenticato, non vedendoci da tanto tempo. Poi si è resa conto della gravità di quelle parole e si è scusata ma, dico io, che bisogno c'era di venircelo a raccontare?»

Simon rimase sorpreso quando vide Maggie Cryer respingere la mano del marito con un moto di impazienza, come se fosse un ragno che le camminava sul braccio. «Quando si tratta del carattere di una donna, mio marito è un pessimo giudice», disse. «Altro che insensibile! L'ha detto apposta, come tutto il resto. Non aveva un briciolo di compassione per noi.»

«Cosa stai dicendo?» Il marito aveva l'aria sconcertata. «Ne aveva sì, non faceva altro che ripeterlo.»

«Perché sapeva che era il modo migliore per farci del male, e sapeva che noi non avremmo mai potuto dimostrare che lo faceva apposta, per pura cattiveria.»

«Lei pensa che fosse quello il motivo?»

«Ma certo. Se uno fa un'osservazione sgradevole per

sbaglio, sta bene attento a non ripeterla, giusto? Non insiste a dire la stessa cosa alla stessa persona. Quando una donna intelligente come Vivienne Fancourt dice continuamente delle cose che ti feriscono, significa che lo fa apposta.» Simon guardò le mani di Maggie Cryer. Premute una contro l'altra in grembo, due piccole mani nodose chiuse a pugno.

25.

Mercoledì 1° ottobre 2003

La vasca è immacolata. Nessuno capirebbe mai, nessuno saprà mai cos'è successo qui. Certa che più pulita di così non potrebbe essere, mi faccio una doccia sfregando vigorosamente ogni centimetro di pelle, chiedendomi se potrò mai sentirmi pulita anch'io.

Mi avvolgo in un grande asciugamano e corro in camera. L'armadio non è chiuso e la chiave è nella serratura. Scelgo cosa mettere: un paio di calzoni ampi e un maglione pesante. Questi abiti mi stanno bene. Mi odio per il patetico sentimento di gratitudine che mi invade: dovrebbe essere una cosa normale, poter scegliere cosa indossare. Niente mi impedisce di prendere la porta principale di The Elms e andarmene per non tornare mai più. Niente, eccetto la minaccia di David: «Potrei fare in modo che tu non riveda mai più Florence».

Lo squillo del telefono mi fa sobbalzare. Sono sicura che è Vivienne, che chiama per controllare come va. Sto pensando se rispondere o no, quando sento la voce di David provenire dal piano di sotto. All'inizio parla troppo piano perché possa capire, ma non appena alza la voce intuisco che è contrariato, e molto più preoccupato di esprimere la sua opinione che di ascoltare le parole del suo interlocutore, chiunque sia. Di certo non Vivienne.

Lo sento dire: «Esatto, per gli adolescenti, e ti assicuro che gli piacerà. No. No, perché non è così che lo mettiamo in vendita. No, venerdì non posso. Perché non posso, va bene? Be', perché non dovremmo parlarne adesso?». Deve essere Russell, il socio di David.

Un'occasione ghiotta, per me, e il solo pensiero mi paralizza. David starà al telefono per un quarto d'ora almeno: le sue conversazioni con Russell non sono mai brevi, soprattutto se c'è qualche motivo di disaccordo. Non che mi abbia mai raccontato di cosa discutono.

Mi avvicino in punta di piedi alla camera di Vivienne e spalanco la porta. Il letto è stato rifatto, come sempre, e sul copriletto lilla non si vede una grinza. Sul tavolino da toilette ci sono quattro fotografie di Felix, due delle quali lo ritraggono a fianco di Vivienne. Nella stanza aleggia il profumo della crema che si spalma sul viso ogni sera. Di fianco al letto scorgo le sue pantofoline cinesi bianche ricamate, che assomigliano a scarpette scollate senza tacco. Sono sistemate una vicina all'altra, perfettamente parallele, come se dentro ci fossero i piedi di Vivienne. Rabbrividisco, quasi aspettandomi che da un momento all'altro si muovano verso di me.

Il mio cellulare. È per questo che sono venuta qui. Mi strappo a forza a quella visione superstiziosa, avvicinandomi al comodino e aprendo l'unico cassetto. Eccolo qui, esattamente dove sapevo di poterlo trovare. Spento. Se sono pazza come credono tutti gli altri, come mai ero certa che l'avrei trovato qui? Vivienne diceva che era in cucina.

Lo accendo e chiamo Simon Waterhouse sul suo cellulare. Mi ha dato il numero l'ultima volta che ci siamo visti, perché gli seccava che lo chiamassi alla stazione di polizia. Ho strappato il foglietto su cui l'aveva scritto, ma prima l'ho imparato a memoria. Gli lascio sulla segreteria telefonica un messaggio pronunciato a voce bassissima, dicendo che domani dobbiamo incontrarci di nuovo al Chompers, ho bisogno di parlargli con urgenza. Questa volta il colloquio andrà meglio, mi dico. Simon ne uscirà credendo a me; saremo alleati, noi due, e lui mi aiuterà. Farà tutto ciò che gli chiedo.

Ritorno sul pianerottolo e guardo giù, per accertarmi

che David sia ancora al telefono con Russell. Sì, è ancora lì. Non capisco più cosa dice – parla a voce più bassa, adesso –, ma ha quel tono tra l'assertivo e il petulante che speravo di sentire. Sono sicura che la conversazione non si sta ancora avvicinando al termine.

So che dovrei rimettere il cellulare nel cassetto di Vivienne per evitare di suscitare dei sospetti, ma non ci riesco, è più forte di me. Ho bisogno di tenerlo. È un simbolo della mia indipendenza. Pensi pure, Vivienne, che intrufolarmi nella sua camera per rubarlo sia un'altra delle manifestazioni della mia pazzia, della mia malattia.

Mi spremo le meningi per trovare un posto sicuro dove nasconderlo. Se lo rimettessi nella mia borsa, Vivienne lo prenderebbe, come ha fatto anche la prima volta. In questa casa c'è solo una stanza dove Vivienne non va mai: lo studio di David. Non ci entra mai nessuno a parte David, e nemmeno lui ci ha più messo piede da quando è nata Florence. Il divieto di entrare vale anche per le donne delle pulizie di Vivienne, che vengono una volta alla settimana per l'intera giornata, con il risultato che la stanza è molto più in disordine e più polverosa del resto della casa. Lo studio è pieno di computer, schedari, apparecchiature audio, accanto a file e file di CD – solo musica classica e la discografia completa di Adam and the Ants – e alla collezione di romanzi di fantascienza, scaffali interi di libri dal titolo bizzarro.

Dopo essermi guardata intorno, decido che il posto migliore per nascondere il cellulare è dietro uno di quegli schedari, e faccio per avvicinarmi quando lo sguardo si posa sul computer di David. Un altro strumento per comunicare con l'esterno, con il mondo normale al di là di The Elms.

Mi siedo sulla sedia girevole e lo accendo, sperando che il ronzio non sia troppo forte. Mi dico che l'ansia durerà solo pochi istanti, perché se David ha sentito qualcosa piomberà qui in un attimo. Mi batte forte il cuore mentre me ne sto lì seduta ad aspettare. Non succede niente. Attraverso la porta giunge attutita la voce di David, di nuovo irritata e ancora in piena discussione con Russell. Espiro lentamente. Salva. Per ora.

Sullo schermo del computer, una piccola finestra mi dice che se voglio entrare devo inserire una password. Impreco tra i denti. Credevo che il computer di David fosse come il mio al lavoro, con la password salvata in memoria in modo da rendere automatico il login.

Inserisco «Felix» ma compare un avviso di errore. Provo con «Alice» e «Florence», ma anche queste vengono rifiutate. Un brivido di paura mi fa accapponare la pelle mentre digito «Vivienne». Anche questa non va bene, grazie a Dio.

Forse gli uomini sono meno propensi delle donne a scegliere il nome di una persona cara, penso. Ma cos'altro può essere importante per David? Non ha una squadra del cuore, per quanto riguarda il calcio. Mi viene in mente che forse ha giocato d'astuzia, scegliendosi una parola che nessuno penserebbe di associare a lui, una parola presa assolutamente a caso come «tombola», o «candelabro», o il nome di un luogo... Provo «Spilling», ma niente da fare.

Chiudo gli occhi, sforzandomi disperatamente di riflettere. Che altro? Che altro? Ma in fondo, che senso ha stare lì a spremersi il cervello quando di parole ce ne sono a milioni, e David avrebbe potuto sceglierne una qualunque? Anche se avessi il tempo di eliminare tutte quelle che lui non sceglierebbe di sicuro... Quasi scoppio a ridere all'idea che mi è balenata, è troppo assurda. Ma forse vale la pena di tentare, dopo tutto ora so che mio marito trova divertenti i giochini morbosi.

Digito «Laura» e premo il tasto Invio. La finestra del login sparisce e lo schermo si colora di azzurro. In basso a destra, nell'angolo, compare una piccola clessidra mentre il computer riprende a ronzare. Mi gira la testa, tanto forte è lo shock. David ha comprato questo computer solo sei mesi fa. Solo sei mesi fa, e come password è andato a scegliere il nome della sua ex moglie. Perché? *Sei sempre stata una scelta di scarto, dopo Laura. Non lo sapevi?* No, non può essere vero. Sono assolutamente certa che David l'ha detto solo per ferirmi.

Ma non ho tempo di stare a pensarci, non ora. Vado sul sito di Hotmail più in fretta che posso per crearmi al volo un account, ma ci vuole di più di quanto credessi e comincio a sudare man mano che compio gli innumerevoli passi richiesti. Dopo un tempo che mi pare lunghissimo ho un account e un indirizzo e-mail: AliceFancourt 27@hotmail.com.

Mi giunge di nuovo alle orecchie la voce di David: «Comunque sia...». Qualcosa nel suo modo di pronunciare quelle due parole mi getta nel panico. C'è una nota particolare che sembra preannunciare la fine della conversazione, una voglia di concludere. Forse si sta chiedendo cosa faccio quassù. Sono rimasta sola troppo a lungo senza che qualcuno mi desse una controllata.

Premo il tasto di spegnimento del computer e lo schermo diventa istantaneamente nero. Esco di corsa dallo studio e mi infilo in camera da letto, lasciando la porta socchiusa e restando a poca distanza dalla soglia.

«No, ti telefono io nel fine settimana», continua David. «Ah, e quando pensi di tornare? No, d'accordo allora. Leggimi la loro lettera, se ce l'hai a portata di mano.»

Volevo inviare una e-mail a Briony per ringraziarla dell'orsacchiotto che ha mandato a Florence e per dirle che mi farebbe piacere vederla tra una quindicina di giorni, quando le cose saranno tornate alla normalità. *Devo* poter credere che le cose torneranno alla normalità. Avendo il tempo, le avrei scritto anche delle cose brutte che sono successe qui, raccontando della scomparsa di Florence e della comparsa di Musetto. Avrei una voglia pazza di parlare con lei di queste cose – lei, ne sono certa, mi crederebbe sulla parola – ma decido che non mi conviene rischiare di riaccendere il computer. Tesa come sono, non riesco a valutare l'importanza del fatto di non essere riuscita a spedire questa e-mail.

Laura. Quante volte ho sentito Vivienne descriverla come un orribile mostro, un'arpia dispotica? Per me era scontato che David la pensasse allo stesso modo, ma ora, per la prima volta, mi viene il dubbio che, se anche non fosse stato d'accordo con sua madre, gli sarebbe mancato il coraggio di dirlo apertamente. È assurdo, dopo tutto quello che David mi ha fatto, ma non riesco a trattenere le lacrime al pensiero che solo sei mesi fa abbia scelto il nome di Laura invece del mio per creare una password.

«Aspetta, aspetta», lo sento dire a Russell. «Quelli non hanno capito la cosa più importante: *noi ce l'avevamo*, un fornitore assolutamente all'altezza, e loro ci hanno offerto delle condizioni che...»

Guardo il cellulare. Tornare nello studio di David sarebbe sfidare la sorte, ma se cerco di pensare a un altro nascondiglio possibile – in camera da letto, per esempio – ho solo un gigantesco vuoto nella mente. Opto per correre il rischio, soprattutto perché so che né a David né a Vivienne passerebbe per la testa che io sia stata proprio in quella stanza, tanto meno per nasconderci qualcosa.

Infilo la mano nello spazio tra la parete e lo schedario più vicino alla porta. Probabilmente è largo quanto basta, ma è meglio controllare. Le dita urtano contro uno spigolo duro. Sembra cartone, ma lo spazio non è abbastanza largo da permettermi di afferrarlo.

Mi tiro su e con la massima cautela scosto un poco lo schedario dalla parete. Una cartelletta blu, che era intrappolata lì dietro in posizione verticale, cade a terra contro il muro. La raccolgo, la apro. Dentro ci sono tre riviste pornografiche. Sfoglio la prima e mi viene istintivo fare un passo indietro vedendo la fotografia di una donna nuda legata a un tavolo. Mi blocco, la faccia paralizzata dallo stupore come in un cartone animato: non so cosa pensare di quest'anomalia. David non ci troverebbe niente di erotico, in riviste del genere. Cosa ci fanno nel suo studio? Non è possibile, eppure eccole qui, tra le mie mani.

Mi cade l'occhio su un paio di fogli di carta sul pavimento, devono essere caduti da una delle riviste. Il primo è una lettera, scritta su una carta azzurrina con la filigrana. «Caro David», si legge in apertura. Scorro il foglio fino al fondo pagina. La lettera termina con la frase: «Con tanto affetto da tuo padre» seguita, poco sotto, dalla firma: «Richard».

Sgrano gli occhi. Un nome, finalmente. E la prova che il padre di David esiste. Questo, se non altro, spiega le riviste, che sono in questa cartelletta solo per distogliere l'attenzione da ciò che a David preme tenere nascosto. Deve avere calcolato che, se io o Vivienne avessimo trovato e aperto la cartelletta, la vista di una di quelle orribili foto porno ci avrebbe impedito di andare oltre.

Con metà del cervello in allerta per controllare l'andamento della conversazione telefonica di David, scorro rapidamente la lettera cercando di cogliere i punti salienti. Il padre di David si è risposato. Spedisce la lettera all'indirizzo di The Elms perché ha saputo che David abita ancora lì. Gli dispiace di non essere stato un padre migliore. Gli dispiace di non essere rimasto in contatto con il figlio per tutti questi anni, ma probabilmente è stato meglio così. La lettera è di una lunghezza esasperante, e faccio uno sforzo per assimilare in blocco tutto quello che c'è scritto: «moglie incinta... fratellino o sorellina... se non per me, almeno per lui o per lei... spero che potremo ristabilire un rapporto... il bambino nascerà in settembre... ritirato dall'accademia... mi sono messo a giocare a bridge...»

«Alice! Cosa fai?»

«Mi sto vestendo», gli grido in risposta, con un senso di nausea per la paura che improvvisamente torna ad attanagliarmi. In fretta e furia ficco i fogli e le riviste nella cartelletta e, dopo averla rimessa dov'era, spingo lo schedario contro la parete. Ho un tale terrore di essere scoperta che perdo l'equilibrio e barcollo, facendo un passo indietro e andando a schiacciare qualcosa di piccolo e duro con il piede destro. Lo raccolgo da terra, prendo anche il mio cellulare e scappo a chiudermi in bagno. David sta ancora parlando con Russell. Si era interrotto un istante, solo per controllarmi: è questa la fiducia che ha in me.

Una volta al sicuro, guardo che cos'ho in mano. È un piccolo registratore con dentro una cassetta. Probabilmente sul nastro c'è solo qualche memo di David a proposito dei suoi giochi, ma voglio ascoltarlo lo stesso. Una rapida occhiata allo scarso spessore della porta del bagno, tuttavia, mi dice che questo non è il posto più sicuro: fin troppo facile immaginare una presenza immobile dall'altra parte. The Elms è una casa dove gli spiragli di luce sotto le porte sono spesso oscurati da un'ombra.

Seppellisco il cellulare sotto gli asciugamani puliti impilati dentro l'armadietto del bagno. Dovrebbe essere al sicuro qui, almeno per un po'. Faccio scivolare nella tasca dei calzoni il registratore; a coprire il rigonfiamento ci penserà il maglione che ho addosso. Scendo al pianterreno imponendomi un'aria normale, quella di chi non ha niente da nascondere.

26.

Annotazioni del detective Waterhouse sul libretto dei verbali (scritte in data 5 ottobre 2003 ore 4)

2.10.03 ore 11.15

Luogo: Caffè Bar Chompers presso il club Waterfront, 27 Saltney Road, Spilling. Giunto con quindici minuti di ritardo all'appuntamento con la sig.ra Alice Fancourt (vedi indice), che era già sul posto, e precisamente al telefono pubblico del bar. Le ho chiesto se doveva fare una telefonata, e lei ha risposto che stava per chiamarmi sul cellulare per accertarsi che stessi arrivando.

Ci siamo seduti a un tavolo, ma senza ordinare da bere. La sig.ra Fancourt aveva la faccia stanca, gli occhi rossi e gonfi. Non piangeva quando sono entrato nel locale, ma appena mi ha visto è scoppiata in lacrime, e con una voce che mi ha colpito per il tono isterico, ha detto che dovevo mandare una squadra di agenti «là fuori, immediatamente», in cerca di sua figlia, perché più i giorni passavano più diminuivano le probabilità che trovassimo Florence (vedi indice) sana e salva.

Quando le ho fatto presente che non era in mio potere autorizzare le ricerche, ignorando le mie parole ha risposto: «Ci deve pur essere qualcosa che hai il potere di fare: l'agente incaricato del caso sei tu. Non posso credere che non mi aiuti, tu che potresti farlo facilmente».

Le ho chiesto del furto del cellulare, da lei menzionato nel corso del precedente incontro (vedi indice), e la risposta è stata che in realtà non era mai stato rubato: l'aveva dimenticato da qualche parte in casa, ma poi la suocera (vedi indice) lo aveva ritrovato. Alla mia domanda sul perché poco prima stesse utilizzando un telefono pubblico, visto il ritrovamento del suo telefono personale, la sig.ra Fancourt ha risposto di averlo lasciato a ca-

sa, nascondendolo in modo che non potessero rubarglielo di nuovo. Quest'ultima precisazione contraddiceva palesemente quanto lei stessa aveva affermato poco prima, ma quando gliel'ho fatto notare, la signora si è subito messa sulla difensiva, dichiarando di non essere disposta a proseguire la discussione sull'argomento.

Le ho chiesto se il marito David Fancourt (vedi indice) la stava per caso sottoponendo a maltrattamenti di qualche genere. La sig.ra Fancourt, in stato di evidente agitazione, si è rifiutata di rispondere alla mia domanda, dandomi l'impressione di esserne imbarazzata o addirittura spaventata.

Sempre piangendo, è passata a domandarmi se credevo che una famiglia intera potesse essere colpita da qualche maledizione. Alla mia risposta negativa ha replicato che la famiglia Fancourt aveva una storia di rapporti «spezzati» (così ha detto) tra genitori e figli, citando come esempio Richard Fancourt e il suo abbandono del figlio David Fancourt ancora in tenera età; Laura Cryer e il figlio Felix (in tal caso la separazione è stata dovuta alla morte della Cryer) e infine la forzata separazione tra lei e sua figlia Florence.

A suo parere l'intera famiglia Fancourt sarebbe colpita da una specie di maledizione: un destino a cui sarebbe condannata anche lei, fin dal giorno in cui è entrata a far parte della famiglia. Ha dichiarato di essere stata specificamente prescelta per quello sventurato destino perché i suoi genitori erano morti entrambi in un incidente automobilistico.

Quando le ho chiesto da chi era stata prescelta in base alla modalità appena descritta, la risposta è stata: «Chiamalo Dio, oppure il destino, vedi un po' tu». Al che ho detto che secondo me quell'affermazione, così evidentemente priva di fondamento, era pura superstizione.

In seguito la sig.ra Fancourt mi ha comunicato di avere un'altra teoria riguardo a ciò che potrebbe essere accaduto alla figlia Florence; per dirla con le sue parole, si tratterebbe di «una pista che potreste seguire, se vi va di prendervi il disturbo». Secondo la signora, David Fancourt potrebbe avere un'amante, che sarebbe stata da lui ingravidata all'incirca nello stesso pe-

riodo in cui rimase incinta la signora Fancourt; gli autori dello scambio tra le due neonate sarebbero Fancourt e la sua amante. Quindi Florence potrebbe trovarsi nell'abitazione dell'amante di David Fancourt, e ciò spiegherebbe anche come mai non sia stata denunciata la scomparsa dell'altra bambina.

Alla mia richiesta di spiegare per quale motivo il signor Fancourt avrebbe dovuto fare quello scambio, la signora ha risposto che lui e l'amante forse desiderano disfarsi di lei (Alice Fancourt) per vivere felici e contenti insieme a tutte e due le bambine, mentre, seguendo la normale strada del divorzio, Florence con tutta probabilità verrebbe affidata alla madre. Ciò, secondo la signora, sarebbe intollerabile per il marito, cui già era accaduto di aver perso la custodia del figlio Felix, a suo tempo affidato alla madre Laura anziché a lui.

La sua teoria, ha detto la signora, era che David e l'amante avessero deciso di scambiare le bambine allo scopo di far credere a tutti che lei, Alice Fancourt, era impazzita. In tal modo avrebbero ottenuto l'affidamento a causa della pazzia e/o del rifiuto di Alice di riconoscere la propria figlia come tale. Nel peggiore degli scenari, sempre a detta della sig.ra Fancourt, il piano poteva invece contemplare il suo assassinio, facendo in modo che sembrasse suicidio: cosa non impossibile, se fossero riusciti a convincere tutti che lei soffriva di depressione postparto.

Quando ho fatto presente alla signora Fancourt che questa sua ipotesi suonava molto improbabile e soprattutto era priva del sostegno di qualunque prova, lei si è stretta nelle spalle e ha detto: «È l'unica cosa che mi è venuta in mente». Poi ha aggiunto che gli eventi recenti erano talmente fuori dell'ordinario, che anche la loro spiegazione doveva consistere in qualcosa di inconsueto, che non accade tutti i giorni. Io le ho ricordato che in precedenza aveva sostenuto un'altra teoria, secondo cui era stata la donna del letto vicino al suo, nel reparto maternità, a effettuare lo scambio di bambine, sia perché temeva che il suo partner potesse fare del male alla loro vera figlia, sia perché riteneva che i Fancourt le avrebbero offerto una vita migliore.

Ho detto alla sig.ra Fancourt che avrei informato di entrambe le teorie il sergente Zailer, che in tal modo sarebbe stata in condizione di decidere se era il caso di svolgere ulteriori indagini. Dopo avere premesso che questo mi sembrava molto improbabile, ho aggiunto che era altrettanto improbabile che più o meno nello stesso periodo il signor Fancourt avesse messo incinte due donne, e che queste due donne avessero poi partorito quasi contemporaneamente. Ho aggiunto anche che il signor Fancourt non avrebbe potuto sperare di farla franca, attuando un piano del genere: non con la facilità con cui si può ricorrere, oggi come oggi, ai test del DNA.

La sig.ra Fancourt mi ha detto di aver trovato, il giorno prima, una lettera indirizzata a suo marito. La lettera era del padre, Richard, e informava David Fancourt che la seconda moglie di Richard aspettava un bambino. La signora Fancourt mi ha chiesto cosa pensavo del fatto che il marito avesse un fratellastro o una sorellastra di cui non ha mai parlato a lei, sua moglie. «Eppure è a lui che credete tu e il tuo sergente, non a me», ha osservato con un tono che mi è sembrato tradire non poca amarezza.

Era irritata con sé stessa per non aver badato alla data della lettera. «E se Musetto fosse la figlia di Richard, e quindi la sorellastra di David?» ha detto. «Sono sicura di avere letto che la moglie doveva partorire in settembre, e Florence è nata il dodici di settembre! Dovete fare qualcosa!»

Da parte mia, ho tentato di spiegarle che per quanto riguardava la polizia il caso era chiuso, e perciò la cosa migliore da fare era aspettare i risultati del test del DNA. *Le ho fatto notare che a mio avviso l'ipotesi che la bambina a The Elms fosse la figlia di Richard Fancourt era decisamente azzardata, non essendoci nessuna prova o indizio in questo senso. «Ma almeno si spiegherebbe come mai David è così affettuoso con Musetto, così premuroso verso di lei, se è la sua sorellastra», ha ribattuto la signora Fancourt. Le ho ripetuto che non c'era nessuna ragione valida per formulare una simile ipotesi, e le ho ricordato che solo pochi minuti prima aveva cercato di convincermi che la bambina era la figlia di suo marito e della sua amante. Al che la si-*

gnora Fancourt si è arrabbiata e mi ha detto: «Non mi dai alcuna possibilità, vero?».

Durante il colloquio l'atteggiamento della sig.ra Fancourt nei miei confronti è stato un alternarsi continuo di ostilità, indifferenza e invocazioni di aiuto. Mi sono riproposto di far presente al sergente Zailer la mia preoccupazione per le sue condizioni di salute, ed eventualmente, in prospettiva, di contattare il medico di famiglia della sig.ra Fancourt.

27.

Giovedì 2 ottobre 2003

Al ritorno dall'incontro con Simon, trovo Vivienne, David e Musetto in giardino. La giornata è di quelle limpide e fredde, i loro visi un intreccio di luci e ombre, effetto dei raggi di sole filtrati dalle foglie degli alberi. Rimangono completamente immobili mentre mi avvicino, come le figure di una veduta paesaggistica, visibili sempre e solo in lontananza.

Musetto è nella carrozzina, avvolta in una coperta e con un berrettino giallo di lana in testa. Non posso fare a meno di ripensare al giorno in cui abbiamo comprato quella carrozzina. È stato il giorno dopo che ho scoperto di essere incinta. Personalmente non ero dell'idea di fare chissà che cosa, ma Vivienne aveva insistito tanto perché andassimo tutti insieme a festeggiare. Così siamo entrati all'emporio «Tutto per la mamma e il neonato» di Rawndesley e abbiamo passato ore a esaminare carrozzine, passeggini e seggiolini. Eravamo felici allora, tutti e tre. Vivienne si era persino lasciata prendere un po' in giro da David, dopo aver affermato recisamente che valeva la pena di comprare solo una carrozzina classica, di quelle vecchio tipo.

«Non è da te optare per qualcosa di tradizionale, mamma», aveva detto David. Vivienne aveva sorriso, mentre di solito non accetta le punzecchiature. Sostiene che sono solo mancanza di rispetto camuffata da osservazione scherzosa.

«Dove sei stata?» mi chiede Vivienne, con la mano stretta sul manico della carrozzina comprata quel giorno.

Come sempre, alla fine era stata lei a scegliere. «Perché non hai avvisato che saresti uscita?»

«Ho fatto solo un giretto in macchina», dico evitando lo sguardo di David, come se fosse morto, e per una frazione di secondo vorrei che fosse davvero così. Penso che non perdonerò mai le sevizie che mi ha inflitto, non finché so che esistono nella sua mente tanto quanto nella mia.

Vivienne è scontenta. Non mi crede. «Stavo per fare una passeggiata in giardino con la bambina, vieni anche tu?»

«Oh, sì... grazie.» Sono entusiasta. Il giardino di The Elms è molto esteso, potrò passare come minimo una mezz'ora con Musetto, magari anche di più.

«Ti va di spingere la carrozzina?» mi domanda Vivienne.

«Certo! Grazie.» Lancio un'occhiata a David. È furibondo. Resisto alla tentazione di fargli un sorriso, scioccata dalla scoperta che ora una piccola parte di me – che non esisteva fino a questa mattina – gode del suo scontento.

«Ci pensa David a portare in casa la tua borsa», dice Vivienne.

Mi levo la tracolla dalla spalla. Afferrata la borsa con un gesto brusco, David si incammina verso la casa.

«Su, andiamo.» Vivienne toglie la mano dalla carrozzina, lasciando a me il compito di spingerla. Ancora un po' e mi scoppia il cuore, mentre spingo Musetto per il viottolo. Sto facendo una cosa normalissima per tutte le altre madri, ma a me fa venir voglia di piangere dalla gioia. «Cosa c'è?» chiede Vivienne. «Hai un'aria un po' stravolta.»

«Stavo pensando... è bellissimo, sì, ma... per quanto Musetto sia un tesoro, vorrei tanto portare a spasso la mia, di bambina.» Asciugo una lacrima. Vivienne gira la faccia dall'altra parte, e io ho come l'impressione che sia pentita di avermi fatto quella domanda.

Camminiamo insieme lungo i muri del vecchio fienile, in direzione dell'orto. «Non ti dispiace di avere lasciato a lui la borsa, vero? Sarebbe un peso inutile, adesso.»

Sono sorpresa. «Sì, certo», rispondo. «Visto che facciamo soltanto un giro qui in giardino.»

«Non avrai certo bisogno di avere sottomano il portafoglio nell'immediato futuro, no? O la tua agenda o altro. Devi stare a riposo, devi approfittarne per rimetterti completamente in forze. Nella borsa ci sono anche le chiavi della macchina?»

Faccio sì con la testa, mentre un terrore nuovo si impadronisce di me.

«Bene. Penso che le prenderò in consegna io per il momento. Le metterò sul ripiano in cucina, così le avrai sott'occhio, ma... tu non ti sei ancora rimessa abbastanza per andartene in giro da sola, adesso.»

«Mi stai trattando come se fossi una bambina», dico sommessamente.

«Spero proprio che sia così, in senso buono», ribatte lei. «Perché sei così gelosa delle tue cose? Mi sono accorta che durante la gravidanza ti sei messa a girare per la casa tenendo la tua roba stretta stretta, come un pendolare che ha paura di essere derubato sulla metropolitana.»

Che Vivienne mi vedesse come una paranoica, quando ero incinta? È vero che andavo spesso in giro con un bloc-notes e una penna in mano, oppure portandomi dietro la borsa, un romanzo o il libro sulla gravidanza che leggevo in quel periodo, ma solo per averli più a portata di mano in caso di bisogno. È una casa talmente grande, The Elms, e io mi sentivo così appesantita, così goffa, verso la fine, che facevo di tutto per andare avanti e indietro il meno possibile.

So che non dovrei impegolarmi in una discussione con lei, ormai manca poco a venerdì. Venerdì comincia giovedì notte, a mezzanotte. Ora oltrepassiamo la staccionata, dirette verso il fiume. Mi chino sulla carrozzina per una carezza sulla guancia morbida di Musetto. Non riesco a trattenermi dal dire, in tono petulante: «Voglio tenerla io, la borsa, e anche le chiavi della macchina. Non voglio che stiano in cucina».

Vivienne sospira. «Alice, vorrei non dovertelo dire, ma...»

«Cosa?» La interrompo io, in allarme. Ci sono altre cose che lei e David potrebbero togliermi? Non mi resta più niente, a parte quello stupido registratore di David che ho ancora nella tasca dei calzoni. Me n'ero persino dimenticata.

«Quando sono tornata a casa, ieri, ho trovato il bagno di sopra in uno stato che si può solo definire inaccettabile.» Avvampo al ricordo di quello che è successo ieri mattina, ma lo stesso non capisco di cosa stia parlando. Sono stata in ginocchio a pulire quella vasca fino a farla tornare splendente. «Vedo che hai capito di cosa sto parlando», dice Vivienne.

«No. No, io...»

Alza una mano per farmi tacere. «Preferisco evitare di scendere nei particolari, te lo assicuro. Quello che ho detto è più che sufficiente.»

Mi gira la testa per l'incredulità e ancora una volta vacilla la mia percezione delle cose, tutto il mio modo di vedere il mondo. Mi prende un desiderio terribile di fare un gesto violento, tanto che devo aggrapparmi stretta al manico della carrozzina, finché le nocche mi diventano bianche. Non voglio immaginare cosa intendeva dire Vivienne, mi rifiuto di tirare la conclusione ovvia. Come ha potuto scendere così in basso, David? «Quando sono uscita dal bagno, era pulito», dico in un sussurro pieno di mortificazione.

«Sappiamo tutte e due che non è vero, Alice», ribatte in tono paziente Vivienne, facendomi dubitare per un istante di essere lì lì per impazzire sul serio. «È chiaro che stai ancora peggio di quanto pensavo. Devi ammetterlo, che in questo momento non sai quello che fai. A quanto pare non riesci a controllarti.»

Annuisco mandando giù la saliva, con la testa che va per conto suo. Se ammetto di essere malata, lei si fiderà di me. Vivienne desidera che io sia malata.

«E poi ho trovato il tuo cellulare nel guardaroba del bagno, sotto una pila di asciugamani. Cercavi forse di nasconderlo?»

«No», mormoro.

«Non ti credo», dice Vivienne. «Alice, devi guardare in faccia la realtà. Tu sei malata. Soffri di una grave depressione postparto.» Mi batte affettuosamente sulla spalla e riprende: «Non c'è niente di cui vergognarsi. Prima o poi succede a tutti di avere bisogno che qualcuno si prenda cura di noi. E tu sei più fortunata di altri, perché ci sono io vicino a te».

28.

9 ottobre 2003, ore 12

Charlie e Simon sedevano fianco a fianco su un grande divano verde coperto di macchie bianche e beige. Erano in casa di Maunagh e Richard Rae, alias Richard Fancourt. La villetta bifamiliare a tre piani, affacciata su un'ampia strada alberata, si trovava a Gillingham, nel Kent. Il viaggio in macchina da Spilling era stato piuttosto lungo, la conversazione frammentaria ma civile, e grazie al cielo Charlie pareva avere rinunciato a manifestare apertamente la propria ostilità.

Di fronte a Simon, in una poltrona dal poggiatesta scurito e unto, sedeva un ragazzino vestito con il cardigan marrone dell'uniforme scolastica e calzoni neri. Aveva i capelli color sabbia tutti arruffati, un sandwich morsicato in mano e un odore peculiare che a Simon fece ricordare Gorse Hill, la scuola pubblica che aveva frequentato tra gli anni Settanta e Ottanta.

«Mamma e papà arrivano tra un minuto», disse Oliver Rae, la cui scuola era chiusa quel pomeriggio a causa di un guasto al riscaldamento. Simon lo osservò mentre masticava le spesse fette di pane integrale, dall'aria sana ma poco appetitosa. Il fratellastro di David Fancourt. Sui tredici anni, giudicò Simon. Decisamente non una neonata. Non Musetto, come Alice aveva pensato nella sua disperazione.

La porta del soggiorno, che non era perfettamente a misura del telaio, si aprì con un cigolio e un grosso Labrador nero, piombato nella stanza abbaiando furiosamente, andò a piantare il muso tra le gambe di Simon.

«Giù, Moriarty! Giù, da bravo!» gli gridò Oliver. Riluttante, il cane obbedì. In una nuvola di profumo dal forte sentore muschiato entrò Maunagh Rae, una donna piuttosto in carne, con i capelli lisci e argentei tagliati a caschetto e una spruzzata di lentiggini su naso e guance. La somiglianza con Oliver era evidente. Era vestita con un maglioncino a collo alto viola, calzoni neri e scarpe eleganti con il tacco basso. Il solo ornamento erano dei piccoli orecchini di perle e oro, molto discreti. Una donna di classe, avrebbe detto sua madre.

Il suo aspetto curato fu una sorpresa. Dalle condizioni in cui si trovava la casa, Simon si aspettava una persona vestita in modo decisamente trasandato. Era abituato a vedere abitazioni anche più trascurate, ma di solito non così grandi: si trattava per lo più di case popolari in cui vivevano drogati, spacciatori, gente che scroccava il sussidio. E cani molto più magri, che non si chiamavano certo Moriarty.

Il soggiorno in cui si trovavano aveva due grandi finestre su strada. La parte superiore delle finestre era in vetro piombato, ma gli infissi erano talmente vecchi e marci che a ogni folata di vento traballavano. La sottile moquette marrone era così consunta da sembrare una sorta di pellicola lucida, e tuttavia i sei quadri appesi asimmetricamente alle pareti avevano l'aria di essere opere originali, il che voleva dire che ai Rae di soldi in tasca ne ballavano, anche se Simon non riusciva a spiegarsi perché mai avessero scelto di spenderli per quelle gigantesche tele imbrattate di colore. Avrebbe scommesso che Maunagh o Richard avessero un amico artista che cercava inutilmente di sfondare e gli avessero comprato quelle vaccate solo per compassione. Ai quattro angoli del soffitto, i muri erano anneriti come se il fuoco li avesse bruciacchiati.

«Mi pare di capire che ci avete messo un po' di tempo a trovare Richard», esordì Maunagh.

«Perché ha cambiato cognome», rispose Charlie. Quando finalmente aveva rintracciato il padre di David Fancourt, Colin Sellers ne aveva dette di tutti i colori sugli uomini che adottano il cognome della moglie dopo il matrimonio. Charlie gli aveva dato dell'uomo di Neanderthal, ma in cuor suo Simon era d'accordo con Sellers. Le tradizioni erano tradizioni.

«Sono sempre di più gli uomini che lo fanno», disse Maunagh, come se percepisse la disapprovazione e sentisse il bisogno di difendersi.

In quel momento entrò nella stanza un piccoletto con la barba bianca e le spalle un po' curve, che ricordava vagamente uno gnomo da giardino. Il cardigan grigio abbottonato storto, le scarpe con le stringhe slacciate diedero immediatamente un senso allo stato di trascuratezza della casa. Richard Rae si precipitò a stringere la mano di Charlie e di Simon, dondolandosi avanti e indietro, e per poco non diede una testata a Charlie. «Richard Rae», si presentò. «Molto gentile da parte vostra sobbarcarvi un viaggio tanto lungo per venire fin qui. Come vi ho già detto al telefono, non sono sicuro di potervi aiutare.»

«Ha visto o ha sentito Alice Fancourt dopo giovedì scorso?» gli chiese Charlie. La stessa domanda che Simon le aveva sentito fare nel corso della telefonata. Quel viaggio nel Kent era probabilmente inutile.

«No.»

«C'è stato qualche tentativo di mettersi in contatto con voi che potreste definire insolito? Vi viene in mente qualche fatto strano successo in queste ultime settimane, per esempio uno sconosciuto nei paraggi della vostra abitazione?»

I tre Rae scossero la testa. «No», rispose Richard. «Niente. Come ho già detto, non ho mai visto Alice, anzi, non sapevo nemmeno che David si fosse risposato.»

«Del primo matrimonio era al corrente, invece?»

«Be'...» Richard fece una pausa. Colse l'occhiata della moglie, e tutti e due guardarono il figlio.

«Oliver, tesoro, vai a fare i compiti», suggerì Maunagh.

Il fratello minore di David Fancourt si strinse nelle spalle e uscì lemme lemme, apparentemente poco interessato alla presenza dei due detective in casa sua. Anche Simon avrebbe ubbidito alla madre senza discutere, alla sua età, ma con una voglia matta di sapere cosa stava succedendo.

In piedi in mezzo alla stanza, Richard Rae non la smetteva di dondolarsi avanti e indietro. «Cosa stavamo dicendo?»

«Abbiamo saputo di Laura solo dopo l'omicidio», disse Maunagh, dopo aver lanciato un'occhiata esasperata al marito. Andò a sedersi nel posto lasciato libero dal figlio, incrociando le mani in grembo.

«Quindi lei non si è mantenuto in contatto con David?» chiese Simon.

«No», rispose accigliato Richard. «Purtroppo no.»

«Posso chiederle il motivo?»

«Sua madre e io ci siamo separati.»

«Ma questo non le impediva certo di vedere suo figlio», lo incalzò Charlie. Avesse avuto dei figli, non avrebbe permesso a un uomo di tenerla lontana da loro. Doveva solo provarci.

«Be', sì, però alla fine è andata così. Vede, non è sempre facile capire cosa sia meglio...»

Simon e Charlie si scambiarono un'occhiata. Maunagh Rae, con le guance infuocate, si mordicchiava il labbro superiore.

«Cioè, lei ha deciso che fosse meglio interrompere qualunque contatto con suo figlio?» Charlie parlò in un tono decisamente brusco.

«Lui aveva sua madre, più che sufficiente come genitore: Vivienne era come due genitori in uno. Io sono sempre stato abbastanza superfluo.»

Maunagh Rae esalò un rumoroso sospiro.

«Ai bambini non fa bene essere sballottati qua e là tra il padre e la madre divorziati», disse Richard, rivolto più a sua moglie che a Simon e Charlie.

«David deve esserle mancato», insisté Charlie. «Non ha mai avuto la tentazione di scrivergli? Per Natale, per il suo compleanno... o quando è nato Oliver?»

Il dondolamento di Richard Rae si accentuò. «Io e Vivienne avevamo deciso che era meglio non confonderlo», spiegò. Sentendo che Maunagh borbottava qualcosa di incomprensibile, Simon si chiese se sapesse che il marito stava mentendo. C'era stata come minimo una lettera, quella di cui gli aveva parlato Alice. Curioso, che Richard Rae non l'avesse nominata.

Visibilmente spazientita, Charlie si tolse gli occhiali e si sfregò la radice del naso. Un segnale per Simon: era arrivato il momento del loro vecchio trucchetto, già messo in pratica decine di volte. «Posso usare il bagno?» chiese Simon ai Rae. I due parvero sollevati, davanti a una domanda dalla risposta così facile. Quando Maunagh gli indicò tre possibilità, Simon scelse il bagno più vicino, che si rivelò più grande della sua camera da letto, pieno di spifferi e ornato di una scultura, un nudo di donna alquanto formoso. Simon non capiva come si potesse avere voglia di tenere un oggetto simile in casa propria.

Si chiuse dentro, estrasse il cellulare e formò il numero di Charlie. «Charlie Zailer», rispose lei. Simon non parlò. «Sì. Scusatemi, vado un attimo fuori a parlare con questa persona», la udì dire ai Rae.

Simon attese finché udì il rumore della porta d'ingresso che si richiudeva, e, dopo avere tirato lo sciacquone tanto per dare una parvenza di verosimiglianza alla messinscena, andò in punta dei piedi in corridoio, si accostò silenziosamente alla porta del soggiorno e restò in ascolto. Maunagh Rae era già nel pieno dello sfogo.

«...E non mi va per niente di starmene zitta a sentire

che difendi quella donna!» stava dicendo in tono risentito. «Perché gli hai detto che tu e Vivienne avete deciso *insieme* di farti restare fuori dalla vita di David? Non avete deciso niente, insieme! È lei che ti ha costretto ad andartene, è lei che ha montato David contro di te!»

«Calmati, cara, calmati. Ti assicuro che non è andata in quel modo.»

«Ma cosa dici?» La voce di Maunagh si alzò di tono fino a diventare quasi stridula. «Invece è proprio andata in quel modo, eccome.»

«Comunque è acqua passata, ormai. Non ti arrabbiare, tanto non serve a niente rivangare tutte quelle cose spiacevoli.»

«Dalla risposta di David a quella tua lettera su Oliver, era chiaro che gli aveva insegnato a odiarti...» Maunagh Rae aveva tutta l'aria di voler andare avanti a rivangare ancora per un pezzo.

«Ti prego, amore, mi dai un dispiacere...»

«E fai bene a dispiacerti, anzi, forse dovresti essere incavolato nero, come lo sono io! David ti adorava e a Vivienne questo non andava giù, è questa la verità. Lei doveva essere l'unica. Se una come lei facesse dei figli oggi, non ci penserebbe due volte a servirsi di un donatore di sperma, il più anonimo possibile. Lo sai benissimo che è una megalomane, e allora perché non lo dici chiaro e tondo quando te lo chiedono?»

«Ma, tesoro, a che pro? Questo non ha niente a che vedere con la scomparsa della moglie di David e della loro figlia...»

«Tu sei un debole, ecco cosa sei!»

«Lo so. Hai ragione, cara, ma è anche vero che se sapessi qualcosa di Alice o della bambina lo direi senz'altro, alla polizia.»

«Lo sai cosa è successo alla prima moglie di David», disse Maunagh. Là fuori Simon inarcò le sopracciglia, immobile. Aveva la strana sensazione di essere impreparato a quello che stava per udire. «Quella donna è stata assassinata, santo cielo.»

«Oh, via, Maunagh...» Richard Rae sembrava vagamente irritato. Da quanto aveva orecchiato fino a quel momento, Simon dubitava che quell'uomo fosse in grado di gestire un conflitto aperto, con chiunque e in qualunque forma. «Non si possono accusare le persone di omicidio così a cuor leggero, sei ingiusta.»

«Ingiusta! Mio Dio, mi sembra di parlare al muro! Perché non gli dici che avevi scritto a David prima che nascesse Oliver?»

«Che importanza vuoi che abbia? Loro stanno cercando Alice e la bambina. Perché mai quella mia lettera dovrebbe essere rilevante?»

«Ti comporteresti allo stesso modo, vero?» disse la moglie amaramente. «Se ci separassimo noi due, e io decidessi di fare la stronza e di non permetterti più di vedere Oliver, tu mi lasceresti fare. Esiste qualcosa per cui valga la pena di combattere, per uno come te?»

«Ora stai dicendo delle sciocchezze, Maunagh, e non è proprio il caso. Prima che arrivasse la polizia mica stavamo litigando, no? E in fin dei conti non è cambiato niente rispetto a prima.»

«No. Non cambia mai niente.»

«Su, dài...»

«Hai un'idea di come si chiami l'insegnante di Oliver? E di quale sia la sua materia preferita a scuola?»

«Calmati, cara...»

Simon si chiese cosa sarebbe successo se i suoi genitori si fossero separati. Kathleen avrebbe voluto tenersi il figlio tutto per sé. Avrebbe combattuto, suo padre, per avere uguali diritti?

Di ascoltare le recriminazioni di Maunagh Rae ne aveva abbastanza. Stava per bussare alla porta del soggiorno quando si accorse di una presenza alle sue spalle. Si girò e vide Oliver sulle scale, ora con indosso un paio di jeans troppo grandi per lui e una maglietta di Eminem. «Stavo per...» Simon annaspò in cerca di qualcosa per giustificare il fatto che stava origliando. Da quanto tempo era lì il ragazzino? A Maunagh e a Richard Rae non era passato neanche per la testa di abbassare la voce.

«Signora Pickersgill. Così si chiama la mia prof», disse Oliver. Per un attimo sembrò molto più grande di quello che era. «E la mia materia preferita è il francese. Se vuoi, puoi dirlo al mio papà.»

29.

Giovedì 2 ottobre 2003

Sono seduta sulla sedia a dondolo con Musetto in braccio. Le sto dando il biberon, è stata Vivienne a proporlo. La faccia di David era contratta per la rabbia ma non ha avuto il coraggio di obiettare. Io mi sono premurata di manifestare in tutti i modi la mia gratitudine, e di non far capire che sospettavo qualcosa. È passato molto tempo dall'ultima volta che ho accettato un gesto gentile senza interrogarmi su cosa nasconde.

Vivienne sta cambiando le lenzuola della culla e mi osserva senza darlo a vedere, per controllare che mi comporti come si deve. Ogni tanto Musetto alza gli occhi verso di me e mi fissa con un'espressione seria e concentrata. Gli esperti dicono che i neonati non sono in grado di mettere a fuoco gli oggetti prima delle sei settimane di vita, ma io non ci credo. Penso che dipenda tutto da quanto intelligente è il bambino. Vivienne sarebbe d'accordo. A lei piace tanto raccontare la storia della sua nascita, dell'ostetrica che ha detto a sua madre: «Oh oh, si vede che questa bimba è molto sveglia». In effetti non riesco a figurarmi una Vivienne che non sia vigile e totalmente presente, nemmeno da neonata.

Musetto continua a staccarsi dal biberon, dimenandosi sulle mie ginocchia. La bocca si contorce nella smorfia del pianto, però non esce nessun suono.

Dopo avere sistemato la culla, Vivienne spalanca l'armadio di Florence e inizia ad accumulare pile di indumenti in una grande borsa di plastica. Ci finiscono dentro la tutina con gli orsacchiotti, il pigiamino con i cuori rosa sul davanti, il vestitino di velluto rosso. Vivienne li tira giù dagli appendini a uno a uno. È lo spettacolo più brutale a cui mi sia mai capitato di assistere, e scatto: «Ma cosa stai facendo?».

«Voglio mettere la roba di Florence in soffitta», dice Vivienne. «Ho pensato di risparmiarti la fatica. Se resta nell'armadio, ti può solo turbare ogni volta che la vedi.» Mentre mi elargisce un sorriso pieno di comprensione, dentro di me cresce un gran senso di nausea. Senza sapere dov'è Florence, senza avere la minima idea di cosa può esserle accaduto, Vivienne ha deciso di svuotare il suo armadio, come se non esistesse più. «David mi ha fatto capire che non ti va che la bambina porti i vestitini di Florence», aggiunge poi come per un ripensamento.

«No, non farlo.» Non riesco a smorzare la collera nella mia voce. «Musetto deve pur mettersi qualcosa addosso. Avevo detto così sulle prime, perché ero sconvolta, perché ero scioccata a vedere lei nella tutina di Florence. Tutto qui.»

Vivienne fa un sospiro. «Comprerò qualche indumento di seconda mano in paese. Andranno benissimo per Musetto, come insistete a volerla chiamare tu e David. Mi dispiace essere così dura, ma questi indumenti appartengono a mia nipote.»

Devo stringere le labbra per trattenere l'urlo che vorrebbe uscirmi di bocca.

Musetto comincia a piangere, dapprima solo un debole vagito che ben presto, però, si trasforma in uno strillo straordinariamente acuto. Il viso diventa tutto rosso. Non ho mai visto una cosa simile, e la mia reazione è il panico. «Cos'ha? Cosa è successo?»

Vivienne ci guarda con aria imperturbabile. «I bambini piccoli piangono, Alice. Lo fanno sempre. Se non si sa come prenderli, è meglio non farli.» Si volta di nuovo verso l'armadio. Io giro Musetto a pancia in giù e le dò qualche colpetto sulla schiena nel tentativo di calmarla, ma lei piange ancora più forte. Il suo sconforto mi scuote al punto che mi metto a piangere anch'io.

Compare David sulla soglia. «Cosa le hai fatto?» mi grida. «Dalla a me.» Vivienne gli permette di strapparmi la bambina dalle braccia. David si stringe al petto quel corpicino, la testa contro la sua spalla, e Musetto si zittisce quasi all'istante, di nuovo placida. Lentamente le palpebre si chiudono. Immagine perfetta di padre e figlia, lasciano la stanza insieme mentre David le mormora: «Brava, brava, tesoro mio. Va meglio, vero, ora che il papà è qui con te?».

Mi asciugo le guance con il bavaglino di mussola che tenevo sotto il mento di Musetto per asciugare gli spruzzi di latte dal biberon. Vivienne torreggia sopra di me, con le mani sui fianchi. «Il pianto è il solo modo che hanno i bambini piccoli per comunicare. È per questo che piangono così di frequente, perché non hanno la capacità di controllarsi.» Fa una pausa per accertarsi che abbia assimilato le sue parole, poi riprende: «Sai che disapprovo l'incontinenza emotiva. Questo è un momento difficile per tutti noi, perciò fa' uno sforzo e cerca di controllarti».

Procede inesorabile, la demolizione pezzo per pezzo della mia anima e del mio ego.

«Di' pure quello che ti pare, ma è lampante che sei molto attaccata a... Musetto.»

«È una bambina così piccola... Ma stai tranquilla, non sto immaginandomi che lei sia Florence, né voglio fare di lei un surrogato. Vivienne, io sono sana di mente tanto quanto te!» Sul suo viso si dipinge un'espressione dubbiosa. «Sono sicura che Florence ci sarà restituita. Lo sai che è solo questo che voglio. E che Musetto sia restituita a sua madre, chiunque essa sia.»

«Devo andare a prendere Felix a scuola. Pensi di farcela senza di me per un'oretta?»

Faccio segno di sì con la testa.

«Bene. Dirò a David di prepararti qualcosa da mangiare. Se non sbaglio, non hai mandato giù niente, oggi. Stai cominciando ad avere un aspetto emaciato.»

Mi si chiude la gola, bloccando per un attimo la respirazione. So che lo stomaco protesterà violentemente contro qualunque cosa che non sia l'acqua. In silenzio guardo Vivienne uscire dalla stanza. Di nuovo sola, seduta dove sono, piango per qualche tempo – quanto a lungo non saprei dirlo. Alla fine non mi rimane più una lacrima, non rimane più niente, c'è solo il vuoto. Devo rammentare a me stessa di pensare, di muovermi, di continuare a esistere. Non avrei mai immaginato, se qualcuno me lo avesse chiesto prima di questo disastro, che sarei crollata così rapidamente. È passata meno di una settimana.

Devo scendere al pianterreno, visto che Vivienne ha chiesto a David di prepararmi da mangiare. Sto per avviarmi, quando all'improvviso ricordo che ho ancora nella tasca dei calzoni il registratore di David. Ho già ascoltato quello che aveva registrato sul nastro: roba di poca importanza, solo il testo di una vecchia lettera di lavoro.

Non ce la faccio ad andare nel suo studio. Non ce la faccio nemmeno a pensare di essere stata così coraggiosa da entrarci, a un certo punto. Apro l'armadio della nostra camera e infilo il registratore nella tasca di un paio di calzoni che David non mette da tantissimo tempo. Siedo al tavolino da toilette e mi spazzolo i capelli, non tanto perché m'importi qualcosa del mio aspetto, ma perché lo facevo tutti i giorni, per abitudine, prima che la mia vita fosse rovinata.

Scendo le scale incespicando un paio di volte. Il cervello funziona male, a rilento, come se si stesse sfaldando a poco a poco. A tratti un pensiero coerente fende la nebbia che avvolge la mente, e uno di questi è che è meglio andare a cercare David prima che venga a cercarmi lui. Se ha in serbo qualche nuovo orrore per me, tanto vale affrontarlo subito e lasciarlo alle spalle al più presto.

Lo trovo in cucina, con Musetto sdraiata sul fasciatoio, occupata a scalciare allegramente. In sottofondo c'è un brano strumentale, dev'essere Radio Three o qualche altra stazione che trasmette musica classica, l'unica che David ascolti. C'è fumo nella stanza, e un odore di carne ai ferri. Mi sforzo di ricacciare indietro un conato di vomito. Con voce atona David si mette a elencare: «Uova fritte, bacon, salsicce, fagioli stufati, funghi, pomodori e pane tostato».

«Ma che dici?»

«Le persone civili chiedono gentilmente di ripetere, quando non hanno capito. Comunque, sono i piatti del menù. Non hai fatto colazione, perciò ho pensato di preparartela adesso. Mi dispiace, preferisci qualcos'altro? Salmone affumicato? Caviale?»

«Non ho fame.»

«La mamma mi ha detto di cucinarti qualcosa, ed è quello che sto facendo.»

Vedo che la mia borsa, le chiavi della macchina e il cellulare sono sul ripiano della cucina, proprio sotto la finestra. Vivienne aveva detto che li avrebbe messi lì. Affidabile e puntuale, come sempre.

«È pronto», annuncia David. «Ti ho persino riscaldato il piatto.»

Lo ringrazio, e il suo viso si chiude in una smorfia di irritazione. Non è piacevole immaginare i pensieri di un sadico, ma mi sforzo ugualmente di farlo, e mi chiedo se preferirebbe vedermi resistere, almeno all'inizio, in modo da potersi poi godere lo spettacolo del mio crollo di fronte alla sua crudeltà. Forse è questo che sotto sotto lo eccita.

«Non credo che ce la farò a mangiare», dico. «Mi dispiace, non... non mi sento troppo bene.»

«Provaci, almeno», insiste David. «Assaggia un fagiolo,

un fungo e vedi come ti senti dopo. Magari ti stimola l'appetito.»

«Va bene.» Mi siedo a tavola, aspettando che David porti il piatto.

«Cosa stai facendo?»

«Credevo che volessi farmi provare a mangiare.»

«Non *lì*, stupida.» Ride. Mi giro seguendo il suo sguardo e vedo che ha posato il piatto sul pavimento, vicino alla pattumiera. «Inginocchiati e mangia», ordina.

Chiudo gli occhi. Come può fare una cosa simile davanti a Musetto, così piccola, che non ha colpa di niente? La sua presenza, il sottofondo dei suoi gorgoglii ignari, rendono tutto ancora più grottesco. «Ti prego David, non chiedermi di fare una cosa simile.» Lo vedo gonfiarsi per la soddisfazione. Non so bene a chi mi sto appellando: se a David il tiranno o all'uomo ragionevole e sensibile che avevo sposato.

«Non sei ancora ben addestrata a non sporcare in casa», dice. «Devi mangiare sul pavimento, come un animale.»

La mia mente si ritrae dalla realtà. Se rifiuto, David sarà fin troppo contento di rammentarmi che ha il potere di separarmi da Florence per sempre. Non so se questo sia vero né se abbia veramente in animo di farlo, ma sarebbe ingenuo da parte mia credere che can che abbaia non morde. Sono stata ingenua fin troppo a lungo.

Mi inginocchio accanto al piatto pieno, da cui sale un vapore fumante che mi inumidisce il viso. L'odore mi dà la nausea e ci manca poco che vomiti. «Non posso, vomiterei», dico sommessamente. «Ti prego, non mi costringere.»

«Stai mettendo a dura prova la mia pazienza, Alice.»

Prendo un fungo dal piatto con due dita.

«Mettilo giù!» urla David. «Non usare le mani. Tienile incrociate dietro la schiena e non usare altro che la bocca per mangiare.»

Sono talmente debole che dubito di riuscire a fare quel che mi ordina senza perdere l'equilibrio. Quando glielo dico, lui risponde: «Provaci, su», con un finto tono di incoraggiamento. Dopo aver inspirato profondamente abbasso la testa sul piatto, tra i conati di vomito provocati dall'odore di quel cibo unto. Riesco in qualche modo a non rimettere, ma le lacrime sfuggono a ogni controllo, scivolando sul mento e gocciolando nel piatto.

«Mangia», ordina David. Vorrei farlo, perché so che così deve essere e prima finisce meglio è, ma non ce la faccio, fisicamente, a mettere la faccia in quel pastrugno giallo-arancio di uova e fagioli. Giro la testa e vedo i piedini rosa di Musetto che scalciano, il tappetino marrone sulla soglia della cucina, le gambe delle sedie e dei tavoli, le scarpe italiane di David che si stagliano nette contro lo zoccolino bianco e lucido dei mobili di cucina. Tutto così normale, ogni cosa al suo posto. Nella stanza si diffondono le note di un'orchestra, è un brano che conosco solo per essere stato il tema conduttore del film *Breve incontro.*

Alzo gli occhi a cercare quelli di David, disperata nella mia impotenza, scossa dai singulti. Il suo viso è contratto dalla rabbia. Attraversa la stanza e viene verso di me con la mano alzata. In quell'istante ho la certezza che sta per picchiarmi, forse mi ucciderà. Istintivamente cerco di indietreggiare e mi rovescio su un fianco, andando a sbattere con la spalla contro il bordo del piatto. Il piatto schizza in aria e quella sbobba che doveva essere la mia colazione mi ricade su faccia, collo e petto, ancora abbastanza bollente da scottarmi la pelle attraverso il maglione.

«Non mi picchiare!»

«Picchiare? Non ho la minima intenzione di toccarti, Alice.» David abbassa lo sguardo su di me, stesa sul pavimento a gemere in un pianto disperato. Simula indignazione. «Volevo scacciare quella mosca sul secchio della pattumiera, ma è volata via.»

Mi tiro su a sedere, ripulendomi dai frammenti di cibo per quanto mi è possibile.

«Io non sono un violento. Hai spinto la mia pazienza al limite con tutte quelle bugie e quei giochetti la settimana scorsa, ma mi sono frenato. Tanti mariti non sarebbero stati così tolleranti, sei fortunata a essere sposata con me. Sei d'accordo?»

«Sì», rispondo immediatamente, augurandomi che schiatti.

«Guardati, tutta coperta di roba da mangiare. Sei un maiale.» David prende lo scopino e la paletta dall'armadietto sotto il lavandino e si mette a spazzolare via i pezzetti di cibo dal mio golf, ma riesce solo a spargerli ancora di più. Sul golfino color panna si allarga ora una macchia umida color giallo-arancio.

Faccio per ripulirmi la faccia ma David, dopo avermi afferrato il polso, mi spinge il braccio lungo il fianco. «Oh, no», dice. «Non combini un pasticcio del genere per poi cavartela con una pulita, come se niente fosse successo. Te l'ho permesso quella volta del bagno, ma adesso è ora che impari a subire le conseguenze delle tue azioni. Non avevi la minima intenzione di mangiare quello che ti avevo preparato, perciò adesso te lo tieni sulla faccia.» Mi mette in mano scopino e paletta. «Su, tira via questa roba dal pavimento e rimettila dentro il piatto, così hai la cena già pronta. Magari più tardi ti sarà anche venuta fame.»

Mi guarda fisso negli occhi e io sostengo lo sguardo. Che strano gioco, questo che ci vede schierati uno contro l'altra. L'espressione dura di David si spegne e si riaccende, come se anche lui pensasse la stessa cosa: che tutti e due, in fondo, stiamo recitando la parte che ci è assegnata da un copione assurdo, senza fermarci a metterla in discussione perché sarebbe troppo difficile.

30.

9 ottobre 2003 ore 18.30

Il Brown Cow era a pochi passi dalla stazione di polizia di Spilling, in centro, ed era così frequentato dagli agenti – sia in divisa sia in borghese – da far pensare che fosse collegato alla loro sede con un sottopassaggio. In tempi recenti il pub era stato ristrutturato e arredato con un lucido legno scuro. Tra le novità c'erano una sala per non fumatori e l'aggiunta di un esotico petto di pollo, farcito con brie e mousse di uva nera, al menù tradizionale cui Simon era abituato.

Quella sera non gli andava di mangiare. Erano passati già sei giorni dalla scomparsa di Alice e della bambina. Le cose non si muovevano, se non nella sua testa, dove la preoccupazione sempre più forte per Alice gli stava ormai togliendo ossigeno al cervello. La sua mente era diventata una trappola buia. Non riusciva a non pensare alla delusione che le aveva dato, forse mettendo in pericolo la sua vita e quella di due bambine.

Si sentiva a disagio, con la netta sensazione che si agitassero, da qualche parte nel suo cervello, delle idee che non riuscivano ad acquistare una forma precisa. A proposito di che? Dei Cryer? Di Richard e Maunagh Rae?

Non era dell'umore giusto per bere qualcosa in compagnia di Charlie, però lei aveva insistito tanto. Loro due dovevano parlare, aveva detto, e così eccoli qua, con una pinta di birra chiara per uno sul tavolo, e ad avvolgerli un'atmosfera così tesa da tagliarla col coltello. Si erano impegolati in una discussione interminabile sui conti correnti. Mentre Simon e Charlie parlavano con i coniugi Rae, Sellers e Gibbs avevano fatto qualche indagine sulla situazione finanziaria dei Fancourt. Non avevano trovato né ammanchi, né indicazioni di somme di denaro prelevate e misteriosamente sparite. In altre parole, pensò Simon a malincuore, nessuna prova che David Fancourt o qualcuno della sua cerchia più intima avesse versato del denaro a Darryl Beer in cambio di un lavoro sporco.

Guardò oltre Charlie, al quadro appeso alle sue spalle. Era una mucca marrone, non a caso, a richiamare il nome del locale. L'animale era di profilo, sullo sfondo della radura di un bosco. Simon pensò che non era male, finché non si accorse che la luce naturale che pioveva sulla mucca in realtà era innaturale, ricordava più il cono di luce di un faretto che i raggi del sole. Per una frazione di secondo gli parve di essere lì lì per afferrare quell'idea ancora informe nella sua mente, quella che continuamente gli sfuggiva sul più bello. Ma il momento passò, purtroppo senza che succedesse nulla. Che fosse qualche particolare legato ai soldi?

«Se Fancourt ha una relazione, è bravissimo a tenerla nascosta», disse Charlie saltando dalle questioni finanziarie a quelle sentimentali dei Fancourt. «Così dice Sellers, almeno. Be', se non lo sa lui che è l'esperto di queste cose...» Simon, che si aspettava qualche osservazione volgare sulla vita sessuale di Sellers, rimase parecchio sorpreso di non sentirne. Molto strano, che Charlie si lasciasse sfuggire un'occasione così ghiotta. «Oh, e quella donna, Mandy. A quanto risulta, lei e quel tizio con cui convive sono partiti, loro due e la figlia. In Francia, dicono un paio di vicini di casa. A fare scorta di roba da bere. Non mi è chiaro come abbiano fatto a procurarsi così in fretta un passaporto per la figlia appena nata, però. Vabbé che i vicini potrebbero sbagliarsi o raccontare balle; dopotutto è della fauna di Winstanley che stiamo parlando. Chi altri andrebbe a rifornirsi di alcol due settimane dopo che gli è nato un figlio?»

«Interessante», commentò Simon con il cuore che accelerava i battiti. Forse più che interessante: significativo. Erano vicini a una svolta, se lo sentiva.

«Sì, be'. L'Omino di neve ha solo l'imbarazzo della scelta, a questo punto.» Charlie si concesse un sorrisetto vendicativo. «Deve decidere se andare a cercarli, pur basandosi esclusivamente sulle affermazioni di Alice Fancourt, oppure aspettare e sperare che Mandy e famiglia ritornino.»

«Tu cosa ne pensi?»

«A Proust non interessa un fico secco di quello che penso io», disse Charlie con un sospiro. «Non so. Se la scelta toccasse a me, credo che li cercherei.» Guardò Simon. «Mandy se n'è andata mentre era ancora sotto osservazione. Non ha detto a nessuno che partiva, né all'ostetrica né al dottore né all'ospedale. Non significherà automaticamente che sia stata lei a prendere Florence Fancourt, però...» Si strinse nelle spalle. «Mi dispiace, Simon, sono stata una peste con te.»

«Vero.» Simon era sollevato. Quello era il segnale che Charlie aveva intenzione di tornare a un comportamento più normale: esattamente ciò che lui desiderava. Ma subito fu assalito dal risentimento: ora che lei era pentita, ora che ammetteva di avere sbagliato, lui avrebbe tenuto per sé la sua indulgenza.

Ma Charlie gli sorrise e Simon si sentì immediatamente in colpa. L'aveva delusa orribilmente, alla festa di Sellers, e lei lo aveva perdonato. Charlie era totalmente incapace di mascherare i propri sentimenti. Lo stimava ancora, malgrado tutto. Perché Simon invece voleva coltivare un rancore verso di lei?

«Credo che noi due dobbiamo fare una bella chiacchierata in tutta franchezza», disse Charlie. «Altrimenti ci troveremo in una situazione impossibile.» Un silenzio imbarazzato seguì a quelle parole. Simon sentì crescere la tensione dentro di sé: cosa gli toccava, questa volta? «Bene, allora comincio io», continuò Charlie. «Ci sono rimasta proprio male quando hai detto quelle cose davanti a Proust e agli altri, senza averne parlato prima con me.»

«Sul caso Cryer?» Ancora quell'irritante increspatura nella memoria. Che cos'era, maledizione?

«Già. Lo hai fatto apposta per farmi fare la figura della cretina?»

«No.» Perché cavolo le veniva in mente una cosa del genere? «A essere sincero, non ero nemmeno sicuro di arrivare a parlarne, a te, a Proust o a nessun altro. Credevo che mi avreste zittito immediatamente. Non mi sono accorto che Proust fosse propenso a riaprire il caso finché non lo ha detto chiaro e tondo, però appena l'ha fatto ho pensato: ecco l'occasione buona».

Charlie lo guardò severa. «E non ti è venuto in mente che avrei gradito esserne al corrente prima io?»

«Che importanza ha?» rispose Simon in tono impaziente. «Lavoriamo insieme, no?»

«Mi hai fatto fare la figura dell'idiota. Avrei dovuto essere informata, e invece tu hai fatto capire a tutti che non sapevo un bel niente.»

«Senti, normalmente ne avrei parlato prima con te, ma in quel caso non mi sembravi molto ricettiva. Avevi detto chiaramente che secondo te Beer era colpevole, e senza ombra di dubbio.»

Charlie fece un sospiro. «Hai fatto delle obiezioni valide, a quella riunione. Io resto del parere che Beer sia il nostro uomo, ma non sono così cocciuta da non volere ascoltare un'altra interpretazione dei fatti. Devi proprio pensare che faccio schifo, nel mio lavoro, per credere che avrei reagito così.»

«Non lo penso affatto», disse Simon sorpreso.

«E magari è vero, visto che non mi era venuta in mente

nessuna delle obiezioni sollevate da te. E sì che ero io la responsabile dell'indagine Cryer.» Simon non aveva mai sentito Charlie esprimere dei dubbi sulle proprie capacità, e la cosa lo mise vagamente a disagio. «Be'?» aggiunse Charlie.

«Be' cosa?»

«Pensi che faccio schifo nel mio lavoro?»

«Non essere ridicola. Io penso che sei in gamba, tutti la pensiamo così.»

«E allora perché non ti sei mai degnato di dirmelo?» domandò Charlie con voce molto calma. «Perché mi costringi a implorare di essere rassicurata?»

«Non ti costringo!»

«L'hai appena fatto!»

La conversazione si stava rapidamente spostando su un piano di assoluta imprevedibilità. Simon inspirò profondamente. «Non passerebbe mai per la testa mia o di qualcun altro della squadra di rassicurarti», spiegò. «Non ne hai bisogno. Sembri sempre così sicura di te... fin troppo, a volte.»

Charlie rimase in silenzio per qualche secondo. La domanda successiva, quando arrivò, era ciò che Simon aveva sempre paventato. «Hai mai raccontato a qualcuno di... di quello che è successo a casa di Sellers?»

Era esattamente per questo che Simon evitava sistematicamente le chiacchierate franche e approfondite. «No, certo che no.»

«Proprio a nessuno? Non ti sto chiedendo di farmi i nomi, voglio solo sapere se tutti ridono alle mie spalle o no.»

Il cellulare di Simon si mise a suonare. Lui lanciò un'occhiata imbarazzata a Charlie.

«Lascia perdere», sospirò lei accendendosi una sigaretta. «Prendi la telefonata.»

Era l'agente Robbie Meakin. «Salvo», si disse Simon sollevato.

«Siete voi che avete riaperto le indagini sul caso di Laura Cryer, giusto?» chiese Meakin.

«Chi è?» domandò Charlie. Odiava non sapere con chi stava parlando Simon e non esitava mai a interromperlo per farselo dire. Una delle sue abitudini più irritanti.

«È Meakin», rispose Simon. Poi riprese: «Scusami. Sì, siamo noi. Perché?».

«Abbiamo appena arrestato un ragazzotto che si chiama Vinny Lowe, amico di Darryl Beer, per possesso di droghe pesanti. Nascosto insieme alla roba c'era un coltello da cucina grosso come una casa e Lowe giura che è di Beer.»

«Dove lo avete trovato?»

«In un centro benessere. Giù al Waterfront, sulla Saltney Road.»

Il club di cui era socia Vivienne Fancourt. E anche Alice. E di colpo gli venne in mente, chiaro come il sole. Gli parve di risentire le parole esatte di Roger Cryer, questa volta lampanti nel significato e in tutte le loro implicazioni. Sull'onda dell'eccitazione per la scoperta, quasi si girò verso Charlie a gridarglielo in faccia, ma si fermò appena in tempo. Non era disposto a rischiare che lei affidasse a Sellers o a Gibbs il compito di seguire quella pista. Sulle cose importanti, Simon preferiva lavorare da solo.

31.

Giovedì 2 ottobre 2003

«Cosa diavolo...» Vivienne si ritrae disgustata vedendo i rimasugli di cibo rinsecchito che ho sulla faccia e sul collo, la grande macchia di unto sul maglione. Sono seduta al tavolo della cucina. David non mi ha permesso di uscire da quella stanza. «Pensavo che volessi passare più tempo in compagnia della bambina», ha detto. «Ma è chiaro che non puoi toccarla, finché sei coperta di quelle schifezze.»

Vivienne lo guarda arrabbiata. «Pretendo troppo, se ti chiedo di tenere la situazione sotto controllo per una mattina?» Dietro di lei c'è Felix, con il blazer turchese e i calzoni neri che costituiscono l'uniforme della Stanley Sidgwick. Mi guarda con gli stessi occhi di chi osserva un incidente stradale, un misto di orrore e di fascinazione.

«Non è colpa mia!» David protesta con il tono petulante di un bambinetto. «Le ho preparato la colazione ma lei si è rifiutata di mangiare. Ha cercato di tirarmela contro, l'ho presa per un braccio per fermarla e le è finita addosso, come vedi.»

«Perché non le hai detto di andare a cambiarsi immediatamente? È lercia, ne ha su tutta la faccia.»

«Non ha voluto, ha detto che non le importa niente del suo aspetto.» Solleva Musetto dal materassino appoggiandosela contro la spalla. Il viso della bimba, girato di profilo, va ad appoggiarsi proprio alla base del collo di David. È sveglia, ma appena David le dà qualche colpetto sulla schiena gli occhi cominciano a chiudersi.

Vivienne si avvicina a me, lentamente. «Alice, questo

comportamento è assolutamente inaccettabile e non ho nessuna intenzione di tollerarlo in casa mia. È chiaro?»

Annuisco.

«Alzati! Guardami in faccia mentre ti parlo!»

Obbedisco. Alle sue spalle David sogghigna.

«Quei vestiti devono andare immediatamente in lavatrice. Quanto a te, fatti una doccia e cambiati, non voglio una simile... una simile sporcizia in casa mia, anche se non stai bene. Credevo di essere stata chiara e che tu avessi capito, dopo l'incidente del bagno, ma evidentemente mi sbagliavo.»

Non mi viene niente da dire e rimango in silenzio.

«Vedo che non hai nemmeno il buon gusto di scusarti.» So che Vivienne sta per decretare una punizione e ho paura di quello che mi farà. Ha l'aria di avere esaurito anche l'ultimo residuo di pazienza. Se mi scusassi si calmerebbe un po', ma non riesco a trovare le parole. Sono un pezzo di ghiaccio. «Va bene, fa' come ti pare», dice dopo una pausa di attesa. «D'ora in poi non ti metterai più nessun vestito. Li prenderò tutti e li porterò in soffitta insieme a quelli di Florence. Finché non te lo dirò io, starai in camicia da notte e vestaglia, come i pazienti delle case di cura per malattie mentali. Mi hai capito bene?»

«Ma... il test del DNA. Dovrò pur vestirmi per farlo.»

Il rossore delle sue guance mi fa capire che l'ho colta in fallo, e questo la rende furiosa. Nell'impeto di collera si è dimenticata dell'appuntamento alla clinica di Duffield, decisamente incompatibile con la punizione che mi ha appena assegnato. «Non voglio sentire una parola di più da te», dice con le labbra sbiancate per la rabbia. «E non sopporto di averti davanti conciata in quel modo, sei indecente. Non lo sopporto! Togliti di dosso quella roba, te la laverò io. Dovresti vergognarti a dare del lavoro in più agli altri con le tue... disgustose proteste!»

Volta la faccia verso la finestra. David stira le labbra in un sorrisino.

Conto mentalmente mentre mi levo il golfino, poi mi slaccio il reggiseno perché è macchiato anche quello di arancione e di giallo. Il sorriso di David si allarga. Con un cenno del capo attira la mia attenzione sui calzoni, dove una chiazza marroncina di unto si è formata all'altezza della cintura. Sapendo che per Vivienne anche la più piccola macchia su un vestito è inaccettabile, con mani tremanti incomincio a sfilarmi i calzoni, pregando che non ci siano tracce di cibo da altre parti.

Vivienne si gira e, appena mi vede, la sua bocca si spalanca, la pelle del collo tremola. «Cosa *diavolo* stai facendo?» grida.

Mi fermo, in preda alla confusione.

«Tirati su i calzoni! Come osi? Dove credi di essere? Nel salone dei massaggi? Con che coraggio te ne stai nuda nella mia cucina?»

«Ma... tu mi hai detto di togliermi i vestiti, così li potevi lavare», dico fra i singhiozzi. David si copre la bocca con la mano per non far vedere quanto si sta divertendo, anche se Vivienne non se ne accorgerebbe comunque, incandescente di rabbia com'è adesso, al pensiero che io l'abbia fatto apposta per provocarla. Le lacrime mi rotolano sulle guance e incrocio le mani sul petto nudo per coprirlo. Non reggerò ancora molto a lungo l'ingiustizia e l'umiliazione. «Credevo che intendessi dire di farlo immediatamente», cerco di spiegare, pur sapendo che non servirà a niente. Vivienne mi trova ripugnante.

«Dovevi andare immediatamente al piano di sopra a lavarti e a cambiarti, e poi portare giù i vestiti da lavare. Non volevo certo che ti spogliassi nella mia cucina e in piena luce del giorno. Le tende non sono nemmeno tirate, chiunque potrebbe vederti!»

«Scusami.»

«Non voglio starti a sentire, Alice. Va' a lavarti e mettiti una camicia da notte o un pigiama. Subito!»

Me ne vado di corsa, in lacrime. Continuo a ripetermi

che il peggio è passato, che niente di più orribile di così può accadermi ora, e ogni volta vengo smentita. Questo particolare episodio mi ferisce più profondamente degli altri perché sono stata io a causarlo. Certo, Vivienne non voleva dire che dovevo spogliarmi in cucina. Avrei dovuto capirlo, anzi, lo *avrei capito*, se in questi ultimi giorni la mente malata di David non mi avesse logorata al punto da distorcere la mia percezione della realtà. Quanto deve averci goduto a vedermi autoinfliggere una degradazione non progettata e non prevista, a scoprire che la mia sicurezza è stata erosa così profondamente da indurmi a sottostare docilmente a una simile umiliazione.

Mi chiudo a chiave in bagno, a piangere fino ad avere gli occhi ridotti a una fessura e la vista appannata. Non oso guardarmi allo specchio. Per tanto tempo ho aspettato venerdì come se fosse una meta. Dopo quel test la polizia non avrà altra scelta che agire. Avrò un aiuto, finalmente. Ma che genere di persona sarò diventata, a quel punto? Sarò in grado di fare da madre a Florence, anche ammettendo di essere così fortunata da averne la possibilità? Per la prima volta, non ne sono più tanto sicura.

32.

9 ottobre 2003 ore 20

«Io non vi capisco, a voi.» Vinny Lowe scosse la testa stancamente. «Non so perché dovete piantare un casino del genere.»

«La cocaina è una droga pesante», disse Simon. Lui e Lowe, che assomigliava a un bulldog imbottito di tranquillanti, si trovavano in una delle stanze degli interrogatori alla stazione di polizia. A fianco di Lowe sedeva il suo avvocato d'ufficio, una scialba donna di mezza età vestita con un tailleur da poco. Fino a quel momento non aveva detto una parola, limitandosi a sospirare di tanto in tanto.

«Sì, ma non è che la stavo spacciando; ne avevo pochissima e solo per uso personale. Che bisogno c'è di farla tanto lunga?»

«Il direttore del Waterfront non la pensa così. La roba era nascosta nel suo club, e per giunta nel nido per i bambini, tra tutti i posti che potevi scegliere. Nel mobile fasciatoio, ma che bella pensata.»

«La mia ragazza è la responsabile del nido», disse Vinny.

«E con ciò?» ribatté Simon aggrottando la fronte.

«Be', dove altro potevo metterla? Lì entravo liberamente, quando facevo un salto a trovare Donna. A proposito, rischia il lavoro?»

«Certo che sì: ti ha aiutato a nascondere droga pesante nel nido», spiegò lentamente Simon. Lowe scosse la testa facendo due occhi così, come a dire che era un mondo di pazzi quello in cui viveva, se poteva succedere una cosa simile. L'avvocato d'ufficio fece un altro sospiro.

«Guarda, ne ho già parlato con i piedipiatti che mi hanno arrestato. E com'è che poi quelli se ne escono a dirmi che devo parlarne anche con te?»

«Perché ci interessa il coltello che è stato trovato insieme alla droga dentro al fasciatoio.»

«Gliel'ho già detto a loro che io non c'entro niente, deve essere di Daz.»

«Darryl Beer?»

«Esatto. È lì da secoli, io l'ho solo lasciato dov'era.»

«Per secoli cosa intendi?»

«Non so... un anno e passa. Due anni magari? Non me lo ricordo, per me è sempre stato lì.»

Simon tentò di intercettare lo sguardo dell'avvocato. Nessuna meraviglia che non entrasse nemmeno nell'ottica di battagliare, con un mentecatto simile per cliente. «Si trovava già dentro il fasciatoio, quando abbiamo messo dentro Beer, o ci è arrivato dopo?»

«Manco per il cazzo me ne ricordo! Dev'esserci arrivato prima, credo.»

«Hai visto Beer mentre lo nascondeva lì? Te ne ha parlato?»

«No, però deve essere stato lui. Nessun altro sapeva del nostro armadietto personale, come lo chiamava lui», disse Lowe facendo una risatina.

«Ammesso che ti creda, come avrebbe fatto Beer a introdursi nel nido, giù al Waterfront? Aveva anche lui la ragazza che lavorava lì?»

«Macché, però lui e Donna erano amici. Siamo amici noi, tutti e tre.»

«Potrebbe aver nascosto il coltello senza che Donna lo vedesse?»

«Ma sì, certo. Il fasciatoio è in un locale separato vicino al cesso, perciò è facile nasconderci dentro della roba senza farsi vedere.» Vinny Lowe gonfiò il petto per l'orgoglio. «È questo il bello dell'armadietto personale.»

Simon si fermò a riflettere. Darryl Beer era stato arrestato in casa sua un sabato a metà mattina, il giorno dopo che Laura Cryer era stata uccisa. Di sabato il nido del Waterfront apriva alle 9 anziché alle 8.30 come nei giorni feriali. Era possibile che Beer fosse andato lì a nascondere il coltello, subito dopo l'apertura, e poi se ne fosse tornato a casa. Ma allora, perché non nascondere nello stesso posto anche la borsetta di Laura? A meno che non l'avesse buttata in qualche cassonetto senza che la squadra di Charlie la trovasse. Non vedeva l'ora che arrivasse l'indomani, in modo da poter fare la telefonata che era ansioso di fare. Sarebbe stato tutto più facile, dopo.

«Prende bambini di tutte le età, quel nido?» chiese. «Non ci sono limiti?»

Lowe sembrava confuso. «Da zero a cinque», rispose. «Perché, hai dei ragazzini?»

Invece di rispondere, Simon estrasse dalla tasca la fotografia di Vivienne, Alice, David e Felix Fancourt che aveva trovato nello studio di Alice. «Riconosci qualcuno, in questa foto?» domandò a Lowe.

«Sì, quel ragazzetto andava al nido, mi ricordo che Donna lo chiamava "il piccolo lord" per il suo modo di parlare da signorino. Invece quella è "la snobbona".» Lowe annuì, sorridendo compiaciuto. Si comportava come se non avesse una preoccupazione al mondo: forse era troppo ottuso per rendersi conto che lo aspettava il carcere per possesso di droghe pesanti. «Quella là c'entra qualcosa con il signorino, allora?»

«Li hai mai visti insieme?»

«No.»

«Perché "snobbona"?»

«Bah, così la chiamavamo io e Daz. La vedevamo sempre in piscina o nella jacuzzi.»

«Tu e Beer eravate soci del Waterfront?» domandò Simon senza preoccuparsi di nascondere la sua incredulità.

«Non dire scemenze, mica posso permettermi quelle cifre io. No, noi saltavamo il controllo alla reception entrando dal caffè, il Chompers. Anche l'ultimo degli idioti potrebbe farlo, solo a prendere l'iniziativa.» L'avvocato di Lowe gli scoccò un'occhiata di puro disgusto, prima di tornare alle piccole imperfezioni dello smalto rosa chiaro delle sue unghie.

«La snobbona ci andava quasi tutti i giorni, e noi lo stesso», disse Vinny. «Perché siamo uomini che sanno spassarsela, sai com'è. Be', magari tu non lo sai. Ti giuro che quella lì stava ad ascoltare i nostri discorsi. Noi ce la ridevamo, dicevamo che ci seguiva dappertutto perché ci filava. Mi sa che aveva capito che noi due non eravamo soci, però non ha mai detto una parola. Secondo noi faceva di tutto per orecchiare.»

«E voi di cosa parlavate?»

«Di cose del mestiere», rispose Lowe con aria di importanza. «Del tempo che avevamo passato in galera. Se c'era lei ad ascoltare, ci infilavamo dentro qualche storia di sparatorie e di gente fatta fuori, per fare un po' di scena. Daz diceva che sentirci parlare da duri la faceva... be', hai capito, no?» Lowe strizzò l'occhio. «E invece erano tutte stronzate quelle. La snobbona non ci filava per niente, era solo una stupida ficcanaso.»

«Tu e Beer avete mai nominato il nascondiglio segreto quando lei vi stava ascoltando?»

«Probabilmente sì. Ci siamo fatti un sacco di risate alle spalle di quei genitori con la puzza sotto il naso. Non se lo sognavano nemmeno che sotto il culo dei loro figlioletti, lì nel fasciatoio, c'era la nostra mercanzia.»

«Non avevi detto che la droga era per uso personale?»

«Dicevo così per dire.»

Normalmente Simon sarebbe andato in bestia a sentire le cazzate che sparava un delinquentello come Vinny

Lowe, ma in quel momento non poteva concedere troppa attenzione a un personaggio del genere. Ora che tra i Fancourt e Darryl Beer era emerso un legame concreto, Simon aveva l'impressione che qualcosa stesse quagliando, e lottava contro il vago senso di disorientamento che sempre lo assaliva in momenti del genere. Una parte di lui temeva di scoprire la verità, e non aveva la minima idea del perché. Probabilmente era una questione di scelte che andavano restringendosi sempre più e della strana sensazione di essere sospinto verso l'imboccatura di un tunnel. Era sicuro che Charlie, Sellers e Gibbs non si sentivano mai in quel modo.

Se solo fosse arrivato in fretta il giorno dopo. Ma del resto la telefonata era soltanto una formalità... lui sapeva la verità, no? O c'era anche qualcos'altro? Aveva forse paura di scoprirlo? Simon non riusciva a togliersi di dosso un brutto presentimento, la sensazione di qualcosa di terribilmente spiacevole ad attenderlo dietro l'angolo, qualcosa di inevitabile perché non era possibile fare a meno di svoltare quell'angolo...

Alice. Era lì la sorgente della paura. Cosa avrebbe scoperto su Alice? Ti prego, fa' che non sia niente di brutto, implorò tra sé fissando la fotografia che aveva in mano, quel ritratto di famiglia. Rabbrividì. Non voleva guardare la foto, non voleva pensarci, ma perché?

«Giusto per essere chiari», disse a Lowe, più che altro per distrarsi dalla sinistra consapevolezza che si stava facendo strada dentro di lui. «Quale di queste due è la donna che chiamavate "la snobbona"?»

Lowe puntò il dito su Vivienne Fancourt. Simon si sentì immensamente sollevato.

33.

Giovedì 2 ottobre 2003

Mi sto spazzolando i capelli seduta al tavolino da toilette, quando in camera entra David. «Ti ricordi della nostra luna di miele?» gli domando, decisa a parlare io per prima. «Ti ricordi del signore e della signora "Tavolo" e di quella che chiamavamo "la famiglia Rod Stewart"? E delle serate sulla terrazza a bere *retsina*? Ti ricordi come eravamo felici allora?» So che per riportare indietro quei momenti non bastano un paio di soprannomi affibbiati insieme per gioco, ma vorrei che, se non altro, David ricordasse che quei momenti sono esistiti. Che si tormentasse anche lui come mi tormento io.

Il suo viso si contrae in una smorfia di derisione. «Forse tu eri in luna di miele, non io», risponde. «Sapevo che per me non saresti mai stata importante come Laura.»

«Non è vero. Dici così solo per farmi del male.»

«Noi due siamo andati in Grecia, un posto dove può andare chiunque. Invece io e Laura eravamo stati alle Mauritius in luna di miele. Per lei non badavo a spese.»

«Ma che importanza ha quanti soldi spendi, David? C'è sempre tua madre pronta a dartene ancora. Quante volte ti ha cavato dagli impicci sul lavoro, in questi anni? Più di una, scommetto. Se non fosse per la beneficenza di Vivienne, saresti a fare l'operaio in qualche squallida fabbrichetta.»

David stringe i denti e se ne va, furibondo. Io continuo a spazzolarmi i capelli e intanto aspetto. Dopo qualche minuto è di nuovo qui. «Metti giù la spazzola», dice. «Ti devo parlare.»

«Non ho niente da dirti, David. Non credi che ormai sia un po' tardi per parlare?»

«Posa quella spazzola! Guarda cosa ho qui.» Mi mette sotto il naso una fotografia che ritrae i miei genitori con me quando ero piccola. Deve averla presa dalla mia borsa, dove la tengo sempre perché è la foto di noi tre insieme a cui sono più affezionata. E David lo sa bene, così come sa che non ne esiste un'altra copia. «Secondo me ti stava meglio la pettinatura che avevi allora.»

Nella fotografia ho cinque anni. La pettinatura è un taglio corto e spartano alla maschietta, niente di vezzoso. I miei genitori non erano certo tipi che correvano dietro alle mode, anche perché si curavano ben poco delle apparenze.

«Non mi piacciono le donne che hanno tanti capelli e tanti peli», aggiunge David. «Anzi, meno ne hanno, meglio è.»

«Però Laura aveva i capelli lunghi», non posso fare a meno di ribattere.

«Sì, ma non erano dritti come spinaci e unti come i tuoi. E poi lei non aveva nemmeno un pelo sul corpo, mentre poco fa, durante quel patetico spogliarello in cucina, ho notato che non ti depili le ascelle da un pezzo.»

«Mia figlia è stata rapita», dico con voce incolore. «Diciamo che da allora il mio aspetto non è stato in cima ai miei pensieri.»

«Si vede. Scommetto che non ti sei depilata neanche le gambe.»

«No, infatti.» Presagisco quello che sta per succedere, ma una volta tanto ho in mente un modo per impedirlo. Prima, però, devo scavare un po' più a fondo. «Perché l'hai fatto?» chiedo.

«Fatto cosa?»

«Fingere che mi fossi rifiutata di cambiarmi, quando invece sei stato tu a impedirmelo.»

«Perché te lo meriti», risponde David. «Perché sei sporca dentro, ed è ora che la mamma se ne renda conto.»

Faccio un cenno di assenso, breve.

David si avvicina. Infila la mano in tasca, ne tira fuori le forbici da cucina di Vivienne e un rasoio usa e getta, poi mi mette di nuovo sotto gli occhi la fotografia in bianco e nero. «Bei tempi quelli, eh?» dice. «Scommetto che ti piacerebbe poter rimettere indietro le lancette dell'orologio.»

«Sì.»

«Non eri una bugiarda, allora. Non eri pelosa da fare schifo.»

Non gli rispondo.

«Bene, è arrivato il tuo momento.» Indica con un cenno del capo il rasoio e le forbici. «Tagliati i capelli come li avevi nella fotografia. E quando hai finito con i capelli, ti togli la camicia da notte e ti depili completamente.»

«No», ribatto. «Non costringermi.»

«Io non ti costringo a fare un bel niente, sei liberissima di scegliere. Però lo sono anch'io, ricordatene, Alice. Lo sono anch'io.»

«Cosa vuoi che faccia, allora? Dimmi bene cosa devo fare.»

«Ora tu prendi le forbici», dice parlando lentamente, come se si rivolgesse a una ritardata, «e dai una bella scorciata a questo schifo di stoppa che hai in testa. Poi ti togli la camicia da notte e ti radi i peli delle gambe e delle ascelle. Quando hai finito lì, passi a quelli sul pube e per ultimi ai peli delle braccia e alle sopracciglia. E quando il lavoro è completo, ti lascio andare a letto. Gran giorno, domani.»

«E se io non volessi?»

«In tal caso, farei a pezzi questa», dice agitando la fotografia davanti a me, «e tu diresti addio alla mammina e al paparino. Una volta ancora.»

Una freccia di dolore perfora lo scudo che per necessità e per sfiducia mi sono costruita intorno al cuore. Batto le palpebre e David sorride, compiaciuto di avere toccato il tasto giusto. «Okay, lo farò», gli dico. «Ma non con te in questa stanza.»

«Io non vado da nessuna parte. Sono io quello che ha subìto un torto, ho tutto il diritto di restare qui a guardare. E vedi di sbrigarti, che mi sta venendo sonno.»

«Immagino che a Vivienne racconterai che ho fatto tutto di testa mia, vero? Un'ulteriore prova della mia depravazione.»

«Tutte le prove che mi servivano le ho avute venerdì scorso, quando hai cominciato a far finta che nostra figlia fosse un'estranea. Di solito la mamma non è così lenta a capire, ma vedo che ora sta incominciando a subodorare qualcosa. Dopo l'episodio di questo pomeriggio... quando vedrà cosa hai fatto ai capelli, quando si accorgerà che non hai più le sopracciglia e troverà un mucchietto di peli e capelli sul pavimento... perché sei troppo schifosa per pulire la sporcizia che lasci in giro...»

Ha detto abbastanza, per i miei scopi. Vado all'armadio, lo apro e prendo il registratore che avevo infilato nella tasca dei suoi calzoni. Dopo aver premuto il tasto «Stop» facendo in modo che David mi veda, arretro di un passo con quell'oggettino argenteo ben stretto in mano, dietro la schiena. «Tutto quello che hai detto da quando sei entrato è registrato qui», gli annuncio.

La faccia di David diventa rosso cremisi. Fa per venire verso di me. «Non ti muovere», gli intimo, «altrimenti lancio un urlo che si sentirà in tutta la casa. Non ce la faresti a strapparmelo e a distruggere il nastro prima che piombi qui Vivienne: sai quanto è rapida a precipitarsi quando succede qualcosa e non è lei ad avere la situazione in pugno. Perciò, se non vuoi farle sapere che razza di mostro perverso ha per figlio, fa' come dico io.»

David si immobilizza, cercando di non mostrarsi preoccupato, ma so che lo è. Davanti a sua madre ha sempre recitato la parte del bravo bambino. Il suo ego non sopravvivrebbe alla rivelazione delle sue tendenze sadiche.

«Per tua fortuna io non sono malata come te», continuo. «La sola cosa che voglio è essere lasciata in pace. Non rivolgermi la parola, non mi guardare. Smettila di pensare a nuovi modi per torturarmi. Fa' finta che io non ci sia. Non voglio avere più niente a che fare con un povero stronzo come te.» David scrolla le spalle fingendo indifferenza. «Ah, un'ultima domanda.»

«Cosa?»

«Dov'è Florence? Cosa lei hai fatto? Se me lo dici distruggerò il nastro.»

«Oh, questo è facile», risponde David sprezzante. «È in camera sua. Qui a casa, dove è sempre stata.»

Scuoto la testa con aria sconsolata. «Buonanotte, David.» Esco dalla stanza con il registratore ben stretto in mano, avendo cura di chiudere delicatamente la porta alle mie spalle.

34.

10 ottobre 2003 ore 9

«È una nuova versione dell'ottavo cerchio dell'inferno, per caso?» Charlie fece un gesto per indicare la bolgia che li circondava. Lei e Simon si trovavano al Chompers, il movimentato caffè bar in stile vecchia America del Waterfront. In quel momento il locale era pieno zeppo di gente in tuta sportiva, con finta abbronzatura da lampada e nugoli di figli viziati e urlanti al seguito, sul sottofondo di *Eye of the Tiger* dei Survivors sparato a tutto volume. «Come mai è così affollato?»

«Stanno aspettando che apra il nido», disse Simon. «Avrebbe dovuto aprire mezz'ora fa. Immagino che siano nelle peste, dopo aver licenziato la donna di Lowe. Guarda lì», soggiunse, indicando con un cenno una ragazza giovanissima con il viso lentigginoso e i capelli rossi raccolti in una coda di cavallo. Ferma sull'entrata del nido, la ragazza agitava un braccio. Non appena la videro, gli adulti che affollavano il Chompers balzarono in piedi affrettandosi a radunare figli, borse, zainetti. «Lisa Feather», disse Simon. «Era l'assistente di Donna. Forse è lei che la sostituisce ora.»

«Come sai tutte queste cose?» gli chiese Charlie.

«Ho fatto un salto qui stamattina presto e sono già entrato nel nido. Preferivo che non ci fossero i bambini», spiegò Simon strofinando il cinturino dell'orologio con il pollice e l'indice della mano destra.

«E dunque?»

Dopo avere controllato il nido, Simon aveva fatto due telefonate mentre aspettava Charlie. Il giorno prima aveva pensato che una bastasse, ma nel mezzo della notte, svegliatosi di soprassalto, si era levato a sedere di scatto con le idee chiarissime sul perché della sua apprensione alla vista di quella maledetta fotografia di Alice, David, Vivienne e Felix nel giardino di The Elms. Aveva capito che di telefonate ce ne volevano due.

E ora che le telefonate erano state fatte, tanto le speranze quanto i peggiori timori di Simon avevano trovato conferma. Niente più spiacevoli brontolii del subconscio, ormai: era salito tutto in superficie. La visione del quadro d'insieme era chiara e distinta, non meno della faccia di Charlie che gli stava davanti.

«Simon? Il nido?»

«Lowe aveva ragione, il fasciatoio è vicino ai gabinetti, in un piccolo locale comunicante con il nido attraverso una porta, che di solito resta chiusa. Nascondere della roba in quel posto è un gioco da ragazzi.»

Charlie annuì. Si sentiva come una persona che ha appena iniziato una lunga, faticosa convalescenza dopo una malattia grave. Era stata fatta a pezzi e le era rimasta una sola alternativa: disintegrarsi del tutto oppure lottare per rimettere insieme i pezzi. Aveva scelto la seconda strada. Simon non l'amava e non l'avrebbe mai amata. Charlie non sapeva perché l'aveva respinta in quel modo alla festa a casa di Sellers, così come non sapeva se Simon ne avesse parlato con i colleghi, e non lo avrebbe mai saputo. C'era un che di confortante nel fatto di accettare, finalmente, che certe cose sfuggivano completamente al suo controllo.

Altre no. Quando riusciva a essere razionale, si rendeva conto che il suo valore come persona prescindeva del tutto dall'opinione che Simon aveva di lei. Era una donna sicura di sé prima che lui comparisse nella sua vita, e poteva tornare a esserlo; nel frattempo, per quanto amareggiata, si sarebbe comportata bene. Sarebbe stata un'amica per Simon, invece di non dare ascolto a certi suggerimenti solo perché venivano da lui. Sperava di non essere tanto sconsiderata da lasciare che un uomo che non l'apprezzava le incasinasse il lavoro, l'unica cosa che sapeva di fare bene.

«È da lì che entravano Lowe e Beer», disse Simon indicando la porta che si apriva su Alder Street. «Anch'io ci sono passato per incontrare Alice Fancourt, tutt'e due le volte.»

«Bene. Sicché Beer frequentava il Waterfront senza pagare la quota di iscrizione, e ha nascosto nel fasciatoio del nido il coltello usato per uccidere la Cryer. È questo che mi stai dicendo? Ed è *tutto*?»

Simon non aveva ancora deciso se dire o no a Charlie una parte, tutto o niente di ciò che aveva scoperto. Be', tutto no, certamente; d'altro canto, se le forniva solo un resoconto parziale, rischiava che lei facesse una telefonata per conto proprio, arrivando a scoprire il resto. Merda, come odiava sentirsi messo alle strette.

«Beer e Lowe chiamavano Vivienne Fancourt "la snobbona"», continuò. «Lei gli stava sempre alle calcagna, tutta orecchie mentre quei due raccontavano delle loro avventure e disavventure con la polizia. Quella donna è tutt'altro che stupida, di sicuro immaginava che il DNA di uno come Beer fosse sul nostro database. Voleva la Cryer morta perché le impediva di vedere il nipote, ma non era disposta a compiere un'impresa rischiosa come un omicidio senza essere sicura di non farsi scoprire. E quale modo migliore che incastrare qualcun altro, piazzando sulla scena del delitto delle prove materiali che conducessero proprio a lui? Soprattutto se quel "lui" era un pezzo di merda già noto alla polizia.»

«E così, un bel giorno si è chinata sulla jacuzzi a strappare un paio di ciocche di capelli a Beer?»

«Qual è la cosa che tutti si portano immancabilmente dietro, in un posto come il Waterfront? Su, pensa alla piscina, alla jacuzzi, alla sauna... cosa ti porteresti dietro?»

«Le sigarette.»

«Un asciugamano», disse Simon. «Tutto ciò che Vivienne doveva fare era scambiare il suo con quello di Beer. Oppure aspettare che lui avesse gettato il suo e poi andarlo a prendere. Sopra ci sarebbero stati dei capelli e dei frammenti di pelle di Beer.»

«Ma Beer l'avrebbe vista quasi sicuramente», obiettò Charlie. «E non possiamo escludere che lui lasciasse l'asciugamano nello spogliatoio invece di portarlo con sé in piscina.»

«E se invece l'avesse fatto?» insistette Simon. «Se Vivienne lo avesse tenuto d'occhio per settimane, per mesi, intanto che elaborava quel piano? Alla fine avrebbe saputo tutto sulle sue abitudini, non ti pare? Anche qual era il momento migliore per impossessarsi dell'asciugamano.» *Ti prego ti prego fa' che basti questo a convincerla.* Non se la sentiva proprio di rivelarle il resto, pur sapendo che prima o poi ci sarebbe stato costretto. A meno che Vivienne Fancourt non confessasse... ma perché diavolo avrebbe dovuto farlo?

«Sono tutte congetture», disse Charlie sospirando.

«Lo so.» La bocca di Simon era serrata, una linea dura e risoluta. «Ma già che siamo qui, converrebbe andare a vedere come funziona la storia degli asciugamani.»

Charlie si strinse nelle spalle, poi annuì. Tanto valeva dare un'occhiata.

«David e Vivienne Fancourt devono essere stati al settimo cielo quando Beer si è dichiarato colpevole», borbottò Simon.

«Perché, pensi che ci siano dentro in due?» Le supposizioni di Simon cominciavano a essere troppe, e Charlie era consapevole di dargli eccessivamente corda. Merda. Avrebbe fatto lo stesso con Gibbs o con Sellers, se le avessero proposto di verificare una pista altrettanto improbabile? Era un comportamento corretto, quello che stava tenendo nei confronti di Simon, o un trattamento di favore? «Anche se tu avessi ragione, siamo sempre e solo nel campo delle ipotesi», ripeté. «Di prove non ce ne sono.»

Negli occhi di Simon brillava la determinazione. Non stava ascoltando. «Troverò Alice oggi», disse.

Charlie pensò ai vestiti, alle scarpe, alla macchina e ai soldi che Alice non aveva portato con sé. E a tutte le cose di Florence lasciate a The Elms. Temeva il peggio. «Sei innamorato di lei, vero?» domandò a Simon. Niente di male a chiedere, si disse. Da amica. «Magari prima non lo eri, ma adesso sì. Ti sei innamorato di lei quando è scomparsa: è stato *quello* a fare di lei la donna perfetta per te.» Mentre parlava, le parve di vedere qualche tessera del mosaico che andava a incastrarsi negli spazi vuoti.

«Andiamo, abbiamo da fare», tagliò corto Simon. «Bisogna prendere l'ascensore per scendere in piscina.»

Charlie lo seguì lungo un corridoio coperto di moquette, pervaso da un leggero ronzio ininterrotto e dal profumo di gigli. Davanti a loro, la strada per tornare alla reception era indicata da una freccetta nera su una placca di ottone. Senza scambiarsi una parola, procedettero affiancati in quella direzione. La mente di Charlie era freneticamente all'opera per incasellare ciascun elemento di quella sua nuova teoria nel posto che gli spettava. Simon, rosso in faccia, evitava accuratamente di incontrare il suo sguardo. Aveva ragione Charlie: non c'era posto per una donna nella sua vita, non per una donna in carne e ossa. A lui serviva una fantasia, un essere inaccessibile, vivo solo nell'immaginazione. Chi meglio di una donna scomparsa?

Entrarono nell'ascensore, dove su tre lati ci si poteva specchiare dalla vita in su, e premettero il bottone «–1». Era ancora più difficile evitare di incrociare lo sguardo in quello spazio ridotto, e il viaggio dal piano terra al piano interrato parve interminabile. A un certo punto Charlie si rese conto di trattenere il respiro. Ora sapeva cosa voleva dire sentirsi intrappolata in un ascensore, anche se quel dannato aggeggio non si era nemmeno bloccato.

Fu un sollievo uscirne, alla fine. Un altro corridoio ricoperto di moquette. Qui la placca di ottone portava la scritta «Piscina» sopra un'altra di quelle utilissime frecce nere. Charlie udì in lontananza il rumore attutito degli schizzi d'acqua, una sorta di gorgoglio continuo che vibrava sotto i loro piedi. «Ci siamo.»

Alla loro sinistra c'erano due porte: sulla prima c'era scritto «Spogliatoio donne», sulla seconda «Spogliatoio uomini». «Immagino che da lì si possa accedere direttamente in piscina», disse Simon. «Che cazzo, ci potrebbe entrare anche il primo scemo che passa... Dovrebbero rinforzare i sistemi di sicurezza.»

Charlie scrollò le spalle. «Non credo che venga in mente a molti di intrufolarsi in uno di questi club di nascosto, per non pagare la quota di iscrizione. Voglio dire, chi penserebbe che sia possibile fare una cosa del genere? Quello dove va mia sorella è una specie di Fort Knox. Senza il tesserino magnetico, non fai neanche alzare la sbarra.»

«Guarda.» Simon indicò il largo ripiano di legno davanti a loro. Sopra c'erano, ripiegati uno sull'altro, parecchi asciugamani bianchi, accanto a una grossa apertura di forma quadrata. «È quello che penso io?»

«Sì, un cesto per gli asciugamani usati.» Mentre Charlie diceva quelle parole, si aprì la porta dello spogliatoio femminile e ne emerse una donna dai capelli bagnati, con un asciugamano tutto gualcito in una mano e un borsone sportivo Nike nell'altra. Sotto la testa piegata di lato si intravedeva un cellulare rosa, intrappolato tra orecchio e spalla. «Questa maledetta piscina e le docce sono fredde gelate!» stava dicendo arrabbiatissima. «Una delle caldaie non funziona. Se non sistemano tutto entro domani, mi faccio fare uno sconto sulla quota del mese prossimo.» Lasciò cadere l'asciugamano nella buca quadrata. Non andò lontano: gli altri asciugamani usati avevano formato una pila sotto l'apertura. La donna si allontanò in direzione delle scale, con il cellulare nella mano ora libera, continuando a lamentarsi ad alta voce.

«Mi basterebbe allungare una mano nella buca, raccogliere l'asciugamano che quella donna ci ha appena fatto cadere dentro», disse Simon, «e potrei farla accusare di omicidio.»

Charlie sapeva che Simon aveva ragione. Ragione a sostenere che fosse possibile; non che fosse andata necessariamente così.

«Simon, sei ancora vergine, per caso?» domandò.

35.

Giovedì 2 ottobre 2003

Sono in cucina, con la cassetta del registratore nella mano destra chiusa a pugno. Quasi non ci posso credere, che quell'idea nata dalla disperazione abbia funzionato così bene: nemmeno per un secondo David ha pensato che il mio fosse un bluff. La mia borsa è sul piano di lavoro della cucina, sotto la finestra che dà sul retro. Accanto alla borsa ci sono le chiavi della macchina, il cellulare e l'orologio: tutti gli averi che mi hanno confiscato. Prendo l'orologio e lo metto al polso, quasi temendo che da un momento all'altro possa partire un allarme. Sto decidendo se è il caso di mettere la cassetta nella borsa oppure di nasconderla da qualche parte, o di distruggerla, quando sento un respiro dietro di me.

Richiudo la mano sulla cassetta e mi volto. Vivienne è in piedi a meno di mezzo metro da me. Mi chiedo se stesse per toccarmi. Sopra il pigiama di seta bianca indossa la sua lunga vestaglia blu e la pelle è lucida di crema da notte, la migliore tra quelle disponibili al salone di bellezza del Waterfront, che dà un aspetto untuoso, bianco e spettrale al suo viso. «Cosa stai facendo?» mi domanda. Di solito non scendo al piano terra dopo che Vivienne è andata a letto. Nessuno lo fa, perché lei non riesce a dormire se sa che qualcuno si sta ancora aggirando per casa: questa è una delle tante regole non scritte in vigore a The Elms. Una simile deroga alle abitudini l'ha messa in allarme rispetto a un potenziale pericolo.

Decido di ricorrere alla tattica di Vivienne: rispondere a una domanda con un'altra domanda. «Sei agitata per domani?» Vivienne è sconcertata da questa mia irruzione nel suo campo psichico. È lei quella autorizzata a fare le domande, sempre. «Voglio dire che per me è più facile», continuo con il cuore che mi balza nel petto a ogni battito. «Perché io so quale sarà il risultato del test, tu invece no. Deve essere dura per te, stare ad aspettare senza sapere.» Se non fosse per il mio trionfo su David, non avrei il coraggio di parlarle in questi termini. È come se la lucina del mio senso di sicurezza avesse incominciato a brillare di nuovo, seppure di un bagliore tenue.

I suoi occhi sprizzano scintille. Vivienne è una donna con un orgoglio smisurato, non ama che le si faccia notare la sua posizione di svantaggio. «Lo saprò presto», dice infine. Poi, come consapevole tutt'a un tratto di aver confessato la propria incertezza, soggiunge: «David è mio figlio, e gli credo. In questi giorni tu non sei stata quella di sempre, Alice, e lo sai».

«Ma allora perché la chiami "la bambina", se credi a David? Non l'hai chiamata Florence nemmeno una volta da quando sei tornata dalla Florida, e non la prendi mai in braccio. Sei lì a controllare che vada tutto bene, però non la tocchi nemmeno con un dito.»

La lingua di Vivienne guizza fuori a inumidire le labbra. Si sforza di sorridere di nuovo, ma questa volta è ancora più difficile per lei. «Cercavo di agire con tatto, non volevo ferire i tuoi sentimenti.»

«Non è vero. In fondo non ci riesci a ignorare completamente quello che dico io, no? Sono la madre di Florence, e tu sai bene cosa significa essere una madre. E poi mi hai sempre voluto bene, ti fidavi di me. Se parlando di Musetto dici "la bambina" è perché anche tu, come me, non sai chi sia veramente. Se il test di domani mattina ti terrorizza è perché anche tu dovrai ben presto affrontare la verità che io conosco già da venerdì scorso: Florence è scomparsa. La fase di negazione che stai vivendo adesso finirà.»

«Lascia stare questa psicologia da strapazzo», sbotta lei, i tendini delle mani serrate a pugno che sporgono come corde tese.

«Mi mancherà, Musetto», sussurro, «quando dovremo restituirla.»

«Restituirla?» Vivienne ha la faccia turbata.

«Sì, alla polizia. Be', non potremo tenercela, no? Non quando la polizia sarà al corrente del fatto che non è figlia nostra. Ce la porteranno via, non ci sarà più nessuna bambina in questa casa.» Mi trema la voce.

Vivienne si scaglia contro di me e mi colpisce al petto con tutt'e due le mani. Lancio un grido di sorpresa mentre perdo l'equilibrio e vado a sbattere con la spalla contro il forno prima di crollare a terra. Il dolore è così forte che per un po' non riesco a muovermi. Poi mi rannicchio su un fianco.

Vivienne si china su di me. Sento l'odore della sua crema, un profumo penetrante di mughetto. «È tutta colpa tua!» mi urla in faccia. Il frastuono di questa collera non più contenuta è uno shock ancora più grande di quello provocato dall'aggressione fisica. Non l'ho mai sentita gridare a quel modo. «Che madre è quella che se ne va lasciando a casa la figlia appena nata per farsela rapire? *Che genere di madre è?*» La sua faccia torreggia sopra la mia, la bocca spalancata pare una caverna nera. Sento l'odore di menta del dentifricio misto a quello del mio sudore, della paura che ho di lei.

A un tratto sono sola nella stanza, la cassetta del registratore ancora chiusa nella mano che trema.

36.

10 ottobre 2003, ore 10

«Non è mica il primo d'aprile, vero?» L'ispettore Giles Proust posò rumorosamente la tazza sulla scrivania per prendere in mano l'agenda. Dopo averla sfogliata, la studiò con esagerata attenzione, a beneficio di Charlie e Simon.

«Nossignore», disse Charlie.

«Ma bene... non che lo credessi veramente. Quindi questo non è un pesce d'aprile, voi due volete veramente che sprechi tempo e risorse preziose per una perquisizione a The Elms in cerca di una borsetta.»

«Sissignore.»

«L'avete deciso nella sauna? Ultimamente avete passato un sacco di tempo in posti del genere. Waterhouse?»

Simon si agitò sulla sedia. *Di' qualcosa, testa di cazzo. Digli quello che sai.*

«Tanto per sapere, cosa ci fa la gente in quei centri benessere?» domandò Proust.

«Nuoto, signore. E poi ci sono palestre e corsi di vari sport. E la jacuzzi, la sauna, il bagno turco. In certi c'è anche la vasca fredda.»

«Sarebbe?»

«Una specie di piscina con l'acqua molto fredda. Ci si immergono subito dopo la sauna o il bagno turco», spiegò Charlie.

Proust scosse la testa. «Quindi uno prima sta al caldo per poi andare al freddo?»

«Dicono che fa bene alla circolazione.»

«E la jacuzzi... sarebbe dove si sta seduti nell'acqua calda con le bollicine, eh?»

Charlie annuì. «È molto rilassante.»

Proust spostò lo sguardo su Simon. «A lei piacciono queste cose, Waterhouse?»

Charlie, come sempre, era tentata di intromettersi e rispondere al posto di Simon, ma questa volta si fermò in tempo. Doveva lasciare che fosse Simon a parlare per sé, come avrebbero fatto Sellers o Gibbs.

«No, signore», replicò Simon con voce limpida.

«Bene.»

Simon non aveva risposto alla domanda che Charlie gli aveva fatto al Waterfront, e lei non aveva insistito. Stava forse cercando di falsificare i fatti, pur di salvare il proprio ego? No, probabilmente no. Più pensava a quel suo sospetto e più lo vedeva ingigantirsi. Tutto collimava: Simon non aveva mai avuto una ragazza, non aveva mai accennato a qualche relazione avuta in passato, importante o no, tanto che Gibbs e Sellers non si risparmiavano insinuazioni sul suo orientamento sessuale.

Invece doveva essere vergine, spaventato com'era dal sesso e dalla prospettiva di rivelare la sua inesperienza. Ecco perché era scappato in quel modo alla festa di Sellers, ecco perché non si concedeva a nessuna relazione sentimentale. Alice Fancourt, la donna scomparsa, era l'ideale per lui. Qualunque cosa Simon provasse per lei, doveva rimanere sul piano della pura astrazione. Se all'improvviso sparissi, pensò Charlie, forse si innamorerebbe di me. Ma subito ricordò l'altra decisione presa: non pensare a lui quando dovresti pensare al lavoro.

«Ispettore, se potessimo avere un mandato di perquisizione...» iniziò.

«Mi dispiace, sergente, ma non mi avete convinto. Potrebbe essere una coincidenza, il fatto che Beer sedesse nell'acqua calda fianco a fianco con Vivienne Fancourt. Sellers e Gibbs sono andati di nuovo a fare due chiacchiere con lui, e a quanto pare Beer continua a dire che ha ucciso Laura Cryer. Perché dovrebbe, se non fosse stato lui?»

«Forse ha paura di beccarsi degli anni di carcere in più», rispose Charlie. «Non farebbe buona impressione, confessando di avere giurato il falso allo scopo di ottenere una riduzione della pena. Oppure ha paura di quello che lo aspetta al suo ritorno nel quartiere di Winstanley. Certa gente che una volta lo proteggeva adesso lo vorrà morto, giusto?»

«Beer si è quasi affezionato a Laura Cryer», intervenne Simon cercando di guadagnare tempo. «Come se avesse un'infatuazione per lei. Quando gli ho parlato, ho avuto l'impressione che si immagini l'esistenza di... di una specie di legame, tra loro due. Magari ammettere che non l'ha uccisa lui significherebbe recidere quel legame, nella sua mente.»

Proust sbuffò. «Che riflessione profonda, Waterhouse. Molto *psicologica.* Vediamo un po', un coltello che secondo i periti legali potrebbe essere lo stesso che ha ucciso Laura Cryer salta fuori nel nascondiglio usato da Darryl Beer.» Charlie aprì la bocca per parlare, ma Proust la zittì con un cenno della mano. «Anche se aveste ragione, anche se David e Vivienne Fancourt avessero ucciso la Cryer e incastrato Beer, le possibilità che una perquisizione a The Elms porti al ritrovamento di quella borsetta sono minime.»

«Però ci sono dei killer che conservano dei souvenir», disse Charlie. «Soprattutto quando si tratta di un delitto passionale, quando c'era un rapporto stretto con la vittima.»

Tutt'a un tratto Proust prese un'aria seccata. «Ma perché vi sto ad ascoltare?» proruppe. «Andate a fare una visita a Vivienne e David Fancourt e cercate di farli parlare. Possibile che la prima linea d'azione che vi viene in mente debba proprio essere quella che richiede tempo e soldi che non posso permettermi di sprecare?»

Ci siamo, si disse Simon. Un'altra delle sbrodolate di Proust.

«Lo sapete o no che vitaccia faccio qui? Uno di voi due ne ha un'idea? No, credo di no. Be', allora ve lo dico io. Ogni giorno arrivo qui di buon'ora con la lista delle cose che avrei dovuto fare il giorno avanti. Il problema è che ancora prima di cominciarle ne saltano fuori di nuove, come spuntate dal nulla: pratiche burocratiche, idioti che causano problemi dove non ce ne sarebbero, gente che ha bisogno di *vedermi* o di *parlarmi*.» Sbuffò, evidentemente convinto che entrambe le cose fossero sintomo di una fenomenale depravazione. «Fare l'ispettore comporta tutto questo. È come stare davanti a una diga rotta ed essere perennemente ributtati indietro. Vado a casa ogni giorno con una lista più lunga di quella con cui sono arrivato. Per lo meno adesso posso tirare una riga su una voce: Mandy Buckley.»

Charlie alzò gli occhi a guardarlo, in attesa di spiegazioni.

«Aspetteremo un poco sperando che ricompaia. Mi dispiace, sergente. Ho consultato un certo numero di persone e il parere unanime è stato che le spese per seguire quella pista non fossero giustificate. Non è che ci siano delle ragioni valide per sospettarla di qualcosa, in fin dei conti.»

Charlie non riusciva proprio a essere d'accordo. Sto diventando tutta sensazioni e presentimenti come Simon, pensò con un certo disappunto.

Simon si protese in avanti schiarendosi la voce. «Ispettore, Charlie, c'è una cosa che non vi ho detto.»

L'Omino di neve fece un verso di disapprovazione. «Mi piange il cuore, Waterhouse. Cos'è? Per quanto riguarda il fatto che non ce l'ha detto, ne discuteremo alla prossima riunione della commissione disciplinare. Ebbene?»

Simon sentiva su di sé lo sguardo ansioso di Charlie. «La scuola di Felix Fancourt, la Stanley Sidgwick. Alice mi ha detto che Vivienne ci aveva iscritto Florence prima ancora che nascesse. A quanto pare è necessario, dato che le richieste superano il numero dei posti disponibili. C'è una lista d'attesa lunga anni.»

«E allora?» lo interruppe Proust. «Questa è una squadra investigativa, non il provveditorato agli studi. Dove vuole arrivare?»

«Quando ho parlato con i genitori di Laura Cryer, il padre mi ha detto che Vivienne subito dopo la morte di Laura ha tolto Felix dalla scuola materna che frequentava per metterlo alla Stanley Sidgwick. Ma come poteva farlo, senza averlo iscritto in anticipo? Non ci sarebbe stato un posto libero per lui, in tal caso. E se invece il suo nome *fosse già stato* in lista... be', come faceva Vivienne a sapere che alla fine sarebbe stata lei a decidere in quale scuola mandare Felix?»

«Cazzo», mugugnò Charlie. La materia grigia di Simon non cessava mai di stupirla. Non gli sfuggiva niente.

«Partendo dal presupposto che Vivienne *dovesse* avere iscritto Felix, mi sono chiesto quando ciò fosse avvenuto. Forse erano anni che progettava l'assassinio di Laura. Oppure poteva darsi che avesse riservato il posto per lui prima ancora che nascesse, come per Florence, nella speranza che prima o poi Laura cedesse e acconsentisse a mandare il figlio in quella scuola. Ma in questo caso, se Felix al momento stabilito non avesse iniziato a frequentarla, la scuola avrebbe senz'altro dato il suo posto a qualcun altro.»

«Sarebbero stati obbligati a farlo», disse Charlie.

Proust stava facendo scorrere l'indice sull'orlo della sua tazza, senza pronunciarsi.

«Così stamattina ho telefonato alla Stanley Sidgwick», seguitò Simon. «Vivienne aveva iscritto Felix prima ancora che nascesse, in effetti. Avrebbe dovuto iniziare a frequentare a partire dal primo anno di scuola materna, nel settembre del 1999, a due anni. I bambini entrano nell'anno in cui compiranno i tre anni.»

«Troppo piccoli», sbottò Proust. «I miei sono rimasti a casa fino a quasi cinque anni.»

Scommetto che però tu non c'eri, pensò Charlie. Era sicuramente toccato a Lizzie, la moglie di Proust, di starsene a casa a spazzare via dalla moquette le briciole dei biscottini.

Simon ignorò l'interruzione. «Tuttavia Felix *non* ha cominciato a frequentare la Stanley Sidgwick nel settembre del 1999. Laura era ancora viva e non aveva nessuna intenzione di mandarlo in quella scuola. Eppure il suo posto non è stato assegnato a nessun altro, malgrado la lunga lista d'attesa.»

«Che cosa?» Proust si era accigliato.

«Perché no?» chiese Charlie.

«Perché Vivienne Fancourt ha pagato la quota annuale fin dal settembre del 1999, come se Felix stesse frequentando. Evidentemente il suo ragionamento era che, se lei pagava, la scuola era obbligata a tenergli il posto. Poi, nel novembre del 1999, ha detto alla segretaria della scuola, Sally Hunt, che Felix avrebbe sicuramente incominciato a frequentare nel gennaio del 2001, all'inizio del secondo quadrimestre. Laura è stata assassinata nel dicembre del 2000.» Simon buttò fuori l'aria lentamente. Aveva messo abbastanza carne al fuoco per ora; avrebbero creduto che fosse tutto qui.

«Cazzo!» esclamò Charlie scuotendo la testa. «Un anno prima sapeva che avrebbe ucciso Laura, e sapeva anche quando, esattamente. Perché ha aspettato tanto a lungo?»

Simon si strinse nelle spalle. «Non è tanto tempo, se stai progettando un omicidio. Non aveva mai ucciso, doveva prepararsi. E poi... forse c'era anche il piacere di pregustare la cosa: tutte le volte che vedeva Laura, durante quegli incontri molto tesi in cui sembrava che a dominare la situazione fosse l'ex nuora, Vivienne deve aver provato un piacere inconfessabile, cullandosi in quella prospettiva.»

Proust calò i palmi delle mani sulla scrivania. «Come vi ho già detto: sentite Vivienne Fancourt. Fatela parlare. Con quello che abbiamo, potremmo indurla a consegnarci la borsetta della Cryer su un piattino d'argento, sempre che sia in mano sua. Probabilmente sarà solo questione di minuti, prima che crolli e confessi.»

«Temo di no», obiettò Charlie. «Lei non l'ha vista.» Proust non vedeva mai nessuno, tanto che a volte Charlie pensava che la sua conoscenza del mondo si riducesse a ciò che gli riferivano lei e Lizzie, le due inviate sul campo. «Vivienne Fancourt non è affatto intimorita da me e da Simon.» Si voltò verso Simon per avere il suo sostegno. «Dico bene?» Lui scrollò le spalle, pensando che in fondo non avevano ancora accusato Vivienne né di omicidio né di avere incastrato un innocente. «Oh, dài, lo sai che tipo è. Quella pensa che noi due siamo dei ragazzini un po' tonti», insisté Charlie.

Lo sai che tipo è. Dove aveva già sentito quella frase o qualcosa di molto simile? Sul momento gli era suonata strana, ma ora non riusciva a ricordare chi l'avesse detta e in quale contesto. Corrugò la fronte, concentrato nel tentativo di ripescarla dalla memoria.

Charlie tamburellava con le dita, impaziente. «Ispettore, mi è venuto in mente...»

«C'entrano di nuovo gli asciugamani?»

«No.»

«Lieto di sentirglielo dire.»

«Ispettore, lei ha pressappoco la stessa età di Vivienne Fancourt ed è un funzionario di grado superiore. Quella donna pensa di poter tenere a bada me e Simon, forse perché siamo molto più giovani, ma se venisse anche lei con noi... senza offesa, signore, a lei riesce proprio bene di mettere paura alla gente, se vuole.»

«Io?» Esterrefatto, Proust si afferrò al bordo della scrivania con tutte e due le mani. «Non starà suggerendo che vada *io* a parlarci?»

«Penso che sarebbe un'ottima idea», rispose Charlie sporgendosi in avanti sulla sedia. «Lei potrebbe mettere in atto la sua tecnica del ghiaccio secco, sono certa che funzionerebbe. Ispettore, di noi tre lei è l'unico che potrebbe estorcerle una confessione. Il suo potere di persuasione è irresistibile.»

Proust rilevava e disapprovava l'adulazione solo quando era diretta ad altri. «Be', non saprei... e non so nemmeno cosa intende dire quando parla di "tecnica del ghiaccio secco".»

«La prego, potrebbe davvero essere l'unica soluzione. Vivienne Fancourt ci ha fatto il callo a me, ormai. Se andassimo lì tutti e tre...»

Charlie si bloccò di colpo. Solo pochi giorni prima l'orgoglio e la testardaggine le avrebbero vietato di chiedere aiuto a Proust. Per farla breve, era seccatissima dall'idea di essere diventata più matura: perché doveva essere lei a sforzarsi di migliorare, se nessun altro lo faceva mai? Non Simon, per esempio, e tanto meno Proust.

«Sentite», disse Simon. «Io non vengo.» C'era un altro posto dove doveva andare. *Lei sa com'è Alice.* Peccato che, per la prima volta da quando l'aveva vista in cima allo scalone, a The Elms, non fosse più tanto sicuro di saperlo.

37.

Venerdì 3 ottobre 2003

In punta di piedi entro nella camera di Florence, lasciando la porta appena socchiusa. David non si è svegliato, e neppure Vivienne. Nessuno mi ha sentito, non ancora. Devo fare in fretta, più in fretta che posso e senza commettere stupidi errori. Gli occhi colorati del cavallino a dondolo di legno sono fissi su di me. Mi avvicino alla culla con un mezzo presentimento di trovarla vuota, niente più Musetto quando mi chinerò a guardare, solo lenzuolini e orsacchiotti... un altro scherzo crudele di David.

Ma, grazie al cielo, lei è dove è giusto che sia. Le guance sembrano colorite nella luce soffusa del lumino da notte di Winnie the Pooh. Il ritmo del respiro mi dice che sta dormendo profondamente. Un momento vale l'altro, quindi tanto vale farlo ora.

Tiro fuori la cesta di vimini da sotto la culla. Dentro ci sono già il lenzuolo e una copertina. Non prendo nient'altro con me, né vestiti né accessori, e nemmeno una confezione di latte in polvere. Non voglio che la mia assenza sembri pianificata. I libri che ho letto durante la gravidanza dicevano che uscire di casa con un neonato è un po' come partire per una lunga spedizione, a causa della quantità di bagagli da portarsi dietro. Non è necessariamente vero: non se ti sei preparata adeguatamente, come nel mio caso. Tutto ciò che serve a me e a Musetto è già a Combingham.

Sollevo il corpicino e lo sistemo delicatamente nella cesta di vimini, rimboccandole la coperta gialla sotto il mento. Sempre in punta di piedi, esco dalla camera e scendo al pianterreno, ancora in camicia da notte e con le pantofole invece delle scarpe, in modo da non fare rumore.

Non metto il cappotto. Stare fuori al freddo per qualche minuto con addosso solo una camicia da notte di cotone è niente, in confronto a ciò che ho passato in quest'ultima settimana. Sarà facile come una passeggiata, e domani troveranno il mio cappotto al suo posto, sull'attaccapanni nell'atrio. Vado in cucina, prendo le chiavi che sono sempre sul piano di lavoro, lì sotto la finestra, e apro la porta sul retro. L'altra porta, quella principale, è troppo grossa e pesante: farei troppo rumore ad aprirla e poi chiuderla alle mie spalle.

Una volta fuori con Musetto, richiudo a chiave la porta della cucina. Sto tremando, ma non so se è per il freddo o per l'agitazione. Posata per un attimo sull'erba bagnata la cesta di vimini, mi sollevo in punta di piedi e lascio cadere le chiavi di casa attraverso il finestrino superiore. Si posano esattamente dove volevo, accanto alla mia borsa e al cellulare. Quando Vivienne denuncerà la mia scomparsa, la polizia darà molto peso al fatto che i miei effetti personali sono rimasti tutti a The Elms, un dato che li indurrà a credere che non me ne sia andata di mia spontanea volontà, che forse qualcuno mi abbia fatto del male. Non mi sento in colpa per avere seminato dei falsi indizi: in effetti qualcuno mi ha fatto male, molto più di quello che avrei potuto immaginare solo pochi mesi fa.

In ogni caso non avrebbe senso portarsi dietro la borsa. Se usassi il bancomat o la carta di credito mi rintraccerebbero in men che non si dica, prima ancora che la polizia abbia la possibilità di procedere con le indagini.

Raccolgo la cesta di vimini e giro intorno alla casa. L'erba bagnata mi pizzica le caviglie nude mentre attraverso il prato per raggiungere il viale. Quando arrivo davanti alla facciata, mi fermo un momento, con gli occhi fissi sul cancello di ferro poco lontano. Poi riprendo a camminare accelerando a poco a poco, sentendomi come un aeroplano che rulla sulla pista di decollo.

Scendendo per il viale passo vicino alla mia macchina. Mi dispiace tanto lasciarla qui, ma anche le macchine sono facili da rintracciare. È solo metallo e vernice, mi dico sforzandomi di non piangere. I miei genitori capiranno, se in questo momento mi stanno guardando dal luogo in cui sono. Ma spero di no. Hanno avuto una vita felice e preferirei che il loro spirito non fosse sopravvissuto alla morte, piuttosto che saperli preoccupati per me come io lo sono per Florence. È quando lo spirito è consumato dalla paura e dall'incertezza che incomincia a morire.

Appena oltrepassato il cancello mi sento più leggera, come se mi avessero tolto un masso dalle spalle. Che strano sapere che la maggior parte della gente dorme in questo momento, mentre io e Musetto aspettiamo al buio sul ciglio della strada. Mi chiedo quante notti ho dormito di un sonno profondo, dimentica di tutto, mentre poco lontano da me qualche sconosciuto camminava nell'oscurità verso un futuro incerto.

Aspetto dietro un albero dal tronco grosso, la cesta di vimini posata ai miei piedi. Grazie a Dio, Musetto è ancora addormentata, come sempre a quest'ora. Ancora un po' e per lei sarà il momento del risveglio, quando il suo corpo le dirà che è l'ora del pasto. David non sa che di notte anch'io mi sveglio appena sento i suoi borbottii, non sa che anch'io, come lui, conosco l'orologio biologico di Musetto.

Guardo la strada in direzione di Rawndesley. Io riesco a vedere le macchine grazie all'illuminazione stradale, mentre è improbabile che i guidatori vedano me in questo posto buio, tra il muro di cinta della casa di Vivienne e il filare degli alberi. Do un'occhiata all'orologio da polso. È l'una e mezza del mattino, dovrebbe arrivare adesso. Non c'è ancora molto da aspettare. E poi, a un tratto, scorgo la Fiat Punto rossa. La macchina rallenta avvicinandosi.

È arrivato chi ci porterà via da qui.

38.

10 ottobre 2003 ore 11

Charlie sperava di non avere fatto un errore, chiedendo a Proust di accompagnarla. L'ispettore non aveva ancora fatto danni – per il momento, visto che non erano neanche arrivati a destinazione –, ma già la sua presenza le pesava. Sentiva la mancanza di Simon. Semplicemente come collega, in quel caso specifico. Loro due erano abituati a condurre gli interrogatori insieme, conoscevano la prassi a memoria e sapevano come interpretare i rispettivi cenni d'intesa.

Si sentiva nervosa mentre si avvicinavano a The Elms sulla Renault Laguna di Proust. Non riusciva a trattenersi dal lanciare qualche occhiata di sottecchi all'Omino di neve. Si stava comportando bene, l'ispettore: pareva fiducioso e imperturbabile, eppure a lei sembrava di avere sotto la propria responsabilità un bambinetto imprevedibile. Le cose potevano volgere al peggio in qualsiasi momento.

Quanto avrebbe voluto accendere la radio. L'unica volta che glielo aveva chiesto esplicitamente, durante il viaggio di andata a una conferenza, l'ispettore le aveva fatto una lezione sull'incoscienza di chi ascolti qualcosa che non sia il motore dell'automobile su cui sta viaggiando, perché potrebbe perdersi il rumore che avvisa di un pericolo imminente: un leggero rimbombo da sotto il cofano, per esempio, che preannunci un'esplosione di lì a poco. Proust comprava una macchina nuova ogni due anni e la sottoponeva a controlli più severi di quelli di un missile sulla rampa di lancio.

Quando arrivarono a The Elms, Charlie si aspettava quasi che i due battenti del cancello si richiudessero su di loro come una ganascia metallica. C'era qualcosa di eccessivamente rigoroso nel viale perfettamente dritto che saliva dalla strada al grande cubo bianco della casa. Indietro non si torna, sembrava dire. Davanti alla villa, troppi alberi delimitavano il prato ben rasato, proiettandovi la loro ombra.

Suonarono il campanello e rimasero in attesa. Charlie nascose un sorrisetto dietro la mano quando si accorse che Proust si aggiustava la giacca cercando di non darlo a vedere.

Venne ad aprire David Fancourt. Pareva dimagrito ma, in calzoni beige e camicia blu, era vestito con la stessa eleganza dell'ultima volta che Charlie lo aveva visto. «Suppongo che non ci siano novità», disse in tono brusco.

«Non ancora, ci dispiace», confermò Charlie. «Lei e l'ispettore Proust vi conoscete già.» I due uomini si scambiarono un cenno del capo.

«È la polizia?» esclamò la voce di Vivienne. Prima ancora che David avesse il tempo di rispondere, al suo fianco si materializzò la madre. Con un solo movimento del gomito, appena percettibile, Vivienne spinse il figlio di lato, prendendo il suo posto.

David si strinse nelle spalle e rimase un passo indietro. Aveva lo sguardo vacuo, non faceva caso a chi stava davanti a chi. Charlie aveva assistito a una scena simile un'infinità di volte. Passato un po' di tempo, i parenti degli scomparsi perdevano ogni speranza, o almeno così dicevano. Forse non ce la facevano più a sopportare la compassione negli occhi dei poliziotti che bussavano alla loro porta settimana dopo settimana, mese dopo mese, senza portare nessuna notizia.

Charlie non faceva fatica a immaginare che in una situazione del genere si finisse per cadere in una profonda rassegnazione. Non c'era niente di più avvilente che essere abbandonati con gentilezza.

Era sicura, come sempre, che David Fancourt non avesse la minima idea di dove potevano trovarsi la moglie e la figlia. La madre, invece...

Qualcosa nello sguardo di Vivienne Fancourt alla vista dell'ispettore Proust indusse Charlie a non dire niente, a stare ad aspettare. L'ispettore aveva un'espressione che non faceva trapelare nulla, a parte la doverosa cortesia del funzionario in visita ufficiale. Charlie cercò di imitarla, ben sapendo che avrebbe odiato esserne la destinataria. Era un atteggiamento freddo che non comunicava niente all'interlocutore: nessuna informazione, nessun conforto.

«David, puoi lasciarci soli un minuto, per favore?» disse Vivienne dopo qualche secondo.

«Perché? Mia figlia è scomparsa...»

«Non siete qui per Florence, vero?» aggiunse Vivienne guardando Charlie.

«No.»

«E per cosa, allora?» chiese David Fancourt.

«David, ti prego.»

Fancourt fece un sospiro, poi si allontanò.

«Voi sapete, vero?» disse Vivienne.

Charlie annuì, lottando contro una sensazione di irrealtà. Non poteva essere così facile, le cose non andavano mai in quel modo. Be', a volte sì, ma per carità di Dio non ora, non con Proust a fare da testimone. L'ispettore strisciò un piede per terra, cambiando impercettibilmente posizione. Charlie sapeva che era sorpreso quanto lei, le pareva di indovinare cosa stava pensando in quel momento. Era quello l'interrogatorio difficile a cui era stato invitato per dare una mano? Una donna così pronta a confessare da farlo addirittura sulla porta di casa? Già se lo immaginava, nel viaggio di ritorno, a dire: «È andata liscia come l'olio, eh?» o qualcosa di simile e altrettanto irritante.

«Accomodatevi, prego.»

Charlie e Proust seguirono Vivienne nella stanza che lei chiamava «il salottino», quella dove c'era la fotografia di David e Alice il giorno del matrimonio. Per chissà quale ragione, Charlie non era riuscita a togliersi quell'immagine dalla testa. Gelosia, probabilmente.

Nessuno sedette.

«Se siete qui per incriminarmi, preferirei lo faceste subito.»

«Incriminarla per...?» Charlie lasciò la domanda in sospeso. Non le piaceva per niente, quella storia.

«Sottrazione di minore», concluse Vivienne con voce impaziente.

«Sicché lei sa dove si trova Florence», disse Charlie. Proust ascoltava in silenzio, le mani dietro la schiena.

«Certo che no, cosa crede?»

«Sottrazione di minore, ha detto...»

«Io non ho certo rapito *Florence*», Vivienne si stava arrabbiando, come se Charlie fosse una stupida che non riusciva proprio a capire.

«Lei ha rapito... l'altra bambina?» Charlie non era ancora sicura di credere nell'esistenza di quella mitica «altra» bambina. Ma allora perché quella domanda? Cerca di controllarti, ordinò a sé stessa. Prendi in mano la situazione.

«Lei allora non sa niente, vero?» disse Vivienne con un sorrisetto di superiorità.

«Perché non ha mai riferito alla polizia che vedeva regolarmente Darryl Beer al centro benessere?»

Nessun guizzo di paura. Dannazione. Vivienne aveva un'espressione sorpresa. «E perché avrei dovuto?»

«Quindi lo vedeva?»

«Sì, ma non l'ho mai ritenuto un particolare rilevante. Vedo tantissima gente in quel posto.»

«E se la accusassi di avere ucciso Laura Cryer e di avere incastrato Beer?»

Vivienne si voltò di scatto verso Proust. «Cos'è questo, ispettore? Uno scherzo di cattivo gusto? Incastrare qualcuno per un omicidio, io? Sono qui che aspetto con ansia qualche notizia su mia nipote, e voi venite a dirmi una cosa del genere?»

«E se le dicessi che possiamo provarlo?» Charlie parlò prima che potesse farlo Proust.

«Le risponderei che deve esserci un errore», replicò Vivienne gelida. «Dal momento che i fatti di cui lei parla non si sono verificati, non è possibile che esistano delle prove.»

«Lei ha sottratto l'asciugamano di Beer dal deposito degli asciugamani usati in piscina. Da lì ha preso i capelli che ha sparso sul corpo di Laura Cryer, dopo averla uccisa.»

Quello che pareva un sorriso si mutò all'ultimo momento in una smorfia di incredulità sul viso di Vivienne Fancourt. «Non potere credere sul serio una cosa simile», disse.

Charlie la guardò fissa. Persino una persona innocente darebbe segni di nervosismo a questo punto, pensò.

«Nel novembre del 1999 lei ha detto alla segretaria della scuola Stanley Sidgwick che Felix avrebbe iniziato a frequentare a partire dal mese di gennaio del 2001. Come poteva saperlo? Laura Cryer non l'avrebbe mai permesso, mandava Felix in una scuola materna vicino a casa, dove lui stava benissimo, e non aveva nessuna intenzione di toglierlo da lì. Perciò lei doveva sapere che nel gennaio del 2001 Laura non sarebbe stata d'intralcio.»

Vivienne scoppiò a ridere. «Lei ha *davvero* un'immaginazione fervida, sergente. Deve sapere che Laura, invece, era d'accordo. Certo, all'inizio non voleva sentire ragioni, ma alla fine ero riuscita a persuaderla. Che Laura fosse viva o morta, Felix avrebbe iniziato a frequentare comunque la Stanley Sidgwick nel gennaio del 2001.»

«Lei non l'ha persuasa», ribatté Charlie. «Lei l'ha assassinata. Laura la odiava, me l'ha detto lei stessa, signora Fancourt. Perché avrebbe dovuto lasciarsi persuadere da lei?»

«Forse perché mi ero offerta di pagare di tasca mia la retta di quella che è la scuola migliore del paese», spiegò Vivienne in tono paziente. «Solo uno stupido avrebbe rifiutato una proposta del genere, e Laura non lo era.»

Charlie aveva voglia di urlare. Ci mancava poco che lo facesse davvero. Con Laura morta, non poteva provare che Vivienne Fancourt stava mentendo. Di persone come lei ne aveva incontrate parecchie: avevano un disprezzo per gli altri così sconfinato da essere capaci di raccontare tranquillamente le bugie più incredibili, senza nemmeno sforzarsi di dar loro una patina di credibilità. Bugie assurde, patetiche, ma sufficienti per tipi come voi: questo era il loro atteggiamento.

«Vogliamo tornare alla questione della sottrazione di minore?» disse Proust freddamente. Charlie si domandò cosa stesse pensando in quel momento.

«Indirettamente sono stata la causa della morte di Laura, questo ve lo concedo», ammise Vivienne. «La sera dell'omicidio ero andata a prendere Felix all'asilo senza chiedere il permesso a Laura. Non me lo avrebbe mai dato, e io ero arcistufa di non vedere mai mio nipote senza il controllo stretto di sua madre. Così l'ho rapito. È stato di una facilità estrema: le ragazze della scuola materna me lo hanno consegnato senza obiezioni. Gran brutto posto, quello», disse tra i denti. «Sono consapevole di avere agito in violazione della legge, e so che, se non lo avessi fatto, Laura non sarebbe venuta qui la sera in cui l'hanno uccisa, e oggi sarebbe ancora viva. Era venuta a riprendersi il figlio dalle grinfie di quella strega di sua nonna: era questo che pensava di me. Io non volevo lasciarglielo, non volevo nemmeno farla entrare in casa, e infatti quella sera Laura non ha messo piede qui dentro, sergente. Perciò mi arresti pure per avere mentito alla polizia, mi arresti per essermi portata via Felix quel giorno, ma sappia che nego ogni responsabilità per quanto riguarda l'assassinio di Laura. È stato il suo comportamento irragionevole a costringermi ad agire come ho agito.» Alzò il mento in segno di sfida, fiera del suo discorso e della posizione di principio che aveva difeso.

«Dove sono Alice e Florence Fancourt?» chiese Proust. «Lei sa dove sono, vero?»

«No, non lo so.»

«Possiamo perquisire la sua proprietà?» chiese Charlie.

«Sì. E io posso chiedervi come mai ne sentite la necessità?» Il sarcasmo induriva la sua voce. «Felix non si è mosso da qui, se è lui che state cercando. Vive qui, adesso. Con tutti i crismi della legge.» Vivienne si lisciò le pieghe della gonna. «Se avete finito, lascio a voi di trovare l'uscita; io devo essere al Waterfront fra un quarto d'ora per una manicure. E vi consiglio di smetterla di inventare teorie che non stanno né in cielo né in terra, invece di darvi da fare per rintracciare la mia nipotina», concluse in tono fermo uscendo dalla stanza.

Charlie fece un enorme sforzo per tenere chiusa la bocca. Perché ogni volta che parlava con quella donna finiva per sentirsi come una scolaretta indisciplinata? Avrebbe anche fatto volentieri a meno dell'occhiata che le stava lanciando Proust, non poteva essere più chiaro il messaggio «peggio di così non poteva andare».

«E adesso che si fa, sergente?» disse Proust.

Già. Buona domanda, maledizione.

39.

Venerdì 10 ottobre 2003

Suonano alla porta. Io e Musetto siamo in cucina, la stanza in cui è meno probabile che qualcuno possa vederci. La porta ha il vetro smerigliato, l'unica finestra si affaccia sul fianco della casa, dove ci sono un vialetto, una staccionata e un gruppetto di alberi. Sono seduta su una sedia, dando le spalle alla finestra.

Il mio aspetto è molto cambiato da quando me ne sono andata da The Elms. I capelli non sono più né lunghi né biondi: ora sono di un colore castano scuro e tagliati corti. Porto degli occhiali di cui non ho bisogno e il viso è coperto da un trucco pesante, come non accadeva più dall'adolescenza. Assomiglio un po' a quel sergente così insensibile di Simon. Probabile che sia una precauzione inutile, però mi dà una certa sicurezza: c'è sempre il rischio che un passante o qualcuno arrampicato su una scala a lavare i vetri di casa mi noti; ormai la mia fotografia è apparsa su tutti i giornali.

Musetto sta dormendo nel lettino al mio fianco. Il suono del campanello, così forte e così carico di significato per me, non la disturba: non accenna nemmeno a stiracchiarsi nel sonno.

Mi alzo in piedi macchinalmente per chiudere la porta della cucina, restando in ascolto dei passi sulle scale. Sono ormai abituata a questa situazione, noi la chiamiamo l'«esercitazione anti-incendio».

Finora è stato semplice gestire i visitatori e liberarsi di loro. Lunedì è arrivato un tizio a leggere il contatore del gas, ieri si è presentato il postino con un pacco per cui bisognava firmare la ricevuta. Io non vado ad aprire la porta e del resto nessuno si aspetta che lo faccia, visto che non si sa che sono qui. Il pretesto di certi lavori di tinteggiatura della casa finora ha funzionato alla perfezione per tenere lontani amici e parenti.

Premo l'orecchio contro la porta e ascolto.

«Detective Waterhouse, ma che sorpresa!»

«Posso entrare?»

«Direi che lo ha già fatto, mi scusi.»

Simon è qui. Sulla porta d'ingresso, proprio come due settimane fa, solo che questa è un'altra casa. Non sono spaventata come immaginavo. Naturalmente avevo previsto una simile evenienza, mi ero figurata più volte la scena, esattamente come si sta svolgendo in questo momento. Sapevo che alla fine mi avrebbe trovata. Quando scompaiono una madre e un bambino piccolo, i conoscenti vengono interrogati più di una volta: è la normale prassi da seguire, niente di più, niente di meno. Non andrò nel panico finché sarà possibile evitarlo. Simon non può entrare in cucina, a meno che non abbia un mandato di perquisizione.

Mi domando quanto tempo mi resti, quanto tempo avrò prima di dover prendere la porta sul retro e correre con Musetto in braccio alla macchina parcheggiata nella strada qui a fianco. È questa la procedura d'emergenza che abbiamo stabilito di comune accordo.

Non voglio andarmene di qui. La casa è più accogliente di quanto non fosse The Elms, soprattutto negli ultimi tempi. Io e Musetto abbiamo una stanza sul retro, dove nessuno ci può vedere, non essendoci delle case dirimpetto. Le pareti sono di un giallo chiaro con delle zone bianche dal contorno irregolare qua e là, dove la pittura si è scrostata. Sospetto che fosse la camera di un adolescente, e che i rettangoli più chiari sui muri siano il segno lasciato dai poster di qualche gruppo musicale. La moquette è verde scuro e c'è il segno di una bruciatura in un angolo vicino alla finestra: una sigaretta fumata di nascosto e lasciata cadere per sbaglio.

Malgrado le tracce dei precedenti inquilini, penso a questa casa come se appartenesse a me e a Musetto. C'è tutto quello di cui abbiamo bisogno, qui dentro. Biberon, vestitini, coperte, pannolini, bavaglini, scatole intere di latte in polvere, sterilizzatore a vapore, un lettino portatile. Tutto quello che avevo messo nella lista era qui ad aspettarci quando siamo arrivate. Non abbiamo molto spazio a disposizione, soprattutto al confronto con gli sterminati alloggi di The Elms, ma il posto è caldo e confortevole. In casa aleggia un'atmosfera ospitale, innocente.

Credo di avere sempre saputo, dentro di me, che a The Elms regnava un'aura cupa e paralizzante, anche prima di scoprirmi tanto infelice lì dentro. Forse sentivo la presenza di cose indicibili, o forse la mia era solo la proiezione di uno stato d'animo, ma sta di fatto che devo avere sempre saputo che quella casa nascondeva qualcosa. Ricordo come se fosse ieri la conversazione in cui David mi suggerì per la prima volta l'idea di trasferirci dove era cresciuto e dove era cresciuta sua madre. Eravamo a The Elms, nella veranda. Vivienne era andata a preparare il caffè, lasciandoci soli.

Dapprima avevo riso. «Non dire sciocchezze, mica possiamo venire ad abitare insieme a tua madre.»

«Sciocchezze?» La voce improvvisamente tagliente e la luce dura che gli brillava negli occhi mi avevano messo in allarme, come se in quell'istante il David che io conoscevo e amavo fosse svanito per lasciare il posto a una persona completamente diversa. E siccome volevo che David tornasse e quello sconosciuto se ne andasse via, avevo fatto prontamente marcia indietro, fingendo di essere stata fraintesa.

«Volevo dire che lei sicuramente non ci vorrà in casa sua.»

«Ma certo che ci vuole», aveva assicurato David. «Ne sarebbe felicissima, me lo ha detto un mucchio di volte.»

«Oh. Oh, be'... fantastico!» avevo esclamato io mettendoci tutto l'entusiasmo che potevo. David mi aveva guardato con aria raggiante, e io avevo provato una tale gioia, un tale sollievo, che mi ero detta che non importava dove avremmo abitato e con chi, purché noi due stessimo insieme. Non avevo mai più osato chiamare sciocchezze le cose che David diceva. È buffo, quell'episodio non mi era mai venuto in mente prima d'ora. C'erano stati altri segnali di avvertimento che avevo ignorato, segnali che mi torneranno in mente a tratti, in un lampo di orrore?

«Non è andata a lavorare oggi?»

«Non ci vado mai di venerdì.»

I suoni si affievoliscono. Mi avvicino in punta di piedi alla radio e la spengo.

«Dunque, cosa posso fare per lei?»

«Non mi parli come se fossi un idiota. Se avesse voluto fare qualcosa per me, l'avrebbe già fatto un bel po' di tempo fa. Dico bene?»

Sento le gambe cedere, come se le ossa si fossero improvvisamente spappolate. Mi circondo con le braccia per fermare il tremito che mi scuote tutto il corpo.

«Mi sta forse accusando di avere nascosto qualche informazione? Cosa dovrei sapere io, per l'esattezza?»

«Mi risparmi queste storie. Non c'è da meravigliarsi che lei non sembrasse affatto preoccupata per Alice, quando le ho detto che era scomparsa. Sapeva benissimo dov'era. Avrei dovuto capirlo, sabato scorso, quando si è lasciata sfuggire quel "lei sa com'è Alice". Un bel passo falso, no? Non poteva sapere che io l'avevo conosciuta, a meno di non averla vista dopo di me. E lei è stata anche la prima persona che mi ha parlato di Vivienne Fancourt in termini tutt'altro che positivi. Molto svelta a lanciarmi quel messaggio, vero?»

«Vivienne? Cosa c'entra lei?»

«Lei conosce la risposta quanto me. Non le è mai passato per la testa che noi due potessimo stare dalla stessa parte?»

Dovremmo essere già fuori di qui, io e Musetto. Ho sentito abbastanza per essere certa che Simon sa fin troppo, se non proprio tutto. Potrebbe chiedere in qualsiasi momento di dare un'occhiata in giro per la casa. Non capisco perché non mi attengo alla procedura stabilita. Il fatto che Simon dica che stiamo tutti dalla stessa parte non lo rende necessariamente vero. Possibile che arrivata a questo punto io non abbia ancora imparato che le parole possono essere usate per creare illusioni, per tendere delle trappole?

«Sarebbe a dire?»

«Che lei vuole proteggere Alice da Vivienne, e anch'io lo voglio. E lo stesso vale per Florence. Sabato scorso lei non aveva l'aria di essere preoccupata per Alice, mentre lo era sicuramente per Florence. Questo perché, quando è venuta qui dopo essere scappata di casa, Alice le ha detto che Florence era scomparsa, che qualcuno l'aveva presa sostituendola con un'altra bambina. Probabilmente le avrà anche detto che la polizia non ci credeva, che non stava facendo nessun tentativo per ritrovare sua figlia. Ha portato con sé l'altra bambina, quando è arrivata?»

«No so di cosa sta parlando.»

«Sì che lo sa. Secondo lei perché si è portata dietro quella bambina che non è sua figlia? Perché non l'ha lasciata a The Elms?»

«Lei sta mettendo in croce la persona sbagliata.»

«Perché aveva paura di quello che potevano farle David e Vivienne? Personalmente credo che nessuno dei due avrebbe fatto del male a una neonata indifesa. Lei cosa ne dice? O forse perché, una volta scomparsa anche l'altra bambina, noi avremmo dovuto incominciare le ricerche di Florence? Perché ha agito così, secondo lei?»

Cala il silenzio. Lei non sa, così come non lo sa Simon.

Sono io la sola a conoscere la risposta a quella domanda. Tesa come una corda di violino, sono irrigidita dall'ansia e ancora incredula che questa conversazione si stia svolgendo davvero.

«Dove sono Alice e la bambina?»

«Non ne ho idea.»

«Tornerò con un mandato di perquisizione. Certo, potranno squagliarsela nel frattempo, ma dove possono andare? Questo caso è su tutti i giornali, tutti le cercano.»

Ha ragione. Nei notiziari hanno persino avvertito che potrei cercare di camuffarmi cambiando aspetto.

«Testarda, eh? Stia a sentire, mi scoccia che lei mi abbia mentito ma, come le ho detto, noi stiamo dalla stessa parte, quindi ecco cosa farò: le dirò tutto quello che so, anche se facendolo rischio di giocarmi il posto.»

Oh grazie, grazie!

«E non sarebbe la prima volta, immagino.»

«Che diavolo vorrebbe dire?»

«Suppongo che lei cerchi sempre di fare di testa sua, senza stare a sentire gli altri.»

«Sì, be'... si dà troppa importanza a quello che pensano gli altri.»

«E così mi dirà tutto quello che sa? Anche se è contro le regole? Ma che onore.»

«Non faccia la spiritosa, capito?»

No, non farlo, gli faccio eco silenziosamente. Ora è il momento di collaborare. È la mia sola speranza, mia e di Florence. Sta diventando sempre più chiaro.

«In cambio spero – lo spero proprio, diamine – che lei mi renderà la vita più facile, invece di complicarmela. Pensi a quello che Alice vorrebbe che lei facesse, arrivati a questo punto. Per un certo tempo ha avuto bisogno del mio aiuto, e del suo, per inchiodare Vivienne Fancourt.»

«Inchiodare, ha detto?»

«Al diavolo! Noi pensiamo... io penso che Vivienne Fancourt abbia ucciso Laura Cryer. Darryl Beer – che ora è in prigione per aver confessato di averla aggredita – frequentava un centro benessere che si chiama Waterfront, di cui Vivienne Fancourt è socia. Riteniamo che abbia incastrato Beer aggiungendo delle prove materiali sulla scena del delitto, prove ottenute da un asciugamano usato da Beer al club.»

«Giusto, giusto.»

Annuisco, anche se nessuno mi può vedere. Le parole e i particolari mi sono nuovi, ma in essi riconosco la storia che volevo sentire da Simon fin da quando l'ho visto per la prima volta. Non avrei saputo raccontarla da sola.

«Dopo che Alice è scomparsa, abbiamo trovato quella che a nostro avviso è l'arma del delitto, un coltello da cucina. Era nel nido d'infanzia del Waterfront, nella stanza dove c'è il fasciatoio per i bambini più piccoli. Beer e un suo socio, un tal Vinny Lowe, usavano il mobile del fasciatoio come un nascondiglio, essenzialmente per droga, e abbiamo ottime ragioni per sospettare che Vivienne Fancourt lo sapesse. Lowe ha ammesso che lui e Beer ne parlavano spesso quando lei era nelle vicinanze, anzi, che tutti e due facevano apposta a vantarsi delle loro imprese malavitose quando lei li stava ad ascoltare. A mettere il coltello nel mobile potrebbe essere stato Beer, ma anche Vivienne Fancourt, allo scopo di far ricadere la colpa su di lui. Non possiamo provare niente, però. Beer afferma ancora di essere lui l'autore del delitto.»

Sgrano gli occhi. Felix ha passato tanto tempo in quel nido quanto a casa, prima di diventare troppo grande per andarci ancora. Mi viene da rabbrividire al pensiero che lui e gli altri bambini giocassero dov'era nascosto un coltello usato per quella che è stata, a tutti gli effetti, un'esecuzione.

«Se Alice sapesse qualcosa, se fosse in possesso di una prova concreta del fatto che Vivienne ha ucciso Laura, ci sarebbe molto utile sapere di cosa si tratta. Urgentemente. Subito, insomma.»

«Una prova? Che genere di prova?»

«La borsetta di Laura. Forse Alice l'ha vista a The Elms? È un'ipotesi un po' azzardata, ma... Cosa le ha fatto sospettare di Vivienne, all'inizio? Ho bisogno di saperlo. La borsetta di Laura non è mai stata ritrovata. Potremmo fare una perquisizione a The Elms, ma non ci spero molto. Una persona intelligente come Vivienne Fancourt non lascia in giro prove che potrebbero farla incriminare.»

«Non capisco. Mi scusi se gioco a fare la detective ora, ma per quale motivo chi ha ucciso Laura – chiunque sia – non ha nascosto la borsetta insieme al coltello, lì al nido dei bambini? O altrimenti, perché non si è disfatto di entrambi?»

«Vivienne voleva che a un certo punto il coltello potesse essere ritrovato in un posto facilmente collegabile a Beer, perché un coltello può essere ripulito e usato ancora. Una borsetta, invece... perché Beer avrebbe dovuto tenerla, una volta rubati i soldi che c'erano dentro? Non l'avrebbe tenuta, e non doveva tenerla neppure chi volesse far ricadere la colpa su Beer.»

Scuoto la testa. No, questo non mi quadra. Però non riesco a pensare e stare ad ascoltare loro due nello stesso tempo.

«Quindi... andrete a fare una perquisizione a The Elms?»

«No, il capo ha detto di no. E in ogni caso non servirebbe a niente. Sono abbastanza sicuro che la borsetta di Laura Cryer sia finita chissà dove. Non la troveremo mai.»

Di nuovo scuoto la testa. Penso alla mia borsa, sul piano di lavoro della cucina a The Elms. Con gli occhi della mente vedo tutto ciò che contiene: il mio taccuino con una lunga lista di nomi possibili per la bambina, il balsamo per le labbra al cocco, la fotografia che mi ritrae insieme ai miei genitori, quella che David ha minacciato di stracciare. Se a una donna togli la borsetta, avrai potere su di lei. Quale trofeo, quale simbolo di un'esecuzione compiuta, è migliore della borsetta della vittima?

Vivienne l'avrebbe tenuta, e non solo per ragioni sentimentali. Lei non permetterebbe mai che l'unica prova materiale che la collega in modo diretto e incontrovertibile all'omicidio venisse sottratta al suo dominio. La terrebbe in un posto dove poter controllare ogni tanto che ci sia ancora, che nessuno l'abbia trovata o, che so, manomessa. Lei si sente sicura soltanto se ciò che le sta a cuore si trova a portata di mano. In che modo e dove avrà potuto disfarsi della borsetta e allo stesso tempo essere completamente certa che non cadesse nelle mani di nessuno, che nessuno la vedesse?

In quell'istante mi diventa tutto chiaro. So dov'è. Apro la bocca, e subito la richiudo per non lasciarmi sfuggire un'esclamazione a voce alta. Vorrei tanto spalancare la porta e correre da Simon per dirgli tutto, ma non posso: la prima cosa che farebbe, se mi facessi vedere, sarebbe portare via Musetto. Adesso lui mi crede, e io non sono ancora pronta a separarmi da lei. Ho bisogno di prepararmi psicologicamente.

Mi avvicino in punta di piedi al tavolo della cucina, prendo una biro e scrivo un breve messaggio sul blocnotes. Poi afferro le chiavi della macchina che penzolano da un gancio sul muro e le metto in tasca. Sollevo Musetto dal lettino con tutta la delicatezza possibile, stando attenta a non svegliarla. Mi viene in mente che farei bene a portarmi dietro del latte per lei, ma dovrei prepararle il biberon, e quindi per prima cosa lavare la bottiglia, il che significa aprire il rubinetto dell'acqua calda. Non posso rischiare. Lo scaldabagno fa un tale baccano, in questa casa, che Simon mi sentirebbe di sicuro.

Poso Musetto nella cesta di vimini sul pavimento. È ancora profondamente addormentata. Non posso portarla con me, starà meglio qui. Anche se Simon se ne andasse subito, o tra poco, gli ci vorrebbero delle ore per ottenere un mandato di perquisizione, e non tornerà prima di averlo ottenuto. Riuscirò a essere qui prima di lui con la prova di cui ha bisogno, la borsetta di Laura. E intanto avrò il tempo di pensare a ciò che gli dirò per spiegare le mie azioni.

«Allora, perché non mi racconta qualcosa del suo lavoro investigativo? O forse dovrei dire la sua performance da attrice, quando ha giocato a fare il detective», sta dicendo Simon.

È quasi impossibile schiodarmi da lì, ma ci sono costretta. Devo sapere se ho ragione o no a proposito della borsetta.

Do un bacio sulla guancia a Musetto, e lei muove le labbra nel sonno come se stesse gustando un bocconcino saporito. Mi dispiace doverla lasciare. «Torno presto», le sussurro all'orecchio. Giro la chiave nella serratura della porta sul retro, sguscio fuori, richiudo piano la porta dietro di me. Percorro il vialetto che corre a lato della casa fino a raggiungere la strada. Il vento e la luce assalgono i miei sensi. Sono questi, dunque, l'odore e il sapore dell'aria aperta. Non mi affretto. So che dovrei, ma voglio assaporare il più a lungo possibile questo momento, mentre cammino per la strada di un normale quartiere residenziale come una persona normale. Mi sento come se avessi le vertigini, come se mi muovessi in una dimensione irreale.

Nessuno mi vede salire sulla Golf nera e staccarmi dal marciapiede. Nel mio corpo scorrono flussi ininterrotti di paura, impazienza, adrenalina. Tocca a me, ora, fare un po' di lavoro da detective.

40.

10 ottobre 2003 ore 11.10

«Che cos'è?» chiese Simon con una smorfia di fastidio udendo un rumore raschiante, stridulo e meccanico, che gli perforava i timpani. Sembrava far vibrare l'intera stanza.

«Quel maledetto scaldabagno!» Briony Morris inarcò le sopracciglia, sbuffando. «A quanto pare c'è del fango nelle tubature, e ogni volta che parte il riscaldamento succede questo finimondo. Però non era mai stato così forte. Dovrò chiamare di nuovo l'azienda del gas. Comunque, stavamo parlando di giocare al detective.» Accavallò le gambe, poi le rimise parallele.

«Lo ammette, allora?»

«Se lo sa già, non ha senso che io neghi.»

«Sergente Briony Morris della squadra investigativa.»

«Va bene, va bene, non mi metta in imbarazzo. Chi glielo ha detto? La segretaria della scuola, immagino.»

«Sì, Sally Hunt. Era sorpresa delle mie domande perché una conversazione dello stesso tenore l'aveva già avuta con un sergente del reparto investigativo che aveva telefonato ai primi di luglio. E si ricordava molto bene il suo nome, forse perché in quella scuola non capita tutti i giorni di ricevere una chiamata dalla polizia. O da qualcuno che fa finta di essere della polizia.» Dopo una pausa Simon riprese: «La segretaria era sorpresa, io un po' meno. Voglio dire, dalla scoperta che lei si era messa in contatto con la scuola».

«Ah, davvero?» C'era dello sconcerto nell'espressione di Briony, forse anche un pizzico di disappunto.

«Ho capito che Alice sapeva di Vivienne, ma non subito; all'inizio pensavo di esserci arrivato solo io.» La voce di Simon era carica di disprezzo, tutto rivolto contro sé stesso. «Ho semplicemente messo insieme le cose dette dal padre di Laura su Vivienne, che aveva mandato Felix alla Stanley Sidgwick non appena era morta sua madre, e gli accenni di Alice alla lunghezza delle liste di attesa per quella scuola. Accenni fatti appositamente, come si è visto poi.»

Alla fine Simon aveva capito il perché di quella forte sensazione di disagio durante l'interrogatorio di Vinny Lowe, nel momento in cui aveva guardato la fotografia dei Fancourt riuniti nel giardino di The Elms. Non era la fotografia in sé stessa a causargli quel disagio, ma il luogo in cui l'aveva vista per la prima volta: la scrivania nello studio di Alice. Non appena si era ricordato delle altre cose posate su quella scrivania, ogni tassello era andato al suo posto, completando il mosaico.

«C'era un opuscolo sulla Stanley Sidgwick nel cassetto della scrivania di Alice», seguitò. «Con un foglietto adesivo su cui Alice aveva scritto: «Scoprire per F – quando l'iscrizione? Lunghezza lista d'attesa?». Leggendo quell'annotazione ho pensato che la F stesse per Florence, da perfetto cretino, visto che Alice mi aveva detto chiaro e tondo che cosa ne pensava di quella scuola. Era Vivienne che voleva mandarci Florence, non Alice. No, quella F stava per Felix: Alice e David avevano scelto il nome per Florence solo dopo che era nata – ho controllato con Cheryl Dixon, l'ostetrica – e Alice non era più tornata al lavoro dopo il parto, quindi quella F non poteva riferirsi che a Felix. È stato allora che ho capito: quel foglietto giallo conteneva un messaggio per me, per la polizia. Alice sapeva che Vivienne aveva ucciso Laura, e voleva che lo sapessimo anche noi.»

Simon si era aspettato delle obiezioni, ma vide che Briony annuiva. «È stata un'idea di Alice quella di telefonare alla scuola», disse Briony. «A fare finta di essere della polizia sono stata io solo perché lei si vergognava. Durante la gravidanza, notando come era cambiato l'atteggiamento di Vivienne nei suoi confronti, vedendo crescere la sua ossessione di mettere sotto controllo anche la nipotina che doveva ancora nascere, Alice si era convinta che Vivienne doveva avere ucciso Laura. All'inizio io ho pensato che la sua fosse una di quelle crisi ormonali, anche se personalmente non potevo soffrire Vivienne... Alice invece l'aveva sempre adorata, che ironia, eh? Comunque, ci ho riso sopra e basta. E poi un giorno Alice mi fa: "Vivienne parla sempre della lista di attesa lunga anni che c'è per la Stanley Sidgwick, ma allora come mai Felix ha potuto incominciare ad andarci praticamente il giorno stesso in cui è morta sua madre?". È stato allora che ho fatto quella telefonata, e...» Briony scosse la testa. «È una cosa che fa spavento, sapere che una persona che conosci è un'assassina a sangue freddo. Ho cercato di persuadere Alice ad andare alla polizia, ma lei non ne ha voluto sapere. Diceva che Vivienne se la sarebbe cavata raccontando qualche balla, per esempio dicendo che aveva iscritto Felix con l'accordo che avrebbe iniziato la scuola solo con il permesso e il pieno consenso di Laura. E una volta morta Laura, chi avrebbe potuto dimostrare il contrario?»

Simon annuì, sconfortato. «È praticamente impossibile provare le accuse contro Vivienne Fancourt. Darryl Beer continua a dire di essere stato lui a uccidere, e in più c'è la corrispondenza del DNA. Non abbiamo modo di dimostrare che Vivienne Fancourt l'ha incastrato, disponendo soltanto di prove indiziarie.»

«Alice aveva il terrore che Vivienne scoprisse che lei sapeva. Diceva che Vivienne l'avrebbe uccisa. Se non fosse stato per quello, credo che sarebbe andata dritta filata alla polizia. Ma non ne ha avuto il coraggio: aveva paura che durante uno degli interrogatori di Vivienne potesse saltar fuori il nome di chi era all'origine dei sospetti.»

«Dove si trova Alice?» chiese tutt'a un tratto Simon. «È in questa casa, vero? Cerchi di convincerla a parlare con me. Non permetterò a Vivienne Fancourt di toccarla.»

Briony distolse lo sguardo. «E Florence?» domandò a sua volta. «Alice ha detto che lei non le aveva creduto, che si era rifiutato di dare corso alle ricerche della bambina. Non può che esserci Vivienne dietro a tutta questa faccenda, l'avrà capito ormai.»

«E dove avrebbe preso l'altra neonata, Vivienne?»

«Non lo so! Davvero. Neanche Alice lo sa.» Si scambiarono un lungo sguardo in silenzio, poi Briony disse con un sospiro: «Per favore, trovi Florence, okay? Questa storia sta diventando un po' troppo intricata per me. Io e Alice avevamo progettato tutto. Sapendo che non c'era uno straccio di possibilità di far rinchiudere Vivienne per l'assassinio di Laura, avevamo deciso che Alice e Florence sarebbero scomparse. Io le avrei tenute nascoste qui per un po' di tempo, finché non avessero trovato un nascondiglio migliore. Non sono da buttar via come attrice, lo ha visto anche lei, e potevo essere convincente con David, con Vivienne, con chiunque, raccontando che non avevo la minima idea di dove fossero. E poi, la settimana scorsa, ricevo una telefonata disperata da Alice che mi dice che Florence è scomparsa, che qualcuno l'ha scambiata con un'altra bambina! Mi sembra di vivere in un mondo surreale, una specie di universo parallelo, non capisco più cosa sta succedendo.»

«Ma lei ha aiutato lo stesso Alice nel suo piano di fuga, no? Alice e la bambina?»

«Qualunque bambina – e qualunque adulto, se è per questo – sta meglio fuori da quella casa degli orrori.» Briony rabbrividì. «Risponda alla mia domanda, visto che sembra sapere tutto. Sa dov'è Florence, o no?»

Simon soppesò quelle parole. Davvero sapeva? Il fatto che avesse spesso ragione non significava che non dovesse mai avere torto. *Non sei quello che si direbbe un giudice imparziale.* «Credo di sì.»

«È al sicuro?»

«Se non mi sto sbagliando, sì, è al sicuro.»

Dal corridoio giunse un forte rumore metallico ripetuto, come se qualcuno stesse giocando a domino con delle lastre di metallo. Poi si udì un gorgoglio soffocato che cessò repentinamente, così come era cominciato. «Cazzo!» disse Briony. «Scusi. Mi sa che lo scaldabagno è esploso.»

A quel punto iniziò un debole lamento, una specie di miagolio che crebbe pian piano fino a diventare un pianto bello e buono. Sulle prime Simon pensò che fosse un gatto, ma dopo avere visto lo sguardo colpevole di Briony Morris, capì al volo di cosa si trattava.

Alzatosi di scatto, Simon si diresse verso il punto da cui proveniva il pianto, ignorando Briony che gli gridava di fermarsi. Spalancata la porta verniciata di bianco in fondo al corridoio, si trovò in cucina. Davanti a lui c'era lo scaldabagno difettoso, e ai suoi piedi una cesta di vimini con dentro un neonato. La bambina di The Elms, che smise immediatamente di piangere quando Simon si chinò su di lei. Non avendo mai parlato a un bambino piccolo, non avendone mai preso in braccio uno, Simon non fece altro che alzarsi di nuovo in piedi. C'era un messaggio scritto su un bloc-notes sul tavolo della cucina. Breve, ma sufficientemente chiaro per lui.

Briony entrò correndo dietro di lui. «Bene», disse. «Eccoci tutti qui... oh, merda!»

Simon estrasse dalla tasca il cellulare e chiamò Charlie. «Le ho trovate», annunciò non appena ebbe risposta. «La bambina è qui davanti a me, manda qualcuno a prenderla. Noi due invece ci vediamo al Waterfront al più presto. Subito, anzi.»

41.

Venerdì 10 ottobre 2003

Una strana calma simile a torpore cala su di me mentre entro nello spogliatoio femminile. Oggi la piscina è chiusa perché una delle caldaie è rotta e l'acqua è troppo fredda. Anche qui fa più freddo del normale, e c'è più tranquillità del solito perché i televisori sono spenti. Spente sono anche le luci, tranne quelle di emergenza poste negli angoli.

Ho in mano la chiave dell'armadietto 131. Me l'ha data Ross, il tizio con l'accento del Sudafrica che due settimane fa mi ha guidato nel giro di visita del Waterfront. Si ricordava di me da quella volta, si ricordava che sono la nuora di Vivienne, e mi ha creduto quando gli ho raccontato che era stata lei a mandarmi. Mentre gli parlavo, ho notato che aveva il distintivo da manager. La volta scorsa era ancora il responsabile dell'assistenza ai soci; evidentemente durante le mie due settimane di tortura ha ottenuto una promozione. Mi colpisce il fatto che siamo più separati dagli altri esseri umani di quello che ci piace pensare. Di sicuro, ogni giorno incrociamo persone la cui scorza esteriore nasconde tormenti e angosce che nessuno immagina.

Sono tesa, talmente eccitata che quasi quasi rido sotto i baffi al pensiero di quanto sono vicina a scoprire qualcosa di importante. Qualcosa che finalmente mi permetterà di provare ciò che so già da molto tempo. Eppure, mentre attraverso la stanza la mia euforia si dilegua, lasciandomi con la sensazione che il cervello sia uscito dalla testa e stia fluttuando sospeso al di sopra del mio essere corporeo. Mentre apro l'armadietto di Vivienne provo uno strano distacco, come se ci fosse qualcuno che da lontano tira dei fili invisibili per farmi muovere. Qualche secondo più tardi mi ritrovo a fissare una grossa borsa sportiva bianca, talmente ingombrante da stare a malapena sul ripiano dove è collocata.

La tiro fuori dall'armadietto e, dopo averla posata su una delle panche di legno dello spogliatoio, apro la cerniera. Ne esce un forte odore di limone, probabilmente della polvere di detersivo, misto a un vago sentore del profumo preferito di Vivienne, Madame Rochas. Estraggo a uno a uno i calzoni, la camicetta, un paio di collant, e poi degli indumenti intimi di un bianco candido. Sotto a questi trovo un costume da bagno e una borsina per il trucco. A poco a poco, partendo dai lembi estremi della coscienza e procedendo verso l'interno, si fa strada nella mente la delusione. Eppure non posso essermi sbagliata. Rovescio la borsa e la scuoto con più forza del necessario. Scuoto e scuoto, ansimando, pericolosamente vicina al panico. Non esce più niente.

Sento un gemito e mi accorgo che viene dalla mia bocca. I miei movimenti sono sfuggiti al controllo. Sto piangendo. Sbatto sulla panca la borsa svuotata e ci crollo sopra. Allora sento una fitta di dolore acuto nella parte superiore della coscia, come se stesse premendo contro uno spigolo duro. Ma la borsa di Vivienne è vuota, non è possibile che ci sia rimasto dentro qualcosa.

Mi alzo e guardo di nuovo all'interno, questa volta con più calma. Rigirando la borsa tra le mani, mi rendo conto che dentro, su un lato, c'è una grossa tasca. Subito sotto la cerniera vedo un piccolo rigonfiamento rettangolare. Il cuore accelera i battiti. Non reggerò a lungo: sono due settimane che il mio spirito viene ucciso e risorge, viene ucciso e risorge. Sono stata sballottata avanti e indietro tra speranza e disperazione così tante volte che mi resta ben poco senso di realtà a cui aggrapparmi.

Con le dita che si muovono incerte, apro la cerniera della tasca interna e tiro fuori una piccola borsetta di colore marrone fulvo, con la cinghia tagliata via di netto da entrambi i lati. Su un lato della borsetta c'è il logo di Gucci. È quella di Laura, la riconosco perché l'aveva a tracolla il giorno che è venuta nel mio studio di Ealing. È così strano vederla in questo momento, dopo che sono passati anni dalla sua morte, ed è ancora più strano che io sia scioccata. Ogni volta che provo a me stessa ciò che so, faccio fatica a crederci. Una piccola parte ingenua di me continua a dire: «No, no, non può essere».

Apro la borsetta e ne estraggo un piccolo album di plastica pieno di fotografie di Felix appena nato, un rossetto beige che si chiama «crème caramel», un portafoglio rosso di pelle, un mazzo di chiavi in un portachiavi con il nome di un ristorante indiano. I piccoli oggetti di una vita crudelmente troncata prima del tempo. Assalita da un'ondata di dolore, mi devo sedere di nuovo sulla panca.

«Ciao Alice», dice una voce dietro di me.

Balzo in piedi, il corpo percorso da una scarica di adrenalina. Vivienne. «Sta' lontana da me!» urlo. Paura mortale: un'espressione che ho sentito molte volte, ma senza mai comprenderne appieno il significato. È quella che sento in questo momento, ed è peggio di ogni altro tipo di paura. È il terrore paralizzante che ti afferra negli interminabili secondi prima che ti uccidano. Vorrei disintegrarmi, arrendermi, buttarmi a terra e lasciarla fare, pur di mettere fine a quel terrore.

È solo il pensiero di Florence che mi spinge indietro, indietro, verso la porta blu in fondo allo spogliatoio, mentre Vivienne avanza verso di me con un sorriso sulle labbra. Tengo la borsetta di Laura nella mano destra, ben stretta. Vivienne non ha in mano niente. Mi chiedo dove lo stia nascondendo, l'oggetto che ha intenzione di usare per uccidermi.

«Dov'è la mia nipotina? Dov'è Florence?» chiede.

«Non lo so!»

«Chi è l'altra bambina? Chi è Musetto? Sei stata tu a scambiarle, vero? Tu volevi tenere Florence lontana da me, come Laura con Felix.»

«Tu hai ucciso Laura!»

«Dov'è Florence, Alice?»

«Non lo so. Chiedi a David, lui lo sa.»

Vivienne scuote la testa. Protende un braccio verso di me. «Vieni, andiamo a casa», dice. «Glielo chiederemo insieme.» Arretro barcollando finché a un certo punto incontro qualcosa che fa resistenza: ho raggiunto la porta che dà sulla piscina. La apro più in fretta che posso con un colpo di spalla. Vivienne spalanca gli occhi per la sorpresa e per la rabbia appena capisce cosa ho in mente di fare, solo una manciata di secondi dopo che l'ho capito io. Non è abbastanza rapida. Una volta dall'altra parte, richiudo la porta e mi ci appoggio contro, pregando che quello sia l'unico modo per passare dallo spogliatoio femminile alla piscina.

Sento i palmi delle mani di Vivienne, quelle mani che lei porta al salone di bellezza in fondo al corridoio una volta alla settimana per farsele spalmare di costose creme, battere contro il legno della porta. «Lasciami entrare, Alice. Noi due dobbiamo parlare. Non ti farò del male.» Non le rispondo: sarebbe uno spreco di energie, mentre io ho bisogno di tutte le mie forze per continuare a tenere chiusa la porta che ci separa. Sento la pressione esercitata dall'altra parte, e mi vedo Vivienne che spinge e spinge, facendo leva su tutto il suo peso per farmi desistere. Vivienne è più leggera di me, ma più muscolosa grazie agli attrezzi della palestra al piano di sopra. Il suo corpo ha sopportato ore e ore di addestramento, come quello di un soldato. La porta ora si apre di qualche centimetro, ora si richiude con un colpo secco, piccoli movimenti avanti e indietro.

D'un tratto non sento più nessuna resistenza, sto facendo forza contro il nulla. Vivienne ha smesso di spingere. La sento sospirare. «Se non mi lasci entrare, non mi resta che parlarti da qui, ma preferirei che ci vedessimo in faccia.»

«No!»

«E va bene, Alice. Non sono l'incarnazione del diavolo, malgrado ciò che pensi tu. Credi che avessi altra scelta? Laura non mi lasciava vedere mio nipote. Credi davvero che avrei fatto del male a Felix? Io adoro quel bambino. Gli ho forse fatto del male dopo che lei è morta, dopo che è venuto a vivere con me? No, io farei qualsiasi cosa per lui. Felix ha tutto quello che può desiderare, lui riceve più affetto di qualsiasi bambino al mondo. Ma questo lo sai anche tu, Alice.»

Cerco di non ascoltare le sue parole, la razionalizzazione di chi è pericolosamente, psicoticamente irrazionale. Quel suo tentativo di giustificarsi è orrendo da sentire, è un veleno che mi cola nelle orecchie goccia a goccia. Premo il mio corpo contro la porta: Vivienne potrebbe tentare un nuovo assalto in qualunque momento. «David sa che hai ucciso Laura?»

«No, no di certo. Non avrei voluto che lo sapessi nemmeno tu. Ho sempre cercato di proteggere David e te dalle cose spiacevoli e, credimi, quella è stata molto, molto spiacevole. E anche a dirlo così resta un eufemismo. Tu non hai mai accoltellato un essere umano, non puoi sapere quanto sia orribile.»

«Hai mandato in carcere un innocente!»

Vivienne sbuffa, sprezzante. «Non diresti così se lo conoscessi. Io certo avrei delle difficoltà a definirlo innocente. Sei *tu* l'innocente, Alice, tu che non hai nemmeno idea di cosa sia capace la gente.» Ha ricominciato a spingere. I muscoli mi fanno male per lo sforzo di resisterle. Dalla parte opposta c'è un'altra porta blu identica a questa, comunicante con lo spogliatoio maschile. Potrei tentare di raggiungerla, e di salire su alla reception dopo avere attraversato di corsa lo spogliatoio, ma ho paura che Vivienne sarebbe più veloce di me. Mi prenderebbe. «La sensazione che si prova ad accoltellare una persona...» sta dicendo con voce sommessa. «Vorrei tanto poterla dimenticare. Immagini che sarà facile come tagliare un petto di pollo, e invece non lo è. Senti la consistenza di tutto ciò che la lama sta tagliando, la pelle, il muscolo, l'osso. Strati e strati di resistenza. E poi qualcosa di tenero, una volta che li hai attraversati. La polpa.»

«Stai zitta!»

«A ripensarci, mi viene da dire che sarebbe stato meglio farlo con una pistola, ma dove la va a prendere la pistola, una come me? Non ho molti agganci in certi ambienti, no? E poi non so prendere la mira. No, il coltello era l'unica scelta possibile.»

«L'hai nascosto nel nido, dove giocava anche Felix. Come hai potuto fare una cosa simile?» Il sudore mi esce da tutti i pori, sento i rivoletti di trucco che mi colano sulla faccia.

«Lui non sapeva niente!» Il tono di Vivienne è indignato. «Non ne è stato toccato in nessun modo. Una persona nella mia situazione non può permettersi dei sentimentalismi.»

«Sei un mostro.»

Vivienne fa un sospiro. «Alice, se c'è qualcuno che dovrebbe sapere che è inutile tranciare giudizi su queste cose, quella sei tu. Non hai idea del dolore che mi ha causato quella donna. Gliel'ho fatta pagare, tutto qui. Non mi sono divertita a ucciderla, era semplicemente una cosa che andava fatta. Sono io quella che ha sofferto, da allora. Non lei, io! Sempre a chiedermi che male le avevo fatto per farmi odiare tanto da lei, e senza più la speranza di avere una risposta a quella domanda. Credi che ne sia *contenta*?»

Sposto appena i piedi in modo da scostarmi un poco e

avere una visuale migliore. A occhi chiusi cerco di visualizzare la linea della mia schiena e la linea della porta, talmente incollate l'una all'altra che non ci passerebbe nemmeno un granello di sabbia.

«Laura non è morta subito», continua Vivienne, con una voce che pare provenire da molto lontano. Me la immagino seduta su una delle panche di legno. «Mi ha supplicato di non lasciarla morire, di portarla all'ospedale.»

«Smettila! Non voglio sentire!»

«È un po' tardi per dirlo, cara. Ho cercato di proteggerti dalla verità, ma tu non me lo hai lasciato fare. Ora non puoi nascondere la testa nella sabbia.»

«Tu sei malata!»

«Io le ho detto di no, naturalmente, al che lei ha promesso che mi avrebbe lasciato vedere Felix quando volevo, si è persino offerta di affidarlo a me. Tutto, purché non la lasciassi lì a morire.» Una pausa. «Non credere che non fossi tentata. Non piace a nessuno stare a guardare un altro essere umano mentre muore dissanguato. Solo che io sapevo che non ci si poteva fidare di lei, capisci. Era un'egoista. Erano i suoi ultimi istanti, e invece di invocare il nome di Felix continuava a ripetere: "Ti prego, non lasciarmi morire, ti prego, non lasciarmi morire". Era una cosa tra noi due, è sempre stata una cosa tra noi due, tra me e Laura.»

Sto tremando, mi invade la nausea. Mi viene da rimettere, la bocca si riempie dell'amaro della bile. Mi turo le orecchie con le mani. Devo trovare un modo per fermarla, prima che instilli nel mio cervello immagini che, se riuscirò a sopravvivere, mi faranno temere di restare sola con i miei pensieri.

Mi accorgo di aver perso la sensibilità a un piede a furia di tenerlo puntato con forza contro il pavimento. Devo cambiare posizione. Intanto che ruoto leggermente su me stessa, con le mani premute così forte sulle orecchie che mi fanno male le mascelle, sento qualcosa che mi colpisce con violenza. Lancio un grido mentre la forza d'urto mi butta a terra.

Vivienne è sopra di me. Deve essersi lanciata contro la porta prendendo una rincorsa. Ha sempre avuto la straordinaria capacità di cogliere il momento preciso in cui le tue difese cominciano a cedere. Sapeva che non sarei stata in grado di sopportare il diabolico compiacimento dei suoi commenti sulla morte di Laura.

Scatto in piedi e corro, corro senza badare a dove sto andando. Troppo tardi mi accorgo che la direzione è quella della piscina. Se fossi andata dall'altra parte avrei avuto una possibilità di farcela, attraverso lo spogliatoio maschile e poi su per le scale. «Dammi la borsetta di Laura, Alice», dice. «Ridammela. Fa' finta di non averla mai vista, e non parliamo più di questa faccenda.»

Viene verso di me con la mano sinistra protesa in avanti. Non potendo arretrare perché ho la piscina dietro di me, faccio un balzo di lato. Vivienne mi afferra un braccio. Cerco di liberarmi, ma la sua presa è troppo salda. Finisco di nuovo a terra, con le braccia alzate a frustare l'aria. Non riesco a trattenere la borsetta, che con un tonfo cade nell'acqua della piscina. Penso alle fotografie di Felix: probabilmente quelle che a Laura erano più care, tanto da portarle sempre con sé. Si rovineranno.

Cerco di rotolare lontano da Vivienne e rialzarmi in piedi, ma lei mi tiene la testa abbassata e mi spinge in avanti. Sento un dolore acuto all'addome. La cicatrice. Immaginare la ferita che si riapre, il sangue che esce a fiotti, mi toglie il respiro. Sono sull'orlo della piscina, penzolo sull'acqua a testa in giù. Mi afferro con tutte e due le mani al bordo di pietra. «No! Ti prego!» Sto singhiozzando, ma il corpo è diventato una massa inerte. Non ho più speranza, non lotto più. So che perderò. Nessuno vince, quando l'avversaria è Vivienne Fancourt.

«Sei ridicola», dico con il respiro mozzo. Se devo morire, tanto vale dirle quello che penso di lei. «Sappi che non avrai mai quello che vuoi. Con tutta la tua voglia di avere intorno una famiglia che ti adora, non ce l'avrai mai!»

«Ce l'ho già, invece. David e Felix mi adorano e lo stesso farà Florence.»

«Non saprai mai chi ti vuole bene veramente e chi fa soltanto finta perché ha paura di quello potresti fargli. O perché lo riempi di soldi e di regali, ed è troppo gretto e avido per resistere, come David. *Ti odia!* Me lo ha detto lui. Sul serio, lui ti odia! Vorrebbe che ad andartene fossi stata tu, non suo padre!»

Ringhiando come un animale inferocito, Vivienne mi spinge ancora più giù, ficcandomi la testa dentro l'acqua. Mi sento sprofondare in quel gelido azzurro. L'acqua avvolge la testa, le spalle, il torace; tra poco il cuore mi scoppierà in petto. Cerco di tirar fuori la testa, ma Vivienne mi ributta sotto. L'acqua mi riempie la bocca e i polmoni. Mi dimeno, scalcio, ma sono molle come una gelatina. Che finisca presto, tanto so che non ne ho ancora per molto.

Ora sono completamente immersa nell'acqua, con la mano di Vivienne premuta sul collo per tenermi giù la testa. Vedo tanti colori, poi il buio. Sta scivolando via tutto. Non vedrò mai più Florence, non vedrò mai più la mia Musetto, perché *è stata* mia, seppure per poco. Tutto si contrae: pensieri, parole, rimpianto, persino l'amore. È finita. È evaporato tutto, continua a evaporare.

Niente più pressione sul collo. Libera, galleggio. È così che ci si sente da morti? Sento il contatto di molte mani sulle gambe e sulle braccia. Come fa, Vivienne? Apro gli occhi, tossisco. Sopra di me tante ombre di sagome indistinte. Un dolore lacerante mi squarcia il petto e la gola, e sputo acqua.

Qualcuno mi sta battendo dei colpetti decisi sulle spalle. Alzo gli occhi, è Simon. Vedo anche altre cose: c'è il sergente Zailer che sta mettendo le manette a Vivienne;

c'è un ometto calvo che sta a guardare la scena con l'acqua che gli sgocciola dai polsini della camicia e della giacca. E c'è Briony. «Florence», bisbiglio.

«Sta bene», dice Simon. «Ce l'abbiamo noi. Sta bene.»

Da qualche parte nella mia mente una morsa si allenta all'improvviso, un groviglio duro si scioglie, si srotola. Mi affloscio tra le braccia di Simon.

42.

13 ottobre 2003, ore 9.30

In piedi davanti a The Elms, Simon contemplava la facciata della casa. Non riusciva a credere che quella fosse solo la seconda volta che la vedeva. Quel posto si era caricato di tanti significati nei suoi pensieri, in quelle ultime settimane. Ma eccolo lì, simbolo di niente, solo pietra e legno e intonaco. Avrebbe potuto abitarci chiunque.

Quel giorno la casa aveva un aspetto neutro, impassibile nella sua bianchezza. Tutte le tende erano tirate: pesanti tessuti scendevano in ricche pieghe a oscurare ogni finestra. Simon immaginava decine di stanze – non credeva che fosse un'esagerazione – immerse nell'oscurità, semivuote e invisibili ai suoi occhi. Fuori splendeva il sole. L'unico abitante di The Elms aveva scelto di tenere lontana la luce chiara del giorno.

Simon si era offerto di andare a parlare con David Fancourt, dicendo che probabilmente per lui sarebbe stato più facile avere a che fare con un uomo e, con un po' di opera di persuasione, alla fine Charlie aveva acconsentito. Se anche aveva intuito le ulteriori motivazioni di Simon, non lo aveva dato a vedere. La verità era che Simon aveva voglia di tornare ancora una volta a The Elms prima di parlare con Alice. Aveva bisogno di vedere la casa che lei aveva finito per considerare una prigione, di respirare di nuovo l'aria soffocante e immobile di cui si era fatto solo una vaga idea nel corso della sua prima visita. Forse allora avrebbe compreso perché Alice aveva fatto quello che aveva fatto. Forse allora sarebbe stato meno arrabbiato con lei.

Era stato un tale shock vederla viva. E il suo aspetto... pareva si fosse travestita appositamente per somigliare a Charlie. Per Simon era talmente ripugnante non solo l'idea ma anche la realtà di quel fatto, che sulle prime non era riuscito a muoversi. Solo dopo aver sentito Charlie gridare, si era lanciato a strappare Alice dalle mani di Vivienne, e c'era riuscito solo grazie all'aiuto dell'Omino di neve. Ancora un attimo e sarebbe stato troppo tardi.

Sapeva di dover provare sollievo per il fatto che Alice era viva, ma sentiva solo la morsa della paura. Durante l'assenza di Alice, aveva immaginato di desiderare che tra loro due si instaurasse un rapporto. Con la vecchia Alice, quella che non aveva alcuna somiglianza con il suo sergente. Ma forse quella persona, così come gli era apparsa quel giorno in cima allo scalone, non esisteva più. Forse non era mai esistita. E anche se l'avesse ritrovata, le sue insicurezze avrebbero rovinato tutto.

E a rovinare tutto ci sarebbe stato anche ciò che ora sapeva di lei. C'e solo un modo per conoscere una persona, pensava Simon: osservare le sue azioni e poi trarre le debite conclusioni. Invece di concentrarsi sul tipo di donna che Alice poteva essere, invece di cercare di prevederne le azioni, avrebbe dovuto andare a ritroso, partendo dai fatti concreti. Che cosa ha fatto Alice? E se ha fatto questo e quello, che genere di persona è?

Forse sarebbe meglio non essere mai troppo vicini a qualcuno. Gli altri tendono sempre a invadere la tua sfera psichica. Ti fanno domande a cui è troppo difficile rispondere. *Simon, sei ancora vergine, per caso?*

Era consapevole di provare rabbia, ma non la furia selvaggia a cui era abituato. Questa volta era come un disincanto freddo e opprimente, incistato nel suo stomaco come un nodulo di piombo; per una volta tanto, non si accompagnava alla voglia di menare le mani, di fare a pugni, di sputare fino a sfogarsi completamente. E nemmeno all'impulso di gettarsi nell'azione. Questo nuovo sentire, orgoglioso e complesso, chiedeva di essere protetto e coccolato, senza che gli si facesse fretta. Chiedeva di soffermarsi a pensare. Simon non sapeva se erano Alice, Charlie o entrambe a farlo sentire così; sapeva soltanto che per il momento voleva essere lasciato solo con i suoi pensieri.

David Fancourt aprì la porta proprio mentre Simon stava per suonare un'altra volta il campanello. «Lei», disse. Sotto l'accappatoio marrone scuro si intravedeva il pigiama marrone con un disegno cachemire. Un filo di barba gli ombreggiava il viso, gli occhi erano rossi e acquosi.

«È un buon momento?»

Fancourt fece una risata amara. «Credo che sia inutile aspettare il momento migliore. Tanto vale che entri adesso.» Simon lo seguì fino in cucina e si sedette. Questa è la sedia dove mi sono seduto l'altra volta, pensò, proprio la stessa. Fancourt si sedette di fronte a lui.

La casa era molto cambiata all'interno. Piatti e tazze sporche erano sparpagliati su ogni superficie. La spazzatura era traboccata dalla pattumiera, spargendosi sul pavimento. Nell'ingresso Simon scorse dei mucchi di giornali incrostati, come presi a calci da qualcuno con gli scarponi sporchi di fango. «Sembra che non se la cavi molto bene, qui da solo», commentò. Provava un senso di compassione per Fancourt, così palesemente incapace di accettare il fatto che sua madre era un'assassina. Quando Charlie glielo aveva detto, David Fancourt era rimasto lì a fissarla senza spiccicare una parola. «Non dovrebbe restare qui da solo, in un momento così delicato. Non le piacerebbe avere vicino suo figlio?»

Fancourt gli rivolse uno sguardo truce. «Felix sta meglio senza di me», disse.

«Perché? Non capisco.»

«È meglio così.»

Simon chinò la testa, cercando di incontrare lo sguardo di David Fancourt. «Signor Fancourt, lei non ha fatto niente di male. Non deve sentirsi in colpa per ciò che ha fatto sua madre.»

«Avrei dovuto capirlo. La notte in cui Laura è stata uccisa... avrei dovuto capire che quella storia non stava in piedi.»

«Quale storia?»

«Che Laura avesse chiesto alla mamma di tenere Felix qui a dormire perché doveva andare in un locale. Non l'aveva mai fatto, e non poteva sopportare la mamma. Ho sempre pensato che ci fosse qualcosa di strano, ma... sono stato troppo stupido per arrivare alla verità.»

«Lei non è stato stupido. Nessun figlio sospetterebbe di omicidio la propria madre. Al posto suo, non l'avrei fatto nemmeno io.»

«Io invece sono sicuro che lei lo avrebbe fatto, *Simon.*» Fancourt gli elargì la caricatura di un sorriso.

«Quanto a tenere qui Felix... magari la penserà diversamente tra un paio di giorni.»

«No, stia pur sicuro.»

Simon sospirò. Forse quello non era il momento migliore per assalire il poveretto con nuove informazioni, ma lui aveva bisogno di sapere. I risultati del test del DNA erano arrivati, non c'erano scuse per non parlargliene. E, per quanto depresso e apatico, Fancourt non dava segno di avere perso il contatto con la realtà o di essere psichicamente instabile. Chiunque sarebbe stato depresso, nella sua situazione. Simon riteneva quella reazione assolutamente normale, e forse la scelta di affidare Felix a Maggie e Roger Cryer era la più sensata. Stare in un ambiente familiare sereno era la cosa migliore per il ragazzino, almeno fino a quando il padre non si fosse ripreso.

Simon si sentiva in colpa per avere giudicato male Fancourt, il cui solo crimine, per quanto ne sapeva, consisteva nel fatto di diventare terribilmente sgarbato e suscettibile quando era sotto pressione. Per quel motivo, oltre che per gelosia, lui lo aveva preso in antipatia, arrivando persino a diffamarlo. Ma se c'era qualcosa che poteva scuotere Fancourt dal suo torpore, era la notizia che stava per dargli.

«Abbiamo trovato sua figlia», disse con tutta la delicatezza possibile. «Abbiamo trovato Florence.»

Finalmente Fancourt lo guardò negli occhi. L'espressione che gli si leggeva in faccia non poteva essere equivocata: noia. «Non voglio neanche lei qui con me. Datela ad Alice.»

«Ma...»

«Alice è una buona madre. Io non sono buono a niente. Non cambierò idea.»

«Sento di doverle delle scuse, signor Fancourt.»

«Ho quel che mi merito. Chi semina vento raccoglie tempesta, come si suol dire.»

Simon non lo capiva proprio, quell'uomo. Possibile che non volesse lottare per tenersi moglie e figlia, per darsi una speranza di felicità? Che a Fancourt interessasse o no, doveva dirgli quello per cui era venuto. Decise di passare al discorsetto che si era preparato. «Abbiamo trovato Alice e la bambina in casa di Briony Morris, la collega di Alice. Dopo il... dopo i fatti accaduti al centro benessere, abbiamo sottoposto entrambe al test.»

Nessuna reazione da parte di Fancourt.

«C'è corrispondenza», proseguì Simon. «La bambina che Alice ha preso con sé venerdì 3 ottobre è sua figlia.» Fece un sospiro, scuotendo la testa. Gli sarebbe piaciuto avere dentro di sé anche solo una minima parte dell'indifferenza di Fancourt, sempre che fosse veramente tale. «La bambina è sempre stata una sola, signor Fancourt. Signor Fancourt? David? Ha capito cosa le ho detto? C'è sempre stata una bambina soltanto, c'è sempre stata solo Florence.»

David Fancourt sbadigliò. «Non c'è bisogno che me lo dica», rispose. «L'ho sempre saputo.»

43.

Martedì 14 ottobre 2003

Simon siede di fronte a me, all'altro capo del soggiorno lungo e stretto della casa di Briony. Lei è accanto a lui sul divano. Sono contenta che ci sia anche Briony. I lavori sono ben lontani dal concludersi, perciò i mobili sono ancora tutti coperti da lenzuoli bianchi. Ho la sensazione di trovarmi su un palcoscenico, non in un luogo reale.

E il fatto di essere qui noi tre insieme è strano, stridente. Sono grata a Briony per questo – e percepisco che anche Simon lo è, perché l'incontro sarebbe troppo imbarazzante, altrimenti – ma tra me e Simon esiste un legame particolare, un legame dato dalla comprensione, da cui Briony è esclusa. La sua presenza costringerà entrambi a recitare un ruolo un po' più a lungo.

Vedo che lui sa. Quando è arrivato ci siamo mossi con esitazione e sospetto, come leoni nervosi che, non avendo una visuale nitida della preda, non si decidono a spiccare il balzo. Briony non ha invitato Simon ad accomodarsi; ansiosa com'era di sapere dove si trovasse Florence, si è dimenticata delle buone maniere. È stato Simon, alla fine, a suggerire che ci sedessimo. Sono contenta che l'abbia fatto. Aveva delle notizie da darci, ha detto. Io avevo bisogno di essere seduta, immobile, prima che lui iniziasse a parlare. Per un momento come questo non c'è preparazione che tenga. Ma del resto non ci sono tanti momenti come questo nella vita di una persona.

Simon ha aspettato che mi accomodassi in poltrona. Poi ha parlato. C'è sempre stata – c'è – una sola bambina. La bambina che ho portato via con me da The Elms venerdì 3 ottobre è mia figlia. Musetto è Florence. Ha fatto queste tre affermazioni, una di seguito all'altra, come se stesse parlando di tre questioni diverse. Può darsi che Briony si sia chiesta come mai si stesse ripetendo in quel modo, ma io ho capito cosa voleva dire Simon: questa situazione non può essere interpretata, non può essere descritta, lasciando spazio a un punto di vista alternativo. A beneficio mio e di Briony, Simon era determinato a fare chiarezza su ogni aspetto che presentasse delle ambiguità, esponendolo alla luce cruda, fredda, del suo approccio oggettivo.

E ora siamo seduti qui in silenzio, come se ci avessero mozzato la lingua. Non durerà per sempre. Qualcuno lo romperà. Non io. Forse fa parte del ruolo di Briony, parlare quando io e Simon non siamo in grado di farlo.

«Cosa sta dicendo?» chiede Briony alla fine. «La bambina è Florence? Musetto è Florence?»

L'hanno lasciata tornare in questa casa subito dopo il test del DNA. Dato che io ero ancora ricoverata in ospedale dopo l'aggressione di Vivienne, hanno riportato Musetto qui, a casa di Briony. Sono rimasta sorpresa, credevo che l'avrebbero riconsegnata a David.

«No.» Scuoto la testa. «Questo non è vero.»

«Sì», ribatte Simon con altrettanta forza. «Il test del DNA lo ha provato al di là di ogni dubbio.»

«Un test del DNA aveva provato al di là di ogni dubbio che Darryl Beer aveva assassinato Laura, mentre ora sappiamo che non è vero.»

«Non ho nessuna intenzione di sprecare il mio tempo a rispondere. Sai che sono due questioni differenti.»

«Dev'esserci un errore», insisto. «Lo saprei. Si tratta di mia figlia, lo saprei.» Mi affloscio sulla sedia, con il labbro inferiore che mi trema. Tento di fermarlo affondandoci i denti. Devo sembrare veramente pazza. Ci sarebbe una certa dose di sollievo a essere veramente pazza: nessuno potrebbe chiederti più conto di niente.

Briony, attraversata la stanza, si china su di me. «Stai bene, Alice? Non ti preoccupare, chiariremo questo... questo equivoco. Ma *certo* che quei test possono sbagliare, e la polizia... senza offesa...» dice dando un'occhiata a Simon, «...praticamente non ha fatto altro che *errori*, fino a ora.»

«Non so di che poliziotti state parlando, ma di certo io non sono tra quelli», ribatte Simon con una voce dura come la pietra. «Per quanto mi riguarda, ho sbagliato su una cosa soltanto. Sbagliato di grosso, a quanto si è visto poi.»

Non mi piace quello che sento, né la voce né le parole. Immagino che non sia disposto al perdono, dopo che ce l'ha messa davvero tutta, in quel suo modo esitante e pieno di ripensamenti, per salvarmi. Non ho forse imparato, vivendo con David, che il sadismo può essere il rovescio della cortesia, quando l'oggetto delle attenzioni cade dal suo piedistallo?

«Musetto è mia figlia, giuro che lo è», sussurro. Ho bisogno di un po' d'acqua, la gola è così secca che presto mi farà male.

«Ma è la stessa cosa che sta dicendo Simon», mormora Briony, la mano posata sulla mia spalla.

«No, volevo dire Florence. *Florence* è mia figlia.»

«Ho bisogno di parlare con Alice da solo», interviene Simon.

«Vorrei un bicchier d'acqua», dico io, ma nessuno mi sta a sentire.

«Non sono sicura che questo sia il...» comincia a protestare Briony. Non vuole che Simon mi sottoponga ad altro stress. Ha paura che la mia mente non regga.

«Subito», insiste Simon.

«Va bene», acconsento. «Io sto benissimo. Davvero, Briony. Vai di sopra a dare un'occhiata alla bambina.»

Ha l'aria poco convinta mentre ci lascia. A passi lenti. Briony è una vera amica.

Uscita Briony, guardo Simon. Lui risponde al mio sguardo con occhi inespressivi. Sembra che la sua ferrea determinazione se ne sia andata insieme a Briony. Un momento fa ero intimorita dalla sua collera, mentre adesso la sensazione prevalente è che noi due non ci troveremo mai, né nella rabbia né nell'intesa. Sono isolata da lui, come se ci fosse un pannello di vetro a separarci. È buffo: quando c'era qui Briony, pensavo che fosse lei a fare da schermo tra noi due. Ovviamente mi sbagliavo.

«Ottima recita», esordisce Simon. «Superlativa, anzi.»

«Cosa? Cosa vuoi dire?»

«Come ti senti? Dopo... be', hai capito. Per la verità, non è che siano affari miei. Dovremmo parlare di Laura Cryer, devo raccogliere la tua deposizione.»

«Cosa intendevi dire, Simon? Quale recita?»

Lui finge di non aver udito, e non mi sento di biasimarlo. Dovrei fargli un discorso come si deve, come tante volte ho immaginato. Ma nelle mie fantasie non era mai così, con Simon così duro, così irraggiungibile. Sono mortificata. Suppongo che sia un buon segno: dopo tutto quello che ho passato, provare ancora delle emozioni. Il cuore non si è indurito completamente.

«Tu sapevi che era stata Vivienne a uccidere Laura. Cominciamo da qui», dice Simon in tono impersonale, scrivendo sul suo taccuino. «Quando hai iniziato ad avere i primi sospetti?»

Non è pronto a parlare di Musetto. Forse nemmeno io lo sono.

«La storia della scuola: quando hai cominciato a pensarci?»

«Durante la gravidanza. Non che sapessi, non all'inizio almeno: era semplicemente una sensazione. Me lo sentivo. A te non è mai capitato di sentire la presenza del pericolo?»

Ma Simon è deciso a raccontare la storia a modo suo. «Quindi eri contenta di stare sotto l'ala protettiva di Vivienne, fino alla gravidanza. Poi l'atteggiamento di Vivienne nei tuoi confronti è cambiato.» Alza gli occhi, riconoscendomi per la prima volta come interlocutrice in questo dialogo. «È giusto?» soggiunge.

Qualcosa dentro di me si smorza. Ha un fare così pratico, sembra quasi voler dire che tutto ciò che ho sofferto è irrilevante. Sì, l'atteggiamento di Vivienne nei miei confronti è cambiato. Tutt'a un tratto ha cessato di essere la mia benefattrice, la donna pronta a tutto pur di proteggermi. In me c'era qualcosa che per lei contava molto, molto di più di quanto avessi mai contato io. Ero relegata al ruolo di fattrice. Aveva cominciato a controllare quello che mangiavo. Mi impediva di uscire. Non potevo andare al pub, non mi era permesso di bere un bicchiere di vino durante i pasti.

«Mi sono resa conto che era decisa a controllare la vita di Florence in ogni suo aspetto, e ho capito che doveva essere successa la stessa cosa con Laura. Fino a quel momento avevo sempre creduto alla versione di David, secondo cui Laura era una donna irragionevole e dispotica, che non lasciava avvicinare nessuno a Felix.» Scuoto la testa. «Ero stupida e ingenua. Vivienne voleva il pieno possesso di Felix, e Laura non ci stava. Una volta capito questo, non potevo più credere che la sua morte fosse estranea a tutto il resto. E il fatto di essere incinta... quando una donna è incinta, tutte le sue percezioni sono più forti, più nitide. A volte irrazionali, anche. Inizialmente mi sono chiesta se per caso non ero io a ingigantire la sensazione che Florence fosse in pericolo, ma... il mio istinto, quello era forte e non si lasciava soffocare.»

Simon ha le sopracciglia aggrottate. Ho l'impressione che le sottigliezze mettano a dura prova la sua pazienza, a meno che non siano frutto dei suoi ragionamenti.

«Vivienne ha fatto un errore», continuo, «quando ha prenotato il posto per Florence alla Stanley Sidgwick, all'epoca del mio quinto mese di gravidanza. Non avrebbe mai dovuto parlarmi di quella lunga lista d'attesa, ma deve avere pensato che io fossi troppo stupida per farmi venire dei dubbi su Felix. Non poteva immaginare che mi mettessi contro di lei, visto che ero la sua fedele discepola.»

«Vivienne è fiera di ciò che ha fatto», dice Simon. «Sta cercando di girare la colpevolezza a suo vantaggio. Sembra decisa a usare la sua situazione personale per rivendicare i diritti dei nonni.»

«Non è sana di mente. Tecnicamente si può definire una psicopatica, vero?» Una donna come Vivienne è al di là delle mie conoscenze psicologiche e della mia esperienza. Che Florence e io abitiamo nel suo stesso mondo è una verità dura da mandar giù.

«Probabilmente otterrà un sacco di attenzione da parte dei media.»

Sta cercando di provocarmi, Simon? Sembra quasi che voglia vantarsi, mentre parla dell'ipotetica pubblicità che si farà Vivienne. Vorrei chiedergli se è sicuro che lei starà in prigione fino alla morte, ma temo che trasformerebbe questa domanda in un'altra opportunità di ferirmi. «Sei seccato con me. Per avere fatto sprecare tanto tempo alla polizia.»

«Seccato?» Ride senza la minima traccia di calore. «No, *seccato* lo sono quando resto bloccato nel traffico, o quando rovescio il caffè su una camicia pulita.»

«Come facevo a dirtelo, Simon? Non potevo rischiare. Cosa sarebbe successo se tu l'avessi messa sull'avviso, accennando ai miei sospetti? Avrei fatto la fine di Laura.» Rabbrividisco, ricordando il Waterfront e l'acqua che si chiude sopra di me, spingendomi giù.

Morivo dal desiderio di dirglielo, fin dal primo momento in cui l'ho visto. A quel punto avevo già rinunciato all'idea di poterlo dire a mio marito. Dio sa quanto avrei voluto parlare in tutta sincerità con David, dopo che Briony aveva telefonato alla scuola. Solo che lui non mi avrebbe mai dato ascolto: ai suoi occhi Vivienne era una donna incapace di fare del male a qualcuno. David credeva che lei mi fosse molto vicina, durante la gravidanza. Continuava a dire che dovevamo esserle grati, tutti e due, e intanto io mi sentivo sempre più manipolata, sempre più imprigionata.

Povero David. So quanto deve essere scosso. Mi dispiace per la persona che avrebbe potuto essere, se solo le cose fossero andate diversamente; mi dispiace per il potenziale che un tempo c'era in lui, bambino di sei anni abbandonato dal padre e costretto ad amare la madre, chiunque lei fosse, perché era l'unico genitore che aveva. David aveva bisogno di credere fino in fondo nell'immagine che si era fatto di Vivienne, e non me la sento di biasimarlo per questo.

Devo sforzarmi di non pensare a lui. Ho voglia di farmi un bel bagno caldo per lavare via la macchia che ha lasciato su di me, ma so che il danno che ha causato non si cancellerà tanto facilmente. Che me ne importa, se ha distrutto la mia fiducia nell'amore eterno tra moglie e marito. Non mi sposerò un'altra volta. La tragedia vera è che David ha distrutto la fiducia che avevo in me stessa, ora che capisco quanto sono stata stupida ad amarlo e a sposarlo. Quest'ultima settimana ho sbattuto la testa talmente tante volte contro quella stupidità, che una parte di me si è convinta che ho avuto quello che mi meritavo.

Succede in continuazione ai miei pazienti, di rimproverarsi per le sofferenze inflitte loro da altri. Io gli dico che non hanno colpa, che nessuno chiede o merita di essere una vittima. A volte mi irrita constatare che non recuperano la loro fiducia in sé stessi neppure dopo le mie parole sagge e incoraggianti. Ora so che l'autoanalisi e la saggezza hanno un limite: possono aiutarti a capire il motivo del disprezzo che nutri per te stesso, ma non hanno la capacità di neutralizzarlo. Non so che cosa possa riuscirci.

«Quindi, siccome avevi paura di venire da noi, hai rapito tua figlia», dice Simon con voce stanca. «Sapevi che, dopo la vostra scomparsa, la polizia avrebbe interrogato i tuoi familiari, e che scoprendo un collegamento con un crimine precedente avrebbe svolto delle indagini più approfondite. Come appunto è successo.»

«Io ho preso Musetto e sono scappata», dico scegliendo con cura le parole. «Qualcun altro ha rapito mia figlia.»

Simon mi ignora. Non so nemmeno perché me ne preoccupo, arrivati a questo punto. Per abitudine? Per paura di apparire ridicola ai suoi occhi?

«Tu hai preso Florence e sei scappata, sapendo che saremmo andati a scavare di nuovo nel caso di Laura Cryer. Ho ragione?»

«No! Io sono scappata con Musetto, in modo che tutti, persino quel tuo sergente, prendessero atto che Florence era scomparsa. Io volevo che voi cercaste *Florence.*»

«Queste sono stronzate e lo sai benissimo. Probabilmente me lo hai sentito dire a Briony mentre eri nascosta in cucina, e ora vai a ripescarlo pensando che sarò così stupido da crederci perché era una mia teoria.»

Simon è tutt'altro che stupido. È più intelligente di quanto credevo.

«Il guaio è che non è *mai* stata una mia teoria. A quel punto avevo capito la verità, tutta intera. Volevo solo indurre Briony a riflettere sul perché di quella tua fuga insieme a una bambina che, a sentire te, non era tua figlia. Non ti senti in colpa per avere mentito a Briony, per averla trattata come un'imbecille dopo tutto quello che ha fatto per te?»

Gli occhi mi si riempiono di lacrime. A differenza di Simon, Briony capisce che devo fare tutto ciò che ritengo necessario per proteggere mia figlia.

«Volevi portarci a capire che Vivienne aveva ucciso Laura», prosegue inesorabile Simon. «Hai lasciato quell'opuscolo nel tuo studio, con il foglietto adesivo sopra, contando sul fatto che lo avremmo notato. Qual era il piano originale? Nascondervi in casa di Briony, tu e Florence, per farci aprire un'indagine sulla vostra scomparsa, e così far nascere nuovi sospetti anche sulla morte di Laura e sul ruolo di Vivienne? Sperando che nel frattempo trovassimo quell'opuscolo? Se avessimo messo dentro Vivienne per l'assassinio di Laura, voi due sareste state finalmente al sicuro, no? Ma come potevamo provare la colpevolezza di Vivienne? Non ci hai mai pensato?»

Mi stringo nelle spalle, rassegnata. «Tu sei della polizia, avevi molte più probabilità di me di riuscire a dimostrarlo.»

«Mossa geniale, quella di lasciare il foglietto sull'opuscolo della scuola. Sei molto abile nella comunicazione indiretta, nel manipolare la gente, vero? Sapevi che avremmo recepito il messaggio di quell'annotazione solo se sospettavamo *già* di Vivienne, perché in caso contrario avremmo pensato che la F stava per Florence, e l'avremmo considerata un particolare irrilevante, niente più di un innocuo promemoria sulle modalità di iscrizione per tua figlia. Non avremmo mai capito che tu avevi dei sospetti su Vivienne a meno che non li avessimo anche *noi*, a meno che non avessimo incominciato a intuire quanto poteva essere pericolosa. E a quel punto dovevamo guardarci bene dal lasciarglielo subodorare, per non fare di te il suo prossimo bersaglio.»

Sono colpita dall'esattezza della sua ricostruzione. È come se Simon fosse penetrato nella mia mente. Eppure è ancora risentito con me. «Dovevo stare attentissima», dico. «Speravo che tu andassi a parlare con Darryl Beer, speravo che Beer ti dicesse che non era stato lui. A quel punto, siccome David era a Londra la sera che Laura è stata uccisa, avresti spostato i sospetti su Vivienne. È per questo che ho fatto in modo di essere critica il più possibile nei confronti della Stanley Sidgwick, ogni volta che parlavo con te di quella scuola. Speravo che, vedendo quella nota sull'opuscolo dopo la mia scomparsa, ti chiedessi perché mai avrebbe dovuto interessarmi iscrivere Florence a una scuola che detestavo.»

«Bene, in effetti è quello che è successo. Come una foca ammaestrata, ho pensato tutto quello che volevi che pensassi...»

«Simon, non...»

«...Fino a ora.»

Un tuffo al cuore. «Sarebbe a dire?»

«Ho una curiosità: perché quel cambio di programma? Tu e Florence dovevate rifugiarvi in casa di Briony, e poi da lì in qualche posto più sicuro. Era tutto già stabilito, e lo conferma la deposizione di Briony. Cosa è cambiato?»

«Qualcuno ha preso Florence...» incomincio a dire.

«Puoi mentire, puoi dire la verità... non ha più importanza ormai. Io so cosa è successo. È successo che è nata Florence e improvvisamente, senza che tu lo avessi previsto, il piano non era più abbastanza sicuro. Te ne serviva uno migliore. Per sentirti protetta non ti bastava più la prospettiva di una fuga insieme a Florence al momento opportuno. Ormai era terrore vero e proprio, quello che provavi. Vivienne stava arrivando all'ospedale, stava per vedere la sua nipotina per la prima volta, e tu non sopportavi l'idea, vero? Un'assassina che tocca tua figlia, che la prende in braccio.»

«Cosa stai dicendo?»

«Vivienne, l'assassina, era sul punto di conoscere tua figlia, e l'impulso di fuggire via, di nasconderti, ti ha assalito *allora*, per impedire quell'incontro, quella contaminazione di tua figlia attraverso le manifestazioni d'affetto di una donna mostruosamente feroce.» Mi metto a piangere mentre Simon mi descrive i miei sentimenti. Vorrei che fosse meno preciso, meno spietato. «Però non potevi scappare, no? Soprattutto non potevi sottrarre Florence. C'era David con te, ansioso di farsi bello con sua madre mostrandole la bambina appena nata, per cui hai dovuto restare dov'eri e lasciar fare. Così hai cominciato a pensare ad altri modi per nascondere Florence. A come ci si possa nascondere da qualcuno *pur essendo in sua presenza.*» Simon alza gli occhi a guardarmi. «Se vuoi continuare tu la storia, fa' pure», dice.

«Non so di cosa stai parlando.»

«Sì che lo sai», insiste con dolcezza. «Vedi, non ho detto a Charlie... al sergente Zailer che tu e Briony sapevate di Vivienne. Non ho detto niente sulla telefonata alla Stanley Sidgwick. Vi ho protetto entrambe da una serie di eventuali imputazioni. Potrei perdere il posto se qualcuno lo venisse a sapere.»

«Ti ringrazio.» Mi asciugo gli occhi. Non riesco ancora a capire cosa sente Simon per me. Diverse cose, probabilmente, ma sarei più tranquilla se potessi individuare quella dominante.

«Se vuoi far finta di avere sofferto di una depressione postparto che ti ha fatto andare fuori di testa per un po', che ti ha impedito di riconoscere la tua stessa figlia oltre a far sprecare un sacco di tempo alla polizia... be', posso anche fartela passare. Posso evitare di dire la verità al sergente Zailer o anche a Briony. Continuerò a proteggerti, se vuoi che lo faccia.» Fa un lungo sospiro. «Ma in cambio voglio la verità. Ho bisogno di sentirla dalla tua bocca. E se questo per te è chiedere troppo, puoi anche andare a farti fottere.»

Le pareti del soggiorno di Briony si chiudono su di noi. Fin dall'inizio qualcosa ci ha spinto l'uno verso l'altro e verso questo momento. «Cosa vuoi che ti dica?»

«Voglio tutta la storia, voglio la verità. Ho visto giusto?»

Verso questo preciso momento.

«Sì», rispondo. «Tutto quello che hai detto è vero.»

Simon chiude gli occhi, poggia la testa sullo schienale. «Racconta», dice.

«Avevo paura.» In un certo senso, questa è l'unica cosa che vale la pena di dire. È certamente la cosa principale, il fattore che ha dominato ogni altra considerazione. «Quando è nata Florence, ho capito che Vivienne ci avrebbe cercato all'infinito, se avesse saputo che me n'ero andata via con lei. Anche se non ci avesse trovato, io non avrei mai smesso di stare sul chi vive, di guardarmi alle spalle ogni momento. Penso di averne avuto il sospetto anche prima che Florence nascesse, ma allora non mi era venuto in mente nient'altro da fare, per metterci in salvo.»

«E poi?» mi pungola Simon. La voce è debole, come se avesse perso ogni energia.

«L'hai già detto tu, meglio di come avrei fatto io. Avevo bisogno di trovare un modo migliore per proteggere me e Florence, e così ho... mi è venuta questa idea. Sembrava folle, però...» faccio una pausa scrollando le spalle. «Ho sperato che fosse abbastanza folle da funzionare. Se fossi riuscita a far credere *a Vivienne* che la bambina non era sua nipote...» Mi sto inceppando. Non ho mai tradotto in parole nessuno di quei pensieri, ed è come se stessi imparando una nuova lingua che può a malapena abbozzare una descrizione dei pensieri e delle emozioni che si rincorrevano quando è nata Florence.

«Vivienne si fidava di me. Contavo sul fatto che mi avrebbe creduto, e non solo per rendere le cose più facili.» Come spiegare a Simon che, pur sapendo che Vivienne era un'assassina, avevo bisogno del suo sostegno? Psicologicamente ero ancora dipendente da lei, e forse lo sono tuttora. «Speravo che non mi avrebbe liquidata frettolosamente come una pazza. Vivienne ha troppa paura di perdere i suoi nipoti, dopo la battaglia per Felix. Sapevo che, per quanto evitasse di pronunciarsi prima dei risultati del test del DNA, una parte di lei credeva alle mie parole. Ciò che dicevo aveva il suono orribile della verità perché rispecchiava le sue peggiori paure.»

«Se il sergente Zailer ti avesse creduto, vi avrebbero

sottoposto subito al test del DNA», dice Simon. «Cosa avresti fatto, in quel caso?»

«Avrei dovuto scappare più in fretta, e intanto prendere tempo. Sapevo che Vivienne avrebbe prenotato il test, se non ci pensava la polizia. Sapevo che avrei dovuto prendere Florence e andare da Briony prima dell'esame. Come sai, alla fine ho avuto una settimana per prepararmi. Ti ricordi il nostro secondo incontro al Chompers?»

Simon non risponde. Ovvio che se lo ricorda.

«Quando sei arrivato ero al telefono del bar, avevo appena chiamato Briony. Ero in una condizione tale che faticavo a pensare lucidamente, ma non potevo non chiamarla. Avevo persino tentato di mandarle una e-mail amichevole ma un po' vaga, dove le dicevo che ci saremmo riviste presto, per farti credere che non potevo essere andata da lei. Sapevo che avresti esaminato il computer di David.»

«Non abbiamo trovato nessuna e-mail», dice Simon corrucciato.

«Perché sono stata interrotta.»

«Quando hai detto a Briony che Florence era stata rapita, allora? Al telefono?»

«Volevo scrivere anche quello nell'e-mail», rispondo, perché me ne sono ricordata in questo momento. «No, gliel'ho detto quando è venuta a prenderci, la notte che siamo... che ce ne siamo andate da The Elms.»

«Ma perché non dire a Briony che stavi fingendo? Ti fidi ciecamente di lei, no?»

Faccio segno di sì.

«E allora perché?»

«Non lo so», borbotto a testa china. Non lo so davvero. Avrei potuto rivelare tutto a Briony, parlarle del mio bisogno improvviso e disperato di una protezione migliore: lei avrebbe capito. Avrei potuto dirglielo; ho scelto di non farlo.

«Non volevi che ti giudicasse una pazza», suggerisce

Simon. «Adesso però non ti importa che ti consideri affetta da una follia "normale": depressione postparto, il convincimento che tua figlia sia un'estranea. A te andava benissimo che tutti noi ti vedessimo così, e non c'è da dubitare che poco dopo saresti velocemente e gloriosamente tornata sana di mente, riconoscendo di nuovo la bambina. Un commovente ricongiungimento, anche se non vi eravate mai separate veramente. Era questa l'idea?»

Annuisco di nuovo.

«Quel genere di pazzia allucinatoria è facile da farsi perdonare, vero? Perché non comporta nessuna responsabilità da parte di chi ne è vittima. Non ci si può fare niente e non è stata una scelta volontaria. Uno perde il contatto con la realtà e se ne va in giro con le sue allucinazioni. Chi ti può rimproverare per una cosa del genere? Mentre invece un piano preparato con cura per fingere che tua figlia non è tua figlia può essere folle, ma è consapevole. Qualcuno potrebbe dire che è immorale.»

«Non temevo di essere criticata», ribatto. «Però ora mi hai fatto capire che avevo paura di parlarne, di spiegare una cosa che era assolutamente sensata per me, una cosa che *dovevo* fare, che pareva così logica e inevitabile, così *giusta.* Avevo paura di confidarmi con qualcuno, persino con Briony, per timore di sentirmi dire che avevo perso il senno. Perché io *sapevo,* capisci? Sapevo che, per quanto assurda e ridicola potesse sembrare a prima vista, era la sola cosa che potevo fare. Che dovevo fare.»

«Vedo che c'è una logica nel tuo ragionamento, e magari l'avrebbe vista anche Briony. Abbastanza folle da funzionare, hai detto. Posso capire. Volevi che Vivienne pensasse che era David a tenere la nipote lontana da lei, non tu. Quando voi due siete scomparse, lei avrebbe dovuto pensare che David si era sbarazzato di te e della cosiddetta "altra bambina" giusto prima del test del DNA, in modo che non si potesse più dimostrare che aveva mentito a proposito dell'identità di Florence.» Simon sembra leggere ad alta voce una lista di accuse contro di me. Forse nella sua testa una lista simile esiste.

Non so se Vivienne avrebbe mai creduto suo figlio capace di tanto. «Non volevo soltanto che Vivienne mi credesse, speravo anche di convincere David, a patto di apparire sufficientemente sicura di ciò che dicevo. Era come...» Finisco la spiegazione nella mia testa: cercavo di rendere Florence mia e soltanto mia influenzando i pensieri e le percezioni di David e di Vivienne, in modo che guardandola vedessero non una figlia, non una nipote, ma la figlia di una sconosciuta. Pur essendo davanti a loro, Florence sarebbe stata nascosta. Quell'incongruenza mi piaceva. Era così che avrei protetto mia figlia, almeno fino al momento della nostra fuga.

«Non volevo dire a Briony tutta quanta la verità», riprendo. «In un certo senso era... era troppo personale. Solo a una persona volevo dire tutto, e quella persona eri tu, Simon. Non c'erano prove a dimostrare che Florence non era Florence, come io andavo ripetendo, eppure tu per poco non mi hai creduto, vero?»

«Io ti ho creduto», mi corregge Simon.

«Non lo hai mai detto. Non hai mai detto chiaro e tondo: "Io ti credo, Alice". Ti avrei confidato tutto, se lo avessi fatto. Su Laura, su tutto il resto. Aspettavo solo quel cenno, per essere certa che potevo fidarmi di te e che tu ti fidavi di me, indipendentemente da...»

«Per favore.» Un'aria disgustata gli altera il viso. «Questa è grossa, detta da una che fin dal primo incontro non ha fatto altro che mentire.»

«Ma non sto mentendo, in questo momento.»

«Sono io che non ti ho lasciato altra scelta.» Simon tossisce e raddrizza la schiena. «Le persone scomparse solitamente vengono ritrovate, a meno che non siano molto abili a sfuggire alla polizia. Prima o poi vi avremmo trovato.» Mi rendo conto che sta cercando di farmi stare al mio posto, di creare un'appropriata distanza professionale fra me e lui. «Vivienne avrebbe insistito per farvi sottoporre al test del DNA, e questo avrebbe messo fine al gioco. E se noi non avessimo riaperto il caso Laura Cryer, o se fossimo giunti alle stesse conclusioni della prima indagine, tu ti saresti ritrovata al punto di partenza.»

«Magari sarei riuscita a rimanere nascosta. Il mio caso avrebbe cessato di avere la massima priorità, visto che non vi mancano i casi più urgenti, e avreste gradualmente abbandonato le ricerche.»

«Ma saresti stata pur sempre nascosta nella casa di una donna che è un'amica per te, oltre che una collega. Vi avremmo trovate.»

«Sarei andata da un'altra parte, il più presto possibile. Ma forse hai ragione tu: non sono il tipo di persona capace di scomparire e di rifarsi una vita completamente nuova in un altro paese, come nei film. Però valeva lo stesso la pena di tentare, e sono sicura che a un certo punto la polizia avrebbe rinunciato a cercarci. Quella che non avrebbe mai rinunciato invece, era Vivienne. Mai e poi mai. È per *questo* che ho mentito sul fatto che Florence fosse stata... scambiata con un'altra. Non avrei avuto una vita facile, con Vivienne convinta che le avevo portato via sua nipote. Avrei rovinato l'infanzia di Florence, consumandola nell'attesa della punizione di Vivienne. So che ti sembrerà irrazionale, so benissimo che Vivienne non è una divinità onnisciente e onnipotente, ma... be', non ce l'ho fatta a vincere la sensazione che in un modo o nell'altro sarebbe arrivata a me.»

Simon annuisce. «Sicché hai pensato a come far sì che non le importasse di ritracciarti. C'era un solo modo: farle credere che la bambina che ti eri portata dietro non era Florence. Peccato che anche questa parte del piano avesse un difetto: Vivienne ti avrebbe cercato lo stesso, e ti avrebbe fatto fare il test del DNA per avere una prova definitiva.»

Faccio un sospiro. «L'avevo sottovalutata. Non avevo

previsto l'intensità del suo desiderio che Musetto fosse Florence. Pensavo che al momento della nostra scomparsa lei sarebbe stata ormai completamente convinta che dicevo la verità. Pretendeva ugualmente il test del DNA per essere sicura al cento per cento, ma io contavo sul fatto che in cuor suo desse ragione a me: in tal caso la scomparsa dell'"altra" bambina sarebbe stata quasi un sollievo per lei. Vivienne sarebbe inorridita – o meglio, *era* inorridita – all'idea di tenersi in casa una bambina "fasulla". E io pensavo che, volendo a tutti i costi trovare Florence, avrebbe cercato Florence, appunto. Non me e l'altra bambina.»

«Alice, non c'è nessun'altra bambina.»

Scrollo la testa. Simon non deve fraintendermi, non adesso. «Volevo anch'io che Musetto fosse Florence», dico in tono pacato. «Ma solo quando Vivienne fosse stata lontana, solo con la certezza che lei non avrebbe potuto farci del male.»

«Sapevi che lei era Florence.»

«Sì, ma... in fondo, non mi sembrava di mentire. Tutto ciò che dicevo aveva uno straordinario sapore di verità. Florence era la *mia* bambina, mia senza ombra di dubbio. Per Musetto invece era diverso: lei era la bambina che poteva essermi sottratta in qualsiasi momento, e anch'io potevo essere sottratta a lei. Non sapevo a chi sarebbe appartenuta, alla fin fine. Mi capisci?»

«Hai disconosciuto la tua stessa figlia. Sei la bugiarda più sfacciata che mi sia mai capitato di vedere in azione.»

«Perché non la vivevo come una bugia! Era una tortura», dico con gli occhi che si stanno riempiendo di lacrime. «Vuoi sapere qual è stata la parte peggiore, la peggiore in assoluto? Distruggere tutte le fotografie, le uniche fotografie di Florence che avevo.» Quel momento orribile, quando avevo aperto lo sportellino della macchina fotografica con la sensazione di esporre il rullino non alla luce, ma alla più definitiva oscurità. «L'ho fatto ugualmente, però. Dovevo farlo, Simon. Era come se fossi sospinta da questa... da questa forza, e dovessi assolutamente fare tutto ciò che ho fatto.»

«A me hai mentito, e io credevo in te.»

Non domando: allora perché io non ho mai percepito questa tua fiducia? Perché non hai detto neppure una volta: «Ti credo»?

«Prova a sforzarti di capire cosa ho fatto, e perché», gli dico invece.

«Che cazzo credi che abbia fatto finora? Penso di essere stato bravo, tutto considerato. Bravo abbastanza, maledizione. Non perfetto, però, neanche lontanamente: ci sono ancora delle cose che non quadrano.»

«Simon, i dettagli non sono poi così importanti...»

«I dettagli sono *la* cosa più importante. Perché tutte quelle stronzate su Mandy Buckley, quella del reparto maternità? Perché chiedermi di andare a cercare il padre di David?»

«Perché era stato sposato con Vivienne e si era separato da lei! Doveva esserci stato qualcosa che gli aveva fatto venire una tale voglia di levarsi di torno da troncare addirittura i rapporti con suo figlio, perché tenere i contatti con David avrebbe voluto dire tenerli anche con Vivienne. Supponevo – forse a torto – che quell'uomo dovesse sapere per forza che genere di persona era Vivienne. Magari, dopo avere letto sui giornali della morte di Laura, si era domandato...»

«Perciò noi dovevamo trovarlo, in modo che lui potesse dirci tutto questo?»

«Sì.»

«Bene.» Simon pare calmarsi. «Avrei dovuto capirlo da solo, credo. E Mandy, invece?»

Scrollo le spalle, imbarazzata. «Se volevo tener duro sulla storia dello scambio tra le due neonate, dovevo pur suggerire qualche pista possibile. Ero nel panico, a quel punto le cose erano... erano piuttosto confuse nella mia testa.»

«Invece hai reso la storia meno plausibile, tirando fuori tutte quelle assurdità. In parte è questa la ragione...» Simon si blocca, arrossendo un poco.

«La ragione per cui non mi hai creduto del tutto?» Mi sento giustificata, ora. «Simon, puoi provare a non essere arrabbiato con me? Puoi provare a capire?»

Io sto ancora cercando di capire me stessa. Sarà un'impresa difficile, sistemare in una narrazione coerente questa faccenda. Tutto quello che so è che per un certo periodo è esistita una bambina chiamata Musetto, che aveva una testolina perfettamente tonda, gli occhi azzurri e sul naso i grani di milio dei neonati. Nessuno sapeva con esattezza di chi fosse figlia.

Simon si alza in piedi. «Posso proteggerti da alcune cose, ma non da tutto», dice. «Anche considerando le attenuanti, resta il fatto che hai sottratto a David sua figlia e hai fatto sprecare tempo alla polizia. La depressione postparto può essere tenuta in conto come circostanza attenuante, ma... non ti posso garantire che non ci saranno conseguenze.» Si sta nascondendo dietro i termini tecnici. Non è più Simon Waterhouse, è il rappresentante delle forze dell'ordine.

«E la nostra amicizia?» Mentre lo dico, mi chiedo se mai è esistita. Forse questo legame tra noi due svanirà nel momento stesso in cui si chiude la vicenda che ci ha uniti. Ma Simon mi è entrato in testa come nessun altro. Levarlo di lì sarà difficile, predico a me stessa. «Potrà continuare, la nostra amicizia?»

Simon non risponde. Ci scambiamo uno sguardo. Non so cosa stia pensando. Io sto pensando che mai, per nessuno di noi, arriverà il momento in cui non ci saranno più domande che aspettano una risposta. Rimarranno sempre delle questioni aperte, come tanti fili appesi alla nostra esistenza: i problemi irrisolti, le risposte insoddisfacenti. Florence è nata in un mondo segnato dal disordine, e verrà il giorno in cui dovrò farle capire che non sempre sarò in grado di darle una spiegazione, che non sempre lei sarà in grado di trovarne una da sé. Ma andremo avanti, anche a costo di cadere e rialzarci, lungo il percorso accidentato del nostro futuro. Una accanto all'altra.

RINGRAZIAMENTI

Desidero ringraziare le persone di seguito elencate, dalle quali mi è venuto un aiuto importante: Carolyn Mays, Kate Howard, Karen Geary, Peter Straus, Rowan Routh, Lisanne Radice, Nat Jansz, Chris Gribble, Hillary Johnson, Rachel Hoare, Adele Geras, Jenny Geras, Norman Geras, Dan Jones, Kate Jones, Michael Schmidt, Katie Fforde, Morag Joss, Alan Parker, Marcella Edwards, Anne Grey, Wendy Wootton, Lisa Newman, Debbie Copland, Lindsey Robinson, Susan Richardson, Susie Crookes.

Finito di stampare nel mese di giugno 2021
da Grafica Veneta s.p.a., Trebaseleghe (PD)

Questo libro è stampato col sole

Azienda carbon-free